Brittainy C. Cherry
Verliebt in Mr Daniels

BRITTAINY C. CHERRY

# VERLIEBT IN MR. DANIELS

*Ins Deutsche übertragen von
Barbara Först*

Die Originalausgabe erschien 2014
unter dem Titel *Loving Mr. Daniels*.

Deutschsprachige Erstausgabe Mai 2016 bei LYX
verlegt durch EGMONT Verlagsgesellschaften mbH,
Gertrudenstraße 30–36, 50667 Köln
LOVING MR. DANIELS © Brittainy C. Cherry 2014
This work was negotiated by Bookcase Agência Literária
Copyright © der deutschsprachigen Ausgabe 2016
bei EGMONT Verlagsgesellschaften mbH
Alle Rechte vorbehalten

1. Auflage
Redaktion: Ralf Schmitz
Satz: KCS GmbH, Stelle | www.schriftsetzerei.de
Printed in the Germany (670421)
ISBN 978-3-8025-9918-7

www.egmont-lyx.de

Die EGMONT Verlagsgesellschaften gehören als Teil der EGMONT-Gruppe zur
**EGMONT Foundation** – einer gemeinnützigen Stiftung, deren Ziel es ist, die sozialen,
kulturellen und gesundheitlichen Lebensumstände von Kindern und Jugendlichen zu
verbessern. Weitere ausführliche Informationen zur EGMONT Foundation unter
**www.egmont.com**

Für alle Tonys dieser Welt.

Ich sehe dich.
Ich höre dich.
Ich spüre dich.
Ich liebe dich.

Und du bist nicht allein.

# *Prolog*

DANIEL

— **Vor zwanzig Monaten** —

*I don't know what to tell you,*
*I don't know what to say.*
*I only know that caring for you brings on more pain.*

*Romeo's Quest*

Während ich den Jeep vor der Einmündung der Gasse parkte, gingen mir trübe Gedanken durch den Kopf. In diesem Teil der Stadt war ich noch nie gewesen, hatte kaum von seiner Existenz gewusst. Der nächtliche Himmel war trunken von Dunkelheit, und die spätwinterliche Kälte tat ein Übriges, um meine Gereiztheit zu steigern. Mein Blick fiel auf das Armaturenbrett.

Halb sechs Uhr morgens.

Ich hatte mir geschworen, ihm nicht mehr zu helfen. Seine Taten hatten einen riesigen Krater in unsere Beziehung gerissen, hatten alles zerstört, was vorher gewesen war. Aber ich wusste, dass ich mein Versprechen nicht halten konnte. Denn schließlich war er mein Bruder. Selbst wenn er Mist baute – was nicht eben selten geschah –, war er immer noch mein Bruder.

Es dauerte mindestens eine Viertelstunde, bis ich Jace sah. Er kam aus der Gasse gehumpelt und hielt sich die Seite. Ich setzte mich auf, fixierte ihn.

»Verdammt, Jace«, brummte ich, stieg rasch aus dem Wagen und schlug die Tür zu. Ich ging auf ihn zu, betrachtete ihn unter dem Licht einer Straßenlaterne. Sein linkes Auge war zugeschwollen, seine Oberlippe aufgerissen. Sein weißes Hemd war von seinem Blut befleckt. »Was zum Teufel ist passiert?«, flüsterte ich entsetzt und führte ihn zu meinem Jeep.

Er stöhnte nur.

Versuchte zu lächeln.

Stöhnte wieder.

Ich warf die Beifahrertür zu und beeilte mich, wieder hinters Steuer zu kommen.

»Sie haben verdammt noch mal zugestochen.« Er rieb sich mit der Hand übers Gesicht, erreichte damit jedoch nur, dass sich das Blut weiter verteilte. Er lachte kurz auf, doch seine ganze Erscheinung demonstrierte den Ernst der Lage. »Ich hab Red gesagt, ich würde das Geld nächste Woche haben …« Er zuckte zusammen. »… und er schickt mir diese Typen auf den Hals.«

»Jesus, Jace«, seufzte ich und fuhr los. Der Morgen dämmerte herauf, dennoch schien es dunkler zu sein als zuvor. »Ich dachte, du hättest das Dealen aufgegeben.«

Er richtete sich auf und sah mich mit dem gesunden Auge an. »Hab ich auch, Danny, ich schwör's.« Er fing an zu weinen. »Ich schwör zu Gott, dass ich damit fertig bin.« Jetzt war klar, dass er nicht nur dealte, sondern das Zeug auch selbst nahm. *Shit.* »Die wollten mich umbringen, Danny. Ich weiß das. Er hat sie geschickt, damit …«

»*Halt's Maul!*«, brüllte ich, weil mich eine Vorahnung

beschlich, dass mein kleiner Bruder sterben könnte. Ein Frösteln überkam mich, eine unheimliche Furcht vor dem Unbekannten. »Du wirst nicht sterben, Jace. Halt verdammt noch mal die Klappe.«

Er schluchzte und wimmerte vor Schmerzen, es klang völlig verloren. »Es tut mir leid … Ich wollte dich nicht schon wieder mit hineinziehen.«

Ich beäugte ihn von der Seite und seufzte schwer. Tätschelte ihm den Rücken. »Ist schon in Ordnung«, log ich.

Ich hatte ihn mit seinen Problemen alleingelassen. Hatte mich meiner Musik gewidmet. Mich auf mein Studium konzentriert. Ich war auf dem College, mir fehlte nur noch ein Jahr, dann würde ich etwas aus mir gemacht haben. Aber statt mich auf die Prüfung vorzubereiten, die in wenigen Stunden stattfinden sollte, durfte ich nun Jace verbinden. Großartig!

Er spielte nervös mit niedergeschlagenem Blick mit seinen Händen. »Ich will mit dem ganzen Kram wirklich nichts mehr zu tun haben, Danny. Und ich habe nachgedacht.« Er sah kurz zu mir auf, dann wurde sein Blick flackernd und er richtete ihn wieder zu Boden. »Wenn ich nur wieder in die Band könnte …«

»Jace«, mahnte ich.

»Ich weiß, ich weiß. Ich hab's vermasselt …«

»Du hast es total verbockt«, stellte ich richtig.

»Ja, okay, stimmt. Aber du weißt doch, das einzige Mal, dass ich glücklich war, nachdem Sarah …« Er zuckte zusammen und konnte nicht weitersprechen. Seine gemarterte Seele wand sich auf dem Autositz. Ich runzelte die Stirn. »Das einzige Mal, dass ich glücklich war seit dem Tag, war bei dem Auftritt mit euch.«

Mein Magen drehte sich um, ich erwiderte nichts darauf.

Wechselte das Thema. »Wir sollten dich ins Krankenhaus bringen.«

Er riss sein gesundes Auge auf und schüttelte den Kopf. »Nein. Keine Krankenhäuser.«

»Warum nicht?«

Er stutzte, dann zuckte er die Achseln. »Die Cops könnten mich in die Finger kriegen ...«

Ich zog eine Braue hoch. »Sind die Cops denn hinter dir her, Jace?«

Er nickte.

Ich fluchte.

Also war er nicht nur auf der Flucht vor den miesen Typen von der Straße, sondern auch vor jenen, die solche Typen hinter Gitter brachten. Warum bloß fand ich das nicht erstaunlich?

»Was hast du angestellt?«, fragte ich sauer.

»Spielt keine Rolle.« Ich warf ihm einen kalten Blick zu. Er seufzte. »War echt nicht meine Schuld, Danny. Echt nicht. Hör zu. Vor ein paar Wochen wollte Red, dass ich einen Wagen von hier nach dort fahre, mehr nicht. Und ich hab verdammt noch mal nicht gewusst, was drin war.«

»Du hast also Drogen transportiert?«

»Ich hab's nicht gewusst! Ich schwör's bei Gott, ich habe das nicht gewusst!«

Was zum Teufel quatschte er da? Hatte er geglaubt, er würde harmlose Zuckerstangen durch die Gegend kutschieren?

Jace fuhr fort. »Jedenfalls haben die Cops mich an einer Tankstelle angehalten. Als ich rauskam, war der Wagen umstellt. Ein Cop hat gesehen, wie ich fortlief, und hat geschrien, ich soll stehen bleiben, aber ich hab bloß gemacht, dass ich fortkam. Hat sich also doch gelohnt, das viele Lauftraining an der Highschool.« Er kicherte in sich hinein.

»Ach, ist das lustig? Findest du das lustig?« Allmählich lief mir die Galle über. »Ich amüsiere mich riesig, Jace!« Er senkte den Kopf. »Wo willst du überhaupt hin?«

»Bring mich zu Mom und Dad«, bat er.

»Das soll wohl ein Scherz sein? Mom hat dich ein ganzes Jahr nicht gesehen, und jetzt willst du als Erstes zu ihr? So wie du zugerichtet bist? Willst du sie umbringen? Und du weißt doch, wie es um Dads Gesundheit steht …«

»Bitte, Danny!«, wimmerte er.

»Mom macht aber um diese Zeit ihren Morgenspaziergang am See …«, warnte ich ihn vor.

Er schniefte und fuhr sich mit den Fingern unter der Nase entlang. »Ich setz mich einfach so lange ins Bootshaus und sehe zu, dass ich sauber werde.« Er schaute aus dem Fenster. »Ich kümmere mich wirklich darum, dass ich clean werde«, flüsterte er.

Als hätte ich das nicht schon oft gehört.

Wir brauchten zwanzig Minuten bis zum Haus meiner Eltern. Sie wohnten an einem See ein paar Meilen außerhalb von Edgewood, Wisconsin. Dad hatte Mom immer ein Haus am See versprochen, und erst vor einigen Jahren war er in der Lage gewesen, es zu kaufen. Das Haus war im Grunde eine renovierungsbedürftige Hütte, aber es war immerhin *ihre* renovierungsbedürftige Hütte.

Ich parkte hinter dem Bootshaus. Darin lag Dads Boot, für den Winter vertäut. Jace seufzte wieder und dankte mir dafür, dass ich ihn hergebracht hatte. Wir schlichen in das Bootshaus, durch dessen Fenster das Licht des anbrechenden Tages sickerte.

Ich turnte ins Boot und holte ein paar Handtücher aus der

Kajüte. Als ich wieder an Deck kam, saß Jace still da und betrachtete seine Stichwunde.

»So schlimm ist es gar nicht«, sagte er, während er die Hand auf die Wunde drückte. Ich holte ein Taschenmesser hervor, schnitt ein Handtuch in Fetzen und drückte es auf den Schnitt. Jace starrte auf das Messer, dann schloss er die Augen. »Dad hat dir sein Messer geschenkt?«

Ich starrte auf die Klinge, ließ es zuschnappen und stopfte es wieder in die Tasche. »Er hat's mir geliehen.«

»Ich durfte es nicht mal anfassen.«

Mein Blick glitt zu seiner Stichwunde. »Tja, warum wohl, frage ich mich?«

Bevor er antworten konnte, hörten wir draußen einen Schrei. »Was zum Teufel …« Ich stürzte aus dem Bootshaus, den humpelnden Jace dicht auf den Fersen. »Mom!«, schrie ich, als ich den Fremden im roten Kapuzenpulli sah, der meine Mutter von hinten umschlang und eine Waffe auf ihren Rücken richtete.

»Wie haben sie uns nur gefunden?«, murmelte Jace.

Ich drehte mich zu meinem Bruder um. »Du kennst ihn?!«, fragte ich. Voller Ekel.

Und Zorn.

Und Angst.

Hauptsächlich Angst.

Der Fremde sah mit funkelnden Augen zu uns herüber. Ich hätte schwören können, dass er höhnisch grinste.

Grinste, bevor er abdrückte.

Und als Mom fiel, rannte er davon.

Jace' Stimme stieg in den Himmel empor. Er brüllte voller Zorn und Angst, als er an Moms Seite eilte, doch ich kam ihm zuvor.

»Mom, Mom. Ist nichts passiert.« Ich wandte mich an meinen Bruder und stieß ihn vor die Brust. »Ruf 911.«

Er stand über uns, die Tränen strömten ihm aus den blutunterlaufenen Augen. »Danny, sie ist doch nicht ... Sie wird doch nicht ...« Er stammelte, und ich hasste ihn dafür, dass er das Gleiche dachte.

Ich griff in meine Tasche, zerrte mein Handy heraus und drückte es ihm in die Hand. »Ruf an!« Ich hielt Mom in meinen Armen.

Dann sah ich zum Haus und erblickte Dads Gesicht in dem Moment, als er begriff, was geschehen war. In dem Moment, als ihm klar wurde, dass er tatsächlich einen Schuss gehört hatte und dass seine Frau tatsächlich am Boden lag, ohne sich zu bewegen. Sein Körper war von seiner Krankheit stark in Mitleidenschaft gezogen, doch jetzt kam er auf uns zugerannt.

»Ja, hallo, unsere Mom ... *sie ist angeschossen worden!*« Als ich hörte, wie Jace es aussprach, kamen auch mir die Tränen.

Ich fuhr Mom zärtlich durchs Haar, während Dad zu uns kam. »Nein ... nein ... nein«, murmelte er, dann brach er zusammen.

Ich hielt Mom fester. Ich hielt Mom und Dad in meinen Armen. Sie schaute mich mit ihren blauen Augen an, flehte um Antworten auf unbekannte Fragen. »Es wird alles wieder gut. Wird alles wieder gut«, flüsterte ich ihm ins Ohr.

Ich log, und ich belog mich auch selbst. Ich wusste, dass sie es nicht schaffen würde. Irgendetwas in mir sagte unablässig, dass es zu spät sei, dass es keine Hoffnung mehr gäbe. Dennoch konnte ich nicht aufhören, ihr zu versichern, dass sie leben würde. Und ich konnte nicht aufhören zu weinen.

*Wird alles wieder gut.*

# 1

## ASHLYN

— **Gegenwart** —

*Death isn't frightening, it isn't a curse.*
*I just fucking wish that it would've taken me first.*

Romeo's Quest

Ich hatte mich in die hinterste Kirchenbank gesetzt. Ich verabscheute Beerdigungen – aber es wäre ja auch seltsam gewesen, wenn ich sie geliebt hätte. Ich fragte mich, ob es tatsächlich Menschen gab, die so etwas mochten. Menschen, die nur aus dem Grund zu einem Trauergottesdienst gingen, um sich eine krankhafte Unterhaltung zu verschaffen. Die sozusagen ihre *Freude* daran hatten.

*Es geht mir gut.*

Wann immer Leute an mir vorbeigingen, hielten sie den Atem an, weil sie mich für Gabby hielten. »Ich bin nicht sie«, flüsterte ich. Dann erhielt ich zur Antwort einen finsteren Blick, bevor sie weitergingen. »Ich bin nicht sie«, murmelte ich noch einmal und rutschte unbehaglich auf der hölzernen Bank herum.

Als kleines Mädchen war ich sehr krank und musste zwischen vier und sechs Jahren immer wieder ins Krankenhaus.

Soweit ich es verstanden habe, hatte ich ein Loch im Herzen. Nach zu vielen Operationen und unzähligen Gebeten konnte ich schließlich ein normales Leben führen. Mom hatte damals geglaubt, ich würde sterben, und ich hatte mit der Zeit die Überzeugung gewonnen, dass sie enttäuscht war, Gabby verloren zu haben und nicht mich.

Mom hatte, nachdem Gabbys Erkrankung diagnostiziert war, wieder mit dem Trinken angefangen. Sie tat ihr Bestes, um es vor mir zu verheimlichen, aber einmal war ich in ihr Schlafzimmer geplatzt und hatte sie weinend und zitternd auf dem Bett vorgefunden. Und als ich zu ihr gekrochen war und sie umarmte, hatte ich ihre Whiskyfahne gerochen.

Mom war nie gut mit Problemen klargekommen und hatte in jeder Krise auf den Alkohol zurückgegriffen. Es half auch nicht, dass Gabby und ich während ihrer Entziehungskuren bei Großvater untergebracht waren. Nach dem letzten Entzug hatte sie hoch und heilig geschworen, nun endlich mit dem Trinken aufzuhören.

Mom saß in der ersten Bank, zusammen mit ihrem Freund Jeremy, dem einzigen Menschen, der dafür sorgen konnte, dass sie jeden Tag ordentlich angezogen war. Wir hatten kaum mehr miteinander gesprochen, seit Gabby sich nur noch mit sich selbst beschäftigt hatte – mit dem Sterben und so. Gabby war immer Moms Liebling gewesen. Das war kein Geheimnis. Gabby hatte die gleichen Sachen geliebt, wie zum Beispiel Make-up und Reality TV. Mom und Gabby hatten viel miteinander gelacht und gescherzt, während ich auf der Couch saß und meine Bücher las.

Natürlich behaupten alle Eltern, dass sie kein Kind vorziehen, aber das ist einfach nicht möglich. Vielleicht haben sie ein Kind, das ihnen so sehr gleicht, dass sie schwören, Gott müsse es nach ihrem Ebenbild geschaffen haben. So ein Kind war Gabby für Mom. Und dann ist da noch dieses merkwürdige, aus der Art geschlagene Kind, das zum Spaß Lexika liest, weil »Wörter cool sind«.

Und nun raten Sie mal, wer dieses Kind war ...

Mom liebte mich als Tochter, aber im Grunde konnte sie mich nicht leiden. Für mich war das in Ordnung, denn ich liebte sie so sehr, dass es für uns beide reichte.

Jeremy war ein vernünftiger Mann, und ich fragte mich insgeheim, ob er fähig wäre, mir die Mom wiederzugeben, die sie vor Gabbys Krankheit gewesen war. Die Mom, die oft lächelte. Die Mom, die es ertragen konnte, mich anzuschauen. Die Mom, die mich liebte, aber nicht sehr mochte. Diese Mom fehlte mir wirklich sehr.

Ich kratzte an meinem schwarzen Nagellack und seufzte. Der Priester schwadronierte über Gabby, als hätte er sie gekannt. Das hatte er nicht. Wir waren keine eifrigen Kirchgänger gewesen, weshalb es jetzt schon ein wenig dramatisch war, dass wir uns in einer Kirche befanden. Mom pflegte zu sagen, wir trügen den Glauben in uns, und man könne Gott in allem finden, also gäbe es keinen Grund, jeden Sonntag in die Kirche zu gehen. Wahrscheinlich war es nur ihre Art zu sagen, dass sie an Sonntagen gern ausschlief.

Ich hielt es keine Sekunde länger in dieser Kirche aus. Für einen Ort des Gebets und des Glaubens war es hier viel zu stickig.

Ich drehte meinen Kopf zum Portal, und in diesem Moment wurde ein weiterer Choral angestimmt. *Oh mein Gott. Wie viele Kirchenlieder gibt es eigentlich?!* Abrupt stand ich auf und ging vor die Tür, wo mich die Sommerhitze wie ein Schlag traf. Es war heißer als in den vergangenen Jahren. Ein paar Schweißtropfen rannen über meine Stirn, kaum dass ich die Kirche verlassen hatte. Ich zerrte an dem schwarzen Kleid, das ich tragen musste, und versuchte, auf den ungewohnten Absätzen nicht ins Stolpern zu geraten.

Manche könnten es vielleicht seltsam finden, dass ich das Kleid trug, das meine Schwester ausgesucht hatte. Aber so war Gabby eben. Sie war immer schon ein wenig morbid gewesen, hatte schon, bevor sie krank wurde, über ihren Tod gesprochen. Es war ihr ausdrücklicher Wunsch gewesen, dass ich bei ihrer Beerdigung todschick aussehen sollte. Das Kleid saß an der Taille ein bisschen eng, aber ich beklagte mich nicht. Bei wem denn auch?

Da saß ich nun auf der obersten Stufe der Kirchentreppe. Ich drückte meine Oberarme so fest an den Körper, dass es fast schmerzte. Beerdigungen waren stinklangweilig. Ich schaute einer Ameise zu, die über die Stufe krabbelte. Sie wirkte ziemlich benommen, krabbelte planlos vor und zurück, nach rechts und nach links, rauf und runter.

»Tja, wie's scheint, haben wir eine Menge gemeinsam, Frau Ameise.«

Ich beschattete die Augen mit der Hand und schaute zum blauen Himmel hinauf. Dämlicher blauer Himmel, der Heiterkeit und Glück verhieß! Obwohl ich versuchte, sie abzuwehren, brannte die Sonne auf mich nieder und ließ mich in Scham und Schuld zerfließen.

Mit gesenktem Kopf studierte ich die Zementstufen, malte ziellos Kreise um meine Absätze. Ich war mir beinahe sicher, dass Einsamkeit eine Krankheit war. Eine ansteckende, widerliche Krankheit, die einen langsam und heimtückisch befällt, obwohl man sich so gut wie möglich dagegen wappnet.

»Störe ich?«, sagte eine Stimme hinter mir. *Bentleys Stimme*.

Ich drehte mich um, und da stand er, mit einer Art Schatzkiste in den Händen. Er lächelte zwar, doch in seinen Augen stand Traurigkeit. Ich klopfte auffordernd auf den Platz neben mir, und er setzte sich. Gabby hatte auch ihn eingekleidet. Bentley trug einen blauen Blazer über seinem verschlissenen, fadenscheinigen Beatles-T-Shirt. Die Leute in der Kirche mochten ihn vielleicht deswegen schief ansehen, aber Bentley war die Meinung anderer egal. Seine einzige Sorge galt einem Mädchen und ihren Nöten.

»Wie geht es dir?« Ich legte ihm die Hand aufs Knie.

Seine blauen Augen suchten meine grünen, und er kicherte leise. Wir beide wussten aber, dass es ein schmerzliches Kichern war. Meine Mundwinkel sanken herab. Der arme Kerl. Bald schon stellte er die Schatzkiste ab und ließ die Schultern hängen. Er schlug die Hände vors Gesicht und zog die Beine an, als ob er sich ganz in sich selbst verkriechen wollte. Ich konnte fast körperlich spüren, wie sein Herz in Stücke ging. Ich hatte Bentley nur einmal vorher weinen sehen, und das war, als er Eintrittskarten für Paul McCartney ergattert hatte. Aber das waren ganz andere Tränen gewesen.

Zu sehen, wie er zusammenbrach, machte mich ganz hilflos. Zu gern hätte ich seinen Schmerz aufgesogen und ins Weltall hinausbefördert, damit er nie wieder darunter zu leiden brauchte.

»Es tut mir so leid, Bentley«, sagte ich leise und legte meine Arme um ihn.

Er schluchzte noch ein paar Mal, dann wischte er sich die Tränen aus den Augen. »Was bin ich für ein Trottel, hier vor dir zusammenzubrechen. Das Letzte, was du gebrauchen kannst. Es tut mir leid, Ashlyn.« Er seufzte tief. Bentley war der netteste Junge, den ich kannte. Es ist schlimm, dass auch die netten Jungs Schmerz empfinden, denn jeder weiß doch, dass ihre Herzen am meisten leiden.

»Brauchst dich nicht zu entschuldigen.« Ich verschränkte die Hände und legte mein Kinn darauf.

Bentley legte den Kopf schief und stupste meine Schulter an. »Wie geht es *dir*?«, fragte er mitfühlend. Meine Schwester hätte sich total in ihn verliebt, wenn sie gesehen hätte, wie er sich um mich sorgte. Dort, wo sie jetzt war, grinste sie bestimmt übers ganze Gesicht, während sie mit Tupac und Nemos Mom abhing.

Wieder einmal wurde mir bewusst, dass ich nicht die Einzige war, die einen Verlust erlitten hatte. Bentley hatte Gabby zwar viel bedeutet, aber sie war für ihn *alles* gewesen. Er war zwei Jahre älter als wir. Wir lernten uns kennen, als Bentley im vorletzten Jahr auf der Highschool war. Gabby war damals in der zweiten, ich in der ersten Klasse, weil ich aus Gesundheitsgründen ein Jahr später eingeschult worden war.

In ein paar Wochen würde Bentley sein zweites Studienjahr beginnen: im Norden, wo er Medizin studierte – eigentlich ironisch, wenn man bedachte, dass er zurzeit an einem gebrochenen Herzen litt, das keine Medizin jemals heilen konnte.

»Ich komm schon klar, Bent.« Das war eine Lüge, wie er sehr wohl wusste, aber es war okay. Er würde nicht weiter in mich dringen. »Hast du Henry gesehen?«, fragte ich und ruckte mit dem Kopf zur Kirche.

»Ja, schon. Wir haben ein bisschen geredet. Hast du schon mit ihm gesprochen?«

»Nein. Und mit Mom auch nicht. Seit Tagen nicht.« Bentley hörte das Beben in meiner Stimme, und er legte einen Arm um meine Taille und zog mich tröstend an sich.

»Sie trauert bloß. Sie meint es nicht böse, da bin ich sicher.«

Ich fuhr mit den Fingern über die Betonstufen, spürte ihre raue Oberfläche. »Ich glaube, sie hätte es lieber gesehen, wenn ich gestorben wäre«, flüsterte ich. Jetzt rann eine Träne über meine Wange. Ich sah Bentley an, der sichtlich mit mir litt. »Sie kann mich nicht einmal anschauen, weil, nun ja ... weil eben nur der böse Zwilling überlebt hat.«

»Nein.« Es klang wie ein Befehl. »Ashlyn, an dir ist doch nichts verkehrt!«

»Woher willst du das wissen?«

»Tja ...« Er setzte sich gerade hin und grinste mich an wie ein Trottel. »... ich bin eben Arzt. Zumindest hoffentlich irgendwann.« Damit brachte er mich zum Kichern. »Und nur, damit du Bescheid weißt ... Als ich das letzte Mal mit Gabby gesprochen habe, hat sie immer wieder gesagt, wie glücklich sie war, dass es nicht dich erwischt hat.«

Ich biss mir in dem Versuch, die Tränen zurückzuhalten, auf die Unterlippe. »Danke, dass du's mir sagst, Bentley.«

»Jederzeit, Kumpel.« Er umarmte mich noch einmal zum Abschied. »Wobei mir einfällt ...« Er griff nach der Schatzkiste, die er auf die Stufen gestellt hatte, und legte sie mir in den Schoß. »Die soll ich dir von Gabby geben. Du sollst sie heute Abend öffnen. Ich weiß nicht, was drin ist. Sie wollte es mir nicht sagen. Sie hat nur gesagt, es sei für dich bestimmt.«

Ich starrte auf die hölzerne Kiste und strich mit den Fingern darüber. Was mochte darin sein? Warum war sie so schwer?

Bentley stand auf und steckte seine Hände in die Taschen. Ich lauschte seinen Schritten, als er sich dem Portal näherte und eine der Türen öffnete. Aus der Kirche klangen die leisen Laute der Trauer, ein unterdrücktes Weinen, das alles nur noch schlimmer machte. Ich sah nicht auf, wusste aber, dass Bentley noch dort stand.

Er räusperte sich. Nach einer Weile sagte er: »Ich wollte sie fragen, ob sie mich heiratet, weißt du?«

Die hölzerne Kiste drückte auf meine Schenkel. Die Sommersonne brannte heiß auf mein Gesicht. Ohne mich umzudrehen, nickte ich. »Ich weiß.«

Er stieß einen schweren Seufzer aus, dann trat er wieder in die Kirche ein. Ich blieb sitzen und flehte stumm die Sonne an, sie möge mich jetzt und hier zu einem Klumpen Nichts zusammenschmelzen. Menschen gingen vorüber, doch niemand blieb stehen. Alle zu sehr mit ihrem Leben beschäftigt, um zu merken, dass meines zum Stillstand gekommen war.

Wieder ging die Kirchentür auf, doch diesmal war es Henry. Er sagte nichts, als er sich setzte, immerhin mit genügend Abstand, sodass ich mich nicht unbehaglich fühlen musste. Er griff in seine Anzugtasche, holte ein Päckchen Zigaretten heraus und steckte sich eine an.

Er blies eine Rauchwolke, und ich betrachtete ihre hypnotisierenden Muster, die sich langsam auflösten.

»Meinst du nicht, dass es reichlich sonderbar wirkt, auf einer Kirchentreppe zu rauchen?«

Henry schnippte Asche fort, bevor er antwortete. »Tja, wenn ich erleben muss, wie die Welt eine meiner Töchter begräbt, dann kann ich wohl auf der Kirchentreppe rauchen und sagen ›Scheiß auf dich, Welt‹. Heute zumindest.«

Ich lachte sarkastisch. »Es kommt mir ein wenig kühn vor, uns als deine Töchter zu bezeichnen, nachdem du achtzehn Jahre lang nur an Geburtstagen angerufen und Geschenkgutscheine geschickt hast.« Er war zur Beerdigung aus Wisconsin gekommen, und ich hatte ihn schon ewig nicht mehr gesehen.

Henry hatte alles darangesetzt, um den Kaffeebecher mit der Aufschrift »Dad ist die Nummer eins« nicht zu verdienen, doch ich hatte gelernt, mich damit abzufinden. Doch dass er ausgerechnet heute gekommen war und den trauernden Vater spielte, kam mir ein wenig theatralisch vor, auch wenn er ganz locker eine Kippe rauchte.

Er seufzte schwer und schwieg. Wir saßen ziemlich lange stumm da und ließen uns anstarren. Lange genug, dass ich mich schuldig zu fühlen begann, weil ich ihn angeblafft hatte.

»Sorry«, murmelte ich und schielte ihn verstohlen an. »Ich hab's nicht so gemeint.« Ich war mir nicht mal sicher, ob er mir einen Vorwurf daraus machte. Manchmal ist es wohl einfacher, gehässig zu sein.

Schon bald offenbarte er mir den wahren Grund, warum er sich zu mir gesetzt hatte. »Ich hab mit deiner Mom gesprochen. Sie macht gerade eine sehr schwere Zeit durch.« Ich schwieg. Natürlich machte sie eine schwere Zeit durch! Ihre Lieblingstochter war tot! Henry fuhr fort. »Wir waren uns einig, dass es vielleicht am besten für dich wäre, wenn du zu mir ziehst. Du kannst dein Abschlussjahr in Wisconsin machen.«

Jetzt musste ich aber wirklich lachen. »Ja, alles klar, Henry.« Immerhin hatte er sich seinen Sinn für Humor bewahrt. Ein merkwürdiger Humor, aber dennoch witzig. Ich drehte den Kopf in seine Richtung und sah den ernsten Ausdruck in seinen grünen Augen – die er mir und Gabby vererbt hatte. Ich hatte Bauchschmerzen. Tränen stiegen mir in die Augen. »Das war ernst gemeint? Sie will mich nicht mehr bei sich haben?«

»Darum geht es doch nicht ...« Seine Stimme zitterte, er hoffte, mich nicht verletzt zu haben.

Doch genau darum ging es. Mom wollte mich nicht mehr. Warum sonst sollte sie mich in das Land von Kühen, Käse und Bier schicken? Ich war mir bewusst, dass wir eine schwere Zeit durchmachten, aber so ist das nun mal bei Todesfällen: Da machen Familien eine schwere Zeit durch. Man geht wie auf Eiern. Man schreit, wenn es sein muss, und bricht unvermittelt in Tränen aus. Man löst sich auf – aber gemeinsam.

Die Magenschmerzen der letzten Wochen meldeten sich erneut, und ich fühlte mich einer Ohnmacht nahe. Ich hasste mich für meine Schwäche. *Nicht vor Henry. Nicht vor ihm ohnmächtig werden.*

Ich kam mühsam auf die Beine, die Schatzkiste unter meinen linken Arm geklemmt. Ich wischte die Rückseite meines Kleides ab, während ich auf die Kirchentür zuging. »Ist schon in Ordnung«, log ich, während mir panische Gedanken betreffs meiner Zukunft durch den Kopf rasten. »Außerdem ... wer legt schon Wert darauf, dass man ihn haben will?«

Seit der Beerdigung war eine Woche vergangen. Mom hatte die meiste Zeit bei Jeremy verbracht. Um ehrlich zu sein, hatte ich mir nicht vorgestellt, die letzten kostbaren Wochen des Sommers allein in der Wohnung zu verbringen und stündlich in Tränen auszubrechen. Es war wirklich erbärmlich.

Andererseits hatte ich in den letzten zehn Minuten nicht geheult. Ein großer Sieg also.

Ich schritt den Korridor entlang und lehnte mich an den Türrahmen unseres einstigen gemeinsamen Schlafzimmers. Da stand sie, auf meiner Kommode: ihre kleine Wunderkiste. Gabbys ganzes Leben, oder das, was sie eines Tages sein wollte, würde darin zu finden sein, dessen war ich sicher. Ob es ein Bauchgefühl war oder vielleicht die außersinnliche Wahrnehmung einer Zwillingsschwester – ich wusste es einfach.

Es war eine schlichte, kleine Schatzkiste aus Holz, und ich hätte sie am Abend nach der Beerdigung öffnen sollen, doch bis jetzt hatte ich sie lediglich angestarrt.

Ich hob die Kiste hoch und entdeckte den Schlüssel, der mit Klebeband auf der Unterseite befestigt war. Ich riss ihn ab und ging mit der Kiste zu dem überbreiten Doppelbett auf der rechten Seite des Zimmers, wobei ich nur einen kurzen Blick auf das andere Bett warf, das auf der linken Seite stand. Ich sank auf die harte Matratze und schob den Schlüssel ins Schloss.

Ich öffnete meine Schatzkiste sehr langsam. Mein angehaltener Atem strömte hinein und auch ein paar Tränen. Hastig wischte ich sie fort und atmete tief durch.

Zwei Sekunden. Ich hatte es gerade mal zwei Sekunden lang geschafft. Doch kein so großer Sieg.

In der Kiste befanden sich absurd viele Briefe. Und darauf eine Handvoll von Gabbys alten Gitarren-Plektren. Sie war eine tolle Musikerin gewesen und wollte mir immer beibringen, ihre verdammte Gitarre zu spielen, aber mir hatten immer nur die Finger wehgetan. Außerdem betrachtete ich Gitarre spielen als Zeitverschwendung, wenn ich stattdessen an meinem Roman arbeiten konnte.

Sofort bekam ich Schuldgefühle, weil ich mir mit der Gitarre keine größere Mühe gegeben hatte, denn Gabby hätte sich sicher Zeit genommen, um mir bei meinem Roman zu helfen, den ich, wie ich inzwischen glaubte, wohl nie zu Ende bringen würde.

In einer Ecke der Kiste lag ein Ring – der Freundschaftsring, den Gabby von Bentley bekommen hatte. Ich nahm ihn und drehte ihn eine Weile in den Händen, dann legte ich ihn zurück. Ich hoffte nur, dass Bentley sich wieder einigermaßen gefangen hatte. Er war fast wie ein Bruder für mich, und ich wünschte, dass es ihm wieder besser ging und dass er seinen Humor wiederfand.

Blieben noch die Briefe – die vielen, vielen Briefe. Ich zählte mindestens vierzig, alle nummeriert und beschriftet und mit einem Herzaufkleber zugeklebt. Auf dem obersten Umschlag stand: »Lies mich zuerst.« Ich stellte die Kiste auf mein Bett, nahm den Umschlag heraus und riss ihn auf.

*Kleine Schwester ...*

Ich schlug die Hand vor den Mund, während ich nach Luft schnappte und Gabbys Brief anstarrte. Ich fühlte mich hin und her gerissen. Einerseits wollte ich beim Anblick ihrer Handschrift in Tränen ausbrechen, andererseits in Lachen, weil sie mich »kleine Schwester« nannte. Sie war lediglich eine Viertelstunde vor mir geboren worden, musste mich aber ihr Leben lang daran erinnern und hatte mich stets »kleine Schwester« oder »Kid« genannt. Am liebsten hätte ich sofort jeden Brief aus der Kiste verschlungen und ihre Verbundenheit mit mir gespürt.

*Lass mich zuerst sagen, dass ich dich liebe. Du bist meine erste und größte Liebe. Ja, ich kann verstehen, dass dir diese Briefe ein bisschen morbid vorkommen, aber carpe diem, nicht wahr? Ich habe Bentley gebeten, dir zu sagen, dass du die Schatzkiste am Abend nach der Beerdigung öffnen sollst, daher weiß ich, dass du wahrscheinlich einen oder zwei Tage gewartet hast.*

»Oder sieben«, brummte ich, während sich auf meinem Gesicht ein Grinsen ausbreitete.

*Oder sieben. Aber ich hatte das Gefühl, dass so vieles unerledigt geblieben ist. Dass wir so vieles nicht mehr tun können. Es tut mir leid, dass ich bei deiner Abschlussfeier nicht dabei sein kann. Es tut mir leid, dass wir uns an deinem einundzwanzigsten Geburtstag nicht bis zum Anschlag besaufen können. Es tut mir so leid, dass ich nicht da sein werde, um dich nach deiner letzten Enttäuschung in die Arme zu nehmen oder bei deiner tollen Hochzeit deine Brautjungfer zu sein.*

*Du sollst aber etwas für mich tun, Ash. Und zwar sollst du aufhören, dir die Schuld zu geben. Jetzt! Sofort! Du musst wieder anfangen zu leben. Ich bin schließlich diejenige, die gestorben ist, nicht du. Also habe ich dir auf der nächsten Seite eine Liste der Dinge zusammengestellt, die du unbedingt tun musst, bevor du stirbst. Ja, genau, ich habe diese Liste für dich gemacht, weil du es niemals tun würdest. Jedes Mal, wenn du einen Punkt abgehakt hast, wartet ein Brief auf dich – es wird so sein, als wäre ich immer noch bei dir.*

*Also lies die Liste. Öffne KEINESFALLS einen Brief, bevor du die zugehörige Aufgabe erfüllt hast. Und geh um Himmels unter die Dusche, kämm dir die Haare und leg ein bisschen Make-up auf. Du siehst nämlich echt schrecklich aus, wie eine unheilige Kreuzung zwischen dem Teufel und Bibo.*

*Es tut mir leid wegen all der Tränen, und es tut mir leid, dass du dich so allein und verloren fühlst. Aber glaube mir ...*

*Du machst das ganz toll, Kid.*

*Gabrielle*

Ich blätterte zur zweiten Seite, zu der »Liste der Dinge, die ich vor meinem Tod noch machen will«. Ich war nicht überrascht, dass manches davon genau dem entsprach, worüber wir ausgiebig geredet hatten: Fallschirmspringen, Shakespeares Gesammelte Werke lesen, sich verlieben, einen Roman veröffentlichen und ihn bei einer fantastischen Signierstunde mit Cupcakes vorstellen, Zwillinge bekommen, mit den falschen Typen ausgehen, sich an der University of Southern California einschreiben. Das waren nur einige der Dinge, von denen ich geträumt hatte. Manche Punkte auf der Liste waren aber eindeutig auf Gabbys Mist gewachsen:

*Vergib Henry; weine, weil du glücklich, und lache, weil du traurig bist; betrink dich und tanze auf dem Tresen; gib Bentley den Freundschaftsring zurück; kümmere dich um Mom und stelle die berühmt-berüchtigte Szene aus* Titanic *nach.*

In diesem Moment wurde die Wohnungstür geöffnet, und ich hörte Mom im Wohnzimmer. Ich legte die Briefe rasch in die Kiste zurück und schloss sie ab. Dann ging ich zu Mom. Sie starrte mich lange an. Tränen standen in ihren Augen, und ihre Lippen öffneten sich, als wollte sie mir etwas sagen, aber es kam nichts. Sie hob die Schultern und ließ sie wieder fallen. Es blieb still.

Sie sah so gebrochen aus, so ermattet, so zerschmettert.

»Ich fahre morgen zu Henry«, sagte ich, während ich mit den Füßen auf dem Teppich scharrte. Sie zitterte ein wenig. Ich erwog kurz, meine Worte zurückzunehmen und einfach hierzubleiben. Aber bevor ich dazu kam, machte sie den Mund auf.

»Das ist gut, Ashlyn. Soll Jeremy dich zum Bahnhof fahren?«

Ich schüttelte den Kopf. Mein Herz hämmerte gegen meine Rippen, während ich die Hände zu Fäusten ballte. »Nein. Ich kümmere mich schon darum. Und nur damit du Bescheid weißt: Ich komme nicht zurück.« Meine Stimme brach, aber ich verkniff mir die Tränen. »Niemals. Ich hasse dich, weil du mich im Stich gelassen hast, als ich dich am meisten gebraucht hätte. Das werde ich dir nie verzeihen.«

Mom starrte auf den Boden. Sie ließ die Schultern hängen. Sie sah mich noch ein letztes Mal an, bevor sie sich wieder zur Tür wandte. »Dann gute Reise.«

Und damit ließ sie mich im Stich – wieder einmal.

# 2

## ASHLYN

*Always remember our first glance,*
*And I'll promise your heart that I'll be enough.*

*Romeo's Quest*

Im Handumdrehen war der nächste Tag da. Ich saß auf meinem großen Koffer vor einem Bahnhof. Ich war vorher noch nie mit dem Zug gefahren und fand es daher ziemlich aufregend.

Drei Dinge hatte ich über Züge gelernt. Erstens, wenn der wildfremde Kerl neben dir sabbert und schnarcht, musst du so tun, als würdest du es nicht bemerken. Zweitens, eine Limo im Zug kostet mehr als eine Herde Kühe, und drittens, die Schaffner sehen genauso aus wie in *Polar Express* – nur dass sie nicht computeranimiert sind.

In Filmen und Büchern waren Züge mir immer irgendwie cooler vorgekommen, in der Wirklichkeit waren sie einfach nur Vehikel, die auf Schienen fuhren. Waggons eben. Der vorderste war die Lokomotive und der hinterste die Kombüse.

Ein Grinsen glitt über mein Gesicht, während ich über das Wort nachsann. Sag es fünfmal hintereinander, ohne in Lachen auszubrechen.

Kombüse.
Kombüse.
Kombüse.
Kombüse.
Gabby.
*Oh nein.* Ich lachte und weinte gleichzeitig. Alle Wege führten unweigerlich zu meiner Schwester zurück. Die Leute, die vorbeigingen, mussten mich für übergeschnappt halten, weil ich so grundlos lachte. Um ihren neugierigen Blicken zu entgehen, zog ich mein Buch aus der Handtasche und schlug es auf. Menschen können manchmal so voreingenommen sein.

Ich hängte die Handtasche wieder über die Schulter und seufzte. Ich hasste Handtaschen, Gabby hingegen war voll darauf abgefahren. Sie hatte sich ohnehin gern aufgebrezelt und war eine wahre Meisterin darin gewesen. Und ich? Gewiss nicht, aber Gabby hatte immer wieder betont, dass sie mich für wunderschön hielt, also musste es auch ohne Aufbrezeln gehen.

Und wissen Sie, was das Beste an Handtaschen ist? Man kann Bücher hineintun. Ich las gerade *Hamlet*. Zum fünften Mal in drei Wochen. Gestern Abend hatte ich an der Stelle aufgehört, wo Hamlet Ophelia schreibt, sie solle alles in Zweifel ziehen außer seiner Liebe. Aber das dumme Ding bringt sich später trotzdem um. Das ist der Fluch in den Shakespeare-Tragödien.

Während ich las, beobachtete ich aus dem Augenwinkel einen Mann, der seine Koffer aus dem Bahnhof schleppte. Dann lehnte er sie an die Seitenwand des Gebäudes. Es war irgendwie merkwürdig, ihn als Mann zu bezeichnen, denn so alt war er noch gar nicht. Man brauchte ein Wort für die Jahre dazwischen. Vielleicht Munge? Jann? Janmunge?

Dieser Janmunge hatte im gleichen Waggon wie ich gesessen und war mir sofort aufgefallen. Wie hätte es auch anders sein können? So oft geschah es nicht, dass ich einen Menschen schön fand, aber auf ihn traf das definitiv zu. Er hatte lange – zu lange – Haare. Zumindest hatte ich das gedacht, bis er sich mit der Hand durch seine dichten braunen Haare fuhr, die sich daraufhin glatt an den Kopf schmiegten.

Und ich war knallrot geworden.

Auf der Reise nach Wisconsin hatte er zwei Reihen hinter mir gesessen. Als ich auf die Toilette ging, sah ich, wie er mit den Fingern rhythmisch auf seinen Oberschenkel trommelte und dazu im Takt mit dem Kopf nickte. Vielleicht war er Musiker. Gabby hatte auch immer mit den Füßen gewippt und mit dem Kopf genickt.

Bestimmt war er Musiker.

Er sah, dass ich ihn beobachtete, und als er zu mir aufschaute, erhellte ein Lächeln sein Gesicht. Ich kam mir dumm vor. Also heftete ich meinen Blick auf den dunkelblauen, kaffeefleckigen Teppichboden und eilte weiter. Seine Augen waren blau und aufmerksam. Eine Sekunde lang hatte ich sie für einen Weg in eine andere Welt gehalten.

Wunderschöne.

Atemberaubende.

Leuchtende.

Blaue Augen.

Ich seufzte.

Vielleicht waren sie ja ein Weg in eine bessere Welt.

Davon abgesehen sollte man in einem Zug niemals die Toilette benutzen. Sie war ziemlich eklig, und ich trat in ein Kaugummi, das jemand ausgespuckt hatte.

Als ich zu meinem Platz zurückging, klopfte mein Herz,

denn ich wusste, ich musste wieder an dem Mann mit den schönen Augen vorbei. Mit niedergeschlagenem Blick erreichte ich meinen Platz und atmete erleichtert aus. Doch dann ertappte ich mich dabei, wie ich den Kopf in seine Richtung drehte. Es war eindeutig die Schuld meiner Augen, sie schienen ein Eigenleben zu führen. Der Mann lächelte wieder und nickte mir zu. Ich hingegen lächelte nicht, denn ich war viel zu nervös. Diese blauen Augen machten mich so schrecklich nervös.

Dort, im Zug, hatte ich ihn das letzte Mal gesehen.

Und – jetzt wieder.

Jetzt befand ich mich vor dem Bahnhof. Er stand vor dem Bahnhof. *Wir* waren vor dem Bahnhof. Und ich warf ihm einen raschen Seitenblick zu. Herzklopfen. Mächtiges Herzklopfen.

Ich spielte die Coole, indem ich meine gelegentlichen Seitenblicke so wirken ließ, als hielte ich an Mr Beautiful Eyes vorbei Ausschau nach Henry. In Wahrheit wollte ich aber nur einige Blicke auf den Janmungen erhaschen, der sich lässig an die Wand des Bahnhofsgebäudes lehnte.

Mein Atem ging rascher. Er sah mich. Ich trappelte ein bisschen mit den Füßen, summte vor mich hin, versuchte cool zu wirken und versagte kläglich dabei. Ich hielt das Buch vor mein Gesicht.

»›*Zweifle an der Sonne Klarheit. Zweifle an der Sterne Licht. Zweifl, ob lügen kann die Wahrheit. Nur an meiner Liebe nicht*‹«, zitierte er.

Ich ließ das Buch in den Schoß sinken. Verwirrt schaute ich zu Mr Beautiful Eyes hoch. »Halten Sie den Mund.«

Sein Grinsen verschwand und machte Bedauern Platz. »Oh, tut mir leid. Ich habe bloß gesehen, was Sie da lesen ...«

»*Hamlet.*«

Er strich mit dem Finger über die Oberlippe und trat einen Schritt näher. *Klopf, klopf* machte mein Herz. »Ja … *Hamlet*. Verzeihung, ich wollte Sie nicht stören«, entschuldigte er sich mit einer unglaublich sanften Stimme, die so klang wie Honig – wenn Honig sprechen könnte. Eine Entschuldigung war aber eigentlich gar nicht nötig. Denn ich freute mich viel zu sehr, dass es noch andere Menschen auf der Welt gab, die William zitierten.

»Nein. Haben Sie gar nicht. Ich, ich meinte auch nicht Mund halten wie in ›Mund zu und schweigen‹, sondern eher im Sinn von ›Au, verflucht noch eins, Sie können Shakespeare zitieren?!‹ So war es eher gemeint.«

»Haben Sie gerade ›verflucht noch eins‹ gesagt?«

Meine Kehle schnürte sich zu. Ich richtete mich auf. »Nein.«

»Ähm, ich dachte, ich hätte so etwas gehört.«

Wieder lächelte er, und nun merkte ich zum ersten Mal, wie heiß es war. Mindestens 32 Grad. Meine Hände schwitzten. Sogar meine *Zehen* klebten aneinander. Schweiß rann mir von der Stirn.

Ich sah, wie er den Mund öffnete, und tat dasselbe. Dann schloss ich ihn rasch wieder, denn ich wollte lieber *seine* Stimme hören.

»Auf der Durchreise oder bleiben Sie?«, fragte er.

Ich blinzelte verwirrt. »Wie?«

Er lachte und nickte kurz. »Sind Sie nur auf der Durchreise oder bleiben Sie in der Stadt?«

»Oh«, erwiderte ich und starrte ihn ein wenig zu lange an. *Nun red schon! Sag etwas!* »Ich ziehe um. Hierher. Ich ziehe in diese Stadt. Ich bin neu hier.«

Er zog eine Braue hoch, offensichtlich fand er diese unbedeutende Kleinigkeit überaus interessant. »Ach ja? Schön.« Er zog mit der rechten Hand an seinem Koffer und trat noch einen Schritt näher. Ein breites Grinsen erschien auf seinem Gesicht, während er mir die Linke hinstreckte. »Dann willkommen in Edgewood, Wisconsin.«

Ich sah auf seine Hand, dann wieder in sein Gesicht. Ich presste mein Buch vor die Brust, legte meine Arme darum. Ich konnte ihm nicht meine verschwitzte Hand geben. »Danke.«

Er seufzte leise, lächelte aber immer noch. »Na schön. War nett, Sie kennenzulernen.« Er zog die Hand zurück und eilte auf ein Taxi zu, das gerade am Bordstein hielt.

Ich räusperte mich. Mein Herz schlug gegen das Buch, in dem Hamlets und Ophelias Geschichte stand, und in meinem Kopf ging alles durcheinander. Meine Füße verlangten, dass ich aufstehen sollte, also sprang ich von meinem Koffer auf – und warf ihn prompt um.

»Sind Sie Musiker?!«, schrie ich dem Janmungen nach, der im Begriff war, in das Taxi zu steigen. Er drehte sich zu mir um.

»Woher wissen Sie das?«

Ich trommelte mit meinen Fingern rhythmisch auf das Buch, so wie er es im Zug getan hatte. »Hab ich mir bloß gedacht.«

Er kniff die Augen zusammen. »Kennen wir uns?«

Ich zog die Nase kraus und schüttelte heftig den Kopf. So heftig, dass mir unter Garantie Schweißtropfen von der Stirn flogen. Ich hoffte nur, dass er es nicht sah.

Nachdenklich grub er die Zähne in die Unterlippe. Ich sah, wie seine Schultern sich unter einem leisen Seufzer hoben und wieder senkten. »Wie alt sind Sie?«

»Neunzehn.«

Er nickte und fuhr sich mit der Hand durch die Haare. »Gut. Sie müssen nämlich achtzehn sein, um überhaupt reinzukommen. Sie kriegen einen Stempel, und an der Bar wird noch mal der Ausweis gecheckt, aber zuhören dürfen Sie. Bloß keinen Alkohol bestellen.« Ich legte den Kopf schief und starrte ihn ungläubig an. Er lachte. Oh, was für ein schönes Lachen! »Joe's Bar, Samstagabend.«

»Was ist Joe's Bar?«, fragte ich, nicht sicher, ob die Frage ihm galt oder mir oder diesen verdammten Schmetterlingen in mir, die mich in Fetzen rissen.

»Eine … Bar?« Seine Stimme hob sich um eine Oktave, dann lachte er wieder. »Ich spiele mit meiner Band, gegen zehn. Kommen Sie hin. Wird Ihnen bestimmt gefallen.« Und zur Überzeugung schickte er noch ein freundliches Lächeln hinterher. So freundlich, dass ich nervös hustete und mich an der Luft verschluckte.

Er hielt zum Abschied eine Hand hoch und winkte lächelnd. Dann schlug die Wagentür zu, und das Taxi fuhr an.

»Bye«, flüsterte ich dem davonbrausenden Taxi nach. Ich starrte ihm hinterher, bis es um eine Ecke bog und verschwand. Ich schaute auf mein Buch, das ich mit den Händen umklammerte, und musste lächeln. Ich würde es noch einmal von Anfang an lesen.

Gabby hätte dieser merkwürdige, peinliche Augenblick sehr gefallen.

So viel war mir klar.

# 3

## ASHLYN

*I'm not going to look back,*
*I'm not going to cry.*
*I'm not going to even ask you why.*

Romeo's Quest

Als Henry endlich kam, dröhnte der Motor seines gelben rostigen 88er-Pick-ups, als wollte er jeden Moment explodieren. Der Platz vor dem Bahnhof war voller Familien – Menschen, die sich umarmten, die miteinander weinten und lachten. Menschen, die ihre menschlichen Bindungen pflegten.

Mir war sehr unbehaglich zumute.

Ich saß einsam auf meinem Koffer und hielt Gabbys hölzerne Schatzkiste auf dem Schoß. Ich fuhr mir verlegen durch die Haare. Ich hoffte, diesen Bindungen, nach denen der Rest der Welt so begierig strebte, ausweichen zu können.

In meinem kurzen schwarzen Kleid schwitzte ich mich fast zu Tode, und die Abendhitze der Stadt tat ein Übriges dazu. Ich hatte wirklich nicht erwartet, länger als eine Stunde auf Henry warten zu müssen. Eigentlich hätte ich es besser wissen sollen, aber sei's drum. Manchmal fragte ich mich, ob ich jemals dazulernen würde.

Ich wartete, bis Henry dicht an den Bordstein herangefahren war, wobei sein Vorderrad über eine leere Wasserflasche rollte. Die Flasche vibrierte unter dem Druck des Reifens, dann sprang der Deckel ab, flog quer über den Bürgersteig und prallte gegen meinen Fuß. Ich stand von dem schicken Trolley mit Blumenmuster auf, den Mom mir zum sechzehnten Geburtstag geschenkt hatte, zog den Griff hoch und rollte zu Henrys Truck.

Musste sein Wagen so laut sein?

Henry hüpfte aus dem Pick-up und kam um die Motorhaube herum, um mich zu begrüßen. Sein moosgrünes Hemd hing zur Hälfte aus der Jeans heraus, sein rechter Schuh war offen, und ich konnte an seinem Bart einen schwachen Hauch Tabak riechen, aber ansonsten machte er einen ganz guten Eindruck.

Für den Bruchteil einer Sekunde schien er zu überlegen, ob er mich umarmen sollte, um die gleiche menschliche Bindung wie die anderen Familien zu pflegen, doch als er sah, wie verlegen ich war, besann er sich eines Besseren.

Er lachte leise. »Wer trägt denn im Zug ein Kleid und hohe Absätze?«

»Das sind Gabbys Lieblingssachen.«

Schwer lastete Schweigen auf uns, angefüllt mit Erinnerungen. Henry erging es vermutlich genauso. Unterschiedliche Erinnerungen an ein außergewöhnliches Mädchen.

»Mehr hast du nicht dabei?«, fragte er und deutete auf mein Leben, das ich in den Koffer gepackt hatte. Ich antwortete nicht. Was für eine dämliche Frage! Natürlich war das alles. »Gib mir mal den …« Er trat einen Schritt vor, um mir den Trolley abzunehmen, doch ich ließ ihn nicht los.

»Hab ihn doch schon.«

Er seufzte und fuhr sich mit der Hand durch den grau gesprenkelten Bart. Er sah älter aus, als er sollte, aber das konnte auch an seinen Schuldgefühlen liegen. »Okay.«

Ich warf meinen Koffer auf die Ladefläche des Pick-up und wollte auf der Beifahrerseite einsteigen. Doch die Tür ließ sich nicht öffnen, wie ich entnervt feststellte. Das sollte mich eigentlich nicht überraschen – Henry war Spezialist für Dinge, die nicht funktionierten.

»Sorry, Kleines. Die Tür macht 'n bisschen Probleme. Du kannst an meiner Seite einsteigen.«

Wieder verdrehte ich entnervt die Augen, ging zur Fahrerseite und kletterte mühsam hinein, wobei ich hoffte, dass man meine Unterwäsche nicht sah.

Wir fuhren schweigend, und ich stellte mir vor, dass Schweigen das beherrschende Element der nächsten Monate sein würde. Verlegenes Schweigen. Seltsame Dialoge. Merkwürdige Begegnungen. Henrys Name mochte zwar auf meiner Geburtsurkunde stehen, aber wenn es darum ging, ein wirklicher Vater zu sein, hatte er sich stets durch Abwesenheit ausgezeichnet.

»Sorry wegen der Hitze. Die verdammte Klimaanlage hat letztes Wochenende den Geist aufgegeben. Hätte nicht gedacht, dass es bei uns so heiß werden kann. Weißt du, dass für Ende der Woche über 37 Grad erwartet werden? Verdammte Erderwärmung«, behauptete Henry. Ich antwortete nicht, was er wohl als Ermunterung nahm, um weitere launige Bemerkungen vom Stapel zu lassen. So war mein Schweigen aber nicht gemeint. Es wäre mir wirklich lieber gewesen, wenn er nicht auf Small Talk gemacht hätte. Ich hasste Small Talk. »Gabby hat erzählt, dass du einen Roman schreibst, ja? Ich hab dich in einen Englisch-Leistungskurs bei einem tollen Lehrer eingeschrieben. Es heißt zwar, wir würden nur die

Besten der Besten einstellen, aber du kannst mir glauben, auch bei uns hängen ein paar Nieten herum.« Er lachte über seinen eigenen Witz.

Henry war stellvertretender Schulleiter der Edgewood Highschool, die nach den Ferien meine Schule werden sollte. Die letzten einhundertundachtzig Tage meiner Schullaufbahn würde ich also unter der Ägide meines leiblichen Vaters verbringen, der in dem Schulgebäude die Korridore unsicher machte. Hervorragende Aussichten.

»Das ist mir egal, Henry.«

Er zuckte zusammen, als er die Anrede hörte, aber wie sollte ich ihn sonst nennen? »Dad« kam mir viel zu persönlich vor und »Vater« zu ... moralisch. Also würde ich bei Henry bleiben. Ich kurbelte mein Fenster ein kleines Stück herunter, um Luft zu schnappen. Mein neues Leben drohte mich zu überwältigen.

Henry sah mich von der Seite an und räusperte sich. »Deine Mom hat gesagt, dass du schlimme Panikattacken hattest?«

Ich verdrehte in bester Nachahmung eines verängstigten Teenagers die Augen. Im Grunde hatte ich unter Panikattacken gelitten, seit wir von Gabbys Krankheit erfuhren. Aber das ging Henry nichts an.

Aus Verlegenheit wechselte er wieder das Thema. »Wir freuen uns wirklich sehr, dass du zu uns kommst«, betonte er.

Mein Kopf fuhr ruckartig zu ihm herum. Ich starrte ihn fragend an, bis er den Blick wieder auf die Straße richtete. Ich war vor Verwunderung wie erstarrt. »Wer ist *wir*?«

»Rebecca ...«

*Rebecca? Wer ist Rebecca?*

»... und ihre Kinder«, murmelte er. Sein Räuspern klang unangenehm.

Ich riss vor Erstaunen die Augen auf. »Wie lange wohnt ihr schon zusammen?«

»Seit einer Weile.« Seine Stimme klang einschmeichelnd, damit ich nicht weiter bohrte.

Was Henry wollte, war mir völlig egal. Außerdem wusste ich, dass er log, wenn seine Stimme diesen honigsüßen Ton annahm.

»Ich meine, habt ihr schon zusammengewohnt, bevor du uns dieses Jahr zum Geburtstag angerufen hast – mit drei Tagen Verspätung?« Sein Schweigen war Antwort genug. »Und was war letztes Jahr? Als du gar nicht angerufen hast? Habt ihr da schon zusammengewohnt?«

Leicht aus der Fassung gebracht antwortete Henry: »Ach herrje, Ashlyn. Was spielt das jetzt noch für eine Rolle? Das ist Vergangenheit.«

»Ja, aber eine Vergangenheit, die *meine Gegenwart* betrifft«, betonte ich, drehte mich wieder nach vorn und starrte auf die Straße.

»Nur ein paar Monate ...«, flüsterte er. »Wir leben erst seit einigen Monaten zusammen.« Er schwieg ein paar Minuten. Dann versuchte er wieder krampfhaft eine Unterhaltung zu beginnen. »Also – womit beschäftigst du dich so?«

Müde von der langen Reise – und der Wendung meines Lebens – seufzte ich und knibbelte an dem winzigen Rest Nagellack, der von Gabbys Beerdigung übrig geblieben war. »Henry, das ist jetzt wirklich nicht nötig. Wir müssen nicht um jeden Preis verlorene Zeit wiedergutmachen. Denn das ist sie – verloren. Oder etwa nicht?«

Danach sagte er nicht mehr viel.

Von meiner Jacke hing ein loser Faden herab. Als ich daran zog, musste ich grinsen. Gabby hätte mir gesagt, ich sollte den

Faden in Ruhe lassen, sonst würde ich mir noch die ganze Jacke ruinieren. In Sekundenschnelle traf mich die Trauer mit all ihrer Wucht. Ich schloss die Augen und atmete die heiße, stickige Luft im Wagen ein.

Fast drei Wochen waren vergangen, seit ich Gabby verloren hatte, und kein Tag war ohne Tränen vergangen. Ich hatte so viel geweint, dass ich mich wunderte, überhaupt noch Tränen zu haben.

Es heißt ja immer, dass der Schmerz vergeht. Es heißt, dass es mit der Zeit leichter wird. Ich aber sah das nicht. Denn mein Schmerz wurde mit jedem Tag schlimmer. Die Welt wurde düsterer. Nichts wurde besser.

Mein Kopf sank gegen das Fenster, und als ich die Augen wieder aufmachte, wischte ich eine einsame Träne fort, die meine Wange benetzte. Meine Unterlippe zitterte vor unterdrückter Not. Ich wollte nicht vor Henry weinen – oder vor irgendwem. Ich weinte viel lieber allein, und im Dunkeln.

Ich wünschte so sehr, dass Gabby noch am Leben wäre.

Und ich wünschte mir, ich würde mich nicht so tot fühlen.

Henry fuhr auf die mit Kies bestreute Zufahrt zu seinem Haus – meinem zeitweiligen Wohnsitz. In der Einfahrt standen noch zwei Autos, ein neuer aussehender Nissan Altima und ein älterer blauer Ford Focus.

Das Haus war riesig im Vergleich zu der Zweizimmerwohnung, in der ich mein ganzes Leben verbracht hatte. Die Hecke zur Straße war perfekt beschnitten, und eine amerikanische Flagge flatterte im leichten Wind.

Und der Garten war von einem weißen Lattenzaun umgeben – ohne Scheiß. *Ein weißer Lattenzaun!*

Im ersten Stock des Hauses waren drei Fenster. Hinter einem sah ich einen Typen mit Kopfhörern, der durch die Vorhänge linste. Als unsere Blicke sich trafen, zuckte sein Kopf zurück.

*Oh mein Gott.* Henry wohnte tatsächlich mit anderen Menschen zusammen. Als er ausstieg, rutschte ich über den Fahrersitz und kletterte aus dem Wagen. Bevor ich meinen Rock glatt streichen konnte, stand eine Frau vor mir – Rebecca, wie ich annahm. Sie umarmte mich.

Warum zum Teufel fasste diese Fremde mich an?

»Ashlyn! Wir freuen uns ja so, dass du gekommen bist!« Sie drückte mich, während meine Arme schlaff herabhingen. »Gott ist voller Güte, denn er hat dich zu uns geschickt. Das ist ein Zeichen des Himmels, ich habe es gewusst.«

Ich blinzelte verblüfft und trat einen Schritt zurück. »Der Himmel hat meine Schwester getötet, damit ich bei der Familie meines Vaters leben darf, der mir total fremd ist?«

Ein schmerzliches Schweigen entstand, dem Henry mit einem unbehaglichen Lachen den Stachel zu nehmen versuchte. Rebecca kicherte unsicher.

»Komm, Liebes, ich nehme deine Taschen.« Rebecca ging zur Ladefläche, Henry hinterher. Sie sprachen leise miteinander, als stünde ich nicht einen halben Meter entfernt. »Wo ist denn ihr Gepäck, Henry?«, erkundigte sich Rebecca mit einem Stoßseufzer.

»Das ist alles, was sie dabeihat.«

»Ein Koffer? Mehr nicht? Gott, ich kann mir ihr Leben in Chicago nur zu gut vorstellen. Wir müssen ihr ein paar Sachen kaufen.«

Ich hörte ihre Worte, reagierte aber nicht darauf. Fremde – mehr waren die beiden hinter dem Pick-up nicht. Und dass sie mich beurteilten und sich mein Leben mit Mom und Gabby vorzustellen versuchten, zeigte mir nur umso deutlicher, dass sie nichts über mich wussten.

Henry kam wieder zu mir, meinen Koffer in der Hand, und Rebecca folgte ihm auf dem Fuße.

»Komm, Ashlyn. Ich zeig dir das Haus.«

Wir traten in die Diele, wo ich erschrocken stehen blieb, weil ein großes gerahmtes Porträt der lieben Familie von der Wand hinunterstarrte. Da war ein brünettes Mädchen, das Rebecca wie aus dem Gesicht geschnitten war, samt blauer Taubenaugen und allem.

Sie schien in meinem Alter zu sein, wirkte aber mit ihrem Pullunder und dem wadenlangem Rock eher konservativ. Neben Henry stand der Junge, den ich kurz am Fenster gesehen hatte. Sein Lächeln wirkte gezwungen, und in seinen Augen stand ein verwirrter Ausdruck.

Henry sah, dass ich das Foto betrachtete, und schluckte. Er öffnete den Mund, machte ihn aber rasch wieder zu, da es dazu kaum etwas zu sagen gab.

»Du hast ja eine tolle Familie, Henry«, sagte ich trocken und ging weiter ins Wohnzimmer. Da saß das brünette Mädchen von dem Foto in einem riesigen Polstersessel und las.

Sie stand auf, als sie uns hörte, und hieß mich mit einem warmen, herzlichen Lächeln willkommen. »Hi. Du musst Ashlyn sein. Ich bin Hailey. Wir haben schon so viel von dir gehört.« Die Freude schien echt zu sein, aber ich konnte ihr Lächeln trotzdem nicht erwidern.

»Ja? Ich wünschte, ich könnte dasselbe behaupten.«

Sie zuckte ob meiner Grobheit nicht einmal zusammen, sondern lächelte unbeirrt weiter.

Rebecca stellte sich hinter mich und legte mir die Hände

auf die Schultern. Mir wäre es wirklich lieber gewesen, wenn sie mich nicht dauernd angefasst hätte. »Hailey, kannst du Ashlyn euer Zimmer zeigen?«

»Wir teilen uns ein Zimmer?«, fragte ich voller Verzweiflung, weil ich ganz dringend einen Raum für mich brauchte.

»Ja. Ich hoffe, das geht in Ordnung. Keine Angst. Ich bin sehr ordentlich.« Hailey grinste und nahm Henry meinen Koffer ab. Ich streckte die Hand danach aus und sagte, ich würde ihn schon nehmen, aber sie wollte nicht. »Ist schon gut. Vertrau mir einfach. Wahrscheinlich werden wir uns ohnehin bald hassen, da könnten wir doch für den Anfang nett zueinander sein«, scherzte sie.

Haileys Zimmer war pink. *Ausgesprochen* pink. Vier pinke Wände, pinke Steppdecken, pinke Vorhänge. Ein Bücherregal mit Pokalen und Schleifen aller Art. Reiten, Fußball, Buchstabierwettbewerbe. Es war deutlich zu erkennen, dass Hailey und ich sehr verschieden aufgewachsen waren.

Sollte man es glauben? Ein Bücherregal ohne ein einziges Buch?

»Ich habe die beiden obersten Schubladen und die rechte Seite vom Schrank für dich ausgeräumt.« Hailey hüpfte auf ihr Bett, das meinem gegenüberstand. Ich setzte mich ebenfalls und fuhr mit der Hand über die Decke, die anscheinend handgenäht war. »Dad sagt, du kommst aus Chicago?«, fragte sie.

Ich zuckte ob ihrer Wortwahl zusammen. »Du nennst Henry *Dad*?«

Nun war sie mit Zusammenzucken an der Reihe. »Du nennst Dad *Henry*?«

Das wurde mir allmählich zu viel. Ich wollte Hailey fragen, wie lange sie schon mit Henry zusammenwohnte, wie lange sie schon »Dad« zu ihm sagte ... aber eigentlich wollte ich die Antwort gar nicht wissen.

Ich wuchtete meinen Koffer aufs Bett und setzte mich im Schneidersitz davor. Als ich den Reißverschluss aufgezogen hatte, seufzte ich tief, denn Gabbys Lieblingsparfüm stieg wie eine Wolke daraus auf.

Ich förderte Gabbys Lieblingskleider und bequeme Sachen zutage und schließlich ihre CD-Sammlung. Ich starrte ihre Lieblingssongs an, mit denen wir sonntagmorgens das Wohnzimmer beschallt hatten, während wir Cap'n Crunch-Flakes mit Marshmallows futterten.

»Ihr zwei habt euch nahegestanden?«, fragte Hailey. Dann rollte sie in Anbetracht der dämlichen Frage mit den Augen. »Das war blöd von mir. Tut mir leid. Ich meine, tut mir leid, dass du sie verloren hast.«

Ich betrachtete Haileys Fotos an der Wand. Noch mehr Familienporträts und Fotos von ihren Freunden – nun ja, einer Freundin – und einem Typen, der seinen Arm um ihre Taille gelegt hatte.

»Das ist Theo, mein Freund. Jedenfalls so ziemlich. Wir wollten den Rest der Sommerferien nutzen, um zu meditieren und uns darüber klar zu werden, was für eine Beziehung wir führen wollen. Damit wir, wenn die Schule wieder anfängt, wissen, ob unsere Seelen immer noch auf der gleichen Wellenlänge schwingen.«

Ich starrte sie verständnislos an. Hailey kicherte.

»Theo beschäftigt sich mit Buddhismus, und ich hab viel von ihm gelernt. Unsere Verbindung war am besten, als wir zusammen Yoga gemacht haben. Da haben wir unsere ganzen negativen Energien losgelassen.«

Mom hatte auch mal ein Wochenende lang Yoga gemacht.

Die Begeisterung hatte zwar rasch nachgelassen, aber sie meinte, während der Übungen sei sie näher bei sich gewesen als jemals zuvor. Ich wusste nicht, was ich zu Hailey darüber sagen sollte, denn sie war irgendwie schräg. Nicht auf meine Art schräg, sondern auf ihre Art.

Ich war davon überzeugt, dass jeder Mensch auf seine ganz eigene Art schräg war. Und das Coole daran – zumindest hoffte ich das –, war die Möglichkeit, dass es dort draußen jemanden gab, der genau die gleichen Eigentümlichkeiten besaß wie ich. Die Vorstellung, dass ich eines Tages jemanden finden würde, der mein schräges Ebenbild war, fand ich äußerst spannend.

Ich suchte immer noch.

»Er möchte mit mir schlafen«, platzte Hailey unvermittelt heraus. Ich spürte, wie ich rot wurde. Sie fuhr ungerührt fort. »Ich will aber noch warten. Deshalb haben wir ja eine Pause eingelegt.«

Ich wusste nicht, was ich dazu sagen sollte, denn diese Dinge waren doch irgendwie persönlich, und ich kannte ja nicht einmal Haileys Nachnamen. Waren alle Leute in Edgewood, Wisconsin, so freimütig wie Hailey? Redeten die Mädchen über ihre sexuellen Erfahrungen ganz offen und ohne Scheu vor dem Einbruch in ihre Intimsphäre?

Ich ließ mich rücklings aufs Bett fallen. An die Decke waren Wolken und Vögel gemalt. Hailey legte sich ebenfalls auf den Rücken und starrte an die Decke. »Theo hat es mit mir zusammen gemalt. Er meinte, es würde mir helfen, meine Energie auszubalancieren, und außerdem würde es Frieden in meinen privaten Raum bringen.«

»Hailey, ich mein's nicht böse … aber für ein so hübsches Mädchen bist du echt sonderbar.«

»Ich weiß, aber daher hab ich wohl meine Courage.«

Wahrscheinlich hatte sie recht. Hübsch und eingebildet war ein furchtbares Klischee, aber eine hübsche Exzentrikerin zu sein? Das war mal etwas, das aus dem Rahmen fiel.

Der Typ, der mich vorhin aus dem Fenster angestarrt hatte, kam herein und wandte sich an Hailey, ohne mich zu beachten. »Kann ich dein Auto haben?«

»Wohin willst du denn?«, fragte Hailey ihren ... jüngeren Bruder? Er kam mir jünger vor. Allerdings nicht viel.

»Weg.«

Sie angelte sich ihre Haarbürste vom Nachttisch und begann ihre langen Locken zu bürsten. »Ryan, hast du Ashlyn schon kennengelernt?«

Ryan sah mich so gelangweilt an, dass es glatt eine Beleidigung gewesen wäre, es ihm nicht auf gleiche Weise zu vergelten. Er seufzte schwer, dann wandte er sich wieder an seine Schwester. »Die Schlüssel, Hails.«

»Hat Dad es dir erlaubt?«

Ryan zog eine Schachtel aus der Tasche seiner Jeans, klappte sie auf, nahm eine unsichtbare Zigarette heraus und zündete sie mit einem unsichtbaren Feuerzeug an. Super. Ich war unter die Verrückten geraten.

»Er ist nicht unser Dad, Hailey. Herrgott! Er ist *ihr* Vater.« Ryan schlenkerte seine Hand in meine Richtung.

»Hättest mich glatt zum Narren halten können«, brummte ich und packte meine restlichen Sachen aus.

Ryan drehte sich zu mir. Meine Bemerkung schien ihm zu gefallen. Dann blinzelte er und starrte wieder seine Schwester an. »Also, was jetzt? Ja oder nein?«

»Nein.«

»Bäh. Du ruinierst mein Leben.« Er ließ sich neben sie aufs Bett fallen.

»Werd endlich erwachsen, Ryan.« Hailey fuhr fort, ihre Haare zu bürsten, und sah mich an. »Achte gar nicht auf ihn. Er ist in dieser sonderbaren ›Ich hasse die Welt‹-Kiffer-Phase, die Teenager nun mal durchmachen müssen.«

Zumindest mit einem Mitglied dieses Hauses konnte ich mich identifizieren. Ohne das Kiffen natürlich.

»Hör nicht auf sie. Sie ist in dieser sonderbaren ›Ich liebe die Welt‹-Hippie-Phase, die Teenager nun mal durchmachen müssen.« Ryan feixte, dann setzte er sich auf. »Ich bin Ryan Turner.«

»Ashlyn.«

»Cooler Name.«

»Meine Mom mochte die Namen Gabrielle, Ashley und Lynn und konnte sich nicht entscheiden. Also wurde aus Gabby Gabrielle und aus mir Ashlyn.« Ich fixierte die beiden, die mir gegenübersaßen. »Wer von euch ist älter?«

»Ich«, grinste Hailey.

Ryan verdrehte die Augen. »Emotional gesehen vielleicht. Aber physisch? Da bin ich Sieger.«

»Ich bin die Jüngere. Er der Ältere. Wir sind ›Irische Zwillinge‹. Nur neun Monate auseinander.« Hailey lachte und stieß ihren »emotional jüngeren« Bruder an.

»Warum hast du kein eigenes Auto, Ryan?«

»Weil Mom mich hasst.«

»Mom hasst dich nicht«, widersprach Hailey.

Er bedachte sie mit einem sarkastischen Blick, und Hailey sah plötzlich finster drein, als habe Ryan die Wahrheit gesagt. Er zuckte die Achseln. »Du leihst mir den Wagen also wirklich nicht?«

»Nö.«

»Aber ... ich habe« – Ryan stutzte und sah in meine Richtung – »du weißt schon wen seit Tagen nicht mehr gesehen.«

Ich zog eine Braue hoch. »Wer ist ›Du weißt schon wer‹?«

Ryan und Hailey wechselten einen Blick. Ihre Augen und ein paar Handbewegungen ersetzten ein komplettes Gespräch. Ich sah dem stummen Austausch der Irischen Zwillinge zu und kam mir vor wie in einem Charlie-Chaplin-Film.

Genauso hatten Gabby und ich uns wortlos, nur mit Hilfe von Blicken, verständigt. Ich fragte mich, ob Ryan und Hailey sich des Glückes bewusst waren, einander so nahe zu sein. Ich fragte mich auch, ob sie wussten, dass es gleichzeitig ein Fluch war.

Ryan warf vor Verzweiflung über die Weigerung seiner Schwester die Hände hoch und stand auf. »Ich geh jetzt ins Bett. War nett, dich kennenzulernen, Ashlyn.«

»Ebenso.« Und fort war er. Ich sah Hailey fragend an.

Sie zuckte die Achseln. »Er ist sehr wählerisch in Bezug auf die Menschen, denen er sich anvertraut.« Sie überlegte kurz. »Er hat ein ziemlich bewegtes Leben.«

»Irgendwie gut zu wissen, dass deine Familie doch nicht so perfekt ist wie auf eurem Porträt«, sagte ich, löste meinen unordentlichen Haarknoten und steckte ihn noch chaotischer wieder hoch.

»Keine Familie ist perfekt.«

Ich wollte gerade etwas sagen, als Henry den Kopf ins Zimmer steckte. Den Zeitpunkt hatte er perfekt abgepasst. »Alles in Ordnung bei euch?«

Hailey nickte. »Yup. Machen uns gerade bettfertig.«

Er grinste und wandte sich an mich. »In der Kühltruhe ist

Pizza, falls du Hunger hast, Ashlyn. Und wenn du noch irgendetwas brauchst ...«

»Brauch ich nicht«, versetzte ich, damit er ging.

Die Falten auf seiner Stirn vertieften sich, er rieb sich die Stirn. »Okay. Dann gute Nacht.«

Er ging, und Hailey stieß einen Pfiff aus. »Ihr beide seid ja geradezu Wortführer für peinliche Dialoge.«

»Ist es nicht sonderbar, dass ausgerechnet er der stellvertretende Schulleiter ist? Ich meine, ich hab ihn mein Leben lang kaum gesehen, und jetzt wohne ich bei ihm, und auch in der Schule wird er ständig in meiner Nähe sein. Das ist der größte Teil von vierundzwanzig Stunden. Eine Überdosis Henry, könnte man sagen.«

»So schlimm ist er gar nicht, wenn du ihn erst mal richtig kennengelernt hast. Gib ihm eine Chance.«

*Wenn ich ihn erst richtig kennengelernt habe?*

Eine Fremde gab mir Ratschläge in Bezug auf meinen leiblichen Vater?

Was stimmte an diesem Bild nicht?

# 4

## DANIEL

*I didn't think I cared when I shut you out.*
*But now for days you're all I think about.*

*Romeo's Quest*

Ich hielt vor dem Haus am See, mit Randy, meinem Gitarristen, auf dem Beifahrersitz. Nach dem Examen im Mai war ich wieder in das Haus gezogen, um für meinen Dad zu sorgen. Das Jahr nach Moms Tod war schlimm gewesen und hatte noch eine Wendung zum Schlechteren erfahren, als Dad den Kampf gegen seine kranke Leber verlor.

»Bist du sicher, dass es in Ordnung ist, wenn ich bleibe?«, fragte Randy, während er seine Tasche und seine Akustikgitarre aus dem Wagen holte.

Ich zuckte bloß mit den Achseln und lächelte. Randy war mein bester Freund. Drei Jahre war ich mit seiner Schwester Sarah gegangen. Und wäre vermutlich heute noch mit ihr zusammen, wenn nicht der Unfall passiert wäre.

Ich hatte damals meinen Bruder Jace von einer Party abholen sollen, war aber bei der Arbeit aufgehalten worden. Ich hatte Randy gesimst, ob er Jace abholen könne, aber er war nicht an sein Handy gegangen. Daraufhin hatte ich Sarah angerufen, und sie sagte zu, und auf der Heimfahrt war ihnen ein betrunkener Fahrer seitlich ins Auto gerast. Sarah war sofort tot gewesen.

Ich gab mir die Schuld, weil ich sie gebeten hatte, Jace abzuholen.

Jace gab sich die Schuld, weil er auf der Party gewesen war.

Randy gab sich die Schuld, weil er nicht an sein Handy gegangen war.

Jeder von uns war mit Sarahs Verlust anders umgegangen. Ich hatte mich in meine Musik und mein Studium vergraben. Jace war drogensüchtig und ein Dealer geworden, er hatte versucht, die Geschehnisse des Unfalls zu verdrängen. Er hatte Sarah sterben sehen, sprach aber nie darüber. Und Randy …

Er war ein ziemlich wilder Bursche geworden, der alles ausprobieren musste. Wenn wir nicht probten oder einen Auftritt hatten, wusste ich nie, wo er gerade mit seinen Gedanken war, welche Verrücktheiten er anstellte. Randys Denken war sehr sprunghaft, er pickte an jeder Ecke Bruchstücke von Wissen auf. Nie gab er mir oder Jace die Schuld am Tod seiner Schwester. Nie hatte er Wut oder Rachegelüste gezeigt.

Ich kam wieder auf seine Frage zurück, ob es in Ordnung sei, wenn er bei mir wohnte. Wieso sollte es nicht in Ordnung sein? »Stell dich nicht so an. Du brauchst eine Bleibe …« Ich warf einen Blick auf das Haus. »… und ich hab eine.«

»Danke, Mann. Das bedeutet mir total viel. Ich brauch wahrscheinlich auch nur ein paar Monate, um wieder ins Lot zu kommen.« Er stutzte und schaute mich an. »Bei dir alles in Ordnung, Dan?«

Ich lächelte gequält und nickte. »Im Kühlschrank steht

Bier, wenn du magst. Ich geh eine Runde joggen. Die anderen kommen in ein paar Stunden zur Probe.«

»Danny, ich mach mir Sorgen um dich. Wir alle machen uns Sorgen.« Seine Stimme klang teilnahmsvoll, er schien mich sogar um Verzeihung bitten zu wollen.

»Warum?« Ich nahm den Arm quer vor die Brust, um mich vor dem Laufen zu lockern.

Er starrte mich an, als wären mir plötzlich drei Köpfe gewachsen. »Dein Dad ist letzte Woche gestorben, und du benimmst dich, als wäre nichts passiert.«

»Randy, Menschen sterben nun mal. Das wissen wir doch.«

Randy hatte vor einigen Jahren seine Mutter verloren, und seinen Dad hatte er nie gekannt. So war ihm nur Sarah geblieben – bis zum Tag des Unfalls. Wenn also jemand über den Tod Bescheid wusste, dann wir beide.

»Ja, ich meine ja nur … Nach der Sache mit deiner Mum und Jace …« Er räusperte sich. »Ich will damit nur sagen, dass wir für dich da sind, wenn du uns brauchst. Ich hab wegen Sarahs Tod ziemlich lange düstere Gedanken gehabt. Bevor Mom starb, hat sie mich noch gebeten, mich um Sarah zu kümmern, aber das hab ich nicht geschafft. Und krieg es bis heute nicht auf die Reihe.« Er stockte und scharrte verlegen mit den Füßen. »Also, wenn du mal jemand zum Reden brauchst, dann bin ich für dich da – das wollte ich damit sagen.«

Es gibt zwei Arten von Trauernden. Diejenigen, die ihr Herz der Welt öffnen, die nichts für gegeben hinnehmen und ihre Trauer jeden Tag bis zur Neige auskosten. Und dann gibt es andere, die ihr Herz vor der Welt verschließen und für sich bleiben, unfähig zu einer Verbindung mit ihren Mitmenschen.

Ich gehörte definitiv dem zweiten Typus an.

Ich schluckte schwer. »Du solltest die Akkorde von *Ever Gone* üben. Der Song klang bei der letzten Probe noch nicht ganz richtig.« Ich warf einen Blick auf meine Uhr. »Bin bald wieder da.«

Ich trabte in langsamem Tempo auf das Bootshaus zu, brauchte aber nicht lange, um meinen schnellen Laufrhythmus zu finden.

Am Ende meiner Joggingrunde lief ich stets an der gleichen Stelle aus: am Bootsanleger, wo sich der schlimmste Augenblick meines Lebens ereignet hatte. Ich hatte meine Arme, die Mom gehalten hatten, so oft geschrubbt, dass es an ein Wunder grenzte, dass die Haut nicht in Fetzen abgefallen war. Ich ging leicht in die Knie, beugte mich vor und starrte auf das Gras.

Ich wünschte mir, ich könnte vergessen.
Ich wünschte mir, ich könnte das alles vergessen.
*Verdammt, könnte ich doch vergessen!*
Stattdessen schloss ich die Augen, atmete tief ein und ließ die Erinnerung kommen.

Wir fuhren zum Krankenhaus, doch Mom starb, bevor sie in die Notaufnahme kam. Jace wurde verbunden, sein Auge wurde mit ein paar Stichen genäht, aber er war am Leben. Was einen Scheißdreck wert war, wenn Sie mich fragen. Er trug die Verantwortung dafür, dass unsere Mom ermordet worden war, kam aber selbst mit ein paar Stichen davon.

Er setzte sich in die Wartezone, während Dad mit ein paar Polizisten sprach. Er hatte die ganze Zeit geweint. Nie zuvor hatte ich Dad weinen sehen, nicht einmal, als er von seiner Krankheit erfuhr.

Ich ging hinüber zu Jace, und er stand auf. Wir schwiegen. Mein Hals fühlte sich trocken und kratzig an. Jace zog mich an sich. »Ich krieg raus, wer das war, Danny. Ich schwör's bei Gott, so kommen die nicht davon!«

Ich drückte ihn an mich und nickte. »Ich weiß, Jace.«

»Es ist alles meine Schuld, aber ich verspreche dir, ich krieg das hin.«

Ich legte die Hände um den Kopf meines kleinen Bruders und drückte meine Stirn an seine. »Es tut mir leid, Jace ...«, murmelte ich. Er löste sich von mir und starrte mich verwirrt an.

»Was ist?«, fragte er, dann drehte er sich um und sah die Cops.

Einer der Polizisten nahm seine Hände und legte ihm Handschellen an. Ich hörte, wie er Jace seine Rechte vorlas. Die Szene verschwamm vor meinen Augen, als Jace wegen Verdacht auf Drogenhandel abgeführt wurde – aufgrund meiner Aussage, als ich sie vorhin angerufen hatte. Jace schaute mich verwirrt an, aber dann begriff er, was gespielt wurde, und brüllte.

»Du hast mich verpfiffen?! Mom ist gerade gestorben, Danny! Unsere Mom ist tot!«, brüllte er und lief krebsrot an. »Ich bin doch dein Bruder!« Seine Stimme brach, aber er schrie immer noch in voller Lautstärke. »Du bist eine Ratte! Mom ist tot, und du lässt mich einsperren!«

Seine Stimme hallte von den Wänden wider.

Seine Stimme hallte in meiner Seele wider.

Das Beängstigende an Erinnerungen ist, dass man an seinen Gedanken zerbrechen kann.

Ich wandte mich von der Stelle im Gras ab, wo Mom zu

Tode gekommen war. Die Sonnenglut peinigte meine Haut. Ich ging zum Ende des Stegs und zog Laufschuhe und Strümpfe aus. Dann ließ ich mich auf dem knarrenden Steg nieder und senkte meine Füße in das kühle Wasser.

Ich wollte den Anleger in nächster Zeit reparieren. Ich wollte das ganze Haus auf Vordermann bringen. Ich wusste nur nicht, wie es Dad und Mom am besten gefallen hätte.

Ich hatte mir noch gar nicht gestattet, mich mit Dads Tod auseinanderzusetzen, denn ich war immer noch viel zu geschockt, weil Mom nicht mehr da war. Egal wie viel oder wie oft man sich mit dem Tod auseinandersetzte, es wurde nicht einfacher.

Es gab niemanden, mit dem ich wirklich reden konnte. Meine Freunde würden mich nicht verstehen, selbst wenn ich versuchte, es ihnen zu erklären. Außerdem wollte ich nicht, dass sie sich so beschissen fühlten wie ich.

Und doch hatte es einen Moment gegeben, in dem ich glaubte, von einem Menschen verstanden zu werden: der Grund dafür waren ihre Augen gewesen. Deren Blick war unwirklich, er verfolgte mich sogar. Grüne, mitfühlende Augen voller Schmerz. Und Trauer. Und Schönheit.

Ich schloss die Augen und sah sie vor mir – das Mädchen aus dem Zug. Meine Muskeln zuckten nach der Anstrengung des Laufens, und ich machte tiefe Atemzüge, versuchte mich an alles zu erinnern, was ich von ihr gesehen hatte. Sie hatte gewusst, wie mir zumute war, wie verloren und einsam ich mich fühlte. Ich hatte es gesehen, als sie blinzelte und ihre langen, dichten Wimpern sich tief über ihre Augen senkten.

Ich hätte sie nach ihrem Namen fragen sollen. Ich hätte mich neben sie setzen sollen. Sie hatte gelächelt, als ich Shakespeare zitierte, doch selbst in ihren lächelnden Mundwinkeln hatte noch ein Rest von Traurigkeit genistet. Ein Kummer nagte an ihr und fraß sie auf – so wie ich von meiner Trauer fast zerrissen wurde. Und nichts und niemand konnte diesen Kummer ungeschehen machen.

Ein Teil von mir wollte, dass es aufhörte, während ein anderer Teil der Ansicht war, dass ich meinen Schmerz verdiente. Aber ich wollte ums Verrecken nicht glauben, dass dieses Mädchen den Schmerz verdiente. Ich hoffte, eines Tages würde es jemand schaffen, sie wieder zum Lächeln zu bringen, zu einem offenen, heiteren Lächeln ohne die geringste Andeutung von Trauer.

Ich hoffte, dass sie eines Tages wieder anfangen konnte zu leben.

# 5

## ASHLYN

*Touch me when you're gone.*
*Leave me when you're near.*
*Love me with my shattered pieces.*

*Romeo's Quest*

In den nächsten Tagen versuchte ich möglichst für mich zu bleiben. Ich redete kaum, sondern ließ die verdammte Gedankenmühle in meinem Kopf wieder und wieder ablaufen. Wie sich aber herausstellte, legte Henrys Familie besonderen Wert auf das gemeinsame Abendessen – und ich fand es wiederum nett, dass ich an den Familientisch eingeladen wurde.

Allerdings war er nur für vier Leute ausgelegt, und Rebecca holte mir einen Klappstuhl aus dem Abstellraum. Als ich saß, bohrte sich ein Metallbügel in meinen linken Oberschenkel, aber ich beschwerte mich nicht.

Rebecca hatte so viel gekocht, dass es für eine Armee gereicht hätte. Wir nahmen Platz, und ich wollte gerade anfangen, als Rebecca mahnend eine Hand hob. »Liebes, wir beten vor dem Essen.« Sie lächelte freundlich, aber ich sah, dass sie enttäuscht war, weil ich nicht von mir aus daran gedacht hatte. »Henry, sprichst du bitte den Segen?«

Ich kicherte und schnaubte verächtlich. »Alles klar, Henry.«

Alle Augen richteten sich auf mich. Ich starrte Henry verdutzt an. »Du betest?«

»Ihr nicht?«, fragte Rebecca dagegen.

Ihre schlichte Frage gab mir das Gefühl, ein armer Sünder zu sein.

Und nein, ich kannte tatsächlich kein Tischgebet.

Nun hatten sie mich in Verlegenheit gestürzt. Ich nahm an, dass es daran lag, dass ich nichts über Henry wusste, ganz im Gegensatz zu seiner Familie.

Das war ein törichter Gedanke, der mich trotzdem traurig machte. Warum will man immer von denjenigen, die einen nicht beachten, am meisten geliebt werden?

Henry sprach das Tischgebet, während die anderen die Augen geschlossen hielten und einander die Hände reichten. Nun ja, fast alle. Ich saß da und starrte sie die ganze Zeit an. Und auch Ryan behielt die Augen offen.

»Amen«, sprachen alle gemeinsam. Dann widmeten sie sich ihren Steaks.

Hailey hatte kein Steak auf ihrem Teller. Sie lehnte Fleisch ab. Sie hatte mir erklärt, wie schrecklich sie es fände, harmlose Tiere zu töten und zu essen. Sie sagte, das verstoße gegen die natürliche Ordnung der Dinge. Menschen sollten grundsätzlich kein Fleisch essen. Also hatte sie damit aufgehört.

Sie hatte wohl nie gelesen, dass Löwen keinerlei Bedenken haben, eine Gazelle zu reißen, wenn sie hungrig sind.

»Ach, Ryan und Hailey ... vergesst nicht, dass ihr morgen Bibelstunde geben müsst.« Vielleicht achtete Rebecca nicht darauf, ich aber sah, wie ihre Kinder entnervt die Augen verdrehten.

Morgen war Sonntag, heute somit Samstag. Ich hatte fast meine Einladung in Joe's Bar vergessen, wo ich Mr Beautiful

Eyes hören sollte. Mit »fast« meine ich, dass ich seit unserer Begegnung an nichts anderes gedacht hatte. Ich wollte unbedingt erfahren, wie er hieß, denn bis jetzt konnte ich ihn ja nur Mr Beautiful Eyes nennen.

»Ich werde dann mal nach oben gehen, mich zum Ausgehen fertig machen.«

Henry sah mich fragend an. »Wohin willst du?«

Ich erwiderte seinen Blick. *Interessiert es dich wirklich, was ich so treibe?* Eine stumme Frage. Er seufzte. Dann seufzte ich, um auszudrücken, wie schrecklich es war, dass ihn mein Tun und Treiben nicht interessierte.

»Ich habe dir einen Schlüssel machen lassen. Er hängt in der Diele«, sagte Henry, als ich vom Tisch aufstand.

Wie fürsorglich.

Ausgehfertig klappte ich den Deckel meiner Schatzkiste auf, nahm die Liste der noch zu erledigenden Dinge heraus und erwog meine Möglichkeiten. Bevor ich ausging, brauchte ich zur Ermunterung einen Brief von Gabby. Doch wie sollte ich den bekommen, ohne ihre Regel zu brechen, die mir wahlloses Öffnen verbot?

Der Wecker auf der Kommode zeigte halb zehn. Hailey kam ins Zimmer und fragte lächelnd: »Gerade erst ein paar Tage hier, und schon denkst du ans Abhauen?« Dann lachte sie.

»Nein ... das ist es nicht. Bloß ...«

»Zu viele Veränderungen auf einmal?«, fasste sie meine Gedanken treffend in Worte.

Ich nickte und musste grinsen, als sie mir ihre Autoschlüssel zuwarf.

»Nimm meinen Wagen. Es ist der Ford Focus. Ich werde

nicht fragen, wohin du fährst, denn ich bin keine gute Lügnerin. Und wenn ich dich verpetzen müsste, würde ich mich sehr darüber grämen.«

»Danke.« Ich nahm ein paar CDs aus meiner Sammlung mit, um sie im Auto zu hören, und sah nach, ob die Luft rein war. Ich legte keinen besonderen Wert darauf, in der Diele auf Rebecca oder Henry zu treffen.

»Nichts zu danken. Und – Ashlyn?« Ihre Stimme schraubte sich einige Töne höher, während sie nach einer Flasche Gesichtswasser griff und ein wenig auf ihre Haut gab. »So schlimm ist es hier gar nicht.«

»Ja. Es ist nur so, dass ich das *Dort* vermisse. Man sieht sich …«

In Haileys Wagen lauschte ich der Musik, die aus dem CD-Player dröhnte. Ich schielte zum Beifahrersitz, und für den Bruchteil einer Sekunde hätte ich schwören können, Gabby zu sehen, die aus Leibeskräften mitsang. In den letzten Wochen war es nicht eben selten vorgekommen, dass ich mit ihr gesprochen hatte, als wäre sie wirklich da. Ich hatte nach Kräften versucht, mir ihren Trost und ihre Ermutigung vorzustellen.

»Mom hat immer noch nicht angerufen. Na ja … spielt sowieso keine Rolle. Kannst du dir vorstellen, dass Hailey Henry ›Dad‹ nennt?«, raunte ich meiner unsichtbaren Schwester zu. »Ich bin nicht eifersüchtig oder so. Es ist bloß … schräg.« Ich warf einen Blick auf den leeren Sitz und biss mir auf die Lippen.

Sie antwortete nicht.

Denn wenn Menschen sterben, nehmen sie ihre Stimme mit. Ich fragte mich, ob die Verstorbenen wussten, was ihre

Hinterbliebenen darum geben würden, nur noch ein einziges Mal ihre Stimmen zu hören.

Als ich die Main Street entlangfuhr, sah ich eine Gruppe Raucher vor einer Bar herumstehen. Es handelte sich um *Joe's Bar*. Ich parkte am Bordstein und stieg aus.

Auf einer Tafel neben der Tür stand: »Live Musik. Harte Drinks zum halben Preis. Bier $2.« An der Tafel waren blaue und rote Ballons befestigt. Einer der Raucher band unter lautem Johlen seiner Kumpel einen Ballon los und ließ ihn in den heißen Himmel aufsteigen. Er schwebte nach oben, immer weiter, und trieb mit den Windstößen hierhin und dorthin.

Ich schürzte die Lippen und pustete dem schwebenden Ballon hinterher. Manchmal wünschte ich, es wäre so einfach. Sich in die Luft zu erheben und davonzuschweben, weit, weit fort. Dann schaute ich auf meine Liste und las die Aufgabe, die ich heute Abend durchzuführen hoffte:

Nr. 14: Tanze auf einem Tresen

Das würde ich hinkriegen – auch wenn ich eigentlich nicht wollte –, wenn mein Lohn darin bestand, einen weiteren Brief Gabbys öffnen zu dürfen.

Der Türsteher sah mich an, sah meinen Ausweis an und drückte mir einen hässlichen schwarzen Stempel auf die Hand – das Zeichen, dass ich minderjährig war und keinen Drink ausgeschenkt bekommen durfte. Aber das hatte ich erwartet, da Mr Beautiful Eyes mich vorgewarnt hatte.

Was ich hingegen nicht erwartet hatte, waren die Gefühle, die mich nach meinem Eintritt in die Bar überfielen. Eine Flut von Erinnerungen drängte sich mir auf, und ich erstickte fast an den Tränen, die unbedingt herauswollten. *Was war da los? Warum war mir so zum Heulen zumute?*

*»Das mach ich«, feixte Gabby und linste durch die offene Tür einer Bar zur Bühne hin. »Wenn es mir besser geht, trete ich als Erstes in dieser Bar auf.«*

Ich verdrehte die Augen und lachte sie aus. *»Wenn es dir besser geht, willst du als Erstes in einer dreckigen Bar singen?«*
*»Was soll ich dazu sagen? Ich lebe gern gefährlich.«*

Eine Sekunde später stand ich schon wieder draußen. Ich wankte um die Hausecke. Meine Hände schwitzten, meine Augen flossen über. Es war alles zu viel – alle diese Veränderungen in meinem Leben. Das Alte, Vertraute war mir genommen worden. Ich bekam keine Luft. Ich konnte mich nicht mal mehr bewegen. Ich stand vornübergebeugt da und weinte und weinte.

Luft strömte in meine Lungen, die ich nicht schnell genug wieder loswurde, also bekam ich obendrein einen Schluckauf. Es war sicher nur noch eine Frage der Zeit, bis ich auf dem heißen Zement zusammenbrechen würde. Meine Knie waren dementsprechend wacklig, aber bevor ich tatsächlich hinfiel, hörte ich eine Stimme.

»Hey, alles in Ordnung?«

In mir zog sich alles zusammen, als ich seine Schritte hörte. Ich sah, wie er die Hände nach mir ausstreckte, und wich hastig zurück. Er sollte mich nicht berühren. Offenbar hatte er es gemerkt, denn er trat einen Schritt zurück.

»Es tut mir leid«, entschuldigte er sich. Ich ging in die Hocke und kam dem Boden so ein gutes Stück näher.

Als ich sein Gesicht sah, versank die Welt. Es waren diese blauen Augen, neben denen die blauesten Meere der Welt ihre Farbe verloren.

Wunderschöne.

Atemberaubende.

Leuchtende.
Blaue Augen.
Es war Mr Beautiful Eyes; ich seufzte vor Erleichterung.
»Ich rühre Sie nicht an«, versprach er. »Ich tue Ihnen nichts.« Seine Stimme klang so aufrichtig, dass ich ihm beinahe glaubte. Er achtete darauf, einen Abstand einzuhalten, war mir aber dennoch nah. Das gefiel mir. »Ist ja gut.« Sein zärtliches Flüstern schenkte mir den Trost, den ich so dringend brauchte.

Ich konnte sogar einen schwachen Hauch seines Rasierwassers wahrnehmen. Es betörte meine Sinne, ich wollte mehr davon. Ich wischte mir den Mund ab. Als ich mich wieder einigermaßen gefangen hatte, richtete ich mich auf.

Ich schlug die Augen nieder. Aus dem Augenwinkel beobachtete ich ihn. Ich kam mir so dämlich vor.

»Jetzt besser?«, fragte er, indes im Tonfall einer Feststellung.

Ich nickte, obwohl mir immer noch Tränen über die Wangen liefen. »Bin okay.«

Er beäugte mich misstrauisch und klopfte seine Taschen ab. »Sorry. Hab kein Taschentuch dabei.«

Wahrscheinlich heulte ich bloß aus Verlegenheit.

Er griff in die Gesäßtasche seiner Jeans und holte seine Brieftasche heraus. Entnahm ihr ein Taschenmesser. Ich keuchte erschrocken und wich vor ihm zurück. Er sah meine Angst, und seine blauen Augen verrieten sein schlechtes Gewissen.

»Ich hab doch gesagt, dass ich Ihnen nichts tue, wissen Sie noch?«

Verwundbarkeit lag in seiner Stimme, und eine Sanftheit, die mich dazu verleitete, ihm tief in die Augen zu schauen, um darin die Ewigkeit zu erkennen. Dieser Fremde gab mir das Gefühl, ich sei für die Ewigkeit gemacht, ein Gefühl, das ich bisher nicht für möglich gehalten hätte. *Wer bist du?*

Mit Hilfe seines Taschenmessers trennte er einen Ärmel von seinem weißen T-Shirt ab. Dann steckte er das Taschenmesser wieder in sein Portemonnaie und dieses in die Jeans zurück. Auf seinem Handteller hielt er mir den Stofffetzen hin. Ich starrte ihn fragend an. Was sollte das?

»Für die Tränen«, sagte er sanft. Unendlich lange starrte ich auf den weißen Fetzen. Er seufzte. Nahm den Zipfel zwischen Daumen und Zeigefinger und hielt ihn mir am ausgestreckten Arm hin. »Ich fasse Sie nicht an.«

Vorsichtig nahm ich den weißen Stofffetzen, trocknete meine Tränen und vernahm sein erleichtertes Seufzen.

Wir hörten uns atmen. Er hockte reglos und still da, bis mein Atem sich wieder beruhigt hatte. »Jetzt geht es wieder besser ...«, sagte er und steckte die Hände in die Hosentaschen. Ich konnte *beinahe* sehen, wie muskulös er unter dem T-Shirt war. Ich konnte *beinahe* seine Seele wahrnehmen, die er heute Abend so offen zur Schau trug.

»Es geht mir gut ...«, bestätigte ich, auch wenn meine Knie immer noch zitterten. Ich vermisste Gabby so sehr, dass es wehtat. Weinen tat weh. Leben tat weh. Ich kämpfte mit aller Macht gegen die Tränen, aber als der Fremde mich ansah und seinen Kopf nach links legte und die Augen zukniff, fühlte ich, wie ich wieder von einer Welle des Schmerzes überrollt wurde.

»Aber es ist auch in Ordnung, wenn es Ihnen nicht so gut geht«, flüsterte er.

Da brach ich wieder in Tränen aus und weinte ein paar Minuten lang in seinen Ärmel, verlor mich in meiner Trauer. Er rührte sich nicht. Mein Zusammenbruch schlug ihn nicht in die Flucht. Er stand einfach da, und aus irgendeinem Grund fühlte ich mich in den Arm genommen und getröstet, obwohl er mir nicht zu nahe kam.

Dann riss ich mich zusammen.

Es ging. Zumindest vorerst. Ich zuckte die Achseln und schnaubte in das provisorische Taschentuch, was sich ziemlich scheußlich anhörte. Er lachte leise. Ich kam mir blöd vor.

»Ich muss jetzt wieder …«, sagte er dann in entschuldigendem Ton, weil er mich allein lassen musste, aber ich wusste, dass es genau der richtige Augenblick war. »Ich sehe Sie dann drinnen?«, fragte er.

Er wollte, dass ich in die Bar kam? Nach diesem peinlichen Auftritt?!

Ich konnte nur nicken, doch das reichte ihm. Ohne ein weiteres Wort machte er kehrt und verschwand wieder in der Bar, ohne sich nach mir umzusehen. Meine Augen folgten ihm, und ich dankte ihm stumm dafür, dass er die kühle Wand gewesen war, die ich als Stütze gebraucht hatte.

Nachdem ich mich endgültig beruhigt hatte, ging ich wieder in Joe's Bar, bahnte mir einen Weg zur Theke und bestellte ein Wasser mit Zitrone. Der Auftritt hatte bereits begonnen, und schon bei den ersten Takten musste ich Mr Beautiful Eyes recht geben: Seine Musik gefiel mir.

Dann entdeckte ich die CDs der Band, die auf der Theke auslagen. Ich wandte mich an den Barkeeper. »Was kosten die?«

»Zehn.«

Ich warf die Scheine auf die Theke und bedankte mich für

den Drink und die CD. Es war ein merkwürdiges Gefühl, sich in einer Bar aufzuhalten, wenn man noch nicht einundzwanzig war. Ich fühlte mich trotz des Stempels auf meiner Hand ein wenig rebellisch.

Ich arbeitete mich nach vorn zur Bühne, um besser sehen zu können. Schon jetzt gefielen mir die Vibes der Band. Alle Musiker spielten vollkommen locker, offenbar fühlten sie sich hier heimisch.

Meine Augen blieben an dem Sänger hängen – an dem Mann, der mich imaginär umarmt hatte. Wie ein befreiter Vogel saß er auf einem Barhocker und sang. Er sang, als ob er zum letzten Mal singen würde: Jede Note steckte voller Gefühl, jede Pause voller Empfindung. Über ihm zuckten die Scheinwerfer, und er schloss die Augen, hielt das Mikrofon nah an seine Lippen. Dann öffnete er die Augen wieder, und sie strahlten wie Sterne voller Liebe und Zärtlichkeit.

Er machte sich gut da oben. Er sah auf angenehme, unaufdringliche Weise gut aus. Er trug ein schlichtes weißes T-Shirt, das schon ein wenig verschwitzt war – und dem ein Ärmel fehlte. Dazu schwarze Jeans. Durch eine Gürtelschlaufe war eine Kette gezogen, daran war die Brieftasche befestigt, die in der hinteren Jeanstasche steckte. Er hatte keine Tattoos an den Armen, aber während er die Hand mit dem Mikro bewegte, ahnte man seinen muskulösen Körper.

Und diese Lippen. *Oh, diese Lippen.* Hitze stieg mir in die Wangen, wenn ich seinen Mund nur ansah.

Die Musik ebbte ab, doch dann bäumte sie sich noch einmal auf, wie eine aufgestaute Welle. Je lauter die Band spielte, desto intensiver wurde sein Gesang. Er lebte seinen Text, er nahm die Rhythmen der Band auf, als wären es seine Kinder, und er versetzte mich in einen Rausch. Seine Stimme war so sanft wie der Regen, doch ich war mir bewusst, dass sie auch einen Sturm entfesseln konnte.

Er fasste das Mikro mit seinen großen Händen und zog es an seine Brust, als wäre es seine Geliebte. Als er wieder ins Publikum schaute, ertappte er mich dabei, wie ich ihn unverwandt anstarrte. Ich wandte den Blick nicht ab, ich hätte es gar nicht gekonnt. Er hypnotisierte mich, ich war wie betäubt. Und im Grunde einverstanden damit, von diesen Augen gefesselt zu werden.

*Ich bin dein bester Freund, Darling,*
*wenn du mir deinen Namen sagst.*
*Ich bin deine Sonne, wenn du dich mit Regen plagst.*

Während er sang, begann er zu lächeln. Es war ansteckend. Wann hatte ich zum letzten Mal gelächelt? Er nickte mir kurz zu, und bei den letzten Worten des Songs hatte ich das Gefühl, als sänge er nur für mich allein.

*Auch wenn du gehst, so bleibt mir ein Teil von dir.*
*Und glaube mir, heute Nacht träume ich von dir ...*

Da schlug ich die Augen nieder. Die Röte, die mir in die Wangen gestiegen war, war mir ungeheuer peinlich. Mein Blick heftete während der nächsten Songs am Boden. Unbeholfen klopfte ich mit dem Fuß den Takt mit.

Ich hörte das Lächeln in seiner Stimme, als er sich nach dem sechsten Song beim Publikum bedankte. »Wir machen jetzt eine Viertelstunde Pause. Danke, dass ihr heute Abend mit uns rumhängt, und denkt dran, an der Bar gibt es CDs zu kaufen. Seht sie euch an, holt euch noch 'nen Drink oder auch zwei, und hört euch den zweiten Teil an. Wir sind Romeo's Quest und hin und weg, dass ihr heute gekommen seid, um uns zuzuhören.«

*Romeo's Quest.* Wie in aller Welt waren sie bloß auf den Namen gekommen? Wer hatte den Bandmitgliedern beigebracht, so zu spielen? Wieso konnte der Drummer mit seinem Schlag mein Herz zum Lächeln bringen?

Und wer war nur der Sänger?

Ich lächelte meine CD an und verzog mich in die hinterste Sitznische der Bar. In der »Danksagung« im Booklet las ich, dass der Sänger Daniel Daniels hieß, und das brachte mich nun wirklich zum Schmunzeln.

»Oh Gott ... hast du tatsächlich eine von unseren miesen CDs gekauft?« Ich blickte auf, und da war Daniel und starrte mich ungläubig an. Ich war so verblüfft – auch über das unvermittelte Du, dass mir die Worte fehlten. Er ließ sich mit seinem Bier auf der anderen Bank nieder und lächelte wie ein Wesen, das nur in einem Traum erschaffen worden sein konnte. Vor Aufregung bekam ich wieder Schluckauf.

Urplötzlich von Schüchternheit ergriffen, fummelte ich an meinem Ohrläppchen herum. »Sie heißen also Daniel Daniels?«

Er lächelte so mühelos, wie die Sonne scheint, und verschränkte die Arme vor der Brust. »Mein Vater wollte mich zuerst Jack nennen, aber Mom war aus naheliegenden Gründen dagegen. Was nun meinen Namen angeht, tja ... da hatte Mom wohl ein Verdopplungsproblem.«

»Was ist denn das?«

Er lachte leise und rieb sich das Kinn. »Das ist, wenn man etwas hat, das man wirklich liebt – also sorgt man dafür, das Gleiche noch einmal zu haben, falls das Erste kaputtgehen sollte oder so. Als Mom Dad geheiratet hat, da freute sie sich, seinen Namen anzunehmen. Und deshalb passt es wohl, dass ich den Namen verdoppelte, den sie so liebte.«

Wie gebannt saß ich da und lauschte seinen Worten. Meine Neugier brachte mich fast um. Ich wollte mehr über ihn erfahren. Mehr über das Verdopplungsproblem. Mehr über seine Eltern. Mehr über ihn. Ich wollte alles über diesen Fremden wissen, der eine Musik machte, die mich heilte.

Ich wollte mehr über ihn wissen, weil seine Songs mich wie eine wärmende Decke einhüllten und aus meiner Trauer rissen. Seine unerklärliche Anziehungskraft nahm mich gefangen, seine Freundlichkeit hielt mich in ihrem Bann.

»Tut mir leid wegen des T-Shirts«, murmelte ich mit Blick auf den abgetrennten Ärmel.

»Ist doch bloß ein Shirt«, grinste er.

Doch ich wusste, dass es um mehr ging.

Wieder schwiegen wir. Ich senkte den Blick auf mein Wasser, stierte unendlich lange auf die Zitronenscheibe. Als ich wieder aufschaute, lächelte er immer noch. Ich zermarterte mir das Gehirn, um etwas zu sagen, das nicht wie das geistlose Geplapper einer Neunzehnjährigen wirken würde.

»Woher stammt der Bandname?«, fragte ich schließlich.

»Von Shakespeare. Von Romeos Suche nach der Liebe.«

»Das Stück endet aber ziemlich tragisch.«

»Ja, und auch wieder nicht. Die tragischen Stücke von Shakespeare sind etwas ganz Besonderes. Wir ahnen schon das tragische Ende, aber der Weg dorthin ist so interessant, dass es sich lohnt. Übrigens ist die Story ganz schön verwickelt, andererseits aber nicht zu sehr. Romeo liebt Julia, und sie liebt ihn. Aber dann kommt ihnen das Leben dazwischen. Ich würde es gerne so sehen, dass die Suche das Ziel wert war.«

»Das ist aber sehr traurig«, entgegnete ich lachend. Oh mein Gott ... Wann hatte ich das letzte Mal *gelacht?* Ich hatte so lange nicht mehr gelacht, dass es mir beinahe unnatürlich vorkam. Und erfreulich. Und aufregend. Und befreiend.

»Ich bin Musiker. Traurigkeit ist mein zweiter Name.« Er lehnte sich an die gepolsterte Nischenwand. Bei den nächsten Worten senkte er die Stimme. »Da wir gerade von Namen sprechen ... wie heißt du eigentlich?«

Aus irgendeinem Grund wollte ich ihn beeindrucken. Ich deckte den hässlichen schwarzen Stempel mit der Hand zu und grinste. Ich wollte ihm unbedingt versichern, dass ich nicht nur als abgestempelte Minderjährige in dieser Bar saß.

Ich räusperte mich und bereitete mich innerlich auf ein Fiasko vor. »*Mit Namen weiß ich dir nicht zu sagen, wer ich bin. Mein eigner Name, teure Heil'ge, wird, weil er mein Feind ist ...* « Wenn einem die Worte fehlen, kann man immer auf Shakespeare zurückgreifen. Der weiß, wie man's ausdrückt.

»*Von mir selbst gehasst. Hätt' ich ihn schriftlich, so zeriss' ich ihn*««, ergänzte Daniel das Zitat. Nun hatte mich der schöne Fremde vollends gefangen genommen. Er zog die Mundwinkel hoch. »Meine Güte. Niemand kann bestreiten, dass es verdammt sexy ist, wenn eine schöne Frau Shakespeare zitiert.«

»Ich liebe Shakespeare«, sagte ich aufgeregt. »In der fünften Klasse habe ich *Othello* gelesen, das war mein erstes Stück von Shakespeare.« Daniel wirkte ob meiner Eröffnung ein wenig verdutzt. »Was ist? Was haben – hast du?«

Er fuhr sich durch die Haare und beugte sich vor. »Nichts. Ich wollte nur sagen ... Es passiert nicht unbedingt jeden Tag, dass ich in einer Bar sitze und über Shakes rede. Ich habe eine ziemlich beeindruckende Sammlung, aber die bringt mir nicht gerade viele Dates ein.«

»Ja, geht mir genauso. Die meisten Leute finden es seltsam, dass ich für Shakespeare schwärme. Meine Schwester war die Einzige, die das verstanden hat. Sie nannte es mein Gold.«

»Dein Gold?«

»Jeder Mensch besitzt sein ganz eigenes Gold. Es kann alles Mögliche sein: ein Lied, ein Buch, ein Haustier, ein Mensch. Es ist etwas, das einen aus purer Freude an seiner Schönheit zum Weinen bringen kann. Es ist, als wäre man auf Droge, nur besser, weil es ein natürliches High ist. Mein Gold ist Shakespeare.«

»Deine Art zu denken gefällt mir.«

Meine Wangen glühten vor Freude. Was war das? Flirtete er etwa mit mir? Denn einen Flirt hatte ich mir immer schon im Zusammenhang mit Büchern vorgestellt. Und jetzt war der Zeitpunkt gekommen, hier und jetzt mit diesem attraktiven jungen Mann, diesem klugen Janmungen, der mein Herz Purzelbäume schlagen ließ.

»Deine Musik hat mich zum Lächeln gebracht«, sagte ich und nippte an meinem Glas. »Seit langer Zeit habe ich nicht mehr so viel gelächelt.«

Daniel legte seine Unterarme auf den Tisch und verschränkte die Finger. Stumm studierte er mein Gesicht. Dann lächelte er, und es war, als ob er etwas sehr Kluges und Schönes gesagt hätte. Seine Augen ergründeten meine Seele, dann wandte er den Blick ab und hob sein Glas. »Es ist wirklich eine Schande.«

»Was denn?«

»Wenn jemandem so ein Lächeln verliehen worden ist, dann sollten diese Lippen niemals etwas anderes tun.«

Jetzt wurde ich wirklich rot. Verlegen fuhr ich mir durch die Haare. Wenn er von Lippen sprach, musste ich an *seine* Lippen denken, und dann fielen mir Dinge ein, an die ich nicht denken durfte. Höchste Zeit, das Thema zu wechseln.

»Haben eigentlich alle deine Songs mit Shakespeare zu tun, oder bin ich nur ein überkandidelter Fan?«, fragte ich.

Daniel legte den Kopf schief und bedachte mich mit einem erstaunten Blick, der mir sehr gut gefiel. Aber eigentlich gefiel mir alles an ihm. »Du bist echt gut drauf, wie? Den meisten Leuten fällt es nicht auf, aber du hast richtig gehört. Alle unsere Songs haben irgendwie mit Shakes' Stücken zu tun.«

»Das ist gleichzeitig nerdy und total scharf. Ich weiß nicht genau, wie ich damit umgehen soll.«

»Was soll ich dazu sagen? Bin eben ein Nerd *und* ein Dude.«

Ich kicherte und nippte wieder an meinem Glas. »Also, da war etwas aus *Romeo und Julia*. Und …« Ich versuchte mich an die genaue Abfolge der Songs zu erinnern. »Und aus *Hamlet*, *Richard III*, *Der Sturm*, *Ein Sommernachtstraum* und *Othello*?«

Daniel legte die Hand aufs Herz und sank an die Rückwand der Nische. »Heirate mich.« Ich hätte ihn fast beim Wort genommen. Seine Lippen öffneten sich, und allein der Anblick entlockte mir ein Seufzen. »Also, nun sag schon, namenloses Mädchen, was tust du so im Leben?«

»Was ich tue oder was ich tun möchte? Das sind nämlich zwei unterschiedliche Dinge, wie ich finde. Ich bin eine Schülerin, die hofft, eines Tages Schriftstellerin zu sein.«

»Ach nein, tatsächlich?« Es klang ehrlich interessiert.

»Tatsächlich. So wie in *doppelt* tatsächlich.«

Er lachte. »Dann tu's doch. Werde Schriftstellerin.«

Nun war ich mit Lachen an der Reihe. »Ja. Ist ja auch kinderleicht.«

Er schüttelte nachdrücklich den Kopf. Ernster geworden hielt er sein Bier in die Höhe. »Ich habe nicht behauptet, dass es kinderleicht wäre. Hab bloß gesagt, du sollst es machen. Außerdem sind die wirklich wichtigen Dinge im Leben nie leicht, sondern schwer, schmerzhaft und rau. Deshalb ist es ja so lohnend, das Ziel zu erreichen.«

»Ja, aber ich habe …« Meine Stimme versagte, aber Daniel schien sich wirklich für meine Gedanken zu interessieren und ließ sich nicht durch mein Stocken abschrecken. »Ich hatte eine Koautorin.«

»Hatte?«, hakte er nach.

»Ja, und ich kann mir nicht vorstellen, wie ich das Buch ohne sie beenden soll.« Ich knirschte mit den Zähnen, um nicht in Tränen auszubrechen.

Daniel sah, wie aufgewühlt ich war. Er griff über den Tisch und nahm meine Hand. Seine Berührung war wie ein Stromstoß, der Hitze bis in meine Fingerspitzen sandte.

»Tut mir leid, dass du sie verloren hast.«

Acht Worte. Nur acht Worte eines Fremden und eine simple Berührung, und ich fühlte mich so lebendig wie niemals zuvor. Er war so freimütig, so teilnahmsvoll. Etwas Besseres hätte mir heute Abend nicht passieren können.

»Danke.«

Er hielt meine Hand nicht zu lange, und als er sie wieder losließ, fehlte mir die Berührung sogleich. »Vielleicht liegt die Lösung darin, etwas anderes zu schreiben.«

»Vielleicht. Aber ich weiß nicht, ob ich den alten Roman schon begraben will.«

Er rieb sich den Nacken und lachte verlegen. »Dann werde

ich jetzt gehorsamst meine Klappe halten.« Er war wirklich verdammt charmant. »Tut mir leid, dass ich dich draußen so überfallen habe. Es war bloß ... Als ich dich in die Bar kommen sah, hast du so ausgesehen, als ob du ...«

»Als ob ich was ...?«, fragte ich.

Er überlegte kurz. »Als ob alles, was du je geliebt hast, in Flammen aufginge, du aber nicht weggehen könntest, bevor alles zu Asche verbrannt wäre. Und ich wollte dich einfach in meine Arme nehmen.«

Ich starrte ihn so lange an, dass es beinahe peinlich wurde, aber ich wusste nicht, was ich sonst machen sollte. Ich räusperte mich und nickte kurz. Und starrte ihn weiter an, konnte meinen Blick nicht abwenden.

Daniel lächelte wieder. Dann sah ich, wie ein Mitglied der Band auf unseren Tisch zukam. *Unser* Tisch? Was für ein interessanter Gedanke.

Der Mann schlug Daniel mit der Hand auf die Schulter und grinste mich an. Er hatte strubbeliges Blondhaar, das bis zu den Augenbrauen herunterhing, und die freundlichsten braunen Augen, die ich je gesehen hatte. Um den Hals trug er ein Peace-Zeichen. Das langärmelige moosgrüne Hemd über dem weißen T-Shirt stand offen.

»Ich hoffe, dieser Loser hat dich nicht zu sehr gelangweilt«, scherzte er.

»Kaum«, grinste ich.

Er streckte mir die Hand hin. Ich schüttelte sie. »Randy Donovan. Akustikgitarre.«

»Nett, dich kennenzulernen. Ihr seid echt toll!«

Daniel seufzte vernehmlich. »Genau, was Randy gebraucht hat. Jetzt wird er noch eingebildeter!«

Randy trat einen Schritt zurück und legte die Hände auf

die Brust. »Eingebildet? Ich?! Nicht die Bohne. Ich bin die Bescheidenheit in Person.« Er faltete die Hände wie zum Gebet und verneigte sich vor mir. »Vielen Dank, meine Schöne.«

Ich kicherte über seine Possen – und grinste Daniel an, der die Augen gen Himmel verdrehte.

»Ich entführe dir Danny nur ungern, aber wir müssen wieder auf die Bühne ...« Randy grinste und klopfte Daniel auf den Rücken. »Meine Schöne ...« Er nahm meine Hand und küsste sie. »... es war mir eine Freude, deine Bekanntschaft zu machen.«

»Mir auch, Randy.«

Randy stupste Daniel gegen den Arm und flüsterte vernehmlich: »Sie ist sexy.« Dann marschierte er in Richtung Bühne davon.

Hitze stieg mir in die Wangen.

Daniel lachte über seinen Freund. »Kümmere dich nicht um Randy. Er ist ein wenig ... ungewöhnlich.«

»Ich mag ungewöhnlich.«

Er erhob sich langsam und sah mich feixend an. »Du bist faszinierend. Das gefällt mir so an dir.«

»Weißt du, was mir bis jetzt an dir gefällt?« Ich rutschte aus der Bank. Daniel hatte mir das Gefühl gegeben, als gäbe es keinen schöneren Ort auf der Welt als die hinterste Nische in Joe's Bar.

»Was denn?«

»Alles.« Als ich das sagte, begann er zu strahlen, und dieses Strahlen erwärmte mich vom Kopf bis zu den Zehenspitzen. »Viel Spaß da oben«, sagte ich und nickte zur Bühne hin.

»Du bleibst doch noch?«, erkundigte er sich mit leiser Stimme. Wie ein Schuljunge, der ein Mädchen fragt, ob sie zum ersten Mal zur Probe seiner Garagenband kommt.

»Klar.«

»Versprochen?« Seine Hände glitten in die Taschen seiner Jeans, und seine Hüften wiegten sich vor und zurück.

Ich strich mit den Fingern über meine Augenbraue. Es fühlte sich an, als ob meine Wangenknochen zerbrechen würden, so viel hatte ich an diesem Abend gelächelt. »Fest versprochen.«

# 6

## ASHLYN

*Five minutes ago I was lonely.*
*Five minutes ago I walked alone.*
*Five minutes later I told you the deepest secrets of my soul.*
*And when you turned away I whispered, »Please don't go.«*

Romeo's Quest

Der zweite Teil des Konzerts begann. Für den Rest des Abends konnte ich Daniel nicht mehr aus den Augen lassen. Es war deutlich zu sehen, dass er die Musik über alles liebte, und das machte mich glücklich. Weil er glücklich war. Als der letzte Song verklang, erhob ich mich mit den übrigen Zuschauern und klatschte wie verrückt. Daniel war genial. Die Band war super. Gabby hätte total auf sie gestanden.

Als Daniels Blick auf mich fiel, lächelte ich und formte ein stummes »Danke«. Er kniff ein wenig ärgerlich die Augen zusammen, doch ich wollte nicht darauf eingehen. Ich musste nach Hause, bestimmt erwartete Hailey mich längst. Womöglich befürchtete sie gerade, ich hätte ihren Wagen geklaut.

Die warme Nachtluft zerzauste meine Haare. Ich grub Haileys Wagenschlüssel aus den Tiefen meiner Tasche und machte mich bereit, um zu dem Haus zurückzufahren, das ich jetzt mein Heim nennen musste.

»Wohin des Wegs, Miss Namenlos?«, vernahm ich eine Stimme hinter mir. Ich drehte mich um und sah einen erschöpft aussehenden Sänger in meine Richtung sprinten. »Was soll das denn? Fahrerflucht nach der ersten Begegnung? Du willst dich einfach ohne Abschied verdrücken?«

Ich hob die Schultern. »Ich hab mich doch bedankt.«

Er steckte die Hände in seine Jeans. Wahrscheinlich tat ihm die kühle Brise gut, nachdem er so lange unter den heißen Scheinwerfern gestanden hatte. Er trat noch einen Schritt auf mich zu, und ich erstarrte.

»Ich dachte ...« Er stutzte, dann lachte er. Wohl über sich selbst, denn ich hatte ganz bestimmt nichts Lustiges an mir. »Egal. War jedenfalls nett, dich kennenzulernen.« Er hielt mir die linke Hand hin, und ich schüttelte sie.

»Ich fand's auch sehr nett. Und jetzt kannst du wieder reingehn und feiern. Ihr habt doch einen Super-Gig hingelegt.« Ich kicherte.

Er blieb ernst. In seinen Augen stand tiefes Mitgefühl. »War es deine Schwester? Die du verloren hast?«

Ich erschrak. »Woher weißt du das?«

Immer noch hielt er meine Hand. Er rückte ein winziges Stück näher. »Als du die Geschichte über dein Gold erzähltest, hast du von ihr in der Vergangenheitsform gesprochen.«

»Oh.« Mehr brachte ich nicht heraus. Allein die Vorstellung, Gabby würde hier neben mir auf dem Bürgersteig stehen, ließ erneut Tränen aufsteigen.

»Immer noch eine frische Wunde?«

»Immer noch frisch und schrecklich.«

»Meine Mom ist vor einem Jahr gestorben. Und letzten Freitag mein Dad, an Nierenversagen.« Er trat noch einen Schritt näher.

Mir klappte der Mund auf. »Du hast *gerade* deinen Vater verloren und trittst in einer Kneipe auf?«

»Ich bin auch ziemlich durcheinander«, flüsterte er und tippte sich mit dem Finger an die Stirn. Ich kannte das Gefühl nur allzu gut. »Er war Englischlehrer. Das mit der Band war im Grunde seine Idee: eine Band, die Shakespeare zum Thema hatte. Niemand anderem als Dad hätte so etwas einfallen können.« Er dachte kurz nach. »Die Leute sagen immer, dass es mit der Zeit angeblich leichter wird, aber ...«

»... es wird bloß schwerer«, ergänzte ich. Ich verstand ihn voll und ganz und tat nun meinerseits einen Schritt auf ihn zu.

»Und die anderen vergessen es mit der Zeit. Es nervt sie, wenn du immer wieder damit ankommst. Du bürdest ihnen deine Trauer auf. Also verhältst du dich so, als täte es nicht mehr weh. Damit sie sich keine Sorgen mehr machen müssen. Damit du keinem mehr mit deiner Trauer auf die Nerven fällst.«

»Willst du mal was ziemlich Verrücktes hören?« Es kam mir zwar ein wenig irrsinnig vor, mit einem völlig Fremden über meinen Verlust zu reden, aber er war wirklich der Erste, der mich zu verstehen schien. »Auf der Fahrt hierher hätte ich schwören können, dass meine Zwillingsschwester neben mir im Auto saß.«

Ein verzweifelter Ausdruck trat in seine Augen, wahrscheinlich hervorgerufen durch das Wort »Zwillingsschwester«. Ich fand es mies, dass er sich mies fühlte. Ein guter Mensch wie er sollte sich immer gut fühlen.

»Ist schon in Ordnung«, flüsterte ich. »Mir geht's gut.«

Er scharrte ein wenig mit den Füßen. »Manchmal könnte ich schwören, dass ich Dads Lieblingszigarren rieche.«

Wir schwiegen eine Weile und starrten auf unsere Hände, die immer noch ineinander verschränkt waren. Dann stieg ein nervöses Lachen zum Himmel. Ich war nicht sicher, ob er gelacht hatte oder ich.

Ich brach das Schweigen und trat einen Schritt zurück. Ich schaute in seine blauen Augen und blinzelte nur kurz, um nichts von seinem Blick zu verpassen. »Ashlyn«, stellte ich mich vor.

Daniel stolperte ein paar Schritte rückwärts, wobei er über beide Ohren grinste. »*Ashlyn!*«, sang er. »Gerade habe ich gedacht, dass du nicht noch umwerfender sein könntest ... und dann kommst du mit so einem Namen!«

Ich steckte die Hände in die Taschen und blickte zum Nachthimmel auf. Alles kam mir auf einmal so einfach vor. Eine Bar, in der Musik gespielt wurde, die meine Seele berührte. Ein junger Mann, der wusste, was es bedeutete, die Freude am Leben zu verlieren. Eine sanfte Brise, die mein ganzes Wesen belebte. »Wenn es einen Gott gäbe – und ich bin mir da absolut nicht sicher –, aber wenn es ihn gibt, glaubst du, dass er uns diese Nacht als eine Art Entschuldigung schenkt, weil er uns so vieles genommen hat?«

Daniel atmete hörbar aus und strich sich über den Mund. »Das weiß ich nicht. Aber es wäre ein guter Anfang.«

Wieder schwiegen wir. Noch nie zuvor hatte sich Schweigen mit einem anderen Menschen so gut angefühlt. Daniel konnte nicht aufhören zu lächeln, und ich ebenso wenig. Wir grinsten wie die Honigkuchenpferde, und es fühlte sich ganz natürlich an.

Dieses Mal brach er das Schweigen, indem er einen Schritt zurücktrat. »Also, das war echt ein verdammt seltsamer Abend.«

»Dem kann ich nur zustimmen.«

»Na schön. Wenn du nach Hause musst, halte ich dich nicht weiter auf.«

»Ja, sicher. Allerdings ...« Ich brach ab, und er schaute mich forschend an. »Ich will eigentlich noch nicht heim. Denn wenn ich gehe, wird das hier der Vergangenheit angehören. Der ganze Zauber dieser Nacht, der mir für wenige Stunden etwas Schönes beschert hat, wird vorüber sein, und ich werde wieder nur die traurige Ashlyn sein.«

»Du willst die Fantasie noch eine kleine Weile weiterspinnen?«

Ich nickte hoffnungsvoll und betete, dass er mich nicht für komplett durchgeknallt hielt.

Da nahm er meine Hand und knuffte mich leicht in die Schulter. »Gehen wir ein Stück.«

Wir spazierten viele Male um den Block. Ich weiß nicht, wie es dazu kam, aber wir erzählten uns alles Mögliche aus unserem Leben. Bei der dritten Runde berichtete Daniel von seinem Vater, mit dem er sich bis zum Tod der Mutter nicht besonders gut verstanden hatte. Danach war es anders geworden, und er bedauerte die vielen Jahre, die sie verloren hatten. An der Ecke Humboldt Street und James Avenue blieb er stehen und holte tief Luft. Er starrte in den Nachthimmel, verschränkte die Hände im Nacken, dann schloss er die Augen. Ich schwieg; die Trauer in seiner Körpersprache war Erklärung genug.

Dann erfuhr ich, dass er einen Bruder hatte, aber als ich mehr über ihn wissen wollte, sagte Daniel: »Wir sprechen nicht miteinander.« Das klang kälter als alles, was ich bislang von ihm gehört hatte. Ich fragte nicht weiter.

Während der vierten Runde lachten wir darüber, dass wir so müde waren und trotzdem nicht schlafen konnten. In der sechsten Runde heulte ich wie ein Schlosshund. Es fing mit ein paar mühsam zurückgehaltenen Tränen an, doch dann öffneten sich die Schleusen. Daniel fragte nicht, warum ich weinte. Er schloss mich lediglich in seine Arme und zog mich an seine Brust, während er beruhigende Worte murmelte.

Ich versuchte, ihm heulend klarzumachen, dass alles in Ordnung sei, aber er wollte nichts davon hören. Er sagte, dass es manchmal ganz in Ordnung sei, *nicht* in Ordnung zu sein. Er sagte, dass es okay wäre, eine Zeit lang fertig zu sein und nichts zu fühlen als den Schmerz. Die sechste Runde dauerte am längsten. Er flüsterte in mein Haar, dass der Schmerz eines Tages, irgendwie, wieder von der Freude überboten würde.

Später erzählte ich ihm von der Liste, die Gabby für mich zusammengestellt hatte, und er fragte, ob er sie lesen dürfe. Ich reichte ihm das gefaltete Blatt aus meiner Handtasche. Er nahm es wie etwas Kostbares entgegen und entfaltete es sorgfältig. Ich folgte seinen Augen, die von links nach rechts abwärtsglitten, während er die Liste studierte.

»In einem Kaufhaus mit einem Hula-Hoop-Reifen tanzen?« Er zog eine Augenbraue empor.

Ich nickte kichernd.

»In einer Karaoke-Bar einen Song von Michael Jackson singen, mit seinen typischen Tanzschritten?«

»Ja, ich weiß. Das war eher Gabbys Ding als meins«, erklärte ich.

Er grinste auf die Liste herab, dann faltete er sie wieder zusammen und gab sie mir zurück. Er wollte wissen, wie viele Punkte ich denn schon abgehakt hätte. Ich seufzte.

»Bis jetzt noch keinen. Ich wollte eigentlich heute Abend auf dem Tresen tanzen ... aber wie du ja mitbekommen hast, hatte ich einen kleinen Nervenzusammenbruch.«

»Du hast also noch keinen Brief gelesen?«

»Noch nicht. Zuerst wollte ich einfach alle aufreißen, aber dann ...«

Er lachte, als wir uns wieder in Bewegung setzten. »Du wolltest nicht *so* ein Mädchen sein.«

»Was für ein Mädchen?« Ich blieb stehen und starrte ihn fragend an.

»Du weißt schon, so ein Mädchen, das seiner toten Zwillingsschwester absichtlich nicht gehorcht.«

Ich grinste. Das klang reichlich verdreht, und manche Leute hätten gesagt, dass man darüber keine Witze reißt, aber ich musste lächeln, weil ... es so verdammt witzig war. Und ich hatte so verdammt wenig zu lachen. »Du hast recht. Ich würde es nicht wagen, so ein Mädchen zu sein.«

»Und außerdem ...« Er drehte sich zu mir und biss sich auf die Lippen. Rückte ein Stück näher und stupste mich spielerisch in die Schulter. »... stehst du kurz davor, eine der Aufgaben zu erfüllen.« Als er das sagte, kribbelte es in meiner Nase. Ich riss erstaunt die Augen auf.

Er lachte über meine verblüffte Miene. Als sein Gesicht sich meinem näherte, atmete ich langsam aus. Mein Atem streifte seine Lippen. Unsere Lippen schienen unendlich weit voneinander entfernt zu sein, in Wahrheit waren es nur Millimeter.

Sein Mund sah nicht nur weich und küssbar aus, sondern auch kussfähig. Als könnte er einen Menschen küssen, der sich auf der anderen Seite der Erdkugel befand, und selbst diesen zum Schmelzen bringen. Es sollte nicht lange dauern, bis ich mich davon überzeugen konnte, *wie* fähig dieser Mund war.

Unsere Lippen verbanden sich auf eine nie gekannte Art. Für diese Art Kuss sollte ein neues Wort erfunden werden. Heilsam. Ergreifend. Zaghaft. Selig. All diese wunderbaren unterschiedlichen Gefühle – in einem einzigen Kuss vereint. Die überwältigenden Regungen, die meinen Körper durchströmten, riefen eine elektrische Energie hervor, die von mir zu ihm übersprang.

Als ich Daniel küsste, wusste ich, dass ich niemals mehr von einem anderen geküsst werden wollte. Ich hätte nie gedacht, dass Küssen so einfach und dabei so vielschichtig sein könnte. Und dabei waren es lediglich seine Lippen, die die meinen erforschten.

Daniel zog mich in die Gasse neben Joe's Bar, und ich spürte die Mauer im Rücken. Doch nicht sie hielt mich aufrecht, sondern seine Berührung. Er beugte sich noch weiter vor, dann spürte ich seine Zunge, die sanft in meinen Mund eindrang, wo sie auf meine Zunge traf, die sie bereits erwartete.

Als er seine Arme um mich legte, schlang ich ein Bein um seine Hüften. Er seufzte leise, während seine starken Hände meinen Po umspannten und mich noch ein wenig höher hoben und so meinen egoistischen Wunsch, meine Beine um ihn zu schlingen, in das verzweifelte Bedürfnis verwandelten, der Schwerkraft zu entkommen.

Mein Körper stürzte wie ein Meteor in die Tiefen des Verlangens. Ich flehte den Himmel an, dass dies keine durch Depression hervorgerufene Fantasie sein möge – oder wenn doch, dann sollte die Realität nie wieder die Oberhand gewinnen.

Er löste seinen Mund von meinem, und ich stand mit geschlossenen Augen und weit offenem Herzen da. Ich spürte sein Herz unter dem Stoff seines T-Shirts schlagen, und er legte die Hand auf mein Herz. Worte waren nicht mehr notwendig, wir spürten uns aus den Tiefen unseres Selbst, mit der Sprache unserer Fingerspitzen.

Ein letztes Mal streifte er meine Lippen, als wollte er sich verabschieden. Als ich die Augen aufmachte, sah ich ihn lächeln, dann sagte er: »Nummer dreiundzwanzig.«

Nr. 23: Küsse einen Fremden

*Ich fasse es nicht. Ich habe gerade einen wildfremden Mann geküsst.*

Ich schaute von der Liste zu Daniel auf. Er grinste breit, dann trat er drei große Schritte zurück und verneigte sich. »Nichts zu danken«, scherzte er.

Jeder Versuch, meine Freude zu verbergen, wäre nutzlos gewesen. Ich drehte mich mit fliegenden Armen im Kreis, genoss die kühle Nachtluft. Ich durfte einen Brief von Gabby öffnen! Wieder war mir zum Weinen zumute, aber ich wusste, diesmal würde ich vor Glück weinen.

Dann stürzte ich auf Daniel zu, der wahrscheinlich überrascht war, als ich ihm die Arme um den Hals warf und ihn mit aller Kraft drückte. Doch er wankte nicht – hob mich stattdessen hoch und schwenkte mich einige Male im Kreis, wobei er mich kräftig an sich presste.

»Du weißt gar nicht, was mir das bedeutet«, flüsterte ich. Eigentlich wollte ich ihn wieder und wieder küssen.

Er sah mich lächelnd an. »Dann solltest du lieber rasch nach Hause fahren, damit du deiner Lektüre frönen kannst.«

Er stellte mich sanft auf den Boden. Wir gingen zum Eingang der Bar. Daniel strich mit den Händen über meine

Arme, bis zu den Schultern hinauf, dann wieder herab. Sein Mund näherte sich meinem, und als seine Lippen meinen Mundwinkel streiften, spürte ich, wie eine Hitzewelle meinen Körper durchlief.

»Gute Nacht, Ashlyn«, sagte er und berührte leicht meine Fingerspitzen, was mir ein weiteres Lächeln entlockte.

»Gute Nacht, Daniel Daniels.« Mein Herz war verloren in einer Welt von Sehnsucht, doch ich ließ es auf diesem unbekannten Gebiet umherschweifen. Ich griff in meine Handtasche und zog seine CD hervor. »Oh, und damit du's nur weißt ... Ich nehme dich heute Nacht mit ins Bett.«

»Ja, verdammt, hab ich ein Glück.« Er zwinkerte mir zu, und die Welt geriet aus den Fugen. Daniel fuhr sich durch die Haare und grinste übers ganze Gesicht. »Das ist dann wohl der Punkt, an dem wir unsere Telefonnummern austauschen.« Er streckte mir sein Handy hin, und ich gab ihm meines. Nachdem ich meine Nummer eingegeben hatte, gab ich es zurück.

»Ich werde wahrscheinlich nicht als Erste anrufen, weil ich nicht verzweifelt wirken will.« Ich grinste.

»Und ich werde nicht als Erster anrufen, weil du denken sollst, dass ich auch noch andere Mädchen treffe.«

Oh, wie er mich auf die Folter spannte! So lange hatte ich das schon nicht mehr erlebt. »Also, ganz offensichtlich gibt es da keine anderen Mädchen. Hast du dich schon mal im Spiegel angeschaut? Du bist ganz schön hässlich.«

»Ach ja?«

»Ja. Mädchen mögen kein charmantes Lächeln, keine muskulösen Arme oder köstliche Fourpacks –« Er nahm meine Hand und fuhr mit ihr über seinen flachen Bauch. Ich seufzte leise, denn meine Schenkel schmerzten, als ich ihn berührte.

»Sixpacks.« Dann wurde ich furchtbar rot, was er hoffentlich nicht merkte.

»Was mögen sie denn?« Er verschränkte die Arme vor der Brust.

»Normale Sachen eben. Nasenhaare, ein kleines Doppelkinn zum Küssen. Eine Extra-Brustwarze oder auch drei. Einfach was Normales.«

Daniel lachte, und ich wollte mich an ihn schmiegen, um zu spüren, wie das Lachen in seinem Körper vibrierte. »Dann muss ich dafür sorgen. Ich will ja nicht … wie hast du noch gleich gesagt …?«

»Hässlich sein.«

»Genau. Ich will doch in deinen Augen nicht hässlich sein.« Wir grinsten uns noch einmal an, bevor er sich abwandte und ich in der anderen Richtung davonging.

»Hey, Ashlyn!«, rief er. Ich wirbelte herum und schaute ihn fragend an. »Möchtest du noch mal so einen schrägen Abend mit mir verbringen? Vielleicht sogar schon am Dienstag?«

*Ja! Ja! Herrgott noch mal – JA!* »Weißt du was? Ich kann dich vormerken.«

»Kennst du die Bücherei in der Harts Road?«

Nö. Kannte ich nicht. Aber wenn ich nach Hause kam, würde ich sofort im Internet nachschauen. »Die finde ich schon.«

»Gut. Finde sie, sagen wir, gegen sechs.«

»Dann haben wir ein Date.« Das war mir jetzt so rausgerutscht. Meine Wangen wurden warm, und ich nestelte verlegen an meiner Taille herum. »Ich meine, es ist ein … ein … Ich komme bestimmt. Wir sehen uns dann.«

Er lachte und wandte sich ab. »Okay, klingt doch gut. Wir haben also ein Date. Mein Date.«

Er hatte etwas Doppeltes gesagt.
Und ich war offiziell hingerissen.

Als ich ins Schlafzimmer kam, lag Hailey ausgestreckt auf dem Boden, auf ihrer Yogamatte. Aus den Lautsprechern ihres CD-Players drang Musik. Regenwaldklänge.

Sie holte tief Luft und ließ sie langsam durch den kaum geöffneten Mund wieder ausströmen. Beim Anblick dieses merkwürdigen Verhaltens musste ich verstohlen grinsen.

»Äh, Hailey?«, murmelte ich, als ich die Tür zumachte.

»Pst«, summte sie und klopfte auffordernd auf die leere Matte neben sich.

Ich nahm das als eine etwas sonderbare Einladung, und nachdem ich die Schuhe ausgezogen und Jacke und Tasche aufs Bett geworfen hatte, legte ich mich gehorsam auf die Matte.

»Schließ die Augen«, wies Hailey mich mit geschlossenen Augen an. Ich zog eine Braue hoch und sah sie an, als hätte sie nicht mehr alle Tassen im Schrank, worauf sie harmlos grinste. »Sieh mich nicht so an, als wäre ich gaga. Mach einfach deine verdammten Augen zu.«

Ich machte also die Augen zu und atmete tief ein. Es war recht kühl im Zimmer, und ich bekam sogleich eine Gänsehaut. Ich schielte zu Hailey, die unbeeindruckt ein- und ausatmete.

»Spürst du die Veränderung, wenn man sich gerade hingelegt und die Verbindung mit der Welt aufgenommen hat? Spürst du, wie die negative Energie durch deine Fingerspitzen und deine Nase ausströmt?«, fragte Hailey und summte leise.

»Ähm, nein«, gestand ich verwirrt. Ich spürte lediglich,

dass ich in einem verdunkelten Zimmer auf einer Yogamatte lag und Dschungelgeräusche von einer CD hörte.

Hailey hörte auf zu summen und stützte sich auf die Ellenbogen. »Ich auch nicht. Ich sag dir, ich versuch jetzt schon superlange zu meditieren, aber ich *packe* es einfach nicht.«

Ich kicherte und kam in den Schneidersitz. »Warum machst du dir dann die Mühe?«

»Theo …«, erinnerte sie mich an ihren Freund, bevor sie sich wieder zurücklegte und die Hände unter den Kopf schob. »Wie war dein Abend?«

Ich ertappte mich bei einem Riesengrinsen. Hailey sah es. »Du hast jemanden kennengelernt!«, quiekte sie.

Ich drehte mich erschrocken zu ihr um. »Woher …?«

»Ashlyn, als du los bist, warst du total sauer, und jetzt lächelst du und wirst rot. Du hast auf jeden Fall einen Jungen kennengelernt.«

Darin irrte sie – um einen Jungen handelte es sich definitiv nicht. Ich legte mich wieder auf die Yogamatte, starrte auf die gemalten Wolken an der Decke und lauschte dem Vogelgezwitscher und Affengekreisch ihrer CD. »Ich hatte einen wirklich netten Abend.«

Wir redeten noch eine ganze Weile, bis meine neue Zimmergenossin schläfriger und schläfriger wurde. Nach einer Weile hörte ich Hailey leise schnarchen. Ich stand auf, holte eine Decke und breitete sie über ihr aus.

Gegen zwei Uhr morgens leuchtete mein Handy auf. Grinsend las ich Daniels Namen.

Daniel: Er ist Brite. Er steht total drauf, seinen Stab rumzuschwenken. Er besitzt eine stattliche Pulloversammlung.
Ich: Soll das so eine Art nächtliches Buchquiz sein?

Die Schmetterlinge im Bauch tanzten zum Schlag meines Herzens.

Daniel: Was denn sonst?
Ich: Also, da musst du schon was Besseres auffahren. Harry Potter. Jetzt bin ich dran: Er ist von zu Hause abgehauen, weil er einem Fluch entrinnen wollte. Er heiratet. Er hat ein Mutterproblem. Es könnte sogar sein, dass seine Frau gleichzeitig … seine Mutter ist.
Daniel: Willst du mich mit König Ödipus langweilen? Hinweis: Sie hat ein Problem mit Nagetieren. Ihre Schwärmerei für den dreitägigen Ball ist peinlich. Ihre Stiefschwestern schneiden sich die Fersen ab.
Ich: Aschenbrödel – frei nach den Brüdern Grimm. Du machst es mir viel zu leicht. Außerdem hast du doch gesagt, dass du nicht als Erster anrufen wolltest?
Daniel: Ich hielt die Erwähnung des dreitägigen Balls für eine kluge Finte. Die meisten Leute wissen das nämlich nicht. Und ich ruf dich doch gar nicht an, sondern ich simse. Meine Freundin schläft nämlich neben mir. Sie könnte misstrauisch werden, wenn sie mich telefonieren hört. Du bist wunderschön.

Er brachte es fertig, dass ich lachen wollte und gleichzeitig einer Ohnmacht nahe war. Daniel hatte wirklich Talent.

Ich: Auf einer Skala von 1 bis 10 war der Hinweis mit dem Ball eine 1,5. Gähn. Tu nicht so, als hätte Mr Hässlich eine Freundin. Und bewirf mich nicht mit Komplimenten – deine Hinweise taugen trotzdem nichts.
Daniel: Du bist schön.

Ich: Und du theatralisch.
Daniel: Du bist schön, Ashlyn. Damit meine ich nicht nur dein Aussehen. Ich meine deine Klugheit, deine Tränen, deine Zerrissenheit. In meinen Augen macht all das deine Schönheit aus.

Bei jeder Antwort, die er mir gab, spürte ich das Blut in meine Wangen steigen. Er spielte nicht mit mir, tat nicht so, als hätte er um zwei Uhr morgens Besseres zu tun. Er antwortete sofort, und jede Mitteilung erfüllte mich mit ihren schlichten Worten mit einer nie gekannten Wärme.

Ich: Lass das …
Daniel: Du bist so hässlich, dass es wehtut. Du erinnerst mich an den Dreck unter meinen Schuhsohlen. Wenn ich könnte, würde ich dich in die Gosse schmeißen. Warum bist du nur so widerlich?
Ich: An dir ist ein Dichter verloren gegangen …
Daniel: Gute Nacht, Ash.

Ich seufzte, während ich mein Handy gegen die Brust drückte.
　Gute Nacht, Daniel Daniels.
　Ich klappte den Deckel meiner Schatzkiste auf und wühlte beim Licht meiner Handy-Taschenlampe in den Umschlägen, bis ich Nr. 23 gefunden hatte. Dann machte ich es mir auf der Matte bequem und riss den Umschlag behutsam auf.

Nr. 23: Küsse einen Fremden

*Ash,*

*oh mein Gott! Meine Schwester ist eine Schlampe! Echt? Du hast einen fremden Mann geküsst?! Darf ich sagen, dass ich insgeheim stolz auf dich bin? Und falls dies zufällig einer der ersten Briefe ist, die du aufgemacht hast, dann bedeutet das vermutlich, dass du's gemacht hast, weil du mich so vermisst. Richtig so!*

*Und jetzt sag mal: War es ein schlimmer Kuss? Hatte er Mundgeruch? Hat er mit Zunge geküsst? Oh Gott, ich will alles wissen! Hat es dir gefallen? Hast du dich dabei wie ein Wackelpudding gefühlt? Solange du nicht Billy küsst, ist es mir egal. Ich glaube, ich habe diese Aufgabe auf die Liste gesetzt, weil du mal ein Risiko eingehen sollst. Den falschen Mann zur richtigen Zeit küssen, den richtigen Mann zur falschen Zeit küssen. Lebe jeden Tag so, als gäbe es keine Zwänge. Es gibt so vieles, was ich gern getan hätte, aber ich hätte bestimmt vorher zu viel darüber nachgedacht. Zum Beispiel, dass ich gern mal Tupfen mit Karos zusammen getragen hätte. Oder Sushi probiert. Oder letztes Jahr am Strand meine Unschuld an Bentley verloren, als ich es wirklich wollte.*

*Stürz dich weiter ins Leben.*
*Du machst das toll, Kid.*

*Gab*

# 7

## ASHLYN

*One, can I have your number?*
*Two, can I have your smile?*
*Three, will you meet me somewhere?*
*Four, will you stay awhile?*

*Romeo's Quest*

Ich wachte auf dem Boden in der Sonne auf, die durchs Fenster auf den Teppich schien. Ich blickte an mir hinunter und sah, dass die Decke, die ich über Hailey gebreitet hatte, nun mir als Zudecke diente. Hailey stand vor ihrem großen Spiegel und warf die Haare zurück.

Ich rieb mir den Schlaf aus den Augen, stand auf und gähnte hinter vorgehaltener Hand. »Danke, dass du mich zugedeckt hast.«

»Dito«, lächelte sie. »Das Zimmerteilen funktioniert doch ganz gut, oder?«

Ich ließ mich achselzuckend auf mein Bett fallen. Ich wohnte ja noch nicht so lange hier, alles war noch so neu.

Sie nahm kaum Notiz von meiner Reaktion und setzte sich ans Fußende. »Super! Also, ich wollte dich etwas fragen ... Theo gibt in zwei Wochen eine Party, weil seine Eltern nach Bora Bora fliegen. Du musst unbedingt mitkommen!«

Ich sah sie argwöhnisch an und lachte. »Nein, vielen Dank!«

Hailey zog einen Schmollmund und verschränkte die Arme vor der Brust. »Ach, komm schon. Bitte! Mom lässt mich nicht allein gehen. Meine beste Freundin Lia hat etwas gegen Theo, warum weiß ich nicht, und mein einziger anderer Freund, der zufällig mein Bruder ist, ist auch sehr Anti-Theo, also ist Mom sehr dagegen, dass ich mit ihm ausgehe. Ich muss ein anderes Mädchen dabeihaben ... *dich*. Und Mom wird das sehr gefallen, weil sie dann glaubt, dass wir Freundinnen werden. Womit sie ja auch recht hat!« Sie faltete die Hände und fing an zu betteln. »Bitte, Ashlyn?! Bitte?!«

»Ich bin eigentlich nicht so ein Partygirl.«

»Das macht doch nichts! Überhaupt nichts. Aber ...« Sie lächelte und schloss die Augen. »... vielleicht kannst du danach einen Punkt von deiner Liste unerledigter Dinge streichen!«

Ich starrte sie mit offenem Mund an und straffte meine Schultern. »Woher weißt du von meiner Liste?«

»Weil du im Schlaf redest.« Sie machte ein Auge auf und sah mich an, voller Angst, dass ich nun sauer sein könnte. Ich war mir, was das anging, noch nicht sicher. »Außerdem hast du den letzten Brief offen auf deinem Bett liegen lassen.«

Ich sprang mit heftig klopfendem Herzen auf und verschränkte die Arme vor der Brust. »Du hast meinen Brief gelesen?! Du hast in meinen Sachen herumgeschnüffelt?!«

Hailey erhob sich nun ebenfalls, die Augen angstvoll aufgerissen. »Nein! Ich hab bloß da gesessen. Und ich habe ... Okay. Ja, ich hab deinen Brief gelesen. Ich bin eine schreckliche Mitbewohnerin. Lass es mich wiedergutmachen, indem ich dich zu der Party einlade!«

Ich starrte sie eine ganze Weile an. Ich war sehr erschrocken. »Ich kann das im Moment nicht.« Dann wollte ich zur

Tür, um meiner verrückten »Mitbewohnerin« aus dem Weg zu gehen, aber Hailey versperrte mir den Weg.

»Warte mal! Okay, es tut mir leid. Ich hätte deinen Brief niemals lesen dürfen, und ich gebe dir ein Pinky Promise, dass ich's nie wieder tue.« Sie hielt mir auffordernd ihren kleinen Finger hin, aber ich funkelte sie nur wütend an, da ich nicht verstand, was sie meinte. Entmutigt ließ sie die Hand sinken und seufzte. »Ich hab nicht so viele Freunde. Und ich stehe *so kurz* davor, meinen ersten Freund zu verlieren. Ich bin nicht wie du, verstehst du? Ich hab nicht die Brüste und körperlichen Vorzüge, dass die Jungs bei mir Schlange stehen. Theo ist meine einzige Chance. Und wenn ich an diesem Samstag nicht die Gelegenheit bekomme, Theo meine Blüte zu schenken, dann wird er mich verlassen. Dann werde ich für den Rest meines Lebens diesen verdammten Garten da unten anstarren müssen!«, flüsterte sie voller Verzweiflung, während ihre Augen sich mit Tränen füllten.

Ich konnte nicht umhin zu grinsen. »Deine Blüte?«, fragte ich angesichts ihrer übertriebenen Theatralik. Unheimlich war nur, dass sie es wirklich ernst zu meinen schien. »Ich dachte, du wärst noch nicht bereit, deine ... Rose ... Orchidee ... Venusfliegenfalle zu verlieren?«

Sie schürzte die Lippen und stemmte die Hände in die Hüften. »Ach, du findest das lustig? Na, das *freut* mich aber. Ich finde es ganz *toll*, dass meine Probleme dich so amüsieren.«

»Ein wenig amüsant finde ich es schon.«

Sie verdrehte die Augen und ließ sich rücklings aufs Bett fallen. »Ich werde als alte Jungfer sterben.«

Mein Herz setzte für einen Moment aus, denn mir fiel Gabbys Brief wieder ein, in dem sie geschrieben hatte, wie gern sie ihre Unschuld an Bentley verloren hätte, doch dazu war es nie gekommen. Ich biss mir auf die Lippen und dachte scharf nach. »Okay, ich komme mit.«

Haileys Gesicht hellte sich auf. »Echt?!«

»Nur, wenn du versprichst, nie mehr in meinen Sachen zu wühlen.«

»Versprochen!«, kreischte sie und sprang vom Bett.

»Und wir müssen eine Möglichkeit finden, noch einen Punkt von meiner Liste zu streichen.« Ich griff in meine Handtasche und holte die Liste heraus. Hailey riss sie mir sogleich aus der Hand und überflog sie.

»Deine Schwester hat diese Liste gemacht? Wow. Klingt ja toll!«

»Sie war auch toll.«

Hailey stutzte und sah mit der mitleidigen Miene zu mir auf, die ich jetzt schon hasste. Dann räusperte sie sich und wandte sich erneut der Liste zu. »Nummer zwölf. Gib denen, die in Not sind.«

Ich lachte und verdrehte die Augen. »Ich möchte bezweifeln, dass sie damit ein Mädchen gemeint hat, das seine Unschuld verlieren will.«

Wieder zog sie einen Schmollmund. »Und was ist mit sechzehn?« Sie gab mir das Blatt, und ich musste grinsen.

Nr. 16: Geh auf eine Party

»Tja ... ich schätze, das werden wir wohl machen.« Ich reckte meine Arme und gähnte. »Aber erst mal möchte ich deine Zahnpasta ausleihen. Ich hab nämlich keine mehr.«

»Leihen? Aber klar doch, ich will sie auch nicht zurück.« Hailey gluckste und sagte mir, die Tube liege im Medizinschrank im Bad. »Und beeil dich ein bisschen. Mom mag es gar nicht, wenn wir zu spät zum Bibelunterricht kommen.«

Nicht richtig ausgeschlafen den Kirchgang antreten zu müssen, fand ich schon ein wenig anstrengend. Hailey und Ryan mussten zudem superpünktlich sein, um Bibelunterricht zu geben. Rebecca hatte gesagt, es wäre geradezu ein Segen, wenn ich mit in die Kirche käme, doch in Wahrheit war es nichts anderes als der Befehl: »Du wirst in die Kirche gehen.« Inzwischen hatte ich gelernt, dass Rebecca Befehle stets mit einem Lächeln erteilte, sodass man dem Irrtum erliegen konnte, es handelte sich um höfliche Ersuchen.

Manches Mal hatte ich sie und Henry beobachtet und mich gefragt, wie sie jemals ein Paar hatten werden können. Sie kamen mir so unterschiedlich vor, dass ihre Beziehung ausgesprochen merkwürdig wirkte. Ich hatte sogar einmal gesehen, wie Henry im Wagen rauchte, damit Rebecca es nicht merkte.

Doch manchmal ahnte ich etwas von der Liebe der beiden: wie er sie ansah, wenn sie gerade nicht hinschaute. Das Glitzern in seinen Augen. Oder die Art, wie sie seine Hand hielt, als wäre es ihre eigene.

Als wir im Begriff waren, die Kirche zu betreten, summte Henrys Handy. Rebecca zog argwöhnisch eine Braue hoch. »Wer ruft denn so früh an?«

Henry schaute auf sein Display und verzog das Gesicht. »Ich komme gleich nach.«

Rebecca hielt uns die Tür auf und erteilte ihren Kindern letzte Anweisungen. »Denk dran, Hailey, ein Gebet vorher und ein Gebet zum Schluss. Die Jüngeren müssen das lernen.«

»Okay«, sagte Hailey und verdrehte die Augen.

»Und Ryan, was die älteren Kinder betrifft … Du brauchst dir keine Sorgen mehr wegen Avery zu machen. Er ist aus dem Unterricht entfernt worden.«

»Warum denn?«, fragte Ryan mit plötzlichem Interesse.

Rebeccas Gesicht zog sich vor Widerwillen zusammen. »Wollen wir's mal so sagen: Er hat ein paar unerfreuliche Dinge getan. Seine Familie besucht jetzt einen anderen Gottesdienst.«

Ryan sah sie an, fragte aber nicht weiter.

»Und steck dein Hemd in die Hose. Du siehst schlampig aus. Denke immer daran, Gott sieht alles.« Als seine Mutter die Kirche betrat, holte Ryan seine Zigarettenschachtel aus der Hosentasche. Ich wurde erneut Zeuge seiner merkwürdigen Angewohnheit und wandte mich fragend an Hailey.

»Was macht er da bloß?« Wir gingen auf die Kindergruppe zu, die sie unterrichtete.

Hailey warf ihrem Bruder einen kurzen Blick zu und zuckte die Achseln. »Er hat was zu verarbeiten.«

*Was denn nur?*

Hailey musste wohl meine Gedanken gelesen haben, denn sie grinste schwach. »Du bist nicht die Einzige mit einem Vaterproblem, Ashlyn.«

# 8

## ASHLYN

*There's two things I need you to see.*
*One lives in you and the other in me.*

Romeo's Quest

Am Montag war der erste Schultag meines Abschlussjahres. Hailey fuhr Ryan und mich zur Schule. Henry hatte versprochen, sein Möglichstes zu tun, um mir nicht über den Weg zu laufen. Kaum hielten wir auf dem Parkplatz, als Ryan auch schon heraussprang und sich den Rucksack über die Schulter warf.

Ich krabbelte mit umgeschnalltem Rucksack aus dem Wagen und drückte ein Buch vor meine Brust. Das wollte ich jetzt immer so machen. Vielleicht würden die Jungs mich dann nicht mehr so anstarren, wie sie es in meiner alten Schule getan hatten.

Ich hatte mich in meiner Haut wirklich wohler gefühlt, als ich noch einen Zwilling an meiner Seite wusste. Jetzt fühlte ich mich nur noch allein.

»Zeig mal deinen Stundenplan her, Chicago.« Ryan grinste und versetzte mir einen Rippenstoß. Offenbar war das mein neuer Spitzname. Ich reichte ihm das Blatt, das er rasch überflog. »Oh, in der ersten Stunde Ms Gain. Chemie. Krass.«

Hailey machte ein finsteres Gesicht. »Ms Sweaty. In ihrer Klasse riecht es nach Pferdeschweiß.«

»Und sie benotet uns, als ob wir alle Anwärter auf Harvard wären.« Ryan verdrehte die Augen. »Ich hab schon Glück, wenn ich's überhaupt aufs College schaffe.« Ich hatte nicht den Eindruck, dass er eine Reaktion erwartete. »Zumindest hast du die dritte Stunde zusammen mit meiner Wenigkeit. Englisch-Leistungskurs bei Mr D. Das wird locker.« Warum glaubte er eigentlich nicht an eine Uni-Zulassung, wenn er Leistungskurse belegte?

»Das liegt daran, dass er neu ist. Neue Lehrer sind immer ganz locker«, sagte Hailey grinsend, dann flitzte sie zu ihrem Spind.

Ryan gab mir den Stundenplan zurück und machte sich auf den Weg zum Unterricht. Ich holte tief Luft und sah an dem Schulgebäude hoch. So viele Leute liefen hin und her und wussten ganz genau, wohin sie wollten. Welches der nächste Schritt war.

Ich hingegen suchte mühsam das Klassenzimmer und hoffte nur, diesen Tag möglichst unbeschadet zu überstehen. Die Schüler für die erste Stunde trudelten ein, und meine neuen Hausgenossen hatten, wie ich feststellen musste, die Wahrheit gesagt: Ms Gains Klassenzimmer roch wirklich nach Pferdeschweiß.

»Gut, Kinder. Willkommen im Chemieunterricht. Freut mich, dass ihr es euch schon bequem gemacht habt. Aber da habt ihr leider Pech, weil *ich* euch die Plätze zuweise. Das werden dann eure Sitznachbarn für den Rest des Halbjahrs sein. Und wenn ihr Platz genommen habt, dürft ihr es euch gerne wieder bequem machen.«

Im Raum erhob sich allgemeines Murren und Seufzen, das

mich jedoch völlig kalt ließ. Ich kannte ja noch keinen, deshalb spielte es keine Rolle, neben wem ich sitzen musste.

»Ashlyn Jennings zu Jake Kenn an Tisch fünf.« Ich nahm meine Bücher, ging zu dem bezeichneten Tisch und setzte mich neben den Jungen. Er grinste mich freundlich an, starrte mir aber gleichzeitig auf den Busen.

Das taten sie immer.

»Hi. Du bist Ashley, richtig?« Jake grinste und streckte mir die Hand hin.

»*Ashlyn*«, berichtigte ich. Jake sah ganz gut aus, sogar muskulös – insoweit Jungs auf der Highschool muskulös sein können. Blondes Haar, blaue Augen.

»Na ja, jedenfalls nett, dich kennenzulernen, *Ashlyn*«, sagte er mit besonderer Betonung, die mir ein Lächeln entlockte.

»Gleichfalls.«

»Du bist also die Neue, von der alle reden? Die Tochter des Rektors?«

Alle redeten über mich? In meinem Magen rumorte es. Ich tat es mit einem Achselzucken ab. »Tochter des *stellvertretenden* Rektors. Alle reden über mich? In der ersten Stunde nach den Ferien?«

»Du wirst es bald merken, dass die Leute hier reden. Viel mehr tun sie eigentlich auch nicht.« Er nickte, während seine Augen wieder über meinen Körper glitten. »Du siehst Mr Jennings überhaupt nicht ähnlich.«

»Das nehme ich als Kompliment.« Ich lächelte scheu und rückte meinen Stuhl ein wenig von ihm ab.

Er merkte es und kicherte in sich hinein, bevor er sich dem Lehrerpult zuwandte. »Glaub mir, es ist so.«

Der Unterricht begann. Nach der Stunde fragte Jake, ob ich Hilfe brauchte, um meinen nächsten Kurs zu finden, doch ich winkte lächelnd ab. Die nächste Unterrichtsstunde verging genauso wie Chemie – quälend langsam.

Als ich den Korridor entlangging, kam ich mir wie eine Gefangene vor. Mein Blick zuckte zu der großen Wanduhr hoch. Ihr lautes Ticken erinnerte uns Schüler daran, dass wir uns beeilen mussten, sonst verloren wir innerhalb eines Wimpernschlages den Anschluss ans Leben. Noch sechs Stunden. Noch sechs grässliche Unterrichtsstunden, bevor ich diesem Gefängnis entkommen konnte.

In einiger Entfernung sah ich Henry, der mir halbherzig zulächelte. Ich seufzte und wandte mich ab, um eine andere Richtung einzuschlagen … und prallte mit jemandem zusammen. Bücher und Stundenplan segelten in hohem Bogen durch die Luft, während ich die Augen verdrehte.

»Pass auf, wohin du läufst, Melone.«

Ich sah gerade noch rechtzeitig auf, um zu erkennen, dass ich mit einem Lederjacken-Typen zusammengestoßen war. Ein Footballspieler. Einer, der Gefolgsleute um sich scharte, ein Mannschaftskapitän. Auch Jake befand sich in dem Haufen und warf seinem Anführer ein scheues Lächeln zu. Dann hob er hilflos die Schultern und machte, dass er fortkam. *Vielen Dank auch für die Hilfe, Partner aus dem Chemielabor.* Ein paar Typen rückten mir auf den Leib, während ich versuchte, meine Bücher aufzuklauben.

»Das sind nicht bloß Melonen, das sind schon Wassermelonen, Brad. Ich mag meine Wassermelonen ja *groß* und *saftig*«, lachte ein Junge, der vorbeiging und mit den Händen meine Brüste beschrieb.

Nachdem ich meine Bücher aufgesammelt hatte, presste ich sie wieder vor die Brust. Ich war nicht fähig, den Kopf zu heben, um dem frechen Blick der Rüpel zu begegnen.

Einer der Nachteile meiner Angewohnheit, Gabbys Kleider zu tragen, bestand darin, dass sie meinen Körper wie auf einem Präsentierteller ausstellten. Aber aus irgendeinem Grund musste ich sie tragen.

»Brauchst nichts lernen, wenn du so einen Vorbau hast. Ich kann dir alles Mögliche beibringen«, sagte der Oberrüpel, der anscheinend Brad hieß. Ich spürte, wie sein Blick über meinen Körper glitt, und wich zurück, worauf ich prompt gegen einen anderen prallte. Hatten sie am ersten Schultag im neuen Jahr nichts Besseres zu tun? Zum Beispiel in den Unterricht zu gehen?

»Bloß ein kleiner Vorgeschmack«, murmelte einer der Kerle dicht an meinem Ohr und strich mit den Händen über meine Schultern. In diesem Augenblick hallte die schroffe Stimme eines Lehrers durch den Korridor.

»Das reicht jetzt. Ab mit euch in den Unterricht.« Die Stimme gellte in meinen Ohren. Ich hielt immer noch den Kopf gesenkt. Ich sah den Füßen der flüchtenden Arschlöcher nach. Eine Hand näherte sich mir, und ich zuckte vor Schreck zurück.

Ich hätte am liebsten sofort geduscht. Ich kam mir besudelt vor. Die Worte und die Berührungen der Jungs hatten mich geschändet, mich auf höchst kaltschnäuzige Weise beschmutzt. Ich wollte auf Händen und Knien nach Chicago rutschen, wo ich die Schulrüpel wenigstens kannte. Ich wollte nach Hause.

»Du hast das fallen lassen«, sagte die Stimme jetzt und hielt mir meinen Stundenplan hin. Als ich aufsah, entglitt das Papier seinen Händen und segelte zu Boden. »Ashlyn«, sagte er erschrocken keuchend.

Wunderschöne.

Atemberaubende.
Leuchtende.
Blaue Augen.

Zuerst fühlte ich mich auf eine sonderbare Art getröstet, weil es Daniel war, der die Arschlöcher fortgeschickt hatte. Dann dämmerte mir die Wahrheit. Er besaß die *Macht*, die Arschlöcher fortzuschicken.

»Was tust du hier, Daniel?« Er sah so ... erwachsen aus. So anders als an dem Abend in Joe's Bar.

Seine hellbraune Hose wurde von einem Gürtel gehalten, der farblich zu seinen Schuhen passte. Sein straffer Oberkörper steckte in einem hellblauen Hemd, und seine Locken waren ordentlich gekämmt.

»Nicht!«, zischte er böse. Dann schaute er nervös nach beiden Richtungen und rieb sich den Nacken. »Nenn mich nicht so, Ashlyn«, flüsterte er dringlich.

In der Nähe wurde eine Spindtür zugeschlagen, und ich machte vor Schreck einen Satz. Alles in mir zog sich zusammen. Ich kämpfte gegen die Tränen an, die schon wieder unter meinen Lidern hervorquellen wollten.

Wieso war er ...?

Daniel räusperte sich und hob meinen Stundenplan auf. Als er ihn überflog, wurde sein Blick immer düsterer. »Du bist eine Schülerin.« Er ballte die Hand zur Faust und schlug sich mehrere Male gegen den Mund. »Und du bist *meine* Schülerin.«

Ich riss vor Entsetzen die Augen auf. Die Glocke schrillte laut, der Lärm hallte durch alle Korridore.

»Und *du* kommst zu spät.«

Daniel gab mir den Stundenplan zurück. Ich schaute auf und sah Ryan, der mit einem entwaffnenden Lächeln auf uns zusprintete. »Bin schon da, bin schon da. Kriegen Sie bloß keinen Anfall, Mr D. Sport ist auf der anderen Seite von dem verdammten Schulkomplex.« Er stutzte. »Von dem verflixten, wollte ich sagen.«

Er wetzte an Daniel und mir vorbei, während wir wie festgefroren in Zeit und Raum dastanden. In der Tür drehte Ryan sich um, grinste mich zähnefletschend an und fragte: »Kommst du, Ashlyn?«

Stumm schaute ich zu Daniel – Mr Daniels – auf. Dann bahnte ich mir einen Weg durch die Klasse und seufzte, als ich die Tür hinter mir ins Schloss fallen hörte. Ryan empfing mich grinsend und klopfte auf den Stuhl neben sich. »Danke«, flüsterte ich stumm.

Als ich wieder aufschaute, fiel mein Blick auf einen konfusen Daniel, der verzweifelt versuchte, seine Gedanken zu ordnen. Er wandte sich der Klasse zu und sah jedem einzelnen Schüler in die Augen – nur mir nicht. Nicht einen einzigen Blick gönnte er mir. Und ich hätte es so gebraucht, dass er mich wissen ließ, alles werde wieder in Ordnung kommen, diese scheußliche Situation werde sich klären.

Aber nicht ein Blick von ihm.

Mir war übel.

Daniel begann mit dem Unterricht. Er holte einen Whiteboard-Marker aus der Tasche und schrieb in großen Buchstaben den Stoff für das kommende Halbjahr an die Tafel. Flash Fiction. Die Odyssee. Macbeth. Mir war alles egal. Die Luft im Raum war dick und schmutzig – voller Missverständnisse. Ich bekam keine Luft mehr.

»Okay. Für morgen möchte ich von euch einen Aufsatz von ein bis zwei Seiten haben, in dem ihr diese drei Fragen beantwortet, die uns durch das Halbjahr begleiten werden. Wir werden sehr oft auf sie zurückkommen, also denkt gut über sie nach.«

Die Klasse stöhnte auf. Ich schaute auf die Sätze, die Daniel an die Tafel geschrieben hatte. Sie machten mich nur noch elender.

1. Wer bist du heute?
2. Wo siehst du dich in fünf Jahren?
3. Was willst du sein, wenn du erwachsen bist?

Meine Füße wollten nur noch fort, und ich wusste nicht, wie ich meine Panik bezwingen sollte. Ich stand abrupt auf und … wusste nicht weiter. Daniel stoppte mitten im Satz, und alle Augen richteten sich auf mich.

Daniel sah mich fragend an und schraubte die Kappe auf seinen Marker. »Ja, Ashlyn?«

»Ich …« Ich was? Ich konnte nicht denken. Ich konnte nicht atmen. Ich wollte nur, dass er mich an seine Arme nahm. *Ich was?!* »Ich – ich muss mal.«

Die Glocke schrillte, und ich hörte die ganze Klasse unterdrückt kichern. Daniel lächelte angestrengt und nickte zur Tür.

»Na schön, Leute. Das wär's für heute.«

Ich schloss die Augen. Um mich herum scharrende Füße. Nur mir konnte es passieren, dass ich kurz vor Ende der Stunde darum bat, auf die Toilette zu dürfen. Ich fuhr mir übers Gesicht und seufzte schwer.

Ryan schlug mich spielerisch auf den Rücken und grinste. »Es geht das Gerücht, dass deine Brüste seit Neuestem als Wassermelonen bezeichnet werden.«

Ich starrte ihn ungläubig an. »Wieso ist das schon ein Gerücht? Ist doch gerade erst vor der Englischstunde passiert!«

Er hielt mir sein Handy hin, auf dem ein Foto von mir und

meinem Busen zu sehen war. »Die Technik ist die neueste Hure des Schultyrannen. Vielleicht solltest du nicht jeden Tag aufreizende Kleider tragen, die so viel Busen und Bein sehen lassen.«

Finster starrte ich mein finsteres Gesicht auf dem Foto an. Wie peinlich. »Das sind Gabbys Kleider.«

Ryan verzog das Gesicht. Dann stupste er meine Schulter an. »Komm schon … Lass dich von denen nicht anmachen. Außerdem hast du wirklich einen beeindruckenden Vorbau.« Wieder lächelte er freundlich und warf sich den Rucksack über die Schulter. »Auf der Edgewood High bist du ein Niemand, solange du nicht ein total unzutreffendes Etikett hast.«

»Und welches hast du?«

»Frauenheld, der zu viel Sex hat«, gestand er freimütig.

»Und das trifft nicht zu?«

»Nein, nicht so richtig.« Er überlegte kurz. »Zu viel Sex kann es eigentlich gar nicht geben.«

Ryan war ein hübscher Junge. Er trug ein schlichtes graues T-Shirt, das eng am Körper anlag, sowie dunkle Jeans, die aufreizend tief auf den Hüften saßen. Seine schwarzen Chucks und eine Halskette mit Kreuz vervollständigten seinen Lässig-aber-sexy-Look. Ich fand es nicht erstaunlich, dass die Mädels auf ihn standen.

Ryan griff in die Hosentasche und vollführte wieder das Ritual mit der Zigarettenschachtel. Was stimmte nicht mit ihm? »Wir essen übrigens immer am Ecktisch bei den Tennispokalen. Genau gegenüber von den Kantinenfrauen.«

»Du möchtest, dass ich mit euch zusammensitze?« Ich hatte mir schon vorgestellt, dass ich meine erste Mittagspause an der neuen Schule heulend auf der Toilette verbrachte.

Er kniff die Augen zusammen. »Nein. Ich sag allen Leuten

ständig, wo ich beim Lunch sitze.« Sarkastisch. Und schlau. »Natürlich isst du mit uns. Mach nur nicht den Fehler, den Hackbraten zu bestellen – Hailey würde dir die Augen auskratzen, und du würdest vermutlich Durchfall bekommen. Und …« Er streckte die Hand nach meinem Pferdeschwanz aus und zog das Haarband heraus. »… dein Haar ist übrigens lang genug, um deine Wassermelonen zu verstecken, wenn du es offen trägst. Ich seh dich dann beim Mittagessen.«

»Okay. Bis dann.«

»Ach, und Ashlyn?« Ryan grinste übers ganze Gesicht. »Trag diese Kleider ruhig weiter – so lange, bis du's selber nicht mehr willst, okay?«

Damit trabte er durch den Korridor zu seinem nächsten Kurs davon. Ich schaute Daniel an, der immer noch hinter dem Lehrerpult saß und so tat, als habe er unsere Unterhaltung nicht mit angehört.

Der letzte Schüler verließ die Klasse. Ich nahm meinen Rucksack und meine Bücher. Ich stellte mich vor das Lehrerpult und gab ein klägliches Lachen von mir. »Das heißt dann wohl, dass wir morgen Abend nicht mehr verabredet sind?«

Jede Linie seines Gesichts war von schmerzhafter Intensität erfüllt. Einen Augenblick lang konnte ich nicht ausmachen, ob er auf mich wütend war oder auf die Situation als solche. Auf beides wahrscheinlich.

Als er sprach, klang seine Stimme matt. »Das ist nicht witzig, Ashlyn.«

Nein. War es nicht.

»Du hast behauptet, du wärst neunzehn.« Er sprach so leise, dass ich ihn fast nicht verstand.

»Aber das stimmt doch! Ich *bin* neunzehn!« Meine Stimme schraubte sich eine Oktave höher. Ich wusste nicht, ob ich ihn oder mich selbst überzeugen musste. Meine Schultern sackten nach vorn. »Ich war krank …« Ich hielt inne. »Meine Mom hat mich ein Jahr später eingeschult.« Es kam mir vor, als müsste ich mich dafür entschuldigen, ich selbst zu sein. Als müsste ich mich für das Jahr rechtfertigen, in dem ich zur Welt gekommen war. Für das Jahr, in dem ich eingeschult wurde.

Keine neuen Schüler betraten die Klasse, Daniel hatte wohl eine Freistunde. »Wie alt bist *du* überhaupt?«

»Alt genug, um es besser zu wissen«, murmelte er und rieb sich den Nacken.

Meine Kehle fühlte sich wie ausgedörrt an, und ich musste husten. »Aber jung genug, damit es dir nichts ausmacht?«

Ein tiefes Grollen war die Antwort. »Nein.« Er ballte die Hand und hämmerte zornig auf seinen Schreibtisch. »Bloß alt genug, um es besser zu wissen.« Er hörte auf zu hämmern und sah mich finster an. »Ich bin zweiundzwanzig.«

Sicher war es nicht richtig, aber es schreckte mich überhaupt nicht ab, dass er schon über einundzwanzig war. Wenn unsere Situation eine andere gewesen wäre, dann hätten wir eine Chance gehabt. Drei Jahre Altersunterschied sind kein Hinderungsgrund für eine Beziehung. Es war nicht das Alter, das uns eine Beziehung verbot – es war sein Beruf.

Mir wollten Tränen in die Augen treten, aber ich ließ sie nicht. Ich senkte meine Stimme zu einem Flüstern. »Meinst du nicht, dass wir … darüber reden sollten?«

Sein Blick wurde ein wenig milder. Er ruckte mit dem Kinn zur Tür. »Wenn du willst, dass ich mit den Kerlen rede, die dich belästigen, dann kann ich das tun.«

Ich reckte das Kinn und schnaubte vor Wut über dieses billige Angebot. Wenn ich schon nicht vor ihm weinen konnte, dann konnte ich wenigstens wütend werden. »Du willst mit ihnen reden?« In meinem Kopf wuchs eine schwarze Wolke aus Wut. »Oh! Du wirst also mit ihnen *reden*. Aber bitte, *Mr Daniels*, bitte reden Sie doch mit denen. Das ist genau das, was ich brauche, damit mein Leben hundertprozentig in Ordnung kommt.« Ich schleuderte meine Bücher auf den Tisch und funkelte ihn zornig an. »Meine Schwester ist tot. Meine Mutter will mich nicht bei sich haben. Mein Vater ist mein stellvertretender Schulleiter und hat seine eigene Familie. Ich bin schon jetzt in der Schule als Außenseiter gebrandmarkt. Die Kerle machen sich über meinen Körper lustig. Und das Sahnehäubchen? Mein Lehrer im Englisch-Leistungskurs, der vor ein paar Tagen mit mir geknutscht hat, versteht kein Wort von dem, was ich ihm sagen will. Also ja! Rede mit denen. Dann kommt alles wieder in Ordnung.«

Er sah mich gequält an und rieb sich den Nacken. »Ashlyn …«, flüsterte er voller Mitgefühl. Dann horchte er auf. »Warte mal – Henry ist dein Vater?«

Und das war ihm im Moment das Wichtigste? Mein Herz tat einen schmerzlichen Schlag. »Von allem, was ich gerade gesagt habe … ist bloß das bei dir angekommen?«

Er maß mich mit einem Lehrerblick. »Du gehst jetzt besser zu deinem nächsten Kurs.«

Ich ging nicht sofort, obwohl das Schweigen ungeheuer belastend wurde. Ich trat von einem Fuß auf den anderen, spielte nervös mit meinen Haaren. Dann sah ich Daniel noch einmal an, drehte mich um und verließ die Klasse.

Er war nicht der gut aussehende Mann, der wenige Abende zuvor mit seinem romantischen Gesang meine Seele erweckt hatte. Er war nicht der Mann, der mich zum Lachen gebracht hatte, an dessen Brust ich mich ausweinen durfte.

Er war nicht mehr der Mann, der mich daran erinnerte, dass ich lebte, als sein Mund triumphierend den meinen gefunden hatte.

Nein, er war nicht mehr Daniel.

Er war Mr Daniels.

Und ich war seine dumme Schülerin, die er eiskalt fortgeschickt hatte.

# 9

## ASHLYN

*And I'll ask you a question,
You can tell me the truth.
Are you thinking of me when I'm fighting for you?*

*Romeo's Quest*

Die nächsten beiden Schulstunden verbrachte ich heulend auf dem Schulklo und quälte mich mit der Erkenntnis herum, dass Daniel mein Lehrer war.

Ich weinte auch, weil die Rüpel mich zur Zielscheibe auserkoren hatten, denn was konnte mehr Spaß machen, als die Tochter des stellvertretenden Schulleiters zu malträtieren?

Ich weinte, weil ich so einsam und traurig war und weil ich Mom so vermisste, obwohl sie mich wahrscheinlich überhaupt nicht vermisste.

Ich weinte, weil Gabby tot war.

Und dann weinte ich weiter, weil das alles zu sein schien, was ich im Moment hinkriegte.

Ich weinte so sehr, dass ich erstaunt war, überhaupt noch Tränen zu haben. Nachdem ich mir zum zwanzigsten Mal die Nase geputzt hatte, trocknete ich meine Tränen und trottete zur Schulkantine.

Es gab einen Hoffnungsschimmer am Horizont – wenigstens würde ich nicht allein zu Mittag essen. Hailey saß tatsächlich an dem Tisch ganz hinten vor der Vitrine mit den Tennispokalen. Sie strahlte und winkte mich zu sich.

»Hey, Ashlyn. Hast du unseren Tisch also doch noch gefunden.« Sie klopfte auffordernd auf den Platz gegenüber, wo ich mein Tablett abstellen sollte. Und dann schnappte sie blitzschnell meinen Hühnerbratling vom Teller und warf ihn auf den Boden. »Das ist nicht mal echtes Fleisch.«

Finster starrte ich meinen jetzt schmutzigen Bratling an. Unechtes Fleisch war für mich okay, wenn ich Hunger hatte. Mein Magen knurrte vernehmlich. Ich angelte eine Pommes von meinem Teller und stopfte sie in den Mund.

»Und – wie war der erste Tag?«

»Ganz okay. Echt.« Eigentlich wollte ich sagen, dass ich mich am liebsten zu einer Kugel zusammengerollt hätte, weil die Highschool manchmal so schlimm sein kann, weil ich bereits gemobbt wurde und derzeit in meinen Lehrer verknallt war ... Aber ich wollte sie nicht belasten.

»Ich weiß schon, es nervt, was? Diese ganze Stadt ist Mist, aber du wirst dich schon noch dran gewöhnen.«

»Das klingt ja großartig: sich an Mist gewöhnen.«

»Na ja, der Mist an sich ist nicht so unheimlich, sondern das Schlucken.« Grinsend schaltete sich Ryan in die Unterhaltung ein. »Was geht, ihr Süßen?« Er zog einen Stuhl heran und bediente sich bei meinen Pommes.

Als ich den Kopf drehte, sah ich Daniel an einem Tisch in der Mitte sitzen. War ja klar, dass ausgerechnet er heute Aufsicht führte! Ich verdrehte die Augen und ließ die Schultern hängen, stopfte mir wie verrückt Pommes in den Mund.

»Boah, immer mit der Ruhe, Chicago. Sonst wirst du noch so fett wie die Kühe in Wisconsin«, mahnte Ryan und nahm mir den Teller weg. Dann widmete er sich meinen Pommes.

Ryan und Hailey waren zwar Geschwister – ihre lockigen braunen Haare und blauen Augen sprachen eine deutliche Sprache –, aber vom Charakter her grundverschieden. Hailey war ruhig und zurückhaltend. Ryan war ein verdammter Affe, wenn auch ein netter.

»Ich hab mit Tony Schluss gemacht.« Er zog einen Flunsch, der seinem Schmerz Ausdruck verlieh, dann wandte er sich an die Kantinenkraft hinter der Theke. »Sind die Nachos schon alle?! Rwanda! Ich hab Ihnen doch gesagt, Sie sollen mir welche aufheben! Mann, ist das schwer, in so einer Welt zu leben.« Dann schlug er mit dem Kopf theatralisch auf den Tisch und stöhnte.

»Du hast mit Tony Schluss gemacht? Ich dachte, du magst Tony!«, rief Hailey, über den plötzlichen Sinneswandel ihres Bruders verblüfft.

Ich hingegen versuchte mit der Offenbarung klarzukommen, dass Ryan auf Jungs stand. Falls Tony nicht doch eine Toni war – als Koseform von Antonia, Catriona, Antonina, Antonietta …

»Hab ich ja auch. Ich hab ihn wirklich gemocht. Aber dann musste das Arschloch alles kaputt machen und sagen, dass er mich liebt. Ich meine, zieh dir das mal rein, er liebt mich. Geht's noch dramatischer? Ich meine, Herrgott noch mal. Lust mit siebzehn, klar. Kumpelsex mit achtzehn, ja, auch das, verdammt. Aber Liebe? Liebe kommt erst, wenn man zweiundvierzig ist, fünfzig Pfund Übergewicht hat und anfängt, sich über die Jugend zu beklagen. Wenn dich jemand trotz deines schlaffen zweiundvierzigjährigen Arschs und deiner grässlichen Fürze mag, dann weißt du, dass es wahre Liebe ist.« Wieder drehte er sich zur Theke um. »Heiße Pasteten, Rwanda? Irgendwas?«, rief er, und Rwanda machte ein total entsetztes Gesicht, weil sie ihn enttäuschen musste. Ryan ließ die Schultern hängen und bewarf die bedauernswerte Frau mit einer zusammengeknüllten Papierserviette. »Oh, und außerdem hab ich mit Tony geschlafen, und aus irgendeinem Grund hat das Tony ganz fuchsig gemacht.«

Moment mal – es gab zwei Tonys? Es war schwer, Ryans Gedankengängen zu folgen.

Hailey schüttelte nur den Kopf, wirkte jedoch nicht schockiert. »Lass ihn doch einfach in der Hose, Ryan.«

Er schlug sich auf die Brust und kniff die Augen zusammen. »Warum zum Teufel sollte ich, wenn die anderen mir unbedingt an die Wäsche wollen? Außerdem möchte ich untenrum keine Spinnweben ansetzen wie mein Schwesterlein.«

Das brachte mich zum Kichern. Ryans Vulgarität gefiel mir sehr. Hailey lief rosa an und versetzte mir einen Rippenstoß. »Warum lachst du? Ich glaub nicht, dass deine Va-ja-ja mehr Action kriegt als meine.«

Ich wollte schon widersprechen, ließ es aber sein. Sie hatte ja gar nicht so unrecht.

Ryan stöhnte. »Hails, sag nicht Va-ja-ja. Es heißt *Vagina*. Das ist übrigens der Ort, wo manche Typen gern ihren *Penis* reinstecken – was ich beim besten Willen nicht verstehen kann, aber sei's drum. Wir sind doch keine zwölf mehr!«

Hailey errötete noch mehr. »Ich weiß, dass ...«

»Dann beweise es mir. Das Penis-Vagina-Spiel, sofort.« Er forderte sie heraus und hämmerte mit der Faust auf den Tisch, während Hailey äußerst genervt wirkte. Ich wusste nicht, woher ich es wusste, aber ich nahm an, dass sie dieses

»Spiel« schon häufig gespielt hatten. Ich lehnte mich zurück, um mir das Match anzusehen.

Hailey nahm die Herausforderung ihres Bruders an, obwohl es klar war, dass sie wahrscheinlich verlieren würde. Ryan erklärte mir, dass sie das Penis-Vagina-Spiel schon an den unterschiedlichsten Orten gespielt hatten. Es begann im Flüsterton: Ryan sagte »Penis«, Hailey murmelte »Vagina« – und es steigerte sich so lange, bis einer entweder brüllte oder kniff.

»Penis«, flüsterte Ryan, den Blick fest auf seine Schwester geheftet.

»Vagina«, hauchte Hailey. Sie konnte es also doch aussprechen.

»Penis«, zischte er ein wenig lauter.

Hailey zuckte zusammen, während sie sich verstohlen im Raum umsah.

»Vagina«, sagte sie ein bisschen lauter als beim letzten Mal.

Das Spiel steigerte sich, bis das Brüll-Stadium erreicht war.

»PENIS PENIS PENIS!« Ryan hatte sich erhoben und kreischte, wobei er seine Arme wie Dreschflegel kreisen ließ. Er triumphierte, denn Haileys Gesichtsfarbe verriet ihm, dass sie ihn unmöglich übertreffen konnte.

»Ryan!« Daniel warf ihm einen strengen Blick zu.

Ryan zwinkerte ihm zu. Dann ließ er sich auf seinen Stuhl plumpsen, völlig zufrieden mit seinem Auftritt. Ich hingegen hätte mich am liebsten unter meinem Stuhl verkrochen, weil sie mit ihrem Benehmen Daniels Aufmerksamkeit erregt hatten.

»Du bist so ein Arschloch, Ryan«, murmelte Hailey wütend und verschränkte die Arme vor der Brust.

»Aber du liebst mich, Kleine«, erwiderte er und strich ihr

über den Kopf, damit sie nur ja nicht vergaß, dass er der Ältere war.

Ich war immer noch sehr verwirrt. »Du bist also ... schwul?«

Die beiden schauten mich an. Ich wand mich unter ihren strafenden Blicken. Hailey räusperte sich. »An diesem Tisch hängen wir keinem ein Etikett an, Ashlyn.«

»Genau. Wie würde es dir gefallen, wenn man dich eine Hete nennen würde? Oder ein Weißbrot? Einen Bücherwurm? Oder *Wassermelone*?«, fragte Ryan und aß noch ein paar von meinen Pommes.

»Es – es tut mir leid. Ich wollte nicht ...«, stotterte ich voller Schuldgefühle, weil ich das Falsche gesagt hatte.

»Ist schon okay. An diesem Tisch entschuldigen wir uns auch nicht. Außerdem wissen wir, dass es nicht so gemeint war.« Hailey lächelte freundlich und schob ihre Pommes auf meinen Teller.

»Ähm ... kann ich euch etwas anderes fragen?«, begann ich vorsichtig.

Ryan stupste mich an. »Nun sag schon.«

»Tony ist böse auf dich geworden, weil du mit Tony geschlafen hast?«

Jetzt lachten sie beide, und Ryan stibitzte auch noch Haileys Pommes von meinem Teller. Merke: Nie wieder beim Essen neben Ryan sitzen.

»Ich nenne alle Typen, mit denen ich mich verabrede, Tony. Die meisten haben nämlich Angst davor, dass die kleine Welt von Edgewood von unserem Treiben erfährt ... und ich will auch niemanden outen. Außerdem hab ich mich selbst noch nicht geoutet.«

Hailey setzte zu einer Erklärung an. »Unsere Mom ist nämlich ein bisschen ...«

»… engstirnig«, ergänzte Ryan. »Sie kommt aus einer ziemlich bigotten Familie, und ein Schwuler wäre für sie nicht gerade ein Himmelsgeschenk. Sie weiß noch nicht mal, dass Hailey sich …«

»… dem Buddhismus widmet«, ergänzte Hailey nun ihrerseits. Ich fragte mich, wie oft sie die Gedanken des anderen fortführten, ohne sich dessen bewusst zu sein. »Sie glaubt, ich hätte meine Decke bemalt, damit ich Gott näher bin.«

»Ihr zwei seid ganz schön kompliziert.« Ich zögerte. »Du bist also kein Frauenheld.«

»Nein, ein Männerheld«, feixte Ryan. »Hab's dir ja gesagt. Sie heften dir ein Etikett an, das nicht im Geringsten der Wahrheit entspricht. Angeblich stehe ich total auf Vaginas. Widerlich, was?«

Ich kicherte. »Und wie viele Tonys gibt es?«

»Wenn ich dir das sagte, würdest du mich als männliche Schlampe bezeichnen«, grinste Ryan.

»Wenn du's mir nicht sagst, halte ich dich für eine noch viel größere Schlampe.« Ich schnappte mir ein paar Pommes von seinem Tablett und stopfte sie in den Mund. Er schaute mich prüfend an und wandte sich dann an seine Schwester.

»Gefällt mir, das Mädel.«

Hailey grinste und lehnte sich mit verschränkten Armen zurück. »Ja, mir auch.«

»Muss mehr Happa-happa besorgen.« Ryan stand auf, stellte sich aber nicht an der Schlange bei der Essensausgabe an, sondern ging von Tisch zu Tisch, wo er mit Umarmungen und Abklatschen begrüßt wurde. Wie es aussah, war Ryan allgemein beliebt, und ich konnte das nur zu gut verstehen.

Hailey schaute ihm mit finsterer Miene nach. »Lass dich bloß nicht von seiner lauten, lästigen Art täuschen. Er ist viel sensibler, als es den Anschein hat. Und ich glaube auch nicht, dass er Tony betrogen hat.«

»Warum glaubst du das?«

Sie hob die Schultern. »Weil ich noch nie zwei Menschen gesehen habe, die sich so friedlich liebten.«

Ich wusste nicht, was sie damit meinte. Aber irgendwann würde sie es mir sicher erklären. »Was ist mit dir, Hailey? Welches Etikett haben sie dir verpasst?«, fragte ich.

»Oh, ich gelte als das Mädchen, das in seinen Bruder vernarrt ist. Krass, oder?« Sie rollte die Augen. »Vor zwei Jahren, in meinem ersten Jahr hier, war ich dick, schüchtern und hatte so gut wie keine Freunde. Jeden Tag aß ich allein in der Schulkantine. Bis Ryan seine Freunde sitzen ließ und zu mir kam.«

Das ... war das Netteste, was ich jemals gehört hatte. Vielleicht sollte ich mich in Ryan verknallen – ich hatte ja ein Faible für die Unerreichbaren.

»Und dann habe ich doch Freundinnen gefunden, und schließlich sogar einen Freund. Aber wenn ich mit Ryan esse, fühle ich mich beschützt ... Ich weiß nicht, was ich machen soll, wenn er nächstes Jahr seinen Abschluss hat.«

Als Ryan an unseren Tisch zurückkam, war er wie verwandelt. Er hatte die Hände zu Fäusten geballt und schlug gegen die Tischkante. »Ist das da drüben Lia, Hailey?«

Sie presste die Lippen zusammen, während sie jemanden auf der anderen Seite des Raums anstarrte. Ich folgte ihrem Blick. Ich sah einen Typen mit Zottelhaaren, der einem Mädchen an die Wäsche ging. Küsschen auf den Hals, Küsschen auf die Lippen – die reinste Zurschaustellung von Zärtlichkeiten in der Öffentlichkeit.

Hailey nickte. In ihren Augen standen Tränen. »Ja.«

»Wer ist Lia?« Das Mädchen kam mir bekannt vor, ich wusste nur nicht, woher.

»Meine, ähm, beste Freundin.« Jetzt rollte eine Träne herab. Hailey wischte sie hastig fort, während Lia den Kopf zurückwarf und schallend über etwas lachte, das der Junge ihr zugeflüstert hatte.

»Ich bring ihn um«, murmelte Ryan und machte einen Schritt auf das Pärchen zu. Er war so zornig, dass die Adern an seinem Hals hervortraten. Ich verstand immer noch nicht ganz, worum es ging. Hailey legte ihrem Bruder die Hand auf den Arm und hielt ihn zurück.

»Nein, Ryan«, befahl sie. »Du weißt, dass er dich outen wird.«

»Ist mir egal«, schäumte er. Er konnte vor Zorn offensichtlich nicht mehr klar denken.

»Mir aber nicht«, widersprach Hailey und brachte Ryan dazu, sich wieder an den Tisch zu setzen.

»Wer ist denn das?«, fragte ich.

Hailey seufzte. »Mein Freund, Theo. Und meine beste Freundin, mit der er mich betrügt.«

Deshalb waren mir die beiden bekannt vorgekommen. Ihre gerahmten Fotos standen auf Haileys Nachttisch. Ich rief mir ins Gedächtnis, was sie über sie gesagt hatte. *Was für Arschlöcher.* »Wann hast du das rausgefunden?«

»Vor ungefähr ... zwei Sekunden.«

Wie in einer Offenbarung erkannte ich Lia als das, was sie war: ein Mädchen, das keine Achtung vor dem Begriff »Freundschaft« hatte. Es gibt Regeln für eine Freundschaft, oder nicht? So ziemlich dieselben Regeln, die auch für Zwillinge gelten. Zum Beispiel musst du immer den Kerl hassen, der deiner besten Freundin das Herz gebrochen hat. Du musst deiner Freundin beistehen, auch wenn sie im Unrecht ist. Und niemals, niemals darfst du was mit dem Freund deiner besten Freundin anfangen. Lia war keine beste Freundin, sondern eine Schlange, die gewartet hatte, bis sie sich zwischen Hailey und ihren Freund drängen konnte.

Ich hasse sie und den Jungen jetzt schon.

Mein Blick glitt zu Daniel, der mich anschaute. Mein Herz machte einen Satz.

Hatte ich schon erwähnt, wie schlimm ich es fand, dass Daniel förmlich durch mich hindurchsah? Wie schlimm es war, dass ihm die Tatsache, dass Henry der stellvertretende Schulleiter war, wichtiger zu sein schien als meine Gefühle? Und dass er nicht mit mir sprechen wollte, ich ihm aber furchtbar leidtat, weil ich gemobbt wurde?

Und hatte ich schon erwähnt, wie mies ich es fand, meines Körpers wegen gemobbt zu werden – für den ich ja nichts konnte? Ich hasste Wassermelonen. Es war mir zuwider, dass ich für die Rüpel nicht unsichtbar war. Ich hasste diese Typen, die mich heulend aufs Schulklo getrieben hatten.

Ich hasste ganz offiziell Jungs, junge Männer und Lia.

Und Gabby.

Ich hasste sie, weil sie gestorben war.

*Seufz*. Nein, ich hasste Gabby nicht. Sie fehlte mir.

Das war nicht fair. All das war nicht fair. Dennoch ließ sich nur gegen eines dieser Probleme unverzüglich etwas tun. Ich stand auf und marschierte auf Theos Tisch zu. Wie Ryan ballte ich die Hand zur Faust.

Für den Bruchteil einer Sekunde glitt mein Blick über Daniel, der mich verwirrt anstarrte. Der Anblick seiner wunderschönen Augen führte zu Herzklopfen und noch größerer Wut. An Theos Tisch angelangt, tippte ich ihm auf die Schulter.

Er drehte sich um. Er sah lächerlich aus mit seinen »Hippie«-Armbändern und seinen schmutzigen Haaren. »Kennen wir …«

Ich schnappte mir seine Wasserflasche und schüttete ihm den Inhalt ins Gesicht. Sämtliche Schüler schnappten erschrocken nach Luft. »*Das* ist dafür, dass du eine männliche Hure bist.« Ich kippte den Teller mit veganem Salat über seinen Kopf. »*Das* ist, weil du gelogen und sie vor ihren Augen mit ihrer besten *Ex*-Freundin betrogen hast!« Als Nächstes schnappte ich mir Lias Käsepastete und zerteilte sie mit der Gabel, um sie der Schlange besser ins Gesicht schmieren zu können, doch in diesem Augenblick hielt mir jemand von hinten die Hände fest.

»Ashlyn! Schluss damit!«, brüllte Daniel.

»Loslassen!«, kreischte ich, während ich mich zu befreien suchte. Schon standen Tränen in meinen Augen. Ich warf Lia die Pastete ins Gesicht. »Sie nennt dich immer noch ihre beste Freundin, du Schlampe! Es gibt Regeln. Es gibt Regeln für die beste Freundin, und du hast diesen schleimigen Hippie einem Mädchen vorgezogen, das dein Foto auf der Kommode stehen hat! Du bist keine Freundin! Du bist ein Miststück!«

Theo warf verunsichert die Hände hoch. An seinem Mund klebte ein Salatblatt. »Wer zum Teufel bist denn du?«

»Ich bin ein Mädchen mit Gefühlen, du Arschloch!«, kreischte ich, bevor ich von Daniel fortgezogen wurde.

»Ashlyn! Zum Direktor! Sofort!«, brüllte Daniel. Es klang überlaut in der still gewordenen Schulkantine.

Ich sah ihn nur durch einen Tränenschleier. Dann blinzelte ich und hätte schwören können, dass Gabby hinter ihm stand und mich traurig anlächelte. Als ich mich aus Daniels Griff befreit hatte und aus dem Saal stapfte, war ich in Tränen aufgelöst.

»Du hast was?!«, schrie Henry mich an. Ich konnte riechen, dass er vorher, vermutlich im Auto, eine seiner heimlichen Zigarettenpausen eingelegt hatte. Ich sackte auf dem Stuhl zusammen und verdrehte entnervt die Augen.

»Warum komme ich nicht zum Direktor?«, blaffte ich wie ein dummes Gör. Es war mir zuwider, dass ich Henry immer so rotzig behandelte, aber ich konnte nichts dagegen tun.

»Der hat was Besseres zu tun, als sich um solchen Kinderkram zu kümmern«, gab Henry zurück. Inzwischen war er aufgestanden und lief im Zimmer auf und ab.

Ich starrte auf seinen Schreibtisch, wo Fotos von Rebecca, Ryan und Hailey standen. Henry folgte meinem Blick und seufzte. Er setzte sich wieder und faltete die Hände.

»Sieh mal, Ashlyn, ich verstehe dich ja. Du vermisst deine Schwester. Du musstest nach dem Umzug mit einer ganzen Menge Probleme fertig werden. Du trauerst …« Er hielt inne. »Glaubst du nicht, dass ich sie auch vermisse?«

Ich suchte seinen Blick und hielt ihn fest. Er wusste gar nicht, was es hieß, Gabby zu vermissen. Er war ja nicht mal für sie da gewesen.

Ich holte Gabbys Liste aus der Tasche meines Kleides und legte sie auf den Tisch. »Du warst Nummer drei auf ihrer Liste. Was sie vor allem wollte, war, dir zu vergeben.« Ich nahm das Familienfoto von seinem Schreibtisch und betrachtete es eingehend. »Ich nicht.«

Er nahm die Liste und las. Dann legte er sie wieder hin und rieb sich die Augenwinkel. »Hab's verstanden. Du bist zornig«, seufzte er, wobei er mich ehrlich ergriffen anschaute. »Du bist stinkwütend. Aber lass es nicht am Rest der Welt aus.«

Er verstand es einfach nicht, meine Sehnsucht, ihn Dad zu nennen.

Ich gab mir alle Mühe, mein gebrochenes Herz zu verbergen, weil er keine Fotos von Gabby oder mir auf dem Schreibtisch stehen hatte. Ich tat mein Bestes, um vor mir selber zu verbergen, dass Nummer drei auf Gabbys Liste besagte, dass eigentlich ich Henry vergeben sollte und nicht sie. Ich hasste mich dafür, dass ich so stur war und einfach nicht mit ihm darüber reden konnte. *Sag etwas!*, schrie es in mir. *Rede!* Aber wir hatten nicht gerade die Art Beziehung, in der Worte etwas bewirken konnten.

»Na schön. Ich tu's nicht mehr.« Ich schaute aus dem Fenster, wo sich die gelben Blüten des Löwenzahns im Wind wiegten. Sie wirkten so frei, aber ihre Wurzeln hielten sie an ihrem Platz fest, damit sie nicht davonfliegen konnten. *Er hat bei ihrer Beerdigung nicht mal geweint.* Was war das für ein Vater, der bei der Beerdigung seiner Tochter nicht mal weinte? »Sind wir jetzt fertig?«

Er sah mich bitter an. Dann senkte er die Lider. »Ja. Wir sind fertig. Geh wieder zum Mittagessen.«

Ich stand auf und verließ sein Büro. Auf dem Korridor entfuhr mir ein Seufzer, denn Daniel stand vor seinem Klassenraum. Wir sahen uns an, und ich wandte mich ab, wollte in die andere Richtung davon. Da hörte ich seine Schritte und blieb stehen.

»Kann ich dir helfen?«, fragte ich barsch. In einer Chronik der schlimmsten ersten Tage an einer neuen Schule hielt ich den absoluten Rekord.

»Ich hatte Theo Robinson in der ersten Stunde. Ich kann jetzt schon erkennen, dass er manchmal ein richtiger Idiot ist. Nicht gerade das hellste Licht im Hafen.« Daniel strich mit dem Daumen über seinen Nasenrücken. Er warf einen argwöhnischen Blick in beide Richtungen des Korridors und rückte vorsorglich einen Zollbreit von mir ab. »Er dachte, Macbeth wäre ein neues Sandwich von McDonald's, und hat mir vorgeworfen, ich würde ihn dazu zwingen, sich mit der fahrlässigen Tötung von Kühen zu beschäftigen.« Er lachte in sich hinein, sah dabei aber unendlich traurig aus.

»Was wirst du tun?«, flüsterte ich.

Er fuhr sich übers Gesicht und fluchte leise. Von unsäglicher Trauer und Verwirrung geplagt, zuckte er die Achseln. »Ich weiß es nicht. Ich weiß nicht mal genau, was das alles zu bedeuten hat.«

»Glaubst du etwa, ich wüsste es? Glaubst du, für mich ist es leicht?«

»Natürlich nicht.«

»Sieh mal, es ist ja nicht so, als ob zwischen uns tatsächlich etwas passiert wäre«, log ich. »Ich werde so tun, als wäre nichts geschehen«, setzte ich die Lüge fort. »Aber nur, wenn du mir versprichst, nicht mehr durch mich hindurchzusehen, als würde ich gar nicht existieren. Mit den Schulrüpeln werde ich schon fertig, aber nicht damit, dass du mich einfach übersiehst.«

Er fuhr sich mit der Hand über den Mund, dann verschränkte er die Arme und rückte wieder ein Stück näher. »Du hast ganz verschwollene Augen. Ich habe dich zum Weinen gebracht.«

Meine Haut kribbelte, weil er mir so nahe war. »Das Leben hat mich zum Weinen gebracht.« Ich umklammerte meine Bücher vor der Brust und schloss die Augen. »*Wir Neugebornen weinen, zu betreten die große Narrenbühne*«, zitierte ich aus *König Lear*.

»Du bist der klügste Mensch, dem ich je begegnet bin.«

Ich seufzte. »Du bist der klügste Mensch, dem *ich* je be-

gegnet bin. Ich bin nicht naiv, Daniel. Ich weiß, dass wir …
dass zwischen uns nichts sein kann. Und ich würde auch gern
den Kurs wechseln, aber Henry hat dafür gesorgt, dass ich in
deinem Kurs gelandet bin.«

»Ja-ah …«, sagte er gedehnt. »Ich wünschte nur, dass ich
dich nicht so sehr mögen würde.«

Ich wusste nicht warum, aber als er das sagte, war mir wieder zum Weinen zumute. Denn ich mochte ihn auch sehr.
Wir *hatten* am Samstag unsere Verbundenheit gespürt. Ich
zumindest … Daniel hatte mich wieder zum Leben erweckt,
nachdem ich so lange geschlafen hatte.

»Ich würde niemals deinen Job in Gefahr bringen«, versprach ich. Ich wusste nicht, wie es geschah, aber plötzlich
waren wir uns ganz nah, so nah, dass ich die Seife riechen
konnte, mit der er am Morgen geduscht hatte. Hatte ich den
Schritt auf ihn zu getan? Oder war er auf mich zugekommen?
Wie auch immer, keiner von uns wich zurück. Ich schloss die
Augen und ließ mich von seinem Geruch einhüllen, schwelgte in meinen Fantasien und einer falschen Hoffnung.

Als ich die Augen wieder aufmachte, sah ich seinen entschlossenen Blick. Daniel nahm meinen Arm und zog mich
um eine Korridorbiegung. Wir gingen durch eine Tür in ein
leeres Treppenhaus. Er warf einen prüfenden Blick hinauf
und hinunter, bevor er mich küsste. Meine Lippen teilten sich
sofort, meine Zunge hieß ihn willkommen.

Ich fuhr mit der Hand durch sein Haar. Nun war er wieder
der Daniel aus Joe's Bar, mein Lehrer Mr Daniels war momentan verschwunden. Er hatte seinen Arm um mich geschlungen, er hielt mich fest. Daniel in diesem stillen Treppenhaus
zu küssen fühlte sich gleichzeitig gefährlich und sicher an.
Abenteuerlich, aber schwachsinnig. Deprimierend, aber real.

Als er sich von mir löste und einen Schritt zurücktrat, wussten wir beide, dass es nicht wieder passieren durfte. Er biss sich auf die Lippen und schüttelte den Kopf. »Es tut mir so leid, Ashlyn.« Bevor ich etwas erwidern konnte, schrillte die Glocke, und wir gingen unserer Wege.

Und das Allertraurigste?

Ich vermisste ihn schon, bevor er fort war.

# 10

## DANIEL

*Don't be who you are today.*
*Be the person I saw yesterday.*

*Romeo's Quest*

Schon im Zug hatte ich gespürt, dass sie eine starke Anziehung auf mich ausübte. Und dieses Gefühl war noch stärker geworden, als ich ihren Zusammenbruch hinter Joe's Bar miterlebte. Als ich in meiner Schule auf Ashlyn traf, wusste ich bereits, dass wir zusammengehörten. Was jedoch falsch war. Grundfalsch.

Es konnte gar keinen Zweifel daran geben: Ein Lehrer durfte nichts mit einer Schülerin anfangen. Das war ein ehernes Gesetz, das uns auf der Uni wieder und wieder eingehämmert worden war. Nie im Leben hätte ich so etwas in Betracht gezogen.

Zumindest nicht, bevor ich Ashlyn Jennings begegnete.

Jetzt aber ertappte ich mich dabei, wie ich die verrücktesten Möglichkeiten durchging. Ashlyn brachte mich dazu, über einen Bruch mit den Regeln nachzudenken. Ich wollte Schlupflöcher finden, ich wollte sie in verborgenen Winkeln in meinen Armen halten und ihr in der Verschwiegenheit der Schulbibliothek Shakespeare vorlesen.

Nach dem Unterricht wanderte ich länger als eine Stunde durch das Gebäude. Ich suchte nach Verstecken, nach Orten, wo wir uns treffen, uns zwischen zwei Klingelzeichen in den Armen halten konnten. Verrückt, oder? Ich *war* verrückt. Trotzdem suchte und suchte ich und war nach Ablauf der Stunde ziemlich enttäuscht von mir.

Als ich in meinem Haus am See eintraf, fand ich Randy schlafend auf dem Sofa vor. Ich ging in die Küche, holte mir ein Bier aus dem Kühlschrank und setzte mich an den Küchentisch, starrte über die Spüle hinweg aus dem Fenster. Der Himmel wurde dunkler, Wolken zogen auf. Der Geruch in der Luft kündigte ein Gewitter an.

Lange saß ich da – bis ich den ersten Tropfen über die Scheibe laufen sah. Bis der erste Blitz über den Himmel zuckte.

*Vielleicht könnten wir Freunde sein.* Ich seufzte – was für ein dämlicher Gedanke. Natürlich konnten wir das nicht. Sie war meine Schülerin. Außerdem wollte ich, nachdem ich sie erneut geküsst hatte, mehr als nur ihr Freund sein. Abgesehen davon war Ashlyns Leben schon kompliziert genug. Es war nicht nötig, dass ich ihr zusätzliche Probleme aufbürdete.

Beim ersten Zusammentreffen vor meinem Klassenraum hatte Verwirrung in ihrem Blick gelegen. Später, als ich vor Henrys Büro auf sie gewartet hatte, hatte in ihren Augen nur noch Traurigkeit gestanden.

»Dein erster Arbeitstag, und schon musst du allein trinken?«, scherzte Randy, schlurfte zum Kühlschrank und holte zwei Dosen heraus. Eine schubste er mir über den Tisch zu.

»Ja«, brummte ich, ohne den Blick vom Fenster zu lösen.

»Du musst dich mal wieder richtig flachlegen lassen.«

Ich warf Randy einen ironischen Blick zu. »Mir geht's gut, danke.«

»Nein.« Er schüttelte nachdrücklich den Kopf. Er rückte einen Stuhl vom Tisch ab, drehte ihn herum und setzte sich rittlings darauf. »Was du brauchst, ist Sex. Was ist denn aus der Schnecke geworden, die am Samstag bei unserem Konzert war?«

Ich zuckte zusammen. »Nenn sie nicht ›Schnecke‹.« Eine Schnecke war ein Mädchen, um das man sich einen feuchten Kehricht scherte. Ashlyn war keine Schnecke. Alles andere als eine Schnecke.

Sie war klug.
Sie war witzig.
Sie war faszinierend.
Sie war weit, *weit* davon entfernt, eine Schnecke zu sein.

»Ich sag dir mal was: Deine Aura ist komplett futsch.« Er ließ seine Hände um meinen Kopf kreisen, und ich seufzte schwer. Randy fing wieder mit seinem Hokuspokus an. »Das ist verdammt deprimierend.«

Ich trank einen Schluck Bier und knallte die Dose auf den Tisch. »Und zur Heilung schlägst du …«

»… Sex vor. Ganz, ganz viel Sex.« Er sagte das so beiläufig, dass ich lachen musste. »Ernsthaft, Dan. Wann hast du das letzte Mal eine flachgelegt? Hast du ihn überhaupt noch? Das ist ungesund, lass dir das von einem Fachmann gesagt sein. Ich sollte es wissen. Ich hab das immerhin studiert.«

»In *einem* Kurs, Randy«, machte ich geltend. »Du hast *einen* Online-Kurs über menschliche Sexualität belegt, und deshalb bist du plötzlich Experte?«

Er klatschte in die Hände und richtete sich auf. »Wir machen eine Nacktmusikparty!«

»Nein.« Ich drohte ihm mit dem Finger.

»Was denn?! Ach, komm schon! Das haben wir schon seit Jahren nicht mehr gemacht!«

»Ganz genau.« Als ich meine erste eigene Wohnung hatte, pflegten Randy und ich des Öfteren Jamsessions abzuhalten, und zwar in Gesellschaft hübscher Frauen, die ... nackt waren. Nach Sarahs Tod war ich sehr durcheinander gewesen, und Randy fand, die beste Ablenkung bestünde in möglichst viel Sex und Musik. Das war eine seiner vielen kruden Überzeugungen. Und hatte zu einer der wenigen Erinnerungen geführt, derer ich mich schämte. »Keine Nacktmusikpartys.«

Randy lachte. »Na gut, na gut. Ich hab auch einen Kursus in Aromatherapie belegt und kann dir ein paar ätherische Öle empfehlen, die dein Stresslevel senken.«

»Ich hab keinen Stress«, entgegnete ich.

»Ein bisschen Eukalyptusöl, Rosmarin und süßes Mandelöl im Badewasser können wahre Wunder bewirken. Außerdem horte ich im Badezimmerschränkchen diverse Blütenessenzen, die du auch ins Badewasser streuen kannst. Auf jedem Tiegel steht, wogegen die Blume hilft.«

Ich starrte ihn staunend an. »Bist du sicher, dass *du* einen Schwanz hast?«

Er kicherte und tat den Einwand mit einem Achselzucken ab. »Ich krieg's immerhin fünfmal pro Woche besorgt. Ich habe eine gesunde Haut und pflege einen ruhigen, friedlichen Lebensstil. Außerdem sind meine sexuellen Fähigkeiten ...«

»Halt den Rand. Hör einfach ... auf. Bitte.«

»Okay, okay ... Wie wär's dann mit ...« Er hielt die Hände in die Höhe. »... einer gründlichen Massage. Die ein Hetero einem anderen Hetero verpasst. Lass dir einfach mal die Rückenmuskeln lockern.«

»Okay, wenn du so anfängst ...« Ich sprang auf und knallte mein Bier auf den Tisch. »Dann lauf ich eben 'ne Runde.«

»Aber es gießt in Strömen!«, wandte Randy ein.

»Bei Regen läuft es sich am besten«, rief ich, während ich in mein Zimmer eilte, um die Joggingsachen anzuziehen.

»Na schön. Wie du willst. Und falls du zufällig auf eine Vagina stößt, frag sie doch, ob ihr euch ein bisschen unterhalten könnt. Und mit Unterhaltung meine ich *Geschlechtsverkehr*!«

Der Regen wurde schwächer und hinterließ breite Pfützen, die ich auf dem Rückweg durchpflügte. Ich stoppte vor Dads Bootshaus und öffnete die Türen. Das Boot lag hier seit Moms Tod vertäut, und ich hatte schon einige Male überlegt, es zu verkaufen. Zum Teufel, ich hatte sogar daran gedacht, das Haus zu verkaufen.

Aber wer würde den Traum seiner Eltern verkaufen?

Der Besitz war ohnehin durch die Steuerlast und andere Kosten gefährdet. Mein Lehrerjob und meine Wochenend-Gigs mit der Band waren die einzigen Mittel, die ich besaß, um das Haus zu halten. Ich hatte das Gefühl, meine Eltern so oft im Stich gelassen zu haben, dass es nicht anging, nach ihnen auch noch das Haus zu verlieren.

Ich tastete mich in den dunklen Bootsschuppen hinein. Mit den Fingerspitzen fuhr ich über die Kante des eingeschlossenen Bootes und zog unwillkürlich eine Grimasse. Dieses schöne Boot sollte nicht eingesperrt werden, es sollte nicht von dem Ort ferngehalten werden, an dem es frei und lebendig sein würde. Das Wasser war sein Reich. Und doch hatte ich es hier eingesperrt, in einer großen hölzernen Kiste.

»Sorry, Kumpel«, murmelte ich und schlug mit der Faust an die Bootswand. »Im nächsten Sommer vielleicht.«
Vielleicht.
Keine falschen Versprechungen.

# 11

ASHLYN

*Getting along fine with my here friends,
Don't give a damn if the world decides to end.*

*Romeo's Quest*

»Ich weiß nicht, warum wir überhaupt noch hingehen«, maulte ich auf dem Weg zu Theos Party. Der Typ hatte Hailey in der Schulkantine vor aller Augen lächerlich gemacht, trotzdem bestand sie darauf, mich zwei Wochen später zu seiner Party zu schleifen.

Ich spähte durch die Fenster des Hauses und entdeckte ein paar Leute aus unserer Schule, die tranken, rummachten und all die anderen Dinge taten, die man auf einer Privatparty eben so tut.

Warum kam eigentlich niemand auf die Idee, zur Abwechslung mal eine Lese-Party zu geben?

Ich war über Besäufnisse so unsäglich erhaben.

»Hab ich dir doch gesagt. Er hat mir letzte Nacht eine SMS geschickt und sich entschuldigt. Ich habe da einfach etwas falsch verstanden.«

Was war daran, dass seine Zunge im Mund ihrer besten Ex-Freundin gesteckt hatte, nicht zu verstehen?

»Außerdem kommt Ryan auch.«

»Ich dachte, er hasst Theo?«, wunderte ich mich.

»Das stimmt. Aber er mag Tony. Und eine Party ist die Gelegenheit, sich mit Tony auch mal in Gesellschaft von anderen zu treffen.«

Als wir das Haus betraten, presste ich meine Tasche an mich. Es roch, als würde Salbei verbrannt, aber ich war mir ziemlich sicher, dass es sich nicht um Salbei handelte.

»*Ashlyn!*« Jake kam lächelnd auf mich zu. Immer noch betonte er meinen Namen. Er hatte es sich seit unserer ersten Begegnung nicht abgewöhnt. »Wusste gar nicht, dass du auf Partys stehst!« Sein Blick glitt über meine Brust.

»Tu ich auch nicht.« Ich grinste schwach. Alles an Theos Party war mir zuwider: der Lärm, der Alkohol, die schlechte Musik. Gabby hätte sich für mich geschämt.

Jake lachte und legte seine Hand auf meinen Rücken, steuerte mich ins Haus. »Na, dann lass mich dein Partyführer sein.« Er schaute Hailey an, die ihm ein aufforderndes Lächeln schenkte. Jake zog die Augenbrauen hoch. Auch er roch stark nach verbranntem Salbei. »Oh! Du bist Ryans Schwester, stimmt's?«

Hailey nickte.

»Das ist *Hailey*«, betonte ich. Sie verdiente es nicht, lediglich als Ryans Schwester bezeichnet zu werden.

Jake lachte und stieß sie an. »Genau. Hailey. Schön, dass du gekommen bist. Hab grade ein Pfeifchen mit deinem Bruder geraucht. Wenn ihr möchtet, kann ich noch was organisieren. Geht auf mich.« Er lud uns ein, mit ihm zusammen high zu werden, und ich sah, dass Hailey überlegte, ob sie sich darauf einlassen sollte.

»Nein, danke, Jake. Wir stehen nicht auf das Zeug.«

»Wir könnten's ja mal probieren«, schlug Hailey mit leuchtenden Augen vor.

Ich warf ihr einen mahnenden Blick zu, bevor ich mich wieder an Jake wandte. »Nein, danke, Jake. Aber hey, wir sehen uns später noch, ja?«

Wieder glitt sein Blick über meine Figur und blieb an meinem Ausschnitt hängen. Dann lächelte er und sagte, ja, er würde später noch einmal nach uns schauen.

Hailey sah mich finster an. »Warum hast du das gesagt? Jake ist doch knuffig. Ich glaube, er steht auf dich.«

Ich verdrehte die Augen. »Das möchte ich bezweifeln. Hör mal, wenn wir hier 'ne Weile rumhängen wollen, dann gibt's aber ein paar Regeln.«

»Okay, Mutter«, spottete sie. »Wie lauten die?«

»Regel Nummer eins: keine Drogen.«

»Theo sagt, Marihuana ist eine pflanzliche Substanz. Auch nicht schlimmer als Tee.«

»Theo ist ein Idiot«, erklärte ich kategorisch. »Regel Nummer zwei: höchstens zwei Drinks.« Hailey klappte der Mund auf. Sie wollte schon protestieren, aber ich fiel ihr ins Wort. »Und Regel Nummer drei: kein Sex.« Sie schob schmollend die Lippen vor. Ich legte meinen Finger darauf. »Kein Sex!«, wiederholte ich mit Nachdruck.

»Du bist so eine Spaßbremse!«, meckerte sie, dann ging sie, um Theo zu suchen.

Ich musste lachen. »Fröhlich ohne Drogen!«, rief ich ihr nach.

Je später der Abend wurde, desto mehr füllte sich das Haus. Ich hasste die Gerüche, ich hasste das Gefummel – eigentlich *alles* an dieser Party.

Aus genau diesem Grund war ich das Mädchen, das nur in seinen Büchern lebte. In Büchern kamen mir Partys immer viel unterhaltsamer vor.

Nachdem ich eine Runde durchs Haus gedreht hatte, steuerte ich die Hintertür an und ging auf die Veranda, um ein bisschen frische Luft zu schnappen. Allmählich rauchte mir der Kopf von den Dope-Schwaden und dem Geruch nach Erbrochenem.

Von der Veranda führten Stufen in den großen Garten. Ich legte eine Hand aufs Geländer und ließ mich auf der obersten nieder. Über mir leuchtete die schwache Verandabeleuchtung, die zudem leicht flackerte und offenbar kurz vor dem Verlöschen stand.

Aber mir reichte das Licht.

Ich holte meine Lektüre aus der Tasche. Ich wollte hier draußen abwarten, bis Hailey ihren Anteil an Herzschmerz für die Nacht gehabt hatte. Ich schlug das Buch auf, blätterte darin und fuhr mit dem Daumen über die Seiten. Dann hob ich es an die Nase und atmete seinen Geruch ein, den Duft von Worten auf Papier.

Es gibt nichts Romantischeres, als ein Buch in den Händen zu spüren.

Abgesehen von Daniel.

Er war ganz schön romantisch.

Ich blinzelte und schüttelte nachdrücklich den Kopf. *Nein*. Nicht an Daniel denken.

Das Dumme war nur, wenn ich nicht an Daniel denken wollte, kam mir unweigerlich Gabby in den Sinn.

Was noch schlimmer war.

Die Worte auf der Seite verschwammen vor meinen Augen. Ein Tropfen fiel auf das Papier. Was für eine Überraschung – ich heulte schon wieder!

»Ich glaub einfach nicht, dass ich hier bin«, murmelte ich, an mich selbst gerichtet – und an Gabby. »Hailey erinnert mich an damals, als ich mit Billy ging. Dabei kann nichts Gutes herauskommen.«

Ich wartete auf die Antwort, die unweigerlich ausblieb.

»Mom hat immer noch nicht angerufen. Ich hab überlegt, ob ich mich melden soll ... aber dann hab ich's doch lieber gelassen. Neulich war ich total wütend auf dich, weil du gestorben bist. Sorry.« Ich musste lachen. Ich kam mir ein bisschen dämlich vor, wenn ich auf diese Weise mit mir selber redete, aber es half jedes Mal.

Ein Mädchen torkelte aus dem Haus. Sie sah aus, als wäre sie von einem Zombie angefallen worden, totenblass und völlig fertig. Ihr Name war Tiffany Snow, und sie war in meinem Geschichtskurs. In der Schule sah sie wesentlich besser aus – dieser zerlaufende Mascara-Look stand ihr nicht sonderlich gut. Sie sah mich nicht.

Sie atmete tief ein und streckte die Arme aus, balancierte auf der Stelle. Dann atmete sie hörbar aus und kicherte blöde, weil sie es geschafft hatte, wieder klar zu werden.

Doch im nächsten Augenblick rannte sie zum linken Ende der Veranda und erbrach sich über das Geländer. Dann glitt sie am Pfosten zu Boden, ein dämliches Grinsen auf dem Gesicht.

Stilvoll.

In diesem Augenblick hörte ich von links, wie jemand »Schhh ...« machte. Ich drehte den Kopf zu den Büschen, die sich bewegten – und sprachen. »Sei still!«

*Zip!*

Ein Reißverschluss, der hochgezogen wurde. Ich wurde rot und wandte mich wieder meinem Buch zu. Ich war furchtbar verlegen, als Ryan stolpernd aus dem Gebüsch kam, sein Hemd in die Hose stopfte und den Gürtel zuschnallte.

»Chicago!«, sagte er erfreut, die Augen glasig und blutunterlaufen. Auch er roch nach verbranntem Salbei. »Was machst du denn hier?«

»Hailey«, sagte ich und zeigte auf die Tür.

Er verzog das Gesicht und setzte sich neben mich. »Theo ist ein Arschloch.« Er überlegte kurz. »Aber er hat das beste Gras.« Ich lächelte Ryan an; er legte den Kopf auf meine Schulter und flüsterte: »Da steckt noch ein Junge in den Büschen.«

»Hab ich mir schon gedacht.«

»Traut sich nicht heraus.«

Ryan schaute hinüber zu Tiffany, die halb bewusstlos über der Veranda hing. »Tiffany!« Er hämmerte mit der Faust auf die hölzernen Stufen, um sie aufzuwecken. »*Tiffany!* Happa-happa, Frühstück!«

Sie machte ein Auge auf und gluckste. »Ryan«, sie fuchtelte aufgeregt mit den Händen, »ich möcht ja so gern sofort mit dir vögeln.«

Sie lachte haltlos und fuhr sich mit den Händen übers Gesicht. Ich gab mir wirklich alle Mühe, Partys etwas Positives abzugewinnen ... aber beim jetzigen Stand der Dinge zog ich Bücher vor.

Ryan feixte und wandte sich wieder an mich. »Und ich will sie so gar nicht vögeln.« Für den Bruchteil einer Sekunde wirkte er unendlich deprimiert.

»Du schleppst ganz schön was mit dir herum, nicht wahr?«

»Dasselbe könnte ich über dich sagen.« Er überlegte. »Manchmal glaube ich, dass du dich hinter deinen Büchern verkriechst, um der Realität zu entfliehen.«

Er hatte es so exakt getroffen, dass ich zusammenzuckte. Ryan bemerkte es jedoch nicht.

»Kann ich dir ein Geheimnis anvertrauen?«, fragte er, zog seine Zigarettenschachtel aus der Hosentasche und »zündete sich eine an«. »Ich glaube, das kann ich, weil du die Leute aus der Schule nicht kennst. Du bist eine Außenseiterin. Und ich kann mich nur einem Außenseiter anvertrauen.«

»Na klar.«

Er starrte auf das Gebüsch, und eine einsame Träne rollte über seine Wange. »Ich bin nicht so glücklich, wie ich vorgebe.«

»Warum gibst du es dann überhaupt vor?«, hakte ich nach.

Er ließ den Kopf sinken und starrte auf seine Füße. »Weil man fast glücklich ist, wenn man so tut. Bis einem wieder einfällt, dass man nur so tut. Dann ist es nur noch deprimierend. *Wirklich* deprimierend. Denn das Härteste ist, jeden Tag eine Maske zu tragen. Nach einer Weile bekommt man es mit der Angst zu tun, hinter dieser Maske zu verschwinden.«

»Ryan ... du bist nicht allein.« Ich stupste ihn gegen die Schulter. »Und vor mir brauchst du niemals eine Maske zu tragen.«

Er lächelte schwach und flüsterte »Dito« an meiner Wange, dann platzierte er ein Küsschen darauf.

Hailey kam aus dem Haus und setzte sich auf meine andere Seite. Auch sie legte den Kopf auf meine Schulter. »Ich hasse ihn«, flüsterte sie kaum vernehmlich. Ryan hörte es nicht einmal.

In diesem Augenblick fühlte ich mich am richtigen Ort. Ich war verloren, aber das waren sie auch.

Wir irrten auf unserem Weg dahin, ohne einen Plan zu haben.

Aber immerhin war ich nicht allein.

# 12

## DANIEL

*I'll lie to keep you safe,*
*I'll lie to keep you warm.*
*I'll lie to keep you away from the ugliest fucking storms.*

Romeo's Quest

Mehrere Wochen waren vergangen, seit Ashlyn und ich unsere Lage erkannt hatten. Nun kam der Oktober, und ich war entsetzt, wie sehr ich sie immer noch begehrte.

Eines Morgens waren wir am Eingang der Schule zusammengetroffen. Der Blick dauerte nur ein oder zwei Sekunden, aber ich sah sie schlucken, sah den aufgepeitschten Zustand ihrer Nerven. Als sie sich abwandte, drängte es mich, ihr zu folgen.

Aber das wäre falsch gewesen, nicht wahr?

Was war nur mit mir los?

Ich hatte geglaubt, meine Gefühle für sie würden schwächer werden, wenn wir uns nicht trafen. Aber sie überrollten mich stets mit voller Wucht, jedes Mal, wenn ich sie in meine Klasse kommen sah. Manchmal kam sie mit Ryan zusammen, und wenn sie mit ihm sprach und dabei lächelte, kam es mir vor, als würde ich schweben. Ashlyn besaß ein Lächeln, das süchtig machte, und ich wünschte, es hätte mir gegolten.

Es machte mich rasend, dass ich ihr nicht sagen konnte, wie schön sie war. Es machte mich rasend, dass ich, wenn sie die Klasse betrat, so tun musste, als hätte ich nicht gerade an sie gedacht. Es machte mich rasend, dass sie sich nicht am Unterricht beteiligte, obwohl ich wusste, dass sie die richtigen Antworten gegeben hätte.

Es machte mich rasend, wenn ich sah, wie die anderen Schüler sie angafften. Sie begehrten. Sie mobbten. Es machte mich rasend zu sehen, wie sehr sie um ihre Schwester trauerte – in aller Einsamkeit. Es machte mich rasend, dass sie sich einsam fühlte, es aber nie zeigte.

Es machte mich rasend, wie sehr ich ihre Küsse vermisste. Ihr Lachen. Ihr Lächeln.

Es machte mich rasend, dass wir einander so nahe waren und doch so weit voneinander entfernt.

Es machte mich glücklich, jeden Tag zu sehen, wie schön sie war. Es machte mich glücklich, wenn sie in die Klasse kam und ich gerade vorher an sie gedacht hatte. Es machte mich glücklich, dass sie nicht am Unterricht teilnahm, obwohl ich wusste, dass sie die richtigen Antworten gegeben hätte.

Es machte mich glücklich, dass ich beim Korrigieren ihrer Aufsätze nicht parteiisch war. Ihre Leistungen waren ohnehin hervorragend. Es machte mich glücklich, beim Joggen an sie zu denken. Es machte mich glücklich, ab und zu im Unterricht einen bewundernden Blick von ihr aufzufangen.

Es machte mich glücklich, dass sie nicht auf die Hänseleien der anderen Schüler einging. Dass sie den Rüpeln nicht den Sieg überließ. Dass sie nicht klein beigab. Es machte mich glücklich, dass ihre Schönheit von so natürlicher Art war. Dass sie trotz ihrer weiblichen Figur enge Kleider trug, auch wenn ein bisschen weniger Ausschnitt den Arschlöchern den Wind aus den Segeln genommen hätte.

Es machte mich glücklich, dass sie die Kleider trug, weil sie ihrer Zwillingsschwester gehört hatten. Es machte mich glücklich, wie sie mit solchen Gesten das Andenken ihrer Schwester hochhielt. Es machte mich glücklich, dass ihr Gang Selbstbewusstsein ausdrückte, auch wenn sie ängstlich und nervös war.

Es machte mich glücklich zu sehen, wie sie ging. Wie sie stand. Wie sie saß.

Es machte mich glücklich, dass wir so weit voneinander entfernt waren und uns dennoch so nah.

# 13

## ASHLYN

*What can I do to show how I feel?*
*From the beginning to the end, we are real.*

*Romeo's Quest*

Ich war eigentlich ganz zufrieden mit mir. Obwohl die Schulrüpel mir mit ihren üblen Scherzen zusetzten, schaffte ich es, sie zu ignorieren. Ich hörte nicht auf die Gerüchte, die besagten, dass ich es mit jedem trieb (und die Gerüchteküche kochte ziemlich schnell). Manchmal lächelte ich Daniel zu, um ihm zu zeigen, dass ich mit unserer Lage klarkam (obwohl ich in Wirklichkeit am liebsten geheult hätte).

Ich kam zurecht. Statt im Meer der Depression unterzugehen, beschloss ich, mir einen Bibliotheksausweis zu besorgen. Mich in fiktive Geschichten zu vergraben schien der bessere Weg zu sein. Jeden Nachmittag ging ich nun in die Bibliothek, trabte nach Schulschluss hin und kam erst nach Hause, wenn der Mond schon aufgegangen war.

Eines Morgens vor der Schule legte Hailey plötzlich ihre Haarbürste hin. »Theo möchte, dass ich wieder mit ihm gehe.«

Ich war erbost. Seit der Party hatte sie Theo nicht mehr erwähnt. »Was für ein Arsch«, brummte ich.

»Ja.« Sie stockte. »Ich möchte aber eigentlich schon.«

Ungläubig riss ich die Augen auf. »Machst du Witze?«

Durchaus nicht. Sie ließ Kopf und Schultern hängen. »Ich bin eben nicht wie du, okay? Mir laufen die Typen nicht scharenweise nach – in Wahrheit sehen sie mich kaum an. Theo ist meine einzige Chance auf eine Beziehung.«

»Die Typen, die mir ›scharenweise‹ nachlaufen, sind blöde Arschlöcher. Glaub mir. Von denen willst du keinen haben. Außerdem bist du siebzehn und nicht dreiundachtzig. Es wird in deinem Leben noch andere Männer geben.«

Sie zögerte, und ich sah, wie sie über meine Argumente nachdachte. Doch dann schüttelte sie energisch den Kopf. Ich seufzte schwer.

»Er hat sich doch entschuldigt. Für die Sache mit Lia.«

»Wenn man sich nach einem Schlag entschuldigt, geht der blaue Fleck davon auch nicht weg.«

»Hast du das aus einem Buch?«, erkundigte sie sich kichernd.

»Hailey …«

Sie zog einen kleinen Beutel mit Pillen aus ihrer Tasche. »Theo möchte, dass ich die probiere. Er sagt, wenn wir etwas gemeinsam haben, könnte unsere Beziehung besser werden.«

Ich starrte sie an, als hätte sie den Verstand verloren. »Du sollst *Drogen* nehmen, um ihm näher zu sein?«

»Bist du eigentlich noch Jungfrau?«

Ich rieb mir die Schläfe und schüttelte den Kopf. Ihre Frage kam aus heiterem Himmel. Wir hatten gerade mal sechs Uhr morgens und redeten über Sex & Drugs. Ich brauchte dringend einen Tee.

»Nein. Mein letzter Freund hat mich benutzt, bis er eine

Neue fand.« Ich dachte an Billy, und wie viel ich seinetwegen geweint hatte.

»Hattest du Angst davor?«, flüsterte sie.

Ich hatte eine Heidenangst.

»Ich war sechzehn. Damals war ich ziemlich dumm. Nicht übertrieben dumm, aber so, wie junge Mädchen eben sind. Ich habe mit Billy geschlafen, weil ich glaubte, dass es bedeutete, dass er mich liebte. Es war schrecklich, schmerzhaft und kein bisschen romantisch. Also haben wir es wieder und wieder gemacht. Ich hatte gehofft, ich würde mich mit der Zeit dran gewöhnen, weil ich ihn ja liebte …

Dann habe ich herausbekommen, dass er dasselbe mit Susie Kenner trieb. Meine Schwester Gabby hat neben mir auf dem Bett gesessen, während ich weinte. Sie hat Gitarre gespielt und gesagt, dass Billy ein grässlicher Scheißkerl mit einem kleinen Penis sei. Und damit lag sie richtig, er war praktisch nicht vorhanden.«

Hailey lachte leise. »Und was ist dann passiert?«

»Dann hat Billy angerufen und gesagt, dass er mich ganz furchtbar vermisst und dass er unsere Probleme lösen will. Ich habe die ganze Zeit nur geheult. Ich sagte ihm, dass ich ihn liebte, und er sagte, er hätte mich auch gern, sodass er sich auf alles einlassen würde. Ich müsse ihm nur ab und zu erlauben, meine Brüste anzufassen, und mit ihm schlafen, wenn seine Eltern nicht zu Hause waren. Meine Schwester hat mich davor gewarnt, mich wieder mit ihm einzulassen, sie hat gesagt, eigentlich sei er gar nicht an mir, sondern nur an meinen großen Brüsten interessiert. Und dann hat sie noch hinzugefügt, dass die Größe meines Geistes es wert sei, dass man sich dafür interessiere.«

Das Zimmer füllte sich mit Schweigen, während ich auf

den Teppich starrte. »Hailey, die Größe deines Geistes ist es wert, dass man sich dafür interessiert.«

Ihr Seufzer war beinahe geräuschlos. »Es klingt, als wäre sie ein toller Mensch gewesen, deine Schwester.«

»Der Beste«, sagte ich leise. »Denk mal drüber nach, okay? Versprichst du mir, dass du mal über Theo nachdenkst?«

Sie versprach es. Trotzdem sah ich die Hoffnung in ihren Augen, wenn sie über ihn sprach. Ich hatte die gleiche Hoffnung gehegt, als ich zu Billy zurückkehrte, ich hatte gehofft, dass sich etwas ändern würde. Was nicht der Fall gewesen war. Mom pflegte in solchen Fällen zu sagen: »Lass die Vergangenheit ruhen, damit die Zukunft dich findet.« Ich hielt das für einen Superspruch. Nachdem Henry sie betrogen hatte, musste sie hart darum kämpfen, die Vergangenheit hinter sich zu lassen. Doch am Ende schaffte sie es und lernte Jeremy kennen.

»Wie viele Punkte auf deiner Liste hast du eigentlich inzwischen abgehakt?«, wechselte Hailey das Thema.

Ich sah sie verwirrt an. »Nur zwei.« Und sah sogleich Daniels Mund vor mir. *Küsse einen Fremden*. Ich musste blinzeln, um die Erinnerung zu vertreiben.

Hailey streckte ihre Hand aus. »Gib sie mir mal.«

Ich holte Gabbys Liste aus der Kommodenschublade und gab sie Hailey. Sie faltete sie auf und las. »Hm …«, sagte sie dann und sah mit schelmischem Blick zu mir auf. »Nummer vierzehn ist doch bereits abgehakt.«

»Was steht denn da?«, fragte ich aufgeregt.

»Finde eine neue Freundin.« Sie schmunzelte.

»Du bist meine Freundin?«, fragte ich leise, weil ich nicht wusste, was ich sagen sollte.

Hailey platzte heraus. »Also, wenn ich nicht deine Freundin bin, dann ist das hier ganz schön peinlich.« Sie nickte energisch. »Natürlich bin ich deine Freundin. Wie du vor ein paar Wochen für mich eingetreten bist ... und dass du Theo immer noch so schrecklich findest ... wenn das nicht Freundschaft ist ...?« Ich grinste breit, und sie versetzte mir einen Rippenstoß. »Und – wo ist jetzt der Brief dazu?«

Ich stürzte mich auf meine Schatzkiste und wühlte in den Briefen. Als ich ihn fand, las ich, was auf dem Umschlag geschrieben stand, und seufzte. Da stand in Gabbys Handschrift, dass der Brief nicht für mich ... sondern für die neue Freundin bestimmt war. Warum war mir das nicht schon früher aufgefallen? Ich wühlte wieder in den Briefen, und siehe da! Sie waren gar nicht alle an mich adressiert! Ich presste die Lippen zusammen.

Ich legte den Brief in Haileys Hände und sagte achselzuckend: »Er ist für dich.«

»Für mich?« Dass sie ihn an meiner Stelle lesen sollte, machte sie fassungslos. Aber ich vertraute Gabby. Ich wusste, dass sie damit etwas Vernünftiges bezweckte. »Ich kann ja auch einen anderen Punkt von der Liste auswählen«, schlug Hailey vor. »Im Grunde sind wir ja gar nicht Freundinnen«, scherzte sie.

Ich musste lachen. »Oh doch, Hailey. Sind wir.«

»Na gut, aber dann bleib hier. Wir werden ihn zusammen lesen.«

Nr. 14: Finde eine neue Freundin

*Liebe Freundin,*

*ich hoffe, du nimmst es mir nicht krumm, dass ich so mit der Tür ins Haus falle. Aber ich denke mir, wenn du Ashlyns Freundin bist, dann bist du auch meine Freundin. Ich wünschte, wir hätten uns unter anderen Umständen kennengelernt, aber diese blöde Sache mit dem Sterben hindert mich natürlich daran, einen guten ersten Eindruck zu machen.*

*Eigentlich will ich damit nur sagen: Danke. Danke, dass du dich mit einem Mädchen angefreundet hast, das sicher furchtbar zerrissen, aber gleichzeitig erstaunlich vollkommen ist. Danke, dass du die Freundin eines Mädchens geworden bist, das vermutlich ein bisschen sonderbar ist und zu viel aus Büchern zitiert. Danke, dass du mit diesem Mädchen befreundet bist, das wenig über seine Gefühle spricht, aber glaube mir, sie fühlt schrecklich viel.*

*Danke, dass du für sie da bist.*

*Und deshalb verspreche ich hier und jetzt, dass ich auch für dich da sein werde. Ich weiß zwar noch nicht, wie, und vermutlich sollte ich auch keine Versprechen dieser Art geben ... aber wenn du siehst, wie sich die Blumen im Wind wiegen, dann bin ich das. Ich danke dir und umarme dich in deinen dunkelsten Tagen.*

*Danke, Freundin.*

*Du machst das ganz toll.*

*Gabrielle*

Hailey faltete den Brief mit einem Seufzer zusammen. »Ich mag deine Schwester wirklich.« Dass sie »mag« anstelle von »mochte« sagte, gab mir das Gefühl, als weilte Gabby noch unter uns. Und dieses Gefühl blieb bei mir wie ein warmer Handschuh aus Glück, denn nun wusste ich, dass ein Teil von

Gabby immer noch da war. Mit diesen Briefen hatte sie den Tod bekämpft. Ein Teil von ihr hatte überlebt.

Hailey fuhr Ryan und mich zur Schule, und wir verabredeten uns wie jeden Tag zum Lunch. Auf dem Weg zu meinem Spind kam Jake angelaufen und knuffte mich in die Schulter.
»Hey, Ashlyn.«
Ich lächelte schwach. »Hi, Jake.«
»Du bist wunderschön heute«, sagte er und musterte mich bewundernd von Kopf bis Fuß.

Als ich aufblickte, sah ich Daniel, der uns verärgert beobachtete. Seine Kiefer mahlten, seine Augen sprühten Funken. Ich sah ihn verwirrt an, bis er sich abwendete. Was hatte ich ihm getan? Hatte ich ihn eifersüchtig gemacht?
»Danke, Jake«, murmelte ich, schaute aber immer noch Daniel an.

Selbst im Zorn sah er gut aus. Umso schwerer fiel es mir, mir einzureden, dass ich mich nicht von ihm angezogen fühlte. Daniel verschwand um die Ecke, in Richtung unserer Spinde. Ich wollte mich nur noch beeilen, um ihn noch sprechen zu können. Es war alles so furchtbar kompliziert. Er war der Höhepunkt meines Tages, obwohl er zugleich der Tiefpunkt meines Tages war.

Wieso war das nur so schwer …?

Jake hielt sich dicht neben mir, ein wenig zu dicht für meinen Geschmack. »Also, ich hab mir gedacht …« Er quetschte sich förmlich an mich. Aus seinem Hemdausschnitt drang ein Rasierwassergestank, der mich würgen ließ. »Am nächsten Wochenende gebe ich nach dem Football-Match eine Halloweenparty. Meine Eltern sind nicht da, und du bist herzlich eingeladen. Kostüm ist Pflicht.«

Ich zuckte vor Abscheu zusammen und hoffte nur, dass er es nicht merkte. »Ich bin nicht so an Partys interessiert. Und die letzte hat es überhaupt nicht gebracht.«

»Tja …« Er feixte. »Aber carpe dschem, oder?« Wieder zuckte ich unwillkürlich zusammen. Ich war mir ziemlich sicher, dass er Carpe diem gemeint hatte. Jake plapperte indes unbeirrt weiter. »Jetzt komm schon, Ashlyn. Du kannst nicht immer nur die Tochter des stellvertretenden Schulleiters sein. Du musst den Leuten allmählich mal zeigen, wer du wirklich bist. Sonst hören sie nie auf, dich in der Luft zu zerreißen.«

»Ich …« Ich zögerte. »Ich bin nicht daran interessiert, Jake.« Ich sah seine enttäuschte Miene und fühlte mich sofort schuldig. »Vielleicht beim nächsten Mal.« Ich lächelte freundlich und boxte ihn in den Arm.

Jakes Miene hellte sich schlagartig auf. »Ja, okay! Dann stehst du auf der Gästeliste ganz oben. Wir sehen uns in der Klasse, okay?« Und er eilte mit einem Riesengrinsen davon. Ich hoffte nur, ihm keine Hoffnungen gemacht zu haben.

Als ich endlich um die Ecke bog, um zu meinem Spind zu gelangen, stand Daniel davor und riss etwas von der Tür ab.

»Was machst du denn da?«, fragte ich.

Er sah mich und verdoppelte seine Anstrengungen. »Diese verdammten Kids«, brummte er. »Ich kriege raus, wer das war, und dann …«

»Wer was war?« Als ich näher trat, sah ich die Fotos: Brüste, aus Zeitschriften ausgeschnitten, so weit das Auge reichte. Mir stieg das Wasser in die Augen, aber ich kämpfte gegen die Tränen an, denn hinter uns kicherten schon ein paar Mädchen. Denen würde ich nicht den Gefallen tun, in Tränen auszubrechen. Es war mir schrecklich peinlich, dass Daniel diese Fotos sah.

»Daniel …«, flüsterte ich verzweifelt, während er sich bückte und die zerfetzten Fotos aufhob. »Mr Daniels!«, sagte ich etwas lauter, was die Mädchen erneut zum Kichern brachte. Ich achtete nicht auf sie. »Bitte, lassen Sie meinen Spind in Ruhe.«

Er bedachte mich mit einem kalten Blick. »Das … das darf ich nicht durchgehen lassen. Das darf sich in dieser Schule keiner erlauben. Besonders, wenn es gegen …« Er verstummte abrupt, als er sich der Zuschauer bewusst wurde.

Ich schluckte nervös. »Gegen was?«, fragte ich.

Sein Blick war so sanft und um Verzeihung heischend, dass sich alles in mir zusammenzog. *Besonders, wenn es sich gegen dich richtet*, hatte er sagen wollen. Daniel trat nervös von einem Bein aufs andere, dann wandte er sich ab und rief den Schülerinnen zu, sie sollten in den Unterricht gehen. Ich hob eines der abgerissenen Fotos auf und seufzte.

*So groß* waren meine Brüste nun auch wieder nicht.

Daniel entschuldigte sich für den Vorfall an meinem Spind und sagte, sein Verhalten sei unprofessionell gewesen. *Ich will gar nicht, dass du dich professionell verhältst*. Ich zuckte bloß die Achseln und begab mich zu meinem Platz. Er setzte sich auf die Kante des Lehrerpults. Seine Ärmel waren bis zu den Ellbogen hochgekrempelt, und er hielt die Kappe eines Whiteboard-Markers in der Hand.

Er sah so gut aus. Mein Körper lechzte förmlich nach ihm. Wenn ich versuchte, diese Verliebtheit zu überwinden, schien sie nur stärker zu werden. Dafür mussten wir nicht einmal miteinander sprechen. Wie sich herausstellte, funktionierte die stumme Verbindung am besten: ein paar Blicke hier, ein winziges Lächeln dort. Vielleicht brauchte unsere Verbindung gar keine Worte.

Und er war so klug.

Daniel war so klug, dass ich am liebsten in seinen Kopf hineingekrochen wäre. In den Schulstunden war ich nicht in Daniel verliebt, sondern in Mr Daniels, meinen Lehrer.

Die Hälfte der Schüler in der Klasse ahnte vermutlich nicht einmal, wie gebildet er war. Für sie war er nur ein langweiliger Lehrer unter vielen. Ich aber war hingerissen von seinen Methoden, uns neue Wege des Lernens und Begreifens zu eröffnen. Er brachte mich dazu, auf eine ganz neue Weise zu denken.

In den Poesie-Wochen beschäftigten wir uns mit Sonetten, Haikus und meiner Lieblingskurzprosa ...

Daniel stieß sich vom Tisch ab und ging an die Tafel, auf der »Flash Fiction« stand.

»Jetzt aber mal ernsthaft, meine Damen und Herren! Einer von euch muss doch wissen, was Flash Fiction ist. Bitte um Vorschläge!«

»Fiction über den Superhelden Flash!«, feixte Ryan.

»Ziemlich nahe dran«, lachte Daniel. »Aber nicht ganz.«

Zum ersten Mal seit Beginn des Schuljahrs hob ich die Hand. Daniel sah es und lächelte erfreut. »Ja, Ashlyn?«

»Das sind Erzählungen, die sich wie ein Blitz entfalten ... sie sind kurz, wie Short Stories. Ihre Besonderheit ist, dass eine ganze Geschichte in wenigen Sätzen oder sogar in wenigen Worten erzählt wird.«

Avery, einer der Footballspieler, die mich *nicht* hänselten, feixte belustigt. »Das geht doch gar nicht.« Er war der Junge, der aus dem Bibelunterricht geflogen war. Ich hätte gerne gewusst, was er verbrochen hatte. Man musste sich bestimmt einiges leisten, um den Zorn der Leute Gottes auf sich zu ziehen.

»Doch, das geht«, widersprach ich gelassen.

Daniel zog eine Braue hoch und kam um seinen Tisch herum. Wieder ließ er sich auf der Kante nieder, streckte die Beine aus und legte die Knöchel übereinander. »Möchten Sie uns das vielleicht näher erklären, Ms Jennings?« Er gebrauchte meinen Nachnamen, und das erregte mich so, dass meine Schenkel zitterten.

Ich wollte ihn unbedingt beeindrucken. Ich wollte ihm zeigen, wie viel ich wusste. Meine Hände wurden feucht, und ich wischte sie an meinen Beinen ab. Ich trug ein türkisfarbenes Sommerkleid, fühlte mich aber dennoch seltsam nackt.

War ich ein schlechtes Mädchen, weil es mir gefiel, wie nackt ich mich vor ihm fühlte?

Daniel törnte mich an: mit seiner Musik, mit seiner Stimme, mit seiner Berührung. Mit seiner Sanftheit und seinem Humor. Aber mein Lehrer Mr Daniels brachte meine Schenkel auf ganz andere Weise zum Beben. Auf eine verbotene Weise. Auf eine verführerische Weise. Ich überließ mich einer Fantasie, in der die Klasse in die Pause entlassen wurde und er mich zurückhielt und sagte, er müsse noch etwas mit mir besprechen. Dann schloss er die Tür und presste mich gegen sie, während seine Hand langsam den Saum meines Kleides hochschob. Und ich öffnete den Mund und überließ mich seinen Zärtlichkeiten.

Ich stellte mir vor, wie seine Finger meinen Slip fanden und über das Gewebe strichen, dann, unendlich langsam, hineinglitten. »*Mr Daniels ...*«, würde ich an seinem Ohr hauchen und stöhnend an seinem Ohrläppchen knabbern.

Dann küsste er meinen Hals, leckte ihn sanft. Er streichelte mich weiter und atmete in meinen Ausschnitt. Sanft schalt er mich, ich sei ein unartiges Mädchen gewesen. Ich stöhnte, als er mich an der Wand hochhob, meine Spaghettiträger abstreifte und meine Brüste mit den Händen umschloss. Er bemächtigte sich meiner Brüste, meines Körpers, der ihm, nur ihm allein gehörte.

Dann, so stellte ich mir vor, kam jemand in die Klasse, und ich würde mich hinter der Tür verstecken. Mein Atem ging hastig, die Erregung ließ mich von Kopf bis Fuß erbeben. Ich würde mein Kleid nicht ganz hinunterziehen, damit Daniel, wenn er einen Blick hinter die Tür warf, mich dort sah, mit meinem feuchten Slip, und das würde sein Verlangen nur noch steigern.

Oh ja, Mr Daniels törnte mich gewaltig an. Allerdings nur in meiner Fantasie. Was könnte er wohl wirklich mit mir anstellen, wenn es dazu kam?

»Ähem ... Ashlyn?« Ryan stieß mich an.

Ich erwachte mit einem Ruck aus meinen Träumen. Die ganze Klasse starrte mich an, mein Mund stand weit offen. Ich machte ihn zu und lief krebsrot an.

»Ähm – ja. Genau.« Ich räusperte mich, um Zeit zu gewinnen. »Dazu gibt es eine bekannte Story. Man schreibt sie Ernest Hemingway zu, ob sie aber tatsächlich so passiert ist, lässt sich schwer sagen. Jedenfalls geht das Gerücht, dass Hemingway einmal gewettet hat, er könne mit nur sechs Worten eine Geschichte erzählen.«

»Wie gesagt«, lachte Avery. »Unmöglich.«

Daniel sah mich scharf an. Dann wölbte er eine Braue, und auf seinem Gesicht erschien die Andeutung eines Lächelns. Ahnte er meine Fantasien? Träumte er auch von mir?

»Unmöglich?«, brummte Daniel. »Tatsächlich?«, fragte er und ging wieder an die Tafel. Dort schrieb er: »Zu verkaufen: Babyschuhe, noch nie getragen.« Das war Hemingways Story.

In der Klasse breitete sich Schweigen aus. Die Worte an der Tafel verursachten sogar mir eine Gänsehaut, obwohl sie mir geläufig waren.

Ryan war der Erste, der das Schweigen brach: »Vom Lehrer gedisst, Avery!«

Lachen brandete auf, selbst ich musste grinsen. Eigentlich sollte ich fassungslos sein, dass Daniel meine Gedanken gelesen hatte, aber natürlich hatte er Hemingways Story gekannt. Wie auch nicht?

Daniel brachte die johlende Klasse mit erhobenen Händen zum Schweigen. »Na schön. Jetzt möchte ich, dass ihr Folgendes tut: Nehmt euch die Aufsätze vom Anfang des Schuljahrs noch mal vor. Ich habe euch einige Anmerkungen an den Rand geschrieben.« Er nahm einen Stapel Blätter von seinem Pult und teilte sie aus. »Ich möchte, dass ihr sie auf drei verschiedene Arten zusammenfasst. In der nächsten Woche als Sonett. In der folgenden Woche als Haiku. Und in drei Wochen als Flash-Fiction-Story. Am Ende jeder Woche werdet ihr sie der Klasse vortragen. Ihr werdet es leichter haben als Hemingway und müsst nicht mit sechs Worten auskommen, sondern mit zehn.« Er legte meinen Aufsatz auf den Tisch und lächelte. Es war das gleiche Lächeln, mit dem er mich damals am Bahnhof bedacht hatte. »Achtet darauf, dass jedes Wort zählt.«

Als er Ryan seinen Aufsatz zurückgab, bemerkte Daniel: »Das dürfte der beste Essay sein, den ich je gelesen habe, Ryan. Weiter so.« Ryan grinste und bedankte sich.

Die Glocke schrillte, und alles stürzte hinaus. Ich verstand nicht, warum sie es so eilig hatten fortzukommen. Dies war mein Lieblingskurs, hinausstürzen kam gar nicht infrage. Bevor ich aufstand, sah ich, dass Daniel einen Zettel an meinen Aufsatz geheftet hatte.

*Großartig. Einfach großartig.*
 *Aus dir wird einmal eine außergewöhnliche Schriftstellerin.*
 *Ich werde alles von dir lesen.*
 *Du fehlst mir so, dass ich kaum atmen kann.*

Ich sah auf und begegnete seinem Blick. Daniel wirkte, als wäre ihm ein Stein vom Herzen gefallen. Auch ich spürte die Erleichterung. Er war immer noch da. Daniel war nicht nur Mr Daniels – er war immer noch er selbst. Und ich lebte in seinen Gedanken, so wie er in meinen.
 Vielleicht gab es gar nicht zwei verschiedene Daniels. Vielleicht war Mr Daniels nur eine Facette von meinem Daniel. Es war also nicht überraschend, dass ich beiden verfallen war. Ich liebte alles, was ihn ausmachte – das Gute, das Böse und auch das Zerbrechliche.
 Vielleicht war mir das sogar am liebsten.
 Ich wusste nicht einmal, was dieser Austausch – seine Anmerkung, mein Aufschauen – für uns bedeutete. Doch es war mir egal. Für den Augenblick war es genug. Der beste Ausdruck dafür war wohl Hoffnung. Es war die Hoffnung in seinen Augen, die mir am meisten gefiel.
 Sein Mund spannte sich zu einem halben Grinsen, und ich antwortete mit der anderen Hälfte. Wir brachten einander ohne ein Wort zum Lächeln.
 Das war mein Lieblingslächeln.
 Ich stand auf und stopfte alles außer meiner derzeitigen

Lektüre in meinen Rucksack. Wie immer presste ich ihn eng an meine Brust. Als ich an Daniels Tisch vorbeikam, hörte ich, wie er meinen Namen sagte. Ich drehte mich nicht um, blieb aber stehen.

»Hast du während des Unterrichts an das gedacht, was ich vermute?«, flüsterte er. Meine Wangen brannten. Ich hörte sein leises Lachen. »Ich denke nämlich auch daran.«

Mein Kopf fuhr ohne mein Zutun zu ihm herum. Ich lächelte. »Echt?«

»*Echt* echt.«

Ich wandte mich zum Gehen, als ich außer Sicht war, grinste ich über das ganze Gesicht.

So breit, dass mir die Wangen wehtaten.

# 14

ASHLYN

*Hey hey, don't you forget*
*The way I moan your name or*
*The taste of my lips.*

*Romeo's Quest*

Nach dem Unterricht ging ich in die Bibliothek und blieb bis zum frühen Abend dort. Ich hatte einen Tisch im hintersten Winkel gefunden, wo ich ungestört war. Dieser Platz war mit der Zeit zu meiner Zufluchtsstätte geworden.

Allerdings las ich nicht ständig. Meistens schrieb ich auf, wie es mit Daniel und mir weitergehen könnte. Dass wir meine Schulzeit abwarten mussten, um danach mehr als nur Freunde sein zu können. Immerhin blieben nur noch rund einhundertzwanzig Tage, bis das Schuljahr zu Ende war.

Einhundertvierundzwanzig, um genau zu sein.

Nicht, dass ich sie zählte.

Wenn mir das bewusst wurde, konzentrierte ich mich darauf, meine Träume aufzuschreiben, meine Fantasien, die hoffentlich eines Tages Wirklichkeit wurden. Mehr hatte ich im Moment nicht: nur meine fantastischen Tagträume und meine Hoffnungen, dass eines Tages mehr daraus werden könnte.

Nachdem ich ein paar neue Bücher ausgeliehen hatte, machte ich mich auf den Heimweg. Ich hätte einen Pullover über mein dünnes Sommerkleid ziehen sollen, denn ich fror erbärmlich. Die Herbstwärme Wisconsins wich allmählich dem Frost des Winters. Die Straßenlaternen leuchteten hell, und der Himmel träumte.

Als ich am Friedhof an der May Street vorbeiging, schaute ich durch die Gitterstäbe – und blieb wie angewurzelt stehen. Zuerst sah ich seinen Wagen, der einsam auf dem Parkplatz stand. Dann ihn selbst. Mein Herz setzte aus, gleichzeitig kam es mir so vor, als schlüge es schneller. Daniels Anblick ließ mein früher so ruhiges Herz ungewohnte Kapriolen schlagen.

Er stand ganz allein dort und schaute auf zwei Grabsteine.

Ein neuerlicher Schmerz durchfuhr mich.

»Oh ...« Ich legte die Hände auf den Brustkorb.

Daniel sah aus, als wollte er trainieren, er trug Shorts, ein schlichtes schwarzes T-Shirt und Laufschuhe. War er ein Jogger? Ich hätte es zu gern gewusst. Ich wollte so gern so viel mehr über ihn wissen.

Er beugte die Beine und kniete vor den Grabsteinen nieder. Ich sah, wie er die Lippen bewegte und mit einem Finger über die Oberlippe strich, dann leise lachte. Doch es klang bitter.

Das schmerzlichste Lachen, das es gab.

Ich sah mich auf der Straße um. Kein Mensch zu sehen. Natürlich nicht. Wen interessierte schon ein einsamer Friedhofsbesucher? Meine Hände begannen zu zucken. Nervös rieb ich sie an meinem Buch.

Ich sollte einfach weitergehen. So tun, als hätte ich ihn nicht gesehen.

Aber ich *hatte* ihn gesehen.

Keinem Menschen sollte zugemutet werden, ganz allein auf einem Friedhof stehen zu müssen.

Besonders nicht Daniel.

Binnen Sekunden stand ich an seiner Seite, ohne zu wissen, wie ich dorthin gelangt war. Es war, als hätten meine Füße den Weg gekannt. Daniel brachte mich zum Fliegen.

»Hey«, flüsterte ich.

»Ashlyn«, sagte er überrascht und blinzelte zu mir empor. Ich hatte beinahe vergessen, wie ich es mochte, wenn sein Blick auf mir ruhte.

Ich schüttelte den Kopf, um die Träume zu vertreiben. »Tut mir leid, wenn ich dich störe. Ich hab dich nur gesehen und gedacht ...« *Was gedacht?* »Ich hab nichts gedacht«, murmelte ich.

»Eigentlich kommt niemand hierher.«

»Ich bin Niemand«, flüsterte ich.

Daniel studierte mein Gesicht ein paar Sekunden lang, dann setzte er sich auf den Boden. Um seinen Mund spielte die Andeutung eines Lächelns. »Nach einem Niemand siehst du aber nicht aus.«

Ich gewahrte die aufziehende Dunkelheit, die uns umgab. Ich war mir nicht sicher, ob ich bleiben oder lieber gehen sollte. Meine Füße verweigerten mir jedoch den Rückzug.

»Warum nennen sie dich in der Schule Wassermelone?«, wollte Daniel wissen.

Er schaute zu mir auf. Ich nahm das als Einladung, mich neben ihn zu setzen. Dann sah ich an mir herab. »War das eine ernsthafte Frage?«

Wieder grinste er. »Nein, hab schon verstanden. Ernsthaft.« Er riss ein paar Grashalme aus. »Dein Körper *ist* wunderschön. Das ist kein Geheimnis. Aber wieso können die nur einen kleinen Teil von dir sehen? Wieso nicht deine verdammten Augen? Oder deine unglaubliche Intelligenz?«

Ich schaute auf seine Finger, die Grashalme zwirbelten, und schwieg.

»Es macht mich so wütend, wenn einer von denen dich auf diese schmierige Art ansieht«, fuhr Daniel fort. »Oder etwas Fieses zu dir sagt. Oder Fotos an deinen Spind klebt. Oder wenn sie dich angrinsen. Oder dich ›schönes Mädchen‹ nennen. Oder ... *was auch immer!*« Er holte tief Luft. »Alles, was sie tun, um dich zu verletzen oder zum Lächeln zu bringen, macht mich so wütend, dass ich nur noch zuschlagen will.« Er stieß die angehaltene Luft aus. »Und das zeugt nicht gerade von einer hohen Moral.«

Ich biss mir auf die Lippen. Ich wusste nicht, was ich sagen sollte.

Daniel sah, wie mir zumute war, und fuhr sich übers Gesicht. »Es tut mir leid, Ashlyn, ich sollte den Blödsinn, der mir durch den Kopf geht, nicht auch noch in Worte fassen.«

»Ich arbeite an meinen Freundschaften«, wechselte ich das Thema und drehte den Kopf, um ihn anzusehen. Aus einem meiner Bücher holte ich ein zusammengefaltetes Blatt und reichte es ihm. »Hab ein bisschen bei Wikipedia nachgeforscht.«

Daniel faltete das Blatt auseinander. »Vier wichtige Voraussetzungen, um Freundschaften zu schließen.« Er brach ab. »Du bist ja so ein Nerd.«

Er lag durchaus richtig. »Ich bin eine Nerd-Tussi. Was kann ich anderes sagen? Lies weiter.«

»Erste Voraussetzung: Nähe. Man muss einander nahe genug sein, sich oft sehen oder gemeinsam etwas unternehmen.«

Ich schürzte die Lippen und rieb mir das Kinn. »Tja, wenn ich bedenke, dass ich in der dritten Stunde bei dir in der zweiten Reihe sitze, dann ist das doch eine gewisse Nähe, oder?«

Er sah mich scharf an und widmete sich dem zweiten Punkt. »Man sollte die Person immer wieder zwanglos treffen können, ohne sich vorher verabreden zu müssen.«

»Ach, du heilige Scheiße. Das wäre ja – ich weiß auch nicht –, als würde ich dich zufällig hinter einer Bar treffen. Oder in der Schule. Oder … auf dem Friedhof. Also, von Verabredung kann da keine Rede sein. Ich muss allerdings zugeben, dass ich den letzten Treffpunkt ein bisschen deprimierend finde.«

Sein strahlendes Lächeln gab mir das Gefühl, als wäre ich charismatisch, obwohl ich mir eigentlich ziemlich dämlich vorkam. »Drittens: ausreichend Gelegenheit, um einander Ideen und persönliche Gefühle mitzuteilen.«

»Hmpf. Nun ja, ehrlich gesagt, daran müssen wir noch arbeiten, glaube ich. Und der letzte Punkt?«

»Ashlyn«, stöhnte er verzweifelt. »Das hat tatsächlich in Wikipedia gestanden?« Er zog fragend eine Augenbraue hoch, und ich nickte. »Ehrlich?«

Ich biss mir auf die Lippen, um nicht in Lachen auszubrechen. »Ganz, ganz ehrlich. Komm schon, lies!«

Daniel räusperte sich. Dann las er die vierte Voraussetzung für die Entstehung einer Freundschaft vor. »Last but not least, viertens: Wenn man die Namen Daniel Daniels und Ashlyn Jennings trägt.« Er faltete das Blatt und steckte es zurück in mein Buch.

»Was?! Das steht da?! Ja, Himmel noch mal. Dann haben wir doch schon vier Voraussetzungen erfüllt. Das ist doch schon mal was!«

»Aber perfekt ist es nicht«, widersprach er und raufte sich die Haare, bis sie ganz zerzaust waren. Jetzt sah er nicht mehr wie Mr Daniels aus. Sondern wie Daniel. Mein schöner, begabter Daniel.

»Menschen wurden doch nicht erschaffen, um perfekt zu sein, Daniel. Wir wurden erschaffen, um unser Leben immer wieder zu verpfuschen und neu zu erlernen. Wir sind auf vollkommene Weise unvollkommen.«

Wieder sah er mich scharf an, dann rutschte er ein Stück näher. Schob eine Haarsträhne hinter mein Ohr. Diese leise Berührung weckte alle Gefühle, die in mir geschlummert hatten.

»Warum musst du nur meine Schülerin sein?«

Ein Lächeln stahl sich auf mein Gesicht. »Weil Gott einen miesen Sinn für Humor hat.« Ich betrachtete die Blumen, die Daniel wahrscheinlich für seine Mutter gekauft hatte: ein Strauß Margeriten. Meine Lieblingsblumen. »Die mag ich auch sehr«, sagte ich und zeigte auf die Blumen.

»Du hättest Mom sehr gefallen. Das weiß ich. Dad hingegen hätte gesagt, dass du zu klug für mich bist.«

Ich grinste. »Klingt nach einem weisen Mann.«

Ein kalter Windstoß ließ mich schaudern. »Du frierst«, sagte Daniel.

»Geht schon.«

Er nahm meine Hände und rieb sie, um mich zu wärmen. Ich fragte mich, ob er wusste, wie viel mir jede noch so kleine Berührung von ihm bedeutete. Wie sehr sie mir fehlte.

»Kann ich dir ein Geheimnis verraten, ohne dass es allzu kitschig wird?«, flüsterte ich, während ich auf seine Brust schaute, die sich bei jedem Atemzug hob und senkte.

»Ja«, murmelte er.

Sein Gesicht wurde weich. Als er mich wieder ansah, spürte ich, dass mein Herz in Flammen stand. Dieses unleugbar starke Verlangen, dieses Urbedürfnis, das ich verspürte ... Ich wollte ihn nur noch küssen. Ich wollte ihn so leidenschaftlich küssen, dass es für alle Zeiten reichen würde, wenn uns nicht mehr vergönnt wäre. Allein seine Lippen anschauen zu können gab mir das Gefühl, ewig leben zu können. *Ich kann es nicht ertragen, nur deine Freundin zu sein.*

»Ich halte so gern deine Hand«, gestand ich. »Ich halte sie wirklich gern. Dann fühle ich mich so ... bedeutend.«

»Du bist bedeutend.« Es klang so aufrichtig, dass ich das Gefühl hatte, in Stücke zu gehen.

Er malte mit dem Daumen Kreise auf meinem Handteller, und mein Kopf schaltete in einen Sparmodus. Ich spürte seine Hände unter meinen Beinen, dann hob er mich hoch und setzte mich auf seinen Schoß. Ich schlang die Beine um seine Taille.

Mein Körper schmiegte sich an ihn. Wir passten so perfekt zusammen, dass wir füreinander geschaffen sein mussten. Daniel war meine fehlende Hälfte. Unsere Gesichter waren einander so nahe, dass ich nicht zu sagen vermochte, ob sich unsere Lippen berührten oder nicht. Seine Worte machten Liebe mit der Luft, die uns umgab.

»Du bist so verdammt bedeutend.«

Ich fragte mich, ob er wusste, dass er Herr über meinen Herzschlag war.

Mein Atem strömte von meinen Lippen. Ich legte Daniel die Hände auf die Brust und schmiegte meinen Kopf an seine Schulter, küsste seinen Hals. Er zog mich enger an sich, legte sein Kinn auf meine Haare. Auch sein Herz schlug schneller. Es gefiel mir, dass auch ich Herrin über seinen Herzschlag war.

»Erzähl mir etwas von ihnen, Freund.«

Ich spürte, wie er Atem holte. »Mom war Musiklehrerin. Dad Englischprofessor.«

»Und du bist die Mischung von beiden.«

»Ich bin die Mischung von beiden.«

»Ich weiß, was mit deinem Vater geschehen ist ... aber wie ist deine Mom gestorben?«

Seine Schultern sackten herab. Er holte tief Luft. »Sie wurde ermordet.«

Ich keuchte vor Schreck. Ich strich ihm durch die Haare, dann ließ der Schock nach. »Das tut mir so leid.« Ich wusste nicht, was ich sonst sagen sollte.

Daniel lächelte mich traurig an und zuckte die Achseln. Seine blauen Augen machten Liebe mit meinen grünen. Ich legte meinen Mund auf seine vollen Lippen und küsste ihn sanft.

»Ich finde dich wunderschön«, flüsterte ich. Es klang wie ein Echo auf seine SMS vor vielen, vielen Wochen. »Und damit meine ich nicht dein Aussehen. Sondern deine Intelligenz, deinen Beschützerinstinkt, wie zerbrochen du bist. All das finde ich wunderschön.«

Er legte eine Hand um meinen Hals und zog mich an sich. Ich hatte seinen Geschmack auf den Lippen, und seine Hitze wärmte jeden Zoll meines Körpers. »Ich will nicht nur dein Freund sein«, sagte er. Wir atmeten zusammen ein und in vollendeter Harmonie aus. »Ich will dir gehören, und du sollst mir gehören, und ich finde es furchtbar, dass es kein Wir geben soll. Denn ich glaube, dazu sind wir erschaffen worden.«

»Woran liegt es nur, dass wir nie Zeit miteinander verbringen können, ich aber das Gefühl habe, dich besser als alle anderen zu kennen? Woran liegt es, dass ich mich immer mehr in dich verliebe?«

Der Ausdruck des Staunens in seinen Augen war wunderbar. Es war, als hätte er sich dieselbe Frage gestellt. »Ich weiß es nicht. Vielleicht gibt es nichts, was das Feuer löschen kann, wenn Herzen einmal in Flammen stehen.«

»Wir können es als Geheimnis bewahren«, versprach ich ihm. »Unser Geheimnis – das hundertprozentig uns allein gehört.«

Er drückte seine Lippen auf meine, und die Welt um uns herum versank. Das Universum kam zum Stillstand. Daniel versetzte mich an einen Ort, an dem die Trauer verschwand und Wohlbefinden Platz machte.

Seine Lippen waren weicher als in meiner Erinnerung, doch zugleich voller Leidenschaft. Ich tastete nach dem Saum seines T-Shirts und rollte es hoch, spürte seinen festen Körper unter der Baumwolle. »Ash«, murmelte er. Seine Zunge teilte meine Lippen und schloss innige Bekanntschaft mit meiner.

Mein Atem beschleunigte sich. Sein Mund wanderte zu meinem Hals, er saugte, ließ seine Zunge kreisen. Ich spürte, wie meine Nippel unter dem dünnen Kleid hart wurden. Eine kühle Brise kam auf. Daniel küsste mich. Er streifte die Spaghettiträger von meinen Schultern und küsste die bloßgelegte Haut. Ich spürte, wie seine Hände sich um meine Brüste schlossen, und stöhnte leise, weil es mir so wohltat, wie er mich festhielt, wie er mich berührte, wie gut er mich kannte.

»Wir sollten nicht …«, warnte er, aber ich war nicht sicher, ob er mich oder sich selbst meinte.

Ich erwiderte seinen Kuss, bevor er es sich anders überlegen konnte. Niemals zuvor war ich mir einer Sache so sicher gewesen. Ich konnte nicht genau sagen, warum, aber nie zuvor hatte ich mich so sicher gefühlt wie an diesem Ort, in der Dunkelheit, mit einem Menschen, der ebenso verletzt war wie ich. Wann immer ich in seiner Nähe war, fühlte ich mich zutiefst bewahrt und geliebt. Daniel Daniels war meine Heimat.

# 15

## ASHLYN

*So she kissed me with her eyes*
*And then with those hips.*
*And good God, could her hips kiss.*

*Romeo's Quest*

Die nächsten Wochen waren voller geheimer Spannung. Daniel und ich redeten hauptsächlich per SMS miteinander. In den Schulkorridoren liefen wir uns zufällig über den Weg (natürlich war es nie Zufall). Manchmal bat er mich nach dem Unterricht, noch ein wenig zu bleiben, und wir küssten uns. Mir gefiel die Heimlichtuerei. Ich kam mir vor wie eine Spionin, die sich nicht erwischen lassen darf.

Als ich eines Freitags in Daniels Klassenraum kam, lagen auf meinem Tisch drei Margeriten. Ryan, der nach mir kam, meinte: »Nette Geschenke von den Schulrüpeln?«

Ich grinste und roch an den Margeriten. »Das weiß man doch, dass Rüpel im Grunde total komplizierte Typen sind.«

Er lachte und warf sich auf seinen Stuhl. »Sind wir das nicht alle? Übrigens hat Hailey mir von deiner Liste erzählt.« Ich war überhaupt nicht erstaunt. »Und was ich rausgefunden habe, als du unter der Dusche warst ... Diese Gabrielle muss ja eine richtig tolle Braut gewesen sein.«

Er brachte mich zum Grinsen.

»Ich meine, für sie würde ich vielleicht sogar die Tonys mit Y für die Tonis mit I aufgeben.«

»Du würdest dich mit meiner Schwester treffen«, schalt ich scherzhaft, »aber nicht mit mir?«

»Tja, bist du etwa gestorben und hast deiner Zwillingsschwester Briefe für alle Lebenslagen hinterlassen?«

»Nein.«

»Siehst du, und deshalb bitte ich dich nicht um eine Verabredung. Ich finde Geister, die Briefe für ihre Lieben hinterlassen, einfach verdammt sexy!«

Ich kicherte und nickte. »Also können dich nur Geistermädchen antörnen.«

»Oh, das hast du aber schön gesagt. Sag es noch mal ...«

Ich musterte ihn ironisch. »Was denn? Geistermädchen?« Ein wohliger Schauder überlief Ryan, offensichtlich gefiel ihm der Klang des Wortes. Ich senkte die Stimme und beugte mich zu ihm. »Geistermädchen, Geistermädchen, Geistermädchen!«

Ryan schloss die Augen und rieb sich mit der Hand über die Brust. »Mm! So mag ich's.«

»Du bist ein Idiot«, kicherte ich.

»Ein Idiot, den du liebst.« Damit hatte er recht. »Aber nun zu wichtigeren Dingen. Theo schmeißt demnächst wieder eine Party, und ich ...« Er grinste breit und griff in die hintere Jeanstasche, zog ein Plastikkärtchen heraus und hielt es triumphierend in die Höhe. »... habe einen gefälschten Perso.«

Ich riss ihm das Ding aus der Hand. »Wo zum Teufel hast du den her?!«

Er linste verstohlen zu Avery hinüber. »Ich kenne eben Leute, die andere Leute kennen.«

»Burt Summerstone?«, las ich.

Er nahm mir den Ausweis wieder ab und steckte ihn in die Tasche. »Um den Namen geht's doch nicht, du Baby, sondern um das Alter. Hiermit ist es amtlich, dass ich einundzwanzig bin. Jetzt können wir uns ganz offiziell betrinken und diesen Punkt von deiner Liste streichen. Beifall, bitte!« Und damit zog er einen gefälschten Ausweis für mich aus der Tasche. Ich nahm ihn und grinste.

Summer Burtstone. Wie passend.

»Aber ich kann Theo nicht ausstehen«, gab ich zu bedenken. Er hatte Hailey wirklich schlecht behandelt.

»Noch mehr Grund, auf seiner Party aufzukreuzen und ihm den Stinkefinger zu zeigen«, feixte Ryan. »Ich mach das ständig.«

Ryan konnte einen wirklich aufheitern. Es war wohl seine natürliche Gabe. Ich hatte solches Glück gehabt, dass ich in Wisconsin an Hailey und ihn geraten war. Ich wusste nicht, ob ich es ohne meine Mitbewohner geschafft hätte.

Ich erinnerte mich noch gut daran, wie gemein und böse ich am Anfang zu Henry gewesen war. Wie sehr ich mich gegen den Umzug gesperrt hatte. Ich hatte Henrys Haus nie als Heim betrachten wollen, mich aber in letzter Zeit öfter dabei ertappt, es doch zu tun.

Vielleicht liegt es daran, dass Heimat kein Ort ist. Vielleicht liegt es nur an den Menschen, die man um sich hat. Vielleicht liegt es daran, dass sie einem das Gefühl geben, alles erreichen zu können.

Vielleicht besteht Heimat schlicht aus Freundschaft.

Nach dem Ende des Unterrichts lächelte ich Mr Daniels zu – der in Wirklichkeit mein Daniel in einem Anzug war. Mein schöner, geliebter Daniel mit den blauen Augen. Er erwiderte mein Lächeln. Die Schüler verließen das Klassenzimmer, und ich packte meine Bücher ein. Dann warf ich den Rucksack über die Schulter und stand auf.

»Trägst du ihre Kleider nicht mehr?« Daniel setzte sich auf die Kante seines Pults. Sein Blick glitt über mich, dann sahen wir uns in die Augen, und von Kopf bis Fuß durchströmte mich Wärme. Ich liebte die Art, wie Daniel mich ansah. Als ob jeder Teil meines Wesens vollkommen wäre. Als ob ich auf unvollkommene Weise für ihn vollkommen wäre.

»Nein, heute nicht.« Ich trug Bluejeans und einen Pullover in Übergröße, der mir ständig von der linken Schulter rutschte. Zum ersten Mal in diesem Schuljahr trug ich meine eigenen Sachen ... und es fühlte sich gut an.

»So gefällst du mir am besten«, sagte Daniel.

Ich schaute an mir herab und grinste. »Ich mir auch.«

»Mein Mitbewohner ist heute Abend unterwegs.«

Ich kicherte. »Danke für die Info.«

»Ich möchte für dich kochen.«

Ich sah ihn erstaunt an. »Du kannst *kochen?*«

»Ich kann kochen.« Seine schlichten Worte klangen wie ein Traum. Mir war sofort klar, dass ich alles essen würde, was er mir auftischte. »Ich kann allerdings noch viel mehr als kochen ...« Mein Blick wurde magisch von seinem Mund angezogen. Ich liebte diesen Mund. Ich liebte so vieles an ihm.

Ich biss mir auf die Lippen und warf einen Blick zur Tür, um sicherzugehen, dass kein Mensch in der Nähe war. »Haben Sie etwa vor, mich zu verführen, Mr Daniels?«

Er strich über seine Unterlippe und beäugte mich von Kopf bis Fuß. »Um das herauszufinden, müssen Sie sich wohl noch ein wenig gedulden, Ms Jennings.«

»Sollen wir uns nach der Schule hinter der Bibliothek treffen?«, schlug ich vor.

»Ich werde da sein.«

Sein Blick tanzte förmlich über meinen Körper. Noch nie hatte er mich so angesehen. Hier und jetzt *erkannte* er mich, die wahre Ashlyn Jennings. Und als ich ihn mit Mund und Augen lächeln sah, begriff ich, dass er mich am liebsten mochte, wenn ich ich selbst war.

Hundertprozentig Ashlyn Jennings.

Die zu hundert Prozent ihm gehörte.

Noch nie zuvor war ich in Daniels Haus gewesen. Auch nicht in seinem Jeep. Es war ein Tag, an dem vieles zum ersten Mal passierte. Ich musste zugeben, dass ich inzwischen öfter an all die Dinge dachte, die wir nie zusammen getan hatten. Wir hatten nie eine richtige Verabredung gehabt. Wir hatten nie getanzt. Wir hatten noch nie Sex. Wir hatten nie »Ich liebe dich« gesagt.

Ich stieg ein. Als ich Daniel ansah, verschlug es mir den Atem. Er trug eine Baseballkappe, und ich errötete, weil ich dachte: *Ich hab ihn noch nie mit einer Baseballkappe gesehen*. Es gab so viele Eigenschaften, so viele Facetten, die ich noch nicht entdeckt hatte. Er lächelte mich an, nahm meine Hand und küsste sie. Mein Blick fiel auf die Fußmatte, und ich kicherte leise.

»Was ist los?«, fragte er.

Ich hob den Kopf wieder, schüttelte ihn heftig. »Nichts. Es ist bloß – wir haben noch so viel, worauf wir uns freuen können, nicht wahr?«

»Ja, ich denke schon.« Er ließ meine Hand nicht einmal beim Anfahren los.

»Erzähl mir alle langweiligen Sachen aus deinem Leben«, bat ich und schmiegte mich in den Sitz. »Erzähl mir all die Sachen, bei denen die meisten Leute einschlafen.«

Er zog eine Braue hoch. »Die langweiligen Sachen?«

»Deine Lieblingsfarbe, dein Lieblingseis, dein Lieblingsfilm. Du weißt schon, den ganzen langweiligen Kram ...«

»Aha, klar. Meine Lieblingsfarbe ist Grün. Ähm ...« Er runzelte nachdenklich die Stirn. »Mein Lieblingseis ist das mit den Waffelteig- und Schokostückchen drin. Frag mich bloß nicht, ob ich jemals eine Packung auf einmal verputzt habe –, das willst du lieber nicht wissen. Und bei meinem Lieblingsfilm bin ich unentschieden, irgendwo zwischen *Lethal Weapon* und *Hangover*.«

»Ich mag das Eis mit den Waffelstückchen auch sehr gern«, sagte ich.

Er drückte meine Hand. »Was noch? Was magst du sonst noch? Welches ist dein Lieblingstier, deine liebste Jahreszeit, dein Lieblingsfrühstück?«

»Pandabären. Ich hab einmal einen Film auf Discovery Channel gesehen. Es gibt wohl einen Ort in China, wo man ein Heidengeld dafür bezahlt, dass man kleine Pandas liebkosen darf. Meine Lieblingsjahreszeit ist der Frühling. Ich kann oft am besten bei Gewitter schreiben. Und wenn du mir eine Schüssel Cap'n Crunch-Cornflakes mit Marshmallows vor die Nase stellen würdest, würde ich wahrscheinlich schon von dem Anblick einen Orgasmus kriegen.«

Er lachte und ich spürte, wie er mit dem Finger über meinen Handteller strich. »Das ist das Schmutzigste, was ich je von dir gehört habe.«

»Was? Orgasmus?« Ich biss mir auf meine Lippe und zog sie in den Mund.

Seine blauen Augen blitzten mich an. »Nein, kleine Pandas liebkosen.« Ich entzog ihm meine Hand und versetzte ihm einen Klaps, musste aber gleichzeitig lachen. »Au!«, jaulte er theatralisch, als hätte ich ihm tatsächlich wehgetan. Dann streckte er mir wieder seine Hand hin, und ich nahm sie.

Wir hielten vor seinem Haus, das, wie er mir sagte, das Haus seiner Eltern war, und ich schnappte nach Luft, weil es so schön war. Dieses Haus am See erweckte den Eindruck, einst ein Zuhause gewesen zu sein und nicht einfach nur ein Haus. Man erkannte auf Anhieb, wie viel Liebe hineingesteckt worden war.

Die Vorderveranda war aus erdfarbenen Steinen gemauert, die Stufen mit Kieseln eingelegt. Auf der Veranda standen zwei Eichenstühle und eine Schaukelbank. Daniel ließ mir allerdings nicht viel Zeit zum Schauen. Er zog mich hinter das Haus, und ich seufzte beglückt, weil die Aussicht so herrlich war. Die Sonne glitzerte auf dem See. Ich schritt über den Bootsanleger, hockte mich hin und streifte das kalte Wasser mit den Fingerspitzen.

»Es ist wunderschön hier.« Ich setzte mich auf den Steg und zog Schuhe und Strümpfe aus. Dann zog ich die Zehen durchs Wasser und wühlte kleine Wellen auf.

»Ja«, sagte Daniel leise. Er setzte sich neben mich. »Das ist es.«

Er zog Schuhe und Strümpfe aus, krempelte seine Hose hoch und tauchte die Füße ebenfalls ins Wasser. Wir strampelten und machten große Wellen.

»Jetzt erzähl mir die schlimmen Dinge«, bat er. »Dein schlimmstes Date. Dein sonderbarstes Lieblingsbuch. Das Schrägste, was dich antörnt.«

»Hm …« Tief sog ich die frische Herbstluft ein, die vom

See aufstieg. »Ich bin nicht oft mit Jungs ausgegangen, aber mein letzter Freund hat mich zum ersten Date ins Kino eingeladen. Er dachte wohl, es wäre romantisch, wenn er mir seinen ...« Ich wurde rot. Ich konnte nicht glauben, dass ich Daniel dies erzählte. »... seinen Penis zeigte. Und ich kicherte und fragte ihn, ob er mir seine 3-D-Brille leihen würde, damit ich ihn vergrößern könnte, denn er lag da wie tot.«

»Autsch«, machte Daniel und griff sich ans Herz. »Du bist ja brutal!«

»Er hat mir seinen Penis gezeigt! Bei unserem ersten Date!«, kreischte ich empört.

»Muss ich mir merken: Darf Ashlyn heute Abend nicht meinen Penis zeigen.«

Ich wurde wieder rot und lächelte ihn schüchtern an. »Wir hatten doch schon in Joe's Bar so was wie ein erstes Date. Du kannst mir so ziemlich alles zeigen.«

Er grinste mich breit an. Dann spritzte er mir Wasser ins Gesicht. »Weiter!«

»Mein sonderbarstes Lieblingsbuch ist zufällig eins über Zombies. Am Ende stellt sich heraus, dass die Zombies eigentlich amerikanische Businessleute sind und dass sie die kreativen Köpfe der Welt korrumpieren und zu ihresgleichen machen wollten.

Sie verwandeln Steven Spielberg in einen Zombie, und er filmt seine Verwandlung so lange, bis er sich damit abfindet, ein Zombie zu sein. Dann machen sie Ellen DeGeneres zum Zombie, aber die hat die Lacher auf ihrer Seite, denn als Zombie ist sie ebenso komisch wie als Mensch. Sie bringt auch immer die anderen Zombies zum Lachen. Manchmal wiehern sie förmlich vor Lachen und dann fallen ihnen die Nasen und die Arme ab. Es ist eigentlich so ein richtiger

Coming-of-Age-Roman, der die Grenzen der Wahrheit und dessen auslotet, was man akzeptieren kann, und die Frage, ob man sich in seiner Haut wohlfühlt – auch wenn sie verfault.«

»Wow«, seufzte Daniel beeindruckt.

»Ja – schon. Aber weißt du was?« Ich stockte. »Am Ende sterben sie alle.«

Er rückte näher an mich heran, bis unsere Schenkel sich berührten. »*The Neighborhood Zombie.*«

»Echt jetzt?«, hauchte ich voller Verwunderung. »Du hast es auch gelesen?!«

»Im ersten Jahr auf dem Junior College. Das beste Buch, das ich kenne.« Er lächelte. Ich war einer Ohnmacht nahe. »Und weiter im Text – was törnt dich am meisten an?«

»Oh, das ist leicht. Was mich am meisten antörnt, ist ein Junge, der mir vorliest.«

Seine Finger berührten meine Wange. »Ich lese.«

»Und törnst mich an, schätze ich.«

Er fasste mich um die Taille und hob mich auf seinen Schoß. »Schätzt du?« Er nahm meine Unterlippe zwischen die Zähne und zog leicht daran. Mein Körper reagierte sogleich auf seine Berührung. Meine Hände ruhten auf seiner Brust, und als er meine Lippe freigab, küsste ich ihn zärtlich.

»Bis jetzt hast du mir noch nicht vorgelesen.«

Er feixte und stand auf, wobei meine Beine um seine Taille geschlungen blieben. »Kümmern wir uns um das Essen.«

Ich schüttelte heftig den Kopf. »Ich ganz bestimmt nicht. Der Koch bist du!«

Er verschränkte die Hände unter meinem Hintern und trug mich zum Haus. Ich wünschte, dass er mich niemals absetzen möge, doch er tat es, und zwar auf der Arbeitsplatte in der Küche. Dann rumorte er in der Küche herum und suchte die Zutaten für das »weltbeste Dinner« zusammen, wie er es nannte.

Ich kicherte, als mein Blick auf eine Packung Miracoli fiel, die neben dem Herd lag. Daniel zog ein Taschenmesser aus seiner hinteren Hosentasche und schlitzte sie auf. »Benutzt du dazu immer ein Taschenmesser?«

»Mein Dad hat das so gemacht. Er hatte immer sein Messer dabei, denn er meinte, man wüsste nie, wann man es braucht. Also hat er als Rechtfertigung alles Mögliche damit aufgeschlitzt: Kartons, Briefumschläge, Plastikummantelungen von Wasserflaschen.« Er kicherte belustigt. »Wahrscheinlich habe ich mit seinem Messer auch seine Marotte geerbt.«

Er stockte für einen Moment, als ihn die Erinnerung an seinen Dad übermannte.

»Erzähl mir das Traurigste«, flüsterte ich, während Daniel einen Topf mit Wasser füllte. Er stellte ihn auf den Ofen und zündete den Gasbrenner an.

Dann kam er zu mir, spreizte meine Schenkel und baute sich zwischen ihnen auf. »Ein ziemlich problematisches Thema für ein Tischgespräch.«

»Wir essen ja noch gar nicht.«

In der Küche wurde es still. Daniel sah mich an, ich sah Daniel an. Er schob mir eine Haarsträhne hinters Ohr. »Am zweiundzwanzigsten März letzten Jahres ...« Sein Blick glitt zu dem Fenster über dem Spülstein hinaus auf den Hof. Seine Stimme war wie ein Messer. »... ist Mom in meinen Armen gestorben.« Ich hob die Hände und zog sein Gesicht zu mir. »Und Dad hat dabei zugesehen.«

Meine Augen bluteten vor Schmerz um ihn, doch in seinen stand lediglich Reue. Ich küsste ihn leidenschaftlich, wollte ihm mein ganzes Mitgefühl für diesen schwärzesten Tag seines Lebens vermitteln. Ich wünschte nur, ich hätte den Schmerz mit einem Kuss zum Verschwinden bringen können.

Daniels braunes Haar fiel ihm ins Gesicht, und ich strich es sanft wieder zurück. Als unsere Lippen sich voneinander lösten, vermisste ich seinen Geschmack sofort. Ihm erging es wohl genauso, denn sein Mund verharrte an meinem.

»Wie kommt man über so etwas hinweg?«, fragte ich.

Er wechselte das Standbein und zuckte die Achseln. »Gar nicht.«

»Weißt du, wer es war?«

Wieder trat er von einem Bein aufs andere. Und seine Persönlichkeit unterlag einer Wandlung. Sie nahm sozusagen eine düstere Tönung an, als er einen Schritt zurücktrat und sich von mir abwendete.

»Das spielt doch keine Rolle. Das bringt sie auch nicht zurück.« Er stellte sich vor den Spülstein und starrte hinaus auf den Hof.

»Aber es lässt ihr Gerechtigkeit widerfahren.«

»Nein!« Seine Stimme war wie ein Donnerschlag, der die Sperlinge aus den Bäumen schüttelt. Meine Haut zog sich vor Schreck über diesen plötzlichen Ausbruch zusammen. Als Daniel sich wieder mir zuwandte, war sein Gesicht rot vor Zorn – oder litt er unter seiner Schuld?

»Komm her«, befahl ich.

Daniels Schultern sackten herab, sein Augenlid zuckte. »Sorry«, murmelte er und kam wieder zu mir. »Ich rede normalerweise nicht darüber. Ich will nicht darüber nachdenken müssen, wer ihr das angetan hat. Ich will mit meinem Leben weitermachen.« Ich gab keine Antwort, sondern zog ihn schweigend zwischen meine Beine. »Können wir nicht lieber über dich statt mich reden?«, fragte er leise.

Er wollte also nicht darüber sprechen, was mich sehr traurig machte.

Denn ich wollte alles erfahren.

Aber ich wollte ihn auch nicht kopfscheu machen. Nach meinem Nicken seufzte er vor Erleichterung.

»Was ist dein Traurigstes?«, flüsterte er und legte seine Hände auf meine Hüften.

»Leukämie.« Nur ein Wort. Aber ein mächtiges. Ein Wort, das meiner Liebe zu Gabby eine Zeitgrenze gesetzt hatte. Ein Wort, das dazu geführt hatte, dass ich mich monatelang nachts in den Schlaf weinte. Ein Wort, das ich nicht einmal meinem schlimmsten Feind wünschen würde. Eine Träne rann meine Wange hinab, und Daniel küsste sie fort. Er küsste mich so leidenschaftlich, wie ich ihn geküsst hatte.

»Und was hat dich am glücklichsten gemacht?«, wollte er wissen.

Ich hob meine Hand, und er drückte seine Hand dagegen. »Das«, flüsterte ich und schaute auf unsere Hände.

Da hob Daniel die andere Hand, und ich legte meine dagegen. Wir verschränkten unsere Finger. »Das«, sagte er lächelnd.

Ich rutschte ihm ein winziges Stück entgegen, und er begann langsam und zärtlich meinen Hals zu küssen. »Daniel.« Ich schloss die Augen, als seine Küsse Richtung Schulter wanderten.

»Ja?«, murmelte er an meinem Hals.

»Das fühlt sich gut an«, seufzte ich, während seine Zunge verspielt an meiner Schulter entlangfuhr.

»Ich möchte, dass du dich immer gut fühlst.« Seine blauen Augen schauten zu mir auf, und sein Lächeln erhellte sein ganzes Gesicht. Dann küsste er meine Stirn. »Ich bin verrückt nach dir, Ashlyn Jennings.«

Ich atmete tief durch. »Ich bin verrückt nach dir, Daniel Daniels.« Wir sahen einander lachend an, lachten über die verrückte Situation, in der wir uns befanden. Hatte ich gerade ein Date mit meinem Englischlehrer? War das, was wir taten, wirklich unmoralisch? Dass wir uns ineinander verliebten? Konnte das jemals falsch sein? »Wir sind wahnsinnig, nicht wahr?«

Er schmiegte sich an mich, und ich legte ihm die Hände um den Hals. »Verdammt wahnsinnig.«

Verdammt wahnsinnig. Das war wohl das Beste, was ich heute Abend über uns empfand.

Wir waren beide so *verdammt wahnsinnig*.

# 16

ASHLYN

*If we run away today,*
*We'll beat the sunsets.*

*Romeo's Quest*

Gemeinsam strichen wir Aufgaben von meiner Liste.

Wir sprachen nie über seine Vergangenheit, aber ich erfuhr eine Menge über seine Gegenwart.

Und wir küssten uns oft, denn wir küssten uns gern.

# 17

## ASHLYN

*If we run away too late,*
*We'll lose the sunrise.*

Romeo's Quest

~~Nr. 23: Küsse einen Fremden~~
~~Nr. 16: Geh auf eine Party~~
~~Nr. 14: Finde eine neue Freundin~~
~~Nr. 21: Lerne Jonglieren~~
~~Nr. 15: Laufe fünf Meilen~~
~~Nr. 6: Versuche Gitarre zu spielen~~
Nr. 1: Verliebe dich

# 18

## ASHLYN

*I've been thinking about something we should do,
We should fall in love around two.
And then when it becomes four,
I'll start loving on you even more.*

Romeo's Quest

Ich besuchte ihn nun öfter. Unsere Beziehung wurde enger, denn wir ließen ihr keine andere Wahl. Jeden Tag nach der Schule wartete ich hinter der Bibliothek auf Daniel mit einem neuen Buch, das wir zusammen lesen wollten.

Er las mir vor, während ich töpfeweise Makkaroni zubereitete. Ich las ihm vor, während er in allen Zimmern Farbkarten aufhängte, um zu entscheiden, in welchen Farben er das Heim seiner Eltern neu streichen wollte. Er lag in seinem Wohnzimmersessel, die Füße auf der Lehne, und las, während ich meine Hausaufgaben machte. Ich trug Zitate aus Romanen vor, während er Aufsätze korrigierte.

Die Worte klangen so viel schöner, hatten viel mehr Tiefe, wenn er sie aussprach. Seine Stimme hob sich, wenn die Romanfigur wütend war, und senkte sich bei ihren schlimmsten Ängsten.

Heute saß er beim Lesen auf dem Boden und lehnte sich

an den Couchtisch. Ich starrte ihn unendlich lange an. Ich sah, wie er blinzelte, ich folgte jeder Bewegung seiner Lippen. Ich sah, wie er umblätterte, während er mit dem Fuß auf den Boden klopfte. Und ich brach in Tränen aus. Es lag nicht an dem Buch, sondern ich weinte, weil ich hoffte. Weil ich auf das Glück hoffte.

»Daniel«, flüsterte ich und legte meine Hand auf das Buch. Er hörte auf zu lesen und sah lächelnd zu mir hoch. Ich nahm seine Hände und legte sie auf mein Herz. »Du schaffst es.«

»Ich schaffe was?«

»Du erweckst mich wieder zum Leben.«

Manchmal war ich jedoch nicht so stark. Manchmal wurde die Erinnerung an Gabby zu schlimm, und dann klappte Daniel das Buch zu. Er legte eine fröhliche Jazz-CD auf und drehte die Lautstärke voll auf.

»Tanzpause«, befahl er.

»Daniel ...«, quengelte ich, wies ihn jedoch nie ab. Erst vor wenigen Wochen hatte ich ihm gestanden, wie gern ich tanzte.

»Jetzt komm schon. Schwing die Hüften«, sagte er, schwang seine und zog einen Flunsch dabei. Er sah aus wie ein verdammter Clown, ein Clown, den ich nur umso mehr liebte. Ich hob die Arme und bewegte mich im Rhythmus des Stückes vor und zurück. Daniel drehte mich im Kreis, zog mich an sich heran. »Erzähl mir das Glücklichste von Gabby.«

Ich schmunzelte, während wir wie die Wilden durchs Wohnzimmer tobten. »Bentley Graves.«

»Und das Dümmste?«, fuhr er fort.

Ich nagte an meiner Unterlippe. »Sie stand total auf Erdnussbutter mit Essiggurken. Einmal hat sie auf der Straße einen Stand aufgebaut, um Limonade und Sandwiches mit Erdnussbutter und Essiggurken zu verkaufen. Natürlich war es ein Flop.«

Er zog die Nase kraus. »Hast du mal probiert?«

»Igitt, nein. Gabby war die mit den schrägen Ideen, nicht ich.«

»Da bin ich anderer Ansicht. Du magst Cerealien mit Marshmallows. Du bist genauso ein Freak.« Er strich mir kurz über die Nasenspitze und verschwand in der Küche. Als er zurückkam, hatte er Essiggurken, Brot und Erdnussbutter dabei.

»Nein!«, protestierte ich.

Er zog belustigt eine Braue hoch. »Denk an deine Liste: Probier mal was Neues aus.«

Ich seufzte, weil er recht hatte. Aber musste es so etwas Widerliches sein?

Wir machten uns zwei Sandwiches zurecht und bissen mutig hinein. Es war so ekelhaft, wie ich mir vorgestellt hatte, andererseits aber das beste Sandwich meines Lebens, denn es war ein Teil von Gabby, den ich mit Daniel teilen konnte.

»Ich verstehe, was du im Sinn hast«, sagte ich und legte das süßsaure Sandwich auf den Teller, »wenn du mit mir tanzt.«

Daniel lächelte und zuckte die Achseln. »Manchmal kann man an nichts anderes denken als an die Trauer, die man um einen geliebten Menschen trägt. Aber man sollte auch die schönen und lustigen Erinnerungen nicht vergessen.«

Ich grinste auf mein Sandwich herab und strich noch ein bisschen Erdnussbutter darauf. »Du bist ein kluger Lehrer.«

»Und du eine kluge Schülerin.« Er kratzte ein wenig Erdnussbutter aus dem Glas und strich sie auf meinen Hals.

»Daniel?«, flüsterte ich, während er sie zärtlich ableckte. Sein Atem traf meine Haut, und wohlige Schauer überrieselten mich.

»Ja?«

»Bring mir noch etwas bei.«

Wir sahen uns an. Ich strich mit den Fingerspitzen über seinen Mund. Seine Augen lachten vergnügt, als er mich auf die Arme hob und in sein Schlafzimmer brachte, wo die nächste Lektion stattfinden sollte.

»Hör ... nicht auf ...«, bat ich schwer atmend in Daniels Bett, »... zu lesen. Hör nicht auf zu lesen.«

Ich hatte die Augen geschlossen und mein weites Sweatshirt ausgezogen, sodass ich nur noch mein weißes Tanktop und enge Jeans trug. Daniel lag neben mir, ohne Hemd. Mit den Fingern strich ich über seine straffe Brust, spürte jeden seiner Atemzüge.

Mit der Linken stützte er sich auf, während die Rechte ein aufgeschlagenes Buch hielt. Grinsend las er die nächste Zeile aus *Viel Lärm um Nichts*: »*Sie ist nur Schein und Zeichen ihrer Ehre.*« Seine Stimme betonte jedes Wort, erregte mich. »*Seht nur, wie mädchengleich sie jetzt errötet.*« Er küsste zärtlich mein Ohr. »*Oh, wie vermag in Würde und Glanz der Tugend ...*« Er küsste meinen Hals. »*... verworfne Sünde ...*« Nun drückte er seine Lippen auf die Rundungen meiner Brüste. Meine Hüften hoben sich unwillkürlich, drängten seiner Berührung entgegen. Er streifte die Träger des Tanktops herunter und fuhr mit der Zungenspitze an meinem BH entlang. »*... listig sich zu kleiden.*«

Ich griff nach unten zu den Gürtelschlaufen seiner Hose und zog ihn zu mir herab, presste meine Hüften an ihn. Und ich spürte durch seine Jeans, dass Lesen auch ihn am meisten antörnte.

»Daniel ...«

»Ja?« Er begrub sein Gesicht zwischen meinen Brüsten.

Meine Stimme zitterte, weil es mich so sehr nach ihm verlangte. »Mach das Buch zu.« Ich hörte den leisen Knall, mit dem es zugeschlagen wurde. Als ich meine Augen wieder aufmachte, sah er mich mit verträumten Augen an. Ich küsste sein Kinn und spürte, wie mein Herz schneller schlug. »Ich will dich ...« Er richtete sich ein wenig auf und zog den Saum meines Tops hoch. Dann senkte er den Mund auf meinen Bauchnabel und küsste mich, bis meine Schenkel vibrierten. »Bitte, Daniel ...«

»Du bist vollkommen«, seufzte er an meiner Haut. »Wir wollen es ganz langsam angehen lassen.« Er zog mir das Tanktop über den Kopf und warf es an die Wand. Dann legte er eine Hand auf meine Brust und spürte, wie mein Herz für ihn schlug. Für ihn ganz allein.

Ich stützte mich auf den Ellenbogen und schlang einen Arm um seinen Hals, zog ihn zu meinen Lippen herab. Er drückte seinen Mund auf meinen, und ich stöhnte leise seinen Namen, während sein Kuss mir den Atem raubte. Er schenkte mir seinen Atem, er schenkte mir Leben, Sinn, sich selbst. Beinahe erschrak ich darüber, wie er es schaffte, meine Seele jedes Mal zu erwecken, wenn wir uns nahe waren. Daniel entdeckte alle meine Schwächen und verwandelte sie in Stärken.

Ich tastete nach unten und zog den Reißverschluss seiner Jeans auf. Als meine Finger ihn berührten, belohnte er mich mit einem leisen Stöhnen. Er streifte die Jeans ab, und ich strich am Saum seiner Boxershorts entlang. Ein tiefer Laut entrang sich seiner Kehle. Ich fand es wunderbar, dass ich ihm solchen Genuss bereiten konnte. Daniel öffnete meine Jeans und half mir, sie auszuziehen, was nicht einfach war. Sie saß so eng, dass es eine Weile dauerte. Daniel lachte, wie wir uns abmühten. Und ich lachte, weil ich mich noch nie mit einem Menschen so wohlgefühlt hatte.

»Wir werden aber nicht miteinander schlafen, Ashlyn«, mahnte er.

Ich verzog leicht unwillig das Gesicht, denn er hatte mich mehr erregt als je ein Mann zuvor. Ich wollte ihn spüren. Ich wollte ihn in mir.

»Ich werde keine Angst haben, Daniel, das verspreche ich dir.«

»Ich weiß. Aber ich will mir Zeit nehmen mit dir. Abgesehen davon ...« Er strich leicht über meinen Baumwollslip. *Oh mein Gott!* Ich schnappte nach der Luft, die mir unter seinen Zärtlichkeiten ausgegangen war. »Abgesehen davon können wir viele andere schöne Sachen machen.« Er senkte den Kopf zwischen meine Schenkel, und ich schloss wieder die Augen, denn mein Bauch schien nur noch aus Nervenenden zu bestehen.

Nie zuvor war jemand dort unten gewesen. Billy hatte mir niemals auf diese Weise Lust bereitet. Es war immer nur um ihn, um seine Wünsche und Bedürfnisse gegangen. Daniel aber war anders: Er wollte, dass ich mich gut fühlte. Er wollte, dass ich Genuss hatte. Er wollte *mich*.

Seine heißen Atemstöße auf meiner Haut trugen mich in eine andere Welt.

»Ich werde dich jetzt küssen, Ashlyn«, flüsterte er.

Ich grub meine Finger in das Laken. Ich spürte seine feuchten Lippen auf dem Stoff meines Slips, dann hakte er seine Finger ein und zog ihn herunter, ganz langsam.

»Dan…«, murmelte ich, mehr brachte ich nicht heraus. Meine Hüften hoben sich ihm entgegen, bettelten um mehr, um so viel mehr. Er küsste mich, und ich stöhnte.

Für jeden Zoll, den er meinen Slip herunterzog, erhielt ich einen warmen Kuss, dann spielte seine Zunge mit mir, dann küsste er mich wieder und strich noch einmal vollständig über mich, bis er mein Verborgenstes berührte.

»Daniel«, stöhnte ich lauter, nun, da ich wusste, dass ich alles bekam, was ich mir jemals gewünscht hatte. Er leckte mich nun leidenschaftlicher, mit mehr Druck, mit mehr Liebe.

Ich war am Rande des Himmels, ich wollte ihm mein ganzes Ich schenken. Mein Leib bebte, meine Hüften zuckten. Er spreizte meine Schenkel weiter auseinander.

»Du bist vollkommen«, flüsterte er, während ich meine Finger in das Laken grub. »Vollkommen.«

Ich grub meinen Kopf ins Kissen und keuchte, als seine Finger ins Spiel kamen, mich streichelten und mich zugleich mit seiner Zunge liebkosten. Wir atmeten im gleichen Rhythmus.

Als er schneller wurde, atmete ich schwerer, sehnte mich nach seinem ganzen Körper. Ich fuhr ihm durch die Haare, zog zärtlich an ihnen. Dann reichte ein leiser Kuss von Daniel, um mich über die Klippe taumeln zu lassen: Mein Körper drehte sich im All, ich keuchte, während Daniel sich an mich schmiegte. Nun wusste ich, dass ich den Genuss noch nie auf diese Weise – oder überhaupt auf irgendeine Weise – erfahren hatte. Wieder hatte Daniel mir ein erstes Mal geschenkt: meinen ersten wirklichen Orgasmus.

Ich keuchte noch, als er wieder nach oben kam und meinen Hals küsste. »Danke«, seufzte er und schloss mich in die Arme. »Danke, dass du mir vertraust.«

Wir lagen eine kleine Ewigkeit da. Mir war heiß und ich war müde, aber nicht zu müde.

»Daniel?« Ich strich mit den Fingern über sein Rückgrat.

Er biss mich leicht in die Schulter, was mir einen weiteren Seufzer entlockte. »Ja?«

»Kannst du das noch mal machen?«

## 19

DANIEL

*Don't be jealous, it bleeds out red.*
*Trust your heart inside of your head.*

*Romeo's Quest*

Ich wusste, dass es dumm war, und ich wusste, dass ich mir keine Sorgen zu machen brauchte, aber ich konnte nicht anders. Tag für Tag musste ich mit ansehen, wie Jake Ashlyn umgarnte. Als ich an ihrem Spind vorbeikam, blieb ich stehen, um ihre Unterhaltung zu belauschen. Ich gab vor, in meinen Papieren zu wühlen, schützte Geschäftigkeit vor – und fühlte mich blöd.

»Also hab ich mir gedacht ... Vor den Thanksgiving-Ferien ist doch der Schulball, und da hab ich mir gedacht, ob ...« Jakes Stimme brach vor Nervosität, und er lächelte Ashlyn an. »Ob wir vielleicht zusammen hingehen könnten?«

Ashlyn sah in meine Richtung und hielt, wie es ihre Angewohnheit war, die Bücher eng an die Brust gepresst. Mit einem Stirnrunzeln tat sie Jakes Ansinnen ab. Dann klingelte es, und er sah furchtbar enttäuscht aus.

Ein Schülerpärchen schlenderte lachend und Händchen haltend vorbei, und Ashlyns Blick lag wie gebannt auf den beiden. Ich spürte einen Knoten im Magen. Ich wusste, dass sie glaubte, ich würde es nicht merken, aber ich sah es doch. Ashlyn schaute allen Pärchen, die Hand in Hand durch die Korridore gingen, voller Neid nach. Kein Zeichen öffentlich bekundeter Zuneigung, das ihrer Aufmerksamkeit entging. Sie sehnte sich danach, ganz offen und vor aller Augen meine Hand halten zu können.

Nachdem die Stunde vorbei war, bat ich sie, noch eine Minute zu bleiben, damit wir reden könnten. Ihr Blick war verschleiert, sie wirkte müde.

»Geh ruhig, wenn du willst ... Du weißt schon, zum Tanzen, mit Jake.«

»Nein, hab keine Lust dazu.« Sie sammelte ihre Bücher ein.

»Aber du tanzt doch so gern«, machte ich geltend.

»Ich tanze gern mit *dir*, Daniel.«

»Du bist enttäuscht.«

Sie ließ den Kopf sinken und nickte. »Es ist bloß ... dort sind deine Hände. Und hier sind meine. Und wir dürfen uns nicht berühren.«

Ich hakte meinen kleinen Finger bei ihrem ein und spürte das leichte Beben, das durch ihren Körper lief.

»Es tut mir leid, Ashlyn.«

»Ist nicht deine Schuld. Ist bloß unser Leben, schätze ich.«

Meine Kehle schnürte sich zu. »Wenn du willst, dass wir aufhören, dann sag's ruhig. Ich komme damit klar.«

Sie riss die Augen weit auf, dann wurde ihr Blick matt. »Nein, nein. Ich will nicht aufhören, Daniel. Hab bloß einen schlechten Tag. Das ist alles.«

Ich hörte, was sie sagte, aber ich wusste, wie sehr sie all die Dinge vermissen musste, die normale Pärchen taten. Verabredungen zum Essen. Kino. Wochenendausflüge.

»Wir spielen bald wieder in Joe's Bar«, sagte ich und verlor mich in ihren grünen Augen. »Komm doch hin.«

Sie lächelte, und endlich kam wieder ein Leuchten in ihre Augen. »Du meinst, wir sollten uns mal woanders treffen als in dem Haus am See?« Sie stockte, dann kicherte sie. »Versteh mich nicht falsch. Es ist ein wunderschönes Haus und so, aber –«

Ich ließ sie nicht ausreden. Unsere Finger waren noch immer ineinander verhakt. Mit dem Fuß schob ich die Tür zu. Dann zog ich sie an mich und küsste sie. Ein schneller, aber intensiver Kuss. Sie sog an meiner Unterlippe und erwiderte meinen Kuss mit aller Leidenschaft, als die Glocke zur vierten Stunde klingelte.

»Du wirst zu spät kommen.«

Ich fühlte an meinem Mund, dass sie lächelte. »Das ist es wert.«

Wir sollten am Wochenende vor Thanksgiving in Joe's Bar auftreten. Randy hatte mit dem Besitzer vereinbart, dass die Zuhörer Konserven mitbringen konnten, die an Not leidende Familien gespendet werden sollten. Das war so typisch für Randy – nach Möglichkeiten zu suchen, wie man der Welt etwas zurückgeben konnte.

Ashlyn wartete hinter der Bibliothek. Sie hielt zwei Dosen Mais in der einen und einen Notizblock in der anderen Hand. Sie sah anbetungswürdig aus. Ich hielt am Bordstein, und sie hüpfte in meinen Jeep.

»Hey.« Sie beugte sich zu mir herüber und küsste mich auf den Mund, dann schnallte sie sich an. »Ich werde heute Abend schreiben, während ich euch zuhöre.«

»Du schreibst wieder?« Ashlyn hatte ihren Roman seit jenem ersten Abend in Joe's Bar nicht wieder erwähnt, deshalb war ich begeistert, dass sie davon anfing.

»Bloß Skizzen. Nichts wirklich Wichtiges.«

»Sehr wirklich Wichtiges«, widersprach ich.

Als wir in die Bar kamen, stürzte Randy sogleich auf uns zu. »Hey! Du bist wiedergekommen, um mich zu sehen«, sagte er zu Ashlyn und legte eine Hand auf sein Herz. »Ich fühle mich geschmeichelt. Wirklich. Aber eigentlich glaube ich, dass es eher mein Freund Dan ist, der ein bisschen in dich verknallt ist.«

Sie lachte bloß. »Ist das so?«

»Ja. Neulich bin ich in sein Zimmer geplatzt. Da hat er im Schlaf gesprochen und sein Kopfkissen gestreichelt. Er hat es Ashlyn genannt.«

Ich riss ungläubig die Augen auf und wandte mich an Ashlyn. »Das ist überhaupt nicht wahr!«

Randy nickte nachdrücklich. »Und ob es das ist.«

Ashlyn nahm meine Hand und kicherte. »Es ist absolut wahr, oder? Du bist süchtig.«

Das konnte ich nicht bestreiten.

Randys Handy klingelte. Er ging ein Stück beiseite, um in Ruhe zu telefonieren, und ließ mich mit Ashlyn allein. »Ich muss bald aufbauen. Möchtest du was trinken?«

Statt einer Antwort packte Ashlyn mein Hemd und versteckte sich hinter mir. »Ach, du Scheiße!«, quiekte sie und hielt die Hand vors Gesicht.

»Du brauchst dich doch nicht so anzustellen ... Ein schlichtes Nein hätte auch genügt.«

»Scheiße, scheiße, scheiße!«, flüsterte sie. Es war niedlich, sie so fluchen zu hören. Ich bekam noch mehr Lust, sie zu küssen.

»Was ist denn?«, fragte ich und verrenkte mir den Hals, um ihr ins Gesicht zu sehen.

»Henry«, hauchte sie in meinen Ärmel und zeigte in Richtung Theke.

Dort saß Henry und nahm einen Drink. »Oh, verdammt!« Ich schob Ashlyn aus der Kneipe. Wieder liefen wir hinter das Haus, wo wir keuchend stehen blieben. »Was macht der denn hier?! Hat er gewusst, dass du kommst?«

»Nein! Nein! Ich hab's niemandem gesagt.«

»Und wo, glaubt er, bist du heute Abend?«, fragte ich.

Sie zuckte die Achseln. »Er fragt nie, was ich vorhabe. Ich glaube, es interessiert ihn nicht.« Ihre Unterlippe zitterte.

»Er wäre verrückt, wenn es ihm egal wäre.« Ich stutzte. »Er weiß doch nichts, oder? Er weiß nichts. Er kann nichts wissen.« Mein Magen drehte sich um bei der Vorstellung, dass ihr Vater, mein Chef, etwas gemerkt haben könnte.

Ashlyn drängte sich an mich und küsste mich. »Ich muss weg, bevor er mich sieht. Ich fahre besser nach Hause. Da ist es am sichersten.«

Ich erwiderte ihren Kuss, badete in ihrem Duft. Dann zog ich meine Autoschlüssel aus der Hosentasche und drückte sie ihr in die Hand. »Nimm meinen Wagen. Du kannst ihn bei dir abstellen. Und die Schlüssel gibst du mir irgendwann morgen zurück.«

Der erste Schnee des Winters begann zu fallen. Ich sah zum Himmel auf und ließ ein paar Flocken auf mein Gesicht fallen. Dann sah ich, wie Schneeflocken auf ihren langen, wunderschönen Wimpern zerschmolzen.

Ich küsste sie auf die Nase. »Schreib was. Ich will alles von dir lesen.«

»Mal sehen, was sich machen lässt.« Sie zögerte noch. »Das

ist schon irgendwie spannend, oder nicht? So um ein Haar erwischt zu werden?« Sie zuckte mit der Nase und bohrte ihre Zunge in die Wange.

»Du bist ja komplett verrückt.« Ich nahm ihre Unterlippe in meinen Mund und saugte zärtlich daran. *»Komplett verrückt.«*

»Nur für Sie, Mr Daniels. Nur für *dich*.«

Meine Hände glitten zu ihrem Hintern hinab, und ich küsste sie auf den Hals. *»Nun gute Nacht! So süß ist Trennungswehe ...«*, zitierte ich aus *Romeo und Julia*.

*»Ich rief wohl gute Nacht, bis ich den Morgen sähe.«* Sie stöhnte leise, dann kicherte sie. »Mm ... ich liebe es, wenn du unanständige Worte zu mir sagst.«

Nur wir konnten von William Shakespeare angetörnt werden.

»Oh! Ich habe noch etwas für dich.« Sie reichte mir einen Brief von Gabby, wandte sich dann zum Gehen, blieb aber noch einmal stehen und sah mich an. »Er sieht ein bisschen traurig aus, findest du nicht?«, fragte sie und ruckte mit dem Kopf zu Joe's Bar. »Meinst du, du könntest dich ein bisschen um ihn kümmern?«

»Ja, klar.«

»Danke.« Damit war sie fort.

In diesem winzigen Augenblick verliebte ich mich noch mehr in dieses Mädchen. Sie glaubte, dass Henry sich nicht darum kümmerte, wo sie sich aufhielt, sich nicht um *sie* kümmerte, und trotzdem machte sie sich Sorgen, ob es ihm gut ging.

»Henry?«, fragte ich, als ich auf die Theke zuging.

Er sah anders aus als in der Schule. Er trug ein graues zerknittertes Polohemd, und sein Haar war ziemlich verstrubbelt. Als seine grünen Augen zu mir aufsahen, wirkte er zuerst ziemlich überrascht, mich zu sehen. Dann entspannte er sich allmählich.

»Dan, hey. Was machst du denn hier?«

Ich glitt auf den Barhocker neben ihm, lud mich selbst zum Gespräch ein, obwohl er nicht so wirkte, als wäre ihm nach Reden zumute. Seine Hände umklammerten ein Whiskyglas. Er roch stark nach Tabak. Einen Augenblick lang atmete ich den Geruch ein, der mich so sehr an meinen Vater erinnerte.

»Ich gehöre zur Band. Romeo's Quest. Wie geht's dir?«

Er sah mich verblüfft an und lachte freudlos. »Willst du die offizielle Antwort hören oder die Wahrheit?«

Ich winkte den Barkeeper heran und bestellte zwei Whisky. Als die Drinks kamen, schob ich Henry einen zu. »Welche du mir sagen willst.«

Er stutzte und rieb mit dem Daumen über den Glasrand. »Ich bin okay«, log er. Seine Augen sahen müde aus. Er wirkte, als habe er wochen-, ja monatelang nicht mehr geschlafen. »Das war die offizielle Antwort.«

»Und die Wahrheit?«, hakte ich nach. Henry tat mir wirklich leid.

»Die Wahrheit ist ... dass ich zusammenklappe.« Er nahm einen großen Schluck aus seinem Glas. »Meine Tochter ist vor ein paar Monaten gestorben.«

Ich legte ihm die Hand auf die Schulter. »Das tut mir leid.«

»Ich war weder für sie noch für Ashlyn jemals richtig da.« Er starrte beschämt in sein Glas. »Nachdem Kim mich verlassen hatte und nach Chicago gezogen war, habe ich sie aus meinem Leben gestrichen und mir keine Gedanken mehr um sie gemacht. Und erst letzten August wieder damit angefangen. Das war dann bei der Beerdigung meiner Tochter.« Die letzten Worte kamen erstickt heraus. Er fuhr sich mit den Händen übers Gesicht.

Ich wusste nicht, was ich sagen sollte, also schwieg ich. Meine Hand lag immer noch auf seiner Schulter. Ich spürte, wie er vor Kummer bebte. »Und jetzt ist Ashlyn hier, bei mir. Jetzt müsste ich wohl die Chance haben, eine Beziehung zu ihr aufzubauen, aber ich versuche es nicht einmal. Ich kenne sie ja kaum. Was sie mag, was sie nicht mag. Ich weiß nicht, wie ich eine Beziehung zu meiner eigenen Tochter aufbauen soll.«

Ich fuhr mir mit der Hand über den Mund, bevor ich mein Glas ergriff. Dann trank ich. »Eine vertrackte Situation.«

Er drehte den Kopf zu mir, die Augen rot gerändert, und lachte bitter. »Ich hätte dir lieber die offizielle Antwort geben sollen, aber der Whisky hat mich wohl redselig gemacht.«

»Wo ist Ashlyn jetzt gerade?«, fragte ich, gespannt auf seine Antwort.

»Ich weiß es nicht«, gestand er mit hängendem Kopf. »Ich frage sie nicht, was sie treibt, denn welches Recht hätte ich dazu? Es wäre doch beschissen, ihr plötzlich den Vater vorzuspielen, wenn ich ihr nie ein richtiger Vater gewesen bin.«

»Ich könnte mir vorstellen, dass ihr das ganz recht wäre.« Er zog erstaunt eine Augenbraue hoch. »Ich habe meinen Vater vor einigen Monaten verloren. Unsere Beziehung war nicht immer vollkommen, aber meistens gut. Dennoch wünschte ich, ich hätte mir mehr Mühe gegeben. Ich hätte ein bisschen sorgsamer den Sohn spielen müssen. Du hast die Gelegenheit verpasst, Gabby kennenzulernen. Mach jetzt nicht bei Ashlyn denselben Fehler.«

Er nickte langsam, während meine Worte einsickerten. Ich rutschte vom Barhocker und wollte zur Bühne gehen.

»Hey, Dan?«

Ich drehte mich wieder um. »Ja?«

Er sah nachdenklich aus. »Woher weißt du, wie sie hieß? Gabby?«

*Oh, verdammt.*

Mir schlug vor Angst das Herz bis zum Hals, während ich den traurigen Mann ansah. Mein Kopf suchte verzweifelt nach einer Ausrede. »Du hattest ihn mal erwähnt.«

Seine betrunkenen Augen schlossen sich. Er ging im Geiste unsere Unterhaltung durch. »Oh. Na klar. Sicher«, murmelte er.

Ich seufzte schwer. »Ich glaube, sie steht sehr auf Musik, Henry. Im Unterricht reden Ryan und sie ständig darüber. Und Bücher – sie liebt Bücher.«

»Bücher und Musik.« Er lächelte mich traurig an. »Das wäre doch mal ein Anfang, oder?«

»Der Beste.« Ich nickte, stopfte meine Hände in die Hosentaschen.

Randy schlenderte herbei und klopfte mir auf die Schulter. »Wo ist denn die Lady?«, fragte er mit lauter Stimme. Ich fühlte, wie ich blass wurde.

»Oh? Ist deine Freundin hier?« Henry richtete sich auf und sah sich in der Bar um.

»Ja«, erwiderte Randy.

»Nein!«, schrie ich. Randy sah mich fragend an. Ich stieß ihn warnend an. »War nett, dich gesehen zu haben, Henry. Viel Spaß noch!« Damit schob ich den verblüfften Randy fort.

»Was zum Teufel sollte denn das?«, knurrte er.

»Das ist Ashlyns Vater«, flüsterte ich.

»Kennst also die Eltern schon?«, feixte er und versetzte mir einen Rippenstoß.

»Nein!«, zischte ich. Randy wartete auf eine Erklärung. Ich massierte mir die Schläfe. »Henry ist mein Boss.«

»Oh, verstehe.«

Ich nickte. »Und Ashlyn ist meine Schülerin.« Randy fiel der Unterkiefer herunter. Seine Augen traten hervor, als ich ihm erklärte, dass wir vorher nichts davon geahnt hatten. »Ich weiß, dass es aufhören sollte, aber …«

»Heilige Scheiße«, seufzte Randy und rieb sich den Nacken.

»Was?«

»Du liebst sie.«

»Was?!« Ich lachte nervös und rieb meine Hände aneinander. »Das ist doch lächerlich. Ich kenne sie kaum und …«

»Junge, fang bloß nicht mit dieser ›Ich bin ein Mann und kann meine Gefühle nicht ausdrücken‹-Scheiße an. Du *liebst* sie. So habe ich dich nicht mehr erlebt, seit du mit meiner Schwester zusammen warst.«

»Ich …« Er hatte recht. Aber das machte mir Angst. Wie konnte ich Ashlyn lieben und gleichzeitig nicht fähig sein, es der Welt zu zeigen? Ich durfte sie nicht einmal ausführen, damit sie meinen Auftritt sehen konnte, und ich hatte das deutliche Gefühl, dass es auch in Zukunft nicht leichter sein würde.

»Konfuzius hat gesagt: *Wo du auch hingehst, gehe mit deinem ganzen Herzen.*« Randy legte mir seine Hand auf die Schulter.

»Hast du gerade Konfuzius zitiert?«

»Genau. Und es war hammermäßig.« Er grinste und stieß mich an. »Komm schon. Lass uns aufbauen.«

Zu Hause angekommen, ging ich sofort zu Bett, so erschöpft war ich. Randy hatte es irgendwie geschafft, zwei Mädchen abzuschleppen, und ich hörte, wie sie sich reichlich laut im Wohnzimmer amüsierten. Randy stand seit Neuestem total auf private Nacktmusikpartys.

Ich nahm mein Handy und schickte Ashlyn eine SMS. Wahrscheinlich schlief sie längst, aber falls nicht, wollte ich die Gelegenheit, noch einmal mit ihr zu reden, nicht ungenutzt verstreichen lassen.

Ich: Entwarnung. Henry hat keine Ahnung.
Ashlyn: Er ist vor ein paar Minuten nach Hause gekommen. Wie war der Auftritt?
Ich: Super. Hab dich in deiner Ecknische vermisst.
Ashlyn: Wow, du bist ja echt süchtig. Hör bloß auf, dein Kopfkissen zu umarmen.

Das brachte mich zum Lachen. Ich wünschte nur, sie läge nackt neben mir im Bett. Ich wollte sie in meinen Armen halten. Mehr nicht. Sie fühlte sich so gut an, wenn sie sich an mich schmiegte.

Ich: Ich hör sofort damit auf, wenn du keine kleinen Pandabären mehr liebkost.
Ashlyn: Ich dachte, du magst es, wenn ich deinen kleinen Panda liebkose?

Wieder musste ich lachen.

Ich: Dieser Panda ist alles andere als klein.
Ashlyn: LOL. Du bist so ein Trottel.
Ich: Simse mal etwas, das du heute Abend geschrieben hast. Etwas aus deinem Roman?

Diesmal dauerte die Antwort lange. Entweder tippte sie einen langen Auszug oder sie war eingeschlafen.

Ashlyn: Er übernahm es nie, ihre Kämpfe für sie auszufechten. Die meisten Frauen hätten das nicht gentlemanlike gefunden, aber für Julie wurde er dadurch nur noch attraktiver. Es gefiel ihr, dass er ihr die Freiheit ließ, aus eigenem Recht stark zu sein. Es gefiel ihr, dass er glaubte, sie besitze die Stärke aller Göttinnen der Geschichte. Es gefiel ihr, dass er sie ganz sie selbst sein ließ. Und genau aus diesen Gründen wollte sie ihn für immer lieben.

Ich las ihre Worte wieder und wieder. Nahm jedes einzelne tief in mich auf.

Ich: Mein Vater hatte recht: Ich bin nicht gut genug für dich.
Ashlyn: Ich glaube, dass du genau richtig für mich bist.
Ich: Ist das der Roman, den du mit Gabby zusammen geschrieben hast?
Ashlyn: Nein. Ich habe etwas Neues angefangen.

Sie war also auf gutem Wege, sich selbst zu finden. Es war das Schönste, was ich mir vorstellen konnte: Ashlyn, die herausfand, dass sie eine eigenständige Persönlichkeit war. Es kam mir wie ein Privileg vor, Zeuge dieser Entwicklung zu sein.

Ashlyn: Henry war gerade im Zimmer und hat mich sehr lange angestarrt ... Was hast du zu ihm gesagt?

Ich lächelte und rieb mir die Stirn.

Ich: Ich habe gefragt, wie es ihm geht. Vielleicht solltest du das auch tun. Gute Nacht, Süße.
Ashlyn: Gute Nacht :)

Ich drehte mich auf die Seite und begann Gabbys Brief zu lesen. Ich wusste, dass er mich eigentlich trösten sollte, aber aus irgendeinem Grund stimmte er mich traurig.

Nr. 1: Verliebe dich

*An den Jungen, der von einem Mädchen geliebt wird*

*Ich frage mich, ob du weißt, wie viel Glück du hast. Meine kleine Schwester weiß es zwar nicht, aber sie richtet ja auch Mauern um sich auf. Ihr Herz ist abgesperrt und verschlossen vor der Welt. Sie versteckt sich hinter ihren Büchern, und sie lässt niemanden zu sich herein. Ich nehme an, dass sie, nachdem Dad uns verlassen hatte, nie mehr das Gefühl haben wollte, im Stich gelassen zu werden.*

*Aber dann kamst du. Und hattest den Schlüssel.*
*Kannst du mir einen Gefallen tun?*
*Zeig der Welt, dass ihr zusammen seid. Rufe es von den Dächern herunter. Geh mit ihr aus. Sie tanzt gern – auch wenn sie nicht sonderlich gut tanzen kann. Sorgt dafür, dass andere Pärchen neidisch werden.*
*Sei ihr Gold.*
*Denn ich kann dir versichern, dass sie dein Gold ist.*

*Du machst das ganz toll.*

*Gabrielle*

Nachdem ich den Brief gelesen hatte, machte ich mir furchtbare Vorwürfe. Ashlyns Schwester hatte recht. Ashlyn verdiente es, dass man sich stolz mit ihr zeigte, sie verdiente es, dass man mit ihr ausging. Sie verdiente es, dass man die Liebe zu ihr von den Dächern herunterbrüllte.

Und ich wusste nicht, wie ich das machen sollte.

# 20

### ASHLYN

*Don't stop until we're done.*
*Then run off the tracks.*
*Never look back, never look back.*

*Romeo's Quest*

»Drückst du dich immer allein auf Friedhöfen herum?«, kicherte ich, als ich Daniel endlich fand.

Er drehte sich zu mir um und grinste breit. »Nur, wenn ich auf ein hübsches Mädchen warte.«

Ich rollte mit den Augen. »Huch, wie kitschig.« Daniel zog mich an sich und leckte mir langsam über die Unterlippe, bevor er mich küsste. »Mm«, machte ich an seinem Mund. Dann räusperte ich mich. »Jake hat mir heute eine SMS geschickt. Er bittet wieder um ein Date«, flüsterte ich verlegen.

»Der Typ versteht nur die Holzhammer-Methode, was?«, sagte Daniel ironisch. Doch dann kam ihm ein neuer Gedanke. »Willst du denn mit ihm ausgehen?«

Ich erschrak. »Was?«

»Ich meine ... mit ihm *kannst* du ausgehen, Ashlyn. Was wir tun, ist doch nicht richtig – sich heimlich hinter der Bibliothek oder auf dem Friedhof treffen ...«

»Was soll denn das heißen?« Meine Augen füllten sich mit Tränen. Warum musste er so etwas sagen? Ich war doch glücklich mit ihm! *Wir* waren glücklich. Warum dieser Sinneswandel? Das Einzige, was mir dazu einfiel, war Gabbys Brief.

Den hätte ich ihm nicht geben dürfen. Ich hatte mir eine Blöße gegeben. Ich war zu forsch gewesen.

Daniel machte ein finsteres Gesicht. Es machte mich rasend, weil ich seine Gedanken nicht lesen konnte. Nach einem langen Schweigen schaute er mich an.

Ich schlug die Augen nieder. »Liegt es an dem Brief? Es – es tut mir leid, wenn das zu viel Druck auf dich …«

»Nein, Ash …« Der grimmige Ausdruck verschwand, er war wieder der Daniel, den ich kannte und liebte. »Ist nicht schlimm. Vergiss es. Warum hast du überhaupt damit angefangen? Dass Jake dir SMS schickt?«

Ich überlegte, ob ich ihn fragen sollte, was er gerade gedacht hatte, fürchtete aber, dass es die Kluft nur erweitern würde. »Ich darf ja nicht sagen, dass ich mich mit dir treffe … aber vielleicht …« Ich schob mein Haar zurück und bot ihm meinen Hals. »Vielleicht könntest du ein Zeichen hinterlassen, dass ich dir gehöre?«

Daniel kicherte. »Ich soll dir einen Knutschfleck verpassen?« Ich nickte. Er seufzte. »Aber das ist so …«

»Highschool?«, lachte ich. »Vergiss nicht, Baby, deine Freundin ist erst in der Abschlussklasse.«

»Mm … *Freundin*. Gefällt mir, der Klang.« Daniel legte seine Lippen auf meinen Hals und begann gemächlich, geradezu spielerisch, an meiner Haut zu saugen. Ich spürte seine Zunge, die über meinen Hals tanzte … und dann saugte er plötzlich mit aller Kraft. Ich bog ihm meinen Hals entgegen, hielt mich an seinen Hüften fest. Als er sich von mir löste, gab er mir noch einen Kuss. »Jetzt gehörst du mir.«

Ich schüttelte nachdrücklich den Kopf. »Ich habe dir bereits gehört, bevor wir uns kannten.«

»Also, wenn das nicht peinlich ist ... Zwei Menschen, die vor dem Grab deiner Eltern miteinander knutschen.«

Mir blieb fast das Herz stehen, als ich die fremde Stimme hörte. Instinktiv trat ich einen Schritt von Daniel weg. Sein Blick glitt zu dem Mann, der aus dem Nichts aufgetaucht zu sein schien.

Wenn ich es nicht besser gewusst hätte, hätte ich geschworen, dass Daniel vor mir stand. Nur hatte dieser Typ einen Bürstenschnitt und sehr viel kältere Augen. Er wirkte sehr verloren.

»Was hast du hier zu suchen?«, fragte Daniel mit einem Ausdruck in den Augen, den ich noch nie bei ihm gesehen hatte. War es Hass? Oder Liebe? Konnte man zur gleichen Zeit lieben und hassen?

»Na ja, ich bin grade in der Stadt und dachte mir, ich geh mal am Grab vorbei. Ich könnte ja auch fragen, was du hier machst, aber ...« Er sah mich feixend an, und ich schlang die Arme um meine Taille. »Aber das ist wohl ziemlich klar.«

Daniels Augen glitten zu mir und dann zurück zu seinem ... Bruder? Ich spürte, wie mein Gesicht brennend rot wurde. Wie lange stand er schon dort?

»Bin froh, dass du endlich ein Mädel gefunden hast. Sie ist süß«, sagte der Fremde. »Kannst jetzt wahrscheinlich besser schlafen, wie?«

»Geh nach Haus, Ashlyn«, befahl Daniel.

Ich sah ihn verwirrt an. Er schickte mich fort? »W-was? Moment mal ...«

»*Sofort.*« Es klang streng. Es tat weh.
Sogleich bekam ich es mit der Angst zu tun. So hatte Daniel noch nie mit mir gesprochen – so streng und distanziert. Selbst damals nicht, als wir feststellten, dass ich seine Schülerin war. Mein Herz klopfte stark.
Ich trat einen Schritt auf ihn zu, um ihn zu trösten, aber er wich vor mir zurück.
Das tat wirklich weh.
Ich sah den Fremden an, der mich beäugte, wobei ein wissendes Lächeln um seinen Mund spielte. Hinter den beiden Männern stand Gabby mit ihrer Gitarre und spielte *Let It Be*. Stumm flehte ich sie an, mir zu erklären, was hier los war.
Aber dann war sie wieder fort.
Weil sie in Wirklichkeit gar nicht da gewesen war.
Nach einigen Minuten voller Zweifel und Unentschlossenheit, die mir unendlich lang vorkamen, ging ich, ohne mich zu verabschieden. In mir war alles leer.
Ich wartete, bis ich den Friedhof hinter mir gelassen hatte. Dann brach ich in Tränen aus. Es machte mich rasend, dass ich dieses Jahr so oft geheult hatte. Eigentlich hätte ich viel stärker sein müssen.

So schnell ich konnte, rannte ich zu Henrys Haus und stürzte nach oben ins Schlafzimmer. Ich versuchte, nicht zu viel über das Ereignis nachzudenken. Daniel würde mir eine SMS schicken. Er würde mir alles erklären. Hailey war unter der Dusche, also konnte ich in Ruhe auf meinem Bett hocken und heulen. Ich grub mein Handy aus der Tasche und wartete auf seine SMS.
Und wartete.
Und wartete.

Die Stunden vergingen, ich verpasste das Abendessen und hing trüben Gedanken nach. Daniel meldete sich nicht.

Ich: Was hatte das denn zu bedeuten?

Nervös wartete ich auf das »Pling«, das eine neue Nachricht anzeigte, doch mein Handy blieb stumm.

Ich: Bitte melde dich.

Nichts.

Ich: Bitte, tu das nicht ... bitte ...

Ich bettelte um Antwort. Flehte ihn an, sich endlich zu melden.

Ich: Können wir morgen darüber reden?

Nichts. Keine Antwort. Ich begrub meinen Kopf in den Händen und schluchzte.

»Ich mache dich dafür verantwortlich, dass ich diese verdammte Flash Fiction schreiben ...« Ryan kam ins Zimmer gepoltert und stutzte, als er mich weinend auf dem Bett sah. »Ashlyn, was ist denn?« Sein Ton war so mitleidig, dass ich nur noch mehr heulte.
Ich wünschte, ich hätte es ihm erzählen können. Ich wünschte, ich hätte es *irgendeinem* Menschen erzählen können. Aber vor allem wünschte ich mir, mit Gabby zu reden. Sie hätte gewusst, wie sie mich trösten konnte. Sie hätte ge-

wusst, was zu tun war. Denn sie war die Vernünftige, nicht ich.

Ryan rutschte auf dem Bett zu mir und legte sich neben mich, nahm mich in seine Arme. Ich kuschelte mich an ihn und heulte sein T-Shirt nass. »Hey, Mädchen ... was hast du?«, flüsterte er.

Ich konnte nicht antworten, und er erwartete wohl auch keine Antwort. Bevor ich wusste, wie mir geschah, spürte ich zwei weitere Arme, die mich umschlangen und fest drückten. *Hailey.*

Wir sagten kein Wort. Sie hielten mich einfach fest, um mir zu zeigen, dass ich nicht allein war. Als Nächster kam Henry, er spähte ins Zimmer. Auch er schwieg, kam herein und setzte sich auf das Fußende des Bettes.

Das war der beste Trost, den ich je von ihm bekommen hatte.

# 21

### ASHLYN

*I like the way you lie*
*When I ask you to stay.*
*I like the way you flirt*
*When I need to go away.*

*Romeo's Quest*

»Du solltest deine Haare lieber offen tragen«, flüsterte Ryan mir beim Frühstück ins Ohr. »Wenn Henry den riesigen Knutschfleck sieht, rastet er wahrscheinlich aus.«

Ich keuchte vor Schreck. Dann löste ich meinen wirren Haarknoten und drapierte die Haare über meinem Hals.

Ryan kicherte. »Wir werden uns im Auto mal ernsthaft unterhalten müssen.« Er funkelte mich wissend an. »Jeden Tag Bibliothek – dass ich nicht lache!«

Hailey, die in diesem Moment in die Küche gestolpert kam, sah wie ein Zombie aus. Sie schnappte sich einen Becher, schenkte Orangensaft ein und taumelte wieder hinaus.

»Sie ist nicht gerade eine Lerche«, bemerkte ich.

»Keineswegs.« Er stutzte. »Alles in Ordnung mit dir? Gestern Abend warst du ziemlich …«

»Durcheinander?«

»Durcheinander und sexy«, grinste Ryan. Wieder einmal

sah er mit seinem lässigen Look richtig gut aus. Er trug ein einfaches blaues Polohemd, seine Kette mit dem Kreuz und irgendeine Jeans. Seine Haare hatte er lediglich mit den Fingern gekämmt. Und trotzdem wirkte er, als käme er gerade von einem Fotoshooting für *Gentlemen's Quarterly*.

»Ja. Alles in Ordnung. Muss eben mein Leben leben.«

Er lachte und schenkte mir eine Tasse Tee ein. »Das kann manchmal ein richtiges Biest sein, dieses Leben.«

Er sagte weiß Gott die Wahrheit. Ich bedankte mich für den Tee und hüpfte vom Hocker. Dann ging ich zum Wohnzimmer, wo Rebecca auf der Couch saß und die Nachrichten schaute. Mechanisch strich ich die Haare über meinen Hals.

»Oh, hey, Ashlyn.« Rebecca strahlte mich an, während sie an ihrem Kaffee nippte. »Setz dich zu mir. Ich möchte dich etwas fragen.« Sie klopfte auf den Platz neben sich.

Mein Hintern sank in die Sofakissen. Rebecca stellte unsere Becher auf den Tisch. Dann lächelte sie und rutschte näher, nahm meine Hände.

»Wie geht es dir?«

Was sollte ich denn darauf antworten?

*Gut. Ich hasse fast alle Jungs in meiner Schule.*

*Gut. Es gefällt mir, mit deinem schwulen Sohn und deiner Buddhisten-Tochter zu Mittag zu essen.*

*Gut. Ich hab immer noch nichts von Mom gehört, und Henry hat keine Fotos von mir, keinen Beweis meiner Existenz auf seinem Schreibtisch im Büro.*

*Gut. Ich habe gestern Abend mit meinem Lehrer vor dem Grab seiner Eltern rumgeknutscht und kann dir zum Beweis einen Knutschfleck zeigen. Dann hat er mich plötzlich ohne Erklärung fortgeschickt.*

»Okay«, murmelte ich. »Ganz gut.«

Sie stieß einen Seufzer der Erleichterung aus und tätschelte meine Hände. »Gott ist gut, nicht wahr?«

Ich sah sie mit schmalen Augen an und nickte. »Klar.« Ich überlegte mir, wie weit Rebeccas Verständnis für Probleme gehen mochte. Sie war mir eigentlich nie allzu aufdringlich oder engstirnig vorgekommen. Warum also, fragte ich mich, hielten Ryan und Hailey wichtige Dinge vor ihr geheim? Weil die beiden mich gestern Abend getröstet hatten, fand ich, ich müsse mich revanchieren.

»Hey, Rebecca ... was würdest du sagen, wenn ich dir erzählte, dass ich Mädchen mag?«

Sie ließ meine Hände los und kicherte in sich hinein. »Was?« Dann geschah es. Ihre ganze Persönlichkeit erfuhr eine Veränderung. Ihr Lächeln wurde starr. Sie erhob sich hastig. »Ich muss nachschauen, ob Hailey schon aufgestanden ist.«

»Ist sie. Ryan und ich haben sie gesehen.«

Rebecca schaltete den Fernseher aus und ging auf die Treppe zu. »Natürlich, aber ich überzeuge mich lieber selbst davon. Das ist immer das Beste.«

Sie ging rasch nach oben. Ich versuchte, die vielen verschiedenen Emotionen zu deuten, die sich in ihren Augen gespiegelt hatten. Angst, Schuld, Zorn? Zweifellos so etwas wie verhaltene Wut. Aber das war nicht das stärkste Gefühl, das mir aufgefallen war.

Nein, in ihrem Blick hatte ich vor allem Trauer gelesen.

Aber warum hätte meine Frage sie traurig machen sollen?

Plötzlich drang Geschrei aus dem oberen Stockwerk und hallte durch den Flur. Rebecca und Henry hatten Streit. Henry polterte die Treppe herunter und blieb vor mir stehen. Er fuhr sich mit den Fingern durch den grau gesprenkelten Bart und seufzte.

»Bist du lesbisch?«

Mir fiel der Unterkiefer herunter. »Henry!« Ich war entsetzt.

»Raus damit! Bist du es oder nicht?« Verlegen trat er von einem Bein aufs andere. »Weil mir das nämlich völlig egal ist. Wirklich.« Er schnaubte und verschränkte die Arme vor der Brust. »Und wenn du dich hier nicht wohlfühlst, dann finden wir beide eine andere Wohnung für dich.«

Hatte ich mich verhört? In Henrys grünen Augen las ich nichts als Mitleid und Aufrichtigkeit. »Du würdest umziehen? Meinetwegen?«

Er rieb sich den Mund und seufzte. »Natürlich würde ich deinetwegen umziehen, Ashlyn. Du bist doch meine ...« Die Stimme versagte ihm. Er räusperte sich. »Du bist meine Tochter. Und mir ist es scheißegal, wen du liebst. Du hast in diesem Jahr schon genug durchgemacht und ...«

»Ich bin nicht lesbisch.«

Henry verstummte und sah mich erstaunt an. Es kam mir so vor, als hätte er sich längst darauf festgelegt, dass wir wegen meiner sexuellen Vorlieben umziehen müssten. »Du bist nicht lesbisch?«

»Ich bin nicht lesbisch«, wiederholte ich mit Nachdruck.

»*Verdammt*, Ashlyn!« Er seufzte schwer und ließ sich in einen Sessel fallen. »Das ist ja alles schön und gut, aber wenn wir solche Streitigkeiten vor sieben Uhr morgens vermeiden könnten, wäre es noch besser.«

Ich wandte mich von Henry ab, der ziemlich erleichtert wirkte, dass er keine Koffer zu packen hatte. Ein Lächeln stahl sich auf meine Lippen.

Er hatte sich auf meine Seite geschlagen.

Das hätte ich niemals erwartet.

Im Wagen herrschte eine unheimliche Ruhe. Die Situation war angespannt. Ich tat mein Möglichstes, um mich in den Sitz zu verkriechen.

Ryan beäugte mich durch den Rückspiegel und seufzte. »Hör zu, ich kann ja verstehen, worauf deine Frage abzielte, aber ...« Der Rest seines Satzes ging in einem unverständlichen Gebrabbel unter. »Ich weiß, wie Mom drauf ist, okay? Ich hätte dir sagen können, wie sie reagiert. Versuch das bloß nicht noch mal. Zum einen würde sie es nicht gutheißen, zum anderen bin ich noch nicht bereit dafür, von ihr verdammt zu werden.«

Verlegen strich ich über die grau bezogenen Autositze. Mein Herz klopfte vor Reue. Es war schlimm, dass ich das Thema überhaupt vor Rebecca angeschnitten hatte. »Es tut mir leid, Ryan.« Es tat mir wirklich leid. Ich hatte nicht das Recht gehabt, so etwas zur Sprache zu bringen.

Hailey bog auf den Schulparkplatz, und wir stiegen aus. Ich fing ihren Blick auf, als sie zu Theo hinüberschaute. »Ich stoße später wieder zu euch«, warf sie uns über die Schulter zu. Ich wollte sie aufhalten, doch Ryan legte mir die Hand auf den Arm.

»Sie muss es von allein lernen, Chicago.« Er senkte die Stimme. »So wie ich.«

»Ryan, es tut mir leid, wirklich. Ich hatte nicht vor, am frühen Morgen so einen Streit vom Zaun zu brechen. Oder so eine große Sache daraus zu machen.«

»Schon okay«, sagte er und legte seinen Arm um meine Schultern. »Und wenn du mir jetzt noch verrätst, von wem du den Knutschfleck hast, dann ist es *wirklich* okay.«

Ich lachte und schmiegte mich an ihn. »Wenn ich es dir sagte, würdest du es nicht glauben.« Als ich aufschaute, sah ich Daniel, der zugleich mit uns das Gebäude betrat. Unsere Blicke trafen sich. Seine Lippen zuckten leicht.

»Guten Morgen, Ryan und Ashlyn«, grüßte er.

»Morgen, Mr D«, erwiderte Ryan, der mich immer noch im Arm hielt.

Daniel sah es und machte ein finsteres Gesicht. Ich zog meinen Freund enger an mich und funkelte Daniel hasserfüllt an.

»Guten Morgen, *Mr Daniels*.«

Die Englischstunde begann, und Daniel sah mich kein einziges Mal an. Er ignorierte nicht nur meine flehentlichen Nachrichten, sondern schien auch fest entschlossen, mich in der Klasse zu übersehen. Wunderbar – alles zurück auf Anfang.

»Okay, wer möchte als Erster seinen Flash-Fiction-Text vorlesen?«, fragte Daniel.

Keiner hob die Hand. Scheiß Flash Fiction. Scheißlehrer, der uns Flash Fiction aufgab. Scheißleben.

Daniel ließ seinen Blick über die Klasse schweifen. Dann grinste er breit. »Fein, Avery. Schön, dass du dich freiwillig meldest! Komm bitte nach vorn.«

Avery stöhnte vor Verzweiflung. »Aber ich hab mich doch gar nicht gemeldet, Mr Daniels«, schnaufte er.

»Oh … na, auch egal. Dann hast du eben Glück, weil ich dich drangenommen habe. Nun komm schon.«

Avery schleppte sich zum Lehrerpult, während Daniel sich auf einen leeren Stuhl an der Rückwand setzte. Avery war ein ziemlicher Klotz, und wenn man mir vor einer Woche gesagt hätte, er würde Flash Fiction vorlesen, hätte ich nur gegrient. Aber heute waren meine Augen geschwollen, ich hatte PMS und war überhaupt äußerst mies gelaunt.

Avery räusperte sich und tat uns kund, wie dämlich er das alles fand. »Titten, Alk, Football. Das ist das Leben.« Die Klasse kicherte, und seine Footballkumpel grölten und johlten. Aber das schien Avery auch nicht zu gefallen. Daniel hatte es auch gemerkt.

»Versuch's noch mal, Avery«, verkündete er von hinten.

Avery seufzte schwer, räusperte sich erneut und las von seinem Blatt ab: »Sucht nach mehr, ist aber nicht schlau genug, dort anzukommen.«

Ryan und ich begannen Beifall zu klatschen, während die anderen in Lachen ausbrachen. »Versager«, brüllte einer seiner Mannschaftskameraden, »fetter Versager«, witzelte ein anderer. Avery verdrehte die Augen und teilte Hiebe aus, während er zu seinem Platz zurückging.

Es sind immer die Witze, die am meisten verletzen.

Avery schubste einen seiner Mannschaftskameraden. »Ja, aber dieser fette Versager kriegt mehr Mädels ab als du.«

Ryan kicherte in sich hinein. »Glaub ich kaum.«

Avery warf Ryan einen Blick zu. »Hast du auch was zu sagen, Turner?« Warum benutzen Footballspieler eigentlich immer nur die Nachnamen? Kannte Avery überhaupt Ryans Vornamen?

Ryan verdrehte die Augen und lehnte sich auf seinem Stuhl zurück. »Kein einziges Wort.«

»Das passt. Du hast eigentlich nie richtig was zu sagen gehabt.«

Avery setzte sich. Dann lasen die anderen vor. Am besten gefiel mir Ryans Text.

»Sterne explodierten und ich wurde geboren. Bitte nennt mich Tony.« Er las es vor, und kein Mensch verstand – außer mir. Ryan grinste und zwinkerte mir zu.

Jetzt war ich an der Reihe. Daniel rief mich nicht auf, aber das überraschte mich schon nicht mehr. Seine Fähigkeit, Menschen zu ignorieren, war einfach grandios. Ich ging ohne Blatt zum Lehrerpult, drehte mich um und fixierte ihn.

»Eineiige Zwillinge, bis auf den Tod. Romeos Suche nach Julia.«

Ich sah, wie er mit sich kämpfte. Nicht wusste, was er darauf sagen oder wie er reagieren sollte.

Ryan bat Daniel, seinen eigenen Text vorzutragen, als er wieder vor der Klasse stand.

»Shakespeare, Küsse, Listen. Traumbild vor der Realität. Träume noch einmal.«

Ich hasste ihn, weil mir sofort die Tränen kamen. Der Rest der Klasse kicherte, ich aber fand Daniels Flash Fiction überhaupt nicht witzig.

»Wo ist denn da der Sinn?«, beschwerte sich Ryan.

Die Glocke machte der Stunde ein Ende. Daniel kicherte in sich hinein.

»Na schön, Leute. War 'ne tolle Stunde. Bereitet euch vor und lest bis morgen *Wenn die Nachtigall schläft*, Kapitel eins bis drei. Es geht das Gerücht, dass es einen unangekündigten Test geben soll.«

Ryan stöhnte, während er sich den Rucksack auf den Rücken warf. »Ein Test ist doch nicht unangekündigt, wenn Sie ihn ankündigen, Mr D!«

»Nicht alle Gerüchte stimmen, Ryan, aber du fährst am besten, wenn du sie ernst nimmst.« Daniel feixte.

Ich verdrehte die Augen. Ich verabscheute sein Feixen.

*Seufz.*

Ich liebte es über alles.

»Bis zum Lunch«, sagte Ryan zu mir. Nur noch wenige Schüler hielten sich in der Klasse auf. Ich ging zu meinem Platz und packte meine Bücher ein. »Mr Daniels, ich habe noch eine Frage zur Unterrichtslektüre. Können Sie mir vielleicht helfen?«

Er blickte argwöhnisch auf. »Ja, sicher. Worum geht's?« Mehr hatte er im Verlauf der letzten Stunde nicht zu mir gesagt. Der letzte Schüler verließ die Klasse, und Daniel seufzte. »Ashlyn ...«

»Liegt es an dem Brief, den ich dir gegeben habe? Daran, dass ich dich liebe? Denn wenn das der Grund ist, dann ...«

»Nein, Ashlyn, darum geht es nicht. Wirklich nicht.«

»Dann liegt es einfach nur daran, dass du ein Scheißkerl bist?« Ich wartete auf eine Antwort, die nicht kam. »Ich habe noch einen Brief für dich von meiner Schwester.« Er sah mich fragend an.

Ich legte ihn auf sein Pult. Auf dem Umschlag stand: *Nr. 25: Club der gebrochenen Herzen.* Daniel seufzte resigniert und riss den Umschlag auf. Als er ein Foto von Gabby hervorzog, schnappte ich erschrocken nach Luft. Ich hätte ohnmächtig werden können, als ich ihr Bild sah. Sie schaute geradewegs in die Kamera und streckte dem Betrachter die erhobenen Mittelfinger entgegen. *Recht so, Schwesterherz.*

Auf der Rückseite der Aufnahme standen die Worte »Scheiß auf dich! Du hast sie verletzt!«, dick und fett mit schwarzem Edding geschrieben.

Ich wollte lachen, aber es ging nicht. Ich wollte weinen, aber das ging auch nicht.

Daniel lächelte. »Sie besaß deinen Charme.«

Er irrte sich sehr. Gabby hatte viel mehr Charme besessen, als ich jemals haben würde. »Du hast gesagt, du wolltest, dass ich dir gehöre ...«, flüsterte ich und trat näher an seinen Tisch heran.

»Ich weiß, Ashlyn. Und ich will dich … es ist bloß … Es ist kompliziert.«

Ich war entnervt. »Für einen Mann, der so intelligent ist, bist du ein ziemlicher Idiot. Ich weiß, was kompliziert bedeutet, Daniel. Worum geht es eigentlich? Du hast mich die ganze Nacht nicht zurückgerufen, weil dein Bruder …«

»Redet ihr über mich?«

Da war er wieder, stand plötzlich auf der Schwelle von Daniels Klasse. Ich drehte mich um. Er war geschockt, als er mich wiedersah.

»Oh … Oh, wow.«

*Oh nein.*

»Das ist mal was Neues, he? Fummeln wir jetzt an kleinen Schülerinnen herum?« Er kam herein und setzte sich auf die Kante von Daniels Pult.

»Es ist nicht so, wie es aussieht, Jace …«, sagte Daniel leise grollend.

Jace.

Ich hätte nicht gedacht, dass der Teufel so einen hübschen Namen hatte.

»Echt nicht?« Er beugte sich vor und flüsterte: »Weil es nämlich wirklich so aussieht, als würdest du deine Schülerin vögeln.«

Ich öffnete entsetzt den Mund. »Wir haben nicht …«

»*Ashlyn!*«, zischte Daniel und schlug mit der Hand auf den Tisch. »Sprich nicht mit ihm!«

»Keine Angst. Ich wollte nur mal schnell Hallo sagen. Hier.« Jace zog einen Zettel aus der Tasche und drückte ihn Daniel in die Hand. »Ruf mich später an, dann machen wir uns einen netten Abend unter Brüdern. Ich bring das Bier mit. Und du sorgst für Mädels?« Das galt mir. Ich hätte ihn am liebsten bewusstlos geschlagen. »Pass aber bloß auf, dass meine schon volljährig sind. Hab genug Zeit hinter Gittern verbracht.« Damit verschwand er. Ich starrte ihm ungläubig nach.

Daniels Kiefern mahlten. Er senkte den Kopf, rieb sich nervös den Nacken. »Du musst jetzt gehen, Ashlyn.«

»Was hat er gegen dich in der Hand?«, überlegte ich laut.

Wir waren gut miteinander ausgekommen, bis sein Bruder auftauchte. Eine winzige Sekunde lang hätte ich geschworen, dass wir beinahe … glücklich waren.

Daniel schwieg. Ich stieß ein schmerzliches Lachen aus und trat unschlüssig von einem Bein aufs andere, bevor ich mich endlich zum Gehen wandte. Wie dumm von mir, auch nur eine Sekunde lang zu glauben, dass es ein »Wir« gegeben hatte!

Ich hätte niemals zu Daniel auf den Friedhof gehen sollen.

Ich hätte einfach weitergehen und so tun sollen, als hätte ich ihn gar nicht gesehen.

Aber ich *hatte* ihn gesehen.

Und für einen kurzen Moment in der Zeit hatte er auch mich gesehen.

Hailey fehlte beim Lunch. Auch Theo war nirgends zu sehen. Als ich mich setzte, ruhte Daniels Blick auf mir, und ich seufzte leise. Doch bevor irgendjemand etwas merken konnte, schaute er wieder weg.

Ryan setzte sein Tablett mit einem Knall auf den Tisch. »Okay, ich weiß, ich hab gesagt, sie muss das mit Theo selber rausfinden, aber ich hätte wirklich geglaubt, dass sie eine bessere Wahl trifft.«

»Sie ist nicht blöd. Sie wird es schon noch merken«, sagte ich und stibitzte ein paar Pommes von seinem Teller.

»Wenn er ihr noch einmal wehtut ...«, brummte er, während er sich umschaute, ob Hailey doch noch aufkreuzen würde. »Dann bring ich ihn um.« Er griff in die Hosentasche und holte seine leere Zigarettenschachtel heraus.

»Ryan, was hat das eigentlich zu bedeuten?« Endlich hatte meine Neugier mich so weit gebracht, ihn nach dieser sonderbaren Marotte zu fragen.

Er starrte auf seine Hand, die eine unsichtbare Zigarette hielt. Dann legte er die Hände entschlossen auf den Tisch. »Als ich dreizehn war, hab ich meinem Dad gesagt, dass ich glaubte, ich müsse schwul sein.«

Mein Herz setzte für einen Schlag aus, als er seinen Dad erwähnte. Ich hatte weder Ryan noch Hailey jemals über ihren Vater reden hören.

Ryan fuhr fort. »Ich hab ganz furchtbar geheult, denn wir gehörten ja immerhin der Kirche an, nicht wahr? Und Mom glaubte an die Hölle. Tut sie natürlich noch. Sie hat uns ständig gesagt, wie schlimm die Sünde sei und dass die Bösen in die Hölle kämen. Also wusste ich, dass das, was ich fühlte, nicht richtig war. Dass *ich* nicht richtig war.«

*Oh Ryan ...*

»Dad sagte, es spiele keine Rolle. Nicht die geringste. Ich sei sein Sohn, und er würde mich immer lieben. Er sagte, er würde mit Mom reden, obwohl ich ihn anflehte, ihr nichts davon zu sagen. Ein paar Tage später saß ich oben auf der Treppe und habe gehört, wie sie stritten. Es ging um mich. Er sagte ihr, er glaube, ich könnte schwul sein, stellte es aber nicht als Tatsache hin.« Ryan machte die Augen schmal und starrte auf seine Finger. »Sie nannte ihn einen Lügner und warf ihm allen möglichen Unsinn vor. Wahrscheinlich auch, dass er sie betrog. Was wirklich unsinnig war. Denn er hätte sie niemals …« Er stockte. »Dann sagte sie, er solle unverzüglich ihr Haus verlassen. Und niemals zurückkommen. Ich raste in mein Schlafzimmer. Aus dem Fenster konnte ich sehen, wie er vors Haus trat. Er zündete sich eine Zigarette an und rauchte, raufte sich die Haare. Dann stieg er in seinen Wagen und fuhr fort.«

»Er ist nicht zurückgekommen?«, fragte ich beklommen.

»Die Schlagzeile lautete, ähm …« Ryan kniff die Augen zusammen und versuchte, sich den genauen Wortlaut ins Gedächtnis zu rufen. »Paul Turner, zweifacher Vater, findet bei einem entsetzlichen Unfall an der Kreuzung Jefferson Avenue und Pine Street den Tod.«

Es war nicht zu überhören, dass er sich die Schuld gab. Er hob die unsichtbare Zigarette hoch und steckte sie zwischen seine Lippen.

»Es war nicht deine Schuld, Ryan.«

Er hielt seine Hand in die Höhe und starrte sie an. »Die Zigarettenschachtel soll mich immer daran erinnern, warum mein Geheimnis ein Geheimnis bleiben muss. Weil es nur dazu taugt, Menschen zu verletzen. Ich habe sie immer bei mir.«

Unser Gespräch stockte, als wir Hailey kommen sahen. Auch sie knallte ihr Tablett auf den Tisch. »Tut mir leid, die Verspätung.«

Als Nächster kam Theo in die Schulkantine. Es würgte mich. Ich hasste ihn immer noch.

»Wir sind wieder zusammen.« Hailey strahlte. »Ich habe mich entschuldigt, weil ich so ein Kontrollfreak bin, und er sagt, unsere Seelen können immer noch zusammenkommen.«

»*Du* hast dich entschuldigt?!«, fragte ich fassungslos.

»Du verstehst das nicht, Ashlyn. Ich liebe ihn.«

Liebe? Allmählich fragte ich mich, was dieses Wort eigentlich bedeutete. Heutzutage schien es jeder wahllos zu gebrauchen. Ich hatte den Fehler auch gemacht.

Ryan ignorierte Hailey, weil ihm ihre Entscheidung missfiel. Und auch ich, das musste ich zugeben, war ein wenig enttäuscht.

Ryan wandte sich wieder an mich. »Das war Jake, oder? Jake hat dir diesen Knutschfleck verpasst?« Ich wurde rot.

»Nein.«

»Aber er würde dir gerne einen verpassen?«

»Ja.«

»Und der Junge, der ihn dir verpasst hat, ist …«

Ich starrte finster vor mich hin. »… nicht mehr aktuell.«

# 22

## DANIEL

*Lost.*

*Romeo's Quest*

Ich saß am Ende des Landungsstegs und schaute zu, wie die Sonne sich im See spiegelte. Ich fühlte mich geschlagen, erschöpft, fertig. Wenn ich einmal einen Zipfel Glück erwischte, dann wurde er sogleich von den Schatten der Vergangenheit verschlungen. Das Leben war nicht fair, und ich war ein Trottel, weil ich darauf beharrte, es müsse fair sein. Ich wollte es. Zumindest für eine gewisse Zeit. Denn ich brauchte sie.

Ashlyn war das Einzige in meinem Leben, das die Schatten vertreiben konnte.

Hinter mir hörte ich schwere Schritte. Ich wusste, wer es war, bevor er den Mund aufmachte. Denn ich hatte ihn angerufen.

»Ist ein seltsames Gefühl, wieder hier zu sein.« Ich drehte mich um, und da kam Jace, die Hände in den Hosentaschen vergraben. Er ließ sich neben mir auf dem Steg nieder. »Ich war nicht mehr hier, seit Mom ...« Er brach ab. Er rührte mit der Hand im Wasser herum und machte kleine Wellen. Er vergiftete das Wasser, ohne dass es ihm bewusst war. Denn so war Jace, er zerstörte die Dinge, er zerstörte die Menschen. Er wollte es nie, aber es lief immer darauf hinaus. »Hab Randy im Haus gesehen. Er wohnt jetzt auch hier?« Ich gab keine Antwort. »Er hat gesagt, dass ihr zweimal im Monat in Joe's Bar spielt?«

Ich räusperte mich und hustete. »Warum bist du in der Stadt? Was willst du?« Ich spürte bereits, wie sich der Zorn in mir aufstaute. Wann immer Jace auftauchte, waren die Probleme nicht fern.

Er drehte mir das Gesicht zu, während er seine Hände an den Jeans abwischte. Erstaunen stand in seinen Augen. »Ich bin zurück, weil ich rauskriegen will, wer Mom ermordet hat, Danny. Und ich bin schon ein bisschen geschockt, weil du überhaupt nichts deswegen unternommen hast, nachdem du mich in den Knast gebracht hattest!«

Sofort wurde ich laut. »*Ich habe dich in den Knast gebracht* ...« Mit einem Seufzen brach ich ab. Im Kopf hatte ich mir unser Wiedersehen seit Monaten vorgestellt. Ich hatte gehofft, Jace hätte inzwischen begriffen, warum ich ihn aus der Schusslinie gebracht hatte, warum mir keine andere Wahl geblieben war. »Ich habe dich in den Knast gebracht, weil du als Nächster dran gewesen wärst, Jace. Du hättest dir einen bescheuerten Racheplan ausgedacht und am Ende selber dran glauben müssen.«

»Ich bin nicht blöde!«, zischte er. »Ich hätte es schon geschafft.«

»Was geschafft?! Die Arschlöcher aufzuspüren, die Mom dort drüben auf dem Rasen ermordet haben?!« Ich stemmte meine Hände auf den Steg und sprang auf. Jace war fast noch schneller auf den Beinen. »Was hättest du geschafft? Noch andere von diesen verdammten Gangstern zu reizen? Weißt du, was die gemacht hätten? Dad und mich getötet und dann dich in Stücke gerissen!«

»Scheiß auf dich, Danny! *Du* hast mich hinter Gitter gebracht. *Du* hast mich verpfiffen. Mich, deinen Bruder!«, brüllte er. Er starrte mich feindselig, mit geballten Fäusten an.

»*Du bist mein kleiner Bruder!*« Jetzt war ich doch laut geworden. »Du bist mein kleiner Bruder. Ich sag's dir nur ein einziges Mal, Jace: Lass es. Wühl nicht wieder in dieser Scheiße herum.« Ich schaute ihn streng an und verschränkte die Arme vor der Brust. »Ich hab schon Mom und Dad begraben müssen. Bring mich nicht dazu, noch eine verdammte Grabstelle aussuchen zu müssen.«

»Ich war nicht einmal da ... war nicht mal bei ihrem Begräbnis.« Er schniefte und fuhr sich mit dem Finger unter der Nase entlang. Dann stemmte er die Hände in die Hüften. »Red vertraut mir wieder.«

»Jace ...«

»Nein. Das läuft schon. Ich hatte die Gelegenheit, ihn und seine Leute zu verpfeifen, als ich in den Bau ging, aber ich hab's nicht getan. Ich hab meine verdammte Klappe gehalten, und Red ... Er vertraut mir. Er lässt mich wieder einsteigen.«

»Findest du es nicht ein bisschen merkwürdig, dass er dir alles vergibt und verzeiht?«

Jace zuckte die Achseln. »Ich hab seine Leute nicht verpfiffen, als ich in den Knast kam. So was nennt man Loyalität. Etwas, das du nicht kennst.«

Ich griff in die Hosentasche und zog meine Brieftasche heraus. »Hör zu, Jace ... Ich hab zweihundert Dollar hier. Wir können zur Bank gehen, und ich hebe noch was ab.« Ich hielt ihm die Scheine hin. »Bleib eine Weile bei Grandma in Chicago. Komm erst mal wieder zur Vernunft.«

»Ich bin vernünftig, Dan.«

»Nein, das bist du nicht.« Ich nahm sein Gesicht in meine Hände. »Du bist überhaupt nicht vernünftig, wenn du auch nur eine verdammte Sekunde lang glaubst, dass dieser Red dir vertraut. Verlass die Stadt, Jace. Bitte.«

»Ich muss doch rauskriegen, wer's war, Danny«, flüsterte er, und seine Augen füllten sich mit Tränen. »Ich muss rauskriegen, wer Mom ermordet hat, und das geht am besten, wenn ich wieder mitmache.«

»Warum? Warum kannst du es nicht auf sich beruhen lassen? Sie ist tot. Sie kommt nicht wieder.«

»Weil es meine Schuld ist!«, rief er und zeigte auf die Stelle, an der Mom gestorben war. »Ich bin der Grund, warum sie ...« Er hielt die Faust vor den Mund. »Ihr Blut, ihr Tod. Das ist alles meine Schuld.«

»Nein. Es ist die Schuld des kranken Arschlochs, das geschossen hat.«

»Es sollte doch alles anders werden, weißt du noch?«, fuhr er mit leiserer Stimme fort. »Ich sollte auch aufs College gehen. Weißt du? Dad wollte das.«

»Kannst du immer noch.«

»Ich wollte wieder dazugehören. Ich wollte wieder zur Band gehören. Ich wollte clean werden. Ich wollte mit diesem ganzen Scheiß aufhören.«

»Jace ...«

Er biss sich auf die Lippen und wandte sich ab. Hob seine Arme und faltete die Hände hinter dem Kopf. »Red will, dass ich ein paar seiner Produkte unter die Leute bringe. Es ist ganz leicht. Die Kunden sind leicht zu finden.«

»Kunden? Was für Kunden?«

Er drehte sich wieder zu mir um. »Hör zu, Danny. Ich

brauche bloß ein bisschen Unterstützung. Es gibt da ein paar Kids an deiner Schule, die …«

»Du verkaufst an Kids? Du verkaufst an *meine Schüler?*« Was für ein Horror! Ich taumelte vor Schreck.

»Ich doch nicht, Danny. Sondern Red. Er will mich prüfen. Er will rausfinden, ob er mir voll und ganz vertrauen kann. Und wenn ich ein paar Kids mit Stoff versorgt habe, dann, so sagt er, darf ich meine Rache haben. Rache für Mom. Dann verrät er mir den Namen desjenigen, der sie erschossen hat. Und da du ja Lehrer in Edgewood bist, kannst du … kannst du mir vielleicht ein paar Namen von Kids geben, die das Zeug nehmen.«

»Du bist ja komplett verrückt. Hörst du eigentlich, was du da faselst? Er benutzt dich, Jace! Er macht sich über dich lustig, zieht an deinen Fäden wie bei einer Marionette. Glaubst du etwa, Red hätte nicht gewusst, dass ich Lehrer an der Highschool bin? Glaubst du, er weiß nicht, dass er auch mein Leben vernichten kann?«

»Das wird nicht passieren!«, beteuerte Jace – und log gleichzeitig.

»Es ist bereits passiert.« Ich stockte. »Ich helfe dir nicht. Und wenn ich dich irgendwo in der Nähe meiner Schule erwische, wanderst du sofort wieder hinter Gitter.«

Er lachte gequält. »Einfach so, wie?«

Ich schwieg.

»Du würdest mich wieder verpfeifen, weil ich rauskriegen will, wer *unsere* Mutter ermordet hat?« Er trat nach unsichtbaren Steinen. »Okay. Ich brauche deine Hilfe nicht. Aber wenn du mir in die Quere kommst, wirst du's bereuen.«

»Du bist derjenige, der versucht, Drogen an Schüler zu verkaufen, Jace. Nicht ich.«

»Da hast du recht. Da hast du absolut recht«, gab er zu. »Aber du bist derjenige, der eine Schülerin vögelt. Wie hieß sie noch mal? Ashlyn?« Ich ballte die Hände und spürte, wie mein Herz schneller schlug. Er schien es zu merken. »Ach, ist uns das Thema peinlich? Du bist ja ganz rot geworden!«

»Jace«, sagte ich kalt. Mehr brachte ich nicht heraus.

»Mit einem hattest du allerdings recht, Danny.« Er zog eine Zigarette und ein Feuerzeug aus der Tasche, steckte sich eine zwischen die Lippen und zündete sie an. Dann tippte er sich an die Schläfe. »Ich bin verflucht verrückt. Also komm mir nicht in die Quere, sonst sorge ich dafür, dass ihr eures Lebens nicht mehr froh werdet, du und deine kleine Schülerin. Was wohl die anderen Kids in der Schule dazu sagen würden? Wir beide wissen doch, dass das Leben an der Highschool richtig mies sein kann.«

»Jace, wenn es wegen Sarah ist ...«, setzte ich warnend an, aber er fiel mir ins Wort.

»*Nein!*« Seine Stimme verfiel in einen drohenden Tonfall an. »Zieh sie nicht da rein. Ich meine es verdammt ernst. Ich werde deiner Freundin das Leben zur Hölle machen.«

Er wandte sich zum Gehen. Ich seufzte verzweifelt. »Was wohl Mom und Dad davon halten würden? Von dem, was du jetzt vorhast?«

»Tja ...« Er schaute sich nicht einmal um. »... ich denke, sie wären stolz auf mich, weil ich die Sache durchziehe. Weil ich dafür sorge, dass Moms Tod gerächt wird.«

Und so breitete sich Jace wie eine ansteckende Krankheit in meinem Leben aus – wieder einmal. Ich hatte die Probleme mit ihm hinter mir gelassen. Mich auf meine Musik konzentriert. Auf meinen Beruf.

Doch jetzt standen wir irgendwie wieder am Anfang.

Ich ging ins Haus und hörte eine Gitarre. Im Wohnzimmer saß Randy und arbeitete an einem neuen Song. Er schaute zu mir auf. »Wann ist Jace eigentlich rausgekommen?«, fragte er und spielte seine neue Melodie.

»Weiß nicht, aber jetzt ist er jedenfalls hier.« Ich ließ mich aufs Sofa fallen und begrub mein Gesicht in den Händen.

»Sah aber ganz gut aus. Clean.«

Da hatte er allerdings recht. Ich merkte es immer, wenn Jace drauf war – er wurde dann immer ganz zappelig und nervös. Aber auf dem Friedhof und heute in der Schule hatte er stark gewirkt, wie früher, bevor er mit den Drogen anfing.

Er hatte einen ordentlichen Haarschnitt, und er hatte sogar einen Anzug getragen – wahrscheinlich hatte er den von diesem Red bekommen. Aber ich *kannte* Jace. Ich wusste, wie sensibel er war, wie beeinflussbar. Wenn also die Versuchung in Form von Drogen wieder in seiner Nähe lauerte, dann würde es nicht lange dauern, bis er wieder damit anfing.

»Woran arbeitest du?«, fragte ich im Bemühen, das Thema zu wechseln.

Randy nahm ein Buch vom Couchtisch und warf es mir zu. »Othello. Ich wollte mal ein paar neue Songs schreiben. Vielleicht schon für unseren Auftritt am Freitag im Upper Level. Ich weiß schon, dass es auf den letzten Drücker ist, aber ...«

»Zeig mal den Text.«

Er reichte mir das Blatt, und ich überflog die Strophen. Randy war ein hervorragender Musiker und Geschichtenerzähler, und ich zweifelte nicht im Geringsten daran, dass sein Text gut war. Aber er war besser als gut. Er war überwältigend.

*Schweigendes Flüstern gepeinigter Seelen.*
*Ich kann meine menschliche Seite nicht beherrschen.*
*Ich sehe Farben, die keinen Sinn ergeben,*
*Doch in deinen Augen gibt es Wahrheit.*

*Entführt, verwirrt, ungezähmt.*
*Komm zurück zu mir. Nimm meine Hand.*
*Tanze. Tanze hin zu dem verbotenen Land.*

»Ich wollte mal etwas, das ein bisschen düsterer klingt. Ein bisschen mutiger. Shakespeare war wirklich für vieles gut, weißt du?«

»Gib mal die Gitarre«, sagte ich. Ich fing an zu schrammeln, spürte die Schwingungen der Saiten unter meinen Fingerspitzen. Ich schloss beim Spielen die Augen, und sofort war Ashlyn da, wie immer. Die Musik brachte sie mir noch näher, die Klänge erweckten ihr Bild zum Leben.

Ich durfte nicht zulassen, dass Jace ihr Leben zerstörte. Und ich durfte sie auch nicht in dem Glauben lassen, dass ich nichts für sie empfand. Was sollte ich bloß tun?

# 23

## DANIEL

*Air is thick.*
*My mind is fogged.*
*Tell me we're not about to lose it all.*

*Romeo's Quest*

Die nächsten Tage in der Schule waren hart. Meine Stimmung war düster. Ich fand kaum Schlaf, denn wenn ich nicht gerade an Ashlyn dachte, machte ich mir Sorgen wegen Jace. Er konnte jemandem schaden. Er konnte sich selbst etwas antun. Oder meinen Schülern. Oder Ashlyn.

Nach dem Unterricht – Ashlyn hatte mich während der ganzen Stunde nicht angesehen – war mir klar, dass ich mit ihr reden musste. Ich musste versuchen, ihr meine Lage zu erklären. Kurz vor dem Mittagessen sah ich sie zusammen mit Jake. Er hielt sich jetzt oft in ihrer Nähe auf, versuchte sich in ihr Herz zu schleichen und mir den Platz streitig zu machen. Wobei er sich gar nicht sonderlich anstrengen musste. Denn welche Rechte konnte ich geltend machen? Ich kämpfte ja nicht mal um sie …

Ashlyn warf mir einen kurzen Blick zu, dann widmete sie sich wieder Jake. Sie lachte vergnügt. Ihre Hand landete auf seiner Brust, und er grinste übers ganze Gesicht. Die Art, wie sie ihre Haare zurückwarf und mit ihm kicherte, machte mich krank. Und zornig, denn Jake durfte ihr nahekommen und sie mit seinen Witzen zum Lachen bringen.

Er flirtete mit ihr, und sie erwiderte den Flirt.

Aber ich kannte Ashlyn.

Sie flirtete nur, um mich eifersüchtig zu machen.

Und es funktionierte.

Auch wenn sie es nur tat, um mich wütend zu machen – ich wusste, wie sehr sie es genoss. Mit Jake konnte sie eine Nähe genießen, die ich ihr nicht geben durfte. Was für ein Mann war ich, dass ich einer Frau nicht die Liebe geben konnte, nach der sie sich sehnte und die sie brauchte?

Ich ballte die Fäuste und ging ihnen nach. In mir war nichts als Wut. Ich wusste nicht, was ich tun würde, aber ich konnte nicht untätig bleiben. Ich konnte sie nicht einfach so aufgeben und Jake überlassen. Aber vielleicht wollte Ashlyn mich auch gar nicht mehr, nachdem ich sie von mir gestoßen hatte, nur um sie zu schützen. Dennoch ...

*Ich gehörte ihr*.

Voll und ganz.

Jeder Zoll meines Wesens gehörte Ashlyn Jennings.

Und jedes Mal, wenn sie über Jakes Witze lachte, jedes Mal, wenn sie seinen Arm berührte, starb ein Teil von mir.

»Ashlyn!«, rief ich den beiden nach. Sie fuhr herum und starrte mich an, als wäre ich verrückt geworden. »Kann ich mit dir über deinen Aufsatz sprechen?«

Sie sagte Jake, sie würden sich im Unterricht treffen, und kam zu mir. »Was gibt's?«

Ich führte sie in mein Klassenzimmer und schloss die Tür. Immer noch zornig beugte ich mich zu ihr und zischte: »Warum steckst du so viel mit ihm zusammen?«

Sie verschränkte die Arme vor der Brust. »Geht dich gar nichts an«, erwiderte sie brüsk.

Ich raufte mir die Haare. »Du willst mich bloß eifersüchtig machen.«

»Ich mache gar nichts«, sagte sie schlau und grinste. Sie genoss es, wie sehr sie mir unter die Haut ging.

»Oh doch, du ...« Ich atmete erst einmal tief durch. Senkte die Stimme. »Ashlyn ... Jetzt ist nicht der richtige Zeitpunkt, um sich wie ein Teenager zu benehmen.«

»Willst du mir unterstellen, dass ich kindisch bin? Ich?! Im Gegensatz zu dir, der nicht mal mit mir reden will? Scheiß auf dich, Mr Daniels!«

Meine Hände landeten auf ihren Schultern, und mein Blick flehte sie an, für einen Moment wieder die Ashlyn zu sein, die mit Mr Daniels zusammen war. »Ashlyn, ich bin's. Daniel. Immer noch.«

Ihr Blick wurde sanfter. Sie schlug die Augen nieder, und als sie wieder aufsah, standen Tränen darin. »Du fehlst mir so.«

Ohne Überlegung stürzte ich mich auf ihren Mund, fasste sie um den Nacken. Sie erwiderte meinen Kuss, hämmerte gegen meine Brust. Ich hob sie hoch und presste sie an den Materialschrank, streichelte ihre Brüste unter dem T-Shirt. Sie stöhnte an meinem Mund, während meine Daumen um ihre harten Nippel kreisten. Ich schob das Shirt hoch, und sie bohrte ihre Finger in meinen Rücken, bog mir ihre Hüften entgegen.

Ich erschrak, als laut an die Tür geklopft wurde. Ohne zu überlegen, riss ich die Schranktür auf und schob Ashlyn hinein.

Die Tür ging auf, und Henry schaute in die Klasse. Er lächelte freundlich. Das Herz schlug mir bis zum Hals. Hatte er gesehen, wie ich seine Tochter geschubst hatte?

*Heilige Scheiße, ich habe Ashlyn in einen Schrank gesperrt.*
»Hey, Dan.«

Ich lächelte gequält. »Henry. Wie geht's?«

»Gut, gut. Ich wollte dich fragen ... Kannst du gleich in mein Büro kommen? Es geht um Ashlyn.«

*Um Ashlyn.* Die Worte hallten in meinem Kopf wider. Meine Gedanken rasten. Innerlich war ich wie erstarrt. *Er weiß Bescheid.* Ich überlegte, ob Jace ihm etwas gesagt haben könnte, ob er sich wirklich auf ein so niedriges Niveau begeben hatte. Ich räusperte mich. »Ich habe Aufsicht in der Schulkantine.«

»Keine Sorge«, sagte Henry. »Es wird nicht lange dauern.« Ein Poltern drang aus dem Schrank, und Henry sah mich fragend an. »Hast du das auch gehört?«

Ich täuschte einen Hustenanfall vor, um den Lärm zu übertönen, den Ashlyn im Schrank machte. »Ob ich *was* höre? Ach ja, eine Leuchte muss ausgewechselt werden. Die summt in letzter Zeit immer so komisch. Ich bin in einer Sekunde bei dir.«

Er sah mit gerunzelter Stirn zur Decke empor, dann dankte er mir und ging. Ich versuchte, mich wieder zu beruhigen. Ich riss die Schranktür auf und befreite Ashlyn aus ihrem Gefängnis.

»Weiß er Bescheid?«, flüsterte sie.

Ich zuckte die Achseln. »Ist schon okay.« Ihre Miene entspannte sich ein wenig. Ich lächelte sie traurig an. »*Wir* sind okay.«

»Nein. Sind wir nicht. Du musst wissen, dass ich mir genau das schon einmal vorgestellt habe ...« Sie schüttelte verächtlich den Kopf. »Wie es wäre, um ein Haar in der Schule erwischt zu werden. Ich hatte mir das so toll und aufregend vorgestellt. Aber die Wirklichkeit sieht so aus, dass du mich in einem Wandschrank verstecken musst.«

Ich bemühte mich, es ihr zu erklären. »Ich weiß. Es tut mir leid. Ich habe bloß …«

»Du kannst großen Ärger bekommen, wenn du mit einer Schülerin erwischt wirst«, murmelte sie bedrückt. »Mein Gott, was bin ich naiv!«

»Ashlyn …«

»Es ist meine Schuld, echt. Ich lebe in Büchern. Ich habe das alles romantisch verklärt. Aber in Wahrheit ist es überhaupt nicht romantisch, eine geheime Liebesgeschichte zu haben.« Sie blinzelte einige Male, dann sah sie mir gerade in die Augen. »Du darfst das nicht tun. Du darfst mich nicht noch mal in dein Klassenzimmer zerren.«

»Ich weiß!«, rief ich ein wenig zu laut. Ich war so verdammt durcheinander, dass ich am liebsten auf etwas eingeschlagen hätte. Ich hasste es, dass wir nicht miteinander gesehen werden durften. Ich hasste den Ausdruck auf Ashlyns Gesicht, wenn sie voller Neid anderen Pärchen nachschaute, die Hand in Hand durch die Korridore spazierten. Unsere ganze Situation war mir verhasst.

Ich ging zu Henry, der mich bereits erwartete. Er ließ sich hinter seinem Schreibtisch nieder und räusperte sich. Das Erste, was mir auffiel, war das Foto von Ryan und seiner Schwester. Ashlyn und Gabby waren nicht vorhanden.

»Danke, dass du sofort gekommen bist …«, begann er nervös. Er klang nicht unbedingt wie ein Vater, der von der Beziehung seiner Tochter zu ihrem Lehrer weiß. Er wusste es also nicht. Gott sei Dank. »Ich wollte dich um einen Gefallen bitten.«

Ich sah ihn fragend an und lehnte mich im Stuhl zurück. »Was kann ich für dich tun?«

»Nun, wie du weißt ...« Er nahm ein gerahmtes Foto zur Hand und schaute es an. Als er es wieder hinstellte, erhaschte ich einen Blick darauf – es waren die Zwillinge. Sie hatten also doch die ganze Zeit dort gestanden, nur für den Besucher nicht einsehbar. »Ashlyn ist meine Tochter. Seit dem Verlust ihrer Schwester hat sie eine Menge durchgemacht ...«

»Es tut mir so leid«, flüsterte ich ehrlich ergriffen.

Er räusperte sich wieder. »Danke. Nun ist es so, dass Ashlyns Mom ein paar Probleme hatte und Zeit für sich brauchte. Also kam Ashlyn zu mir. Und jetzt hat ihre Mom, Kim, mich angerufen und gesagt, dass ein Brief von Ashlyns Traum-Uni in Kalifornien gekommen ist. Es fehlt nur noch eine Empfehlung. Sie hat doch so furchtbar viel durchgemacht ...«

*Kalifornien.*

Das Wort hallte in meinem Kopf wider. Es sickerte in mich ein und schmetterte mich nieder.

Ich nickte langsam. Eigentlich wollte ich nur noch Henrys Büro verlassen, Ashlyn suchen und in meinen Armen halten. Ich wollte ihr sagen, dass sie nicht nach Kalifornien gehen sollte. Dass sie bei mir bleiben konnte. Dass wir nach diesem Schuljahr für immer zusammen sein konnten. Aber ich konnte es nicht. Henry fuhr fort.

»Und ich weiß, dass es vielleicht ein bisschen aus dem Rahmen fällt, aber ... Ich glaube nicht, dass sie noch einen Rückschlag ertragen kann. Es wäre zu viel. Ich werde ihr also in ein paar Tagen von diesem Brief erzählen. Aber glaubst du – aber bitte nur, wenn du dich dazu in der Lage fühlst –, glaubst du, dass du ihr eine Empfehlung schreiben kannst? Wie gesagt, du musst nicht. Ich möchte nur, dass Ashlyn auch mal etwas Positives widerfährt.«

Ich legte meine Hände auf die Kante seines Schreibtischs. Konnte ich einen Brief schreiben, um Ashlyn zu helfen, an ihrer Traum-Uni in Kalifornien aufgenommen zu werden? Meine Kehle war wie ausgedörrt, und hinter meinen Augen brannte Feuer. Ich blinzelte ein paarmal. Eigentlich hätte ich am liebsten geschrien: »Nein! Das geht nicht! Sie darf mich nicht verlassen!«

Ich schloss die Augen. Und als ich sie wieder aufmachte, willigte ich ein. Ich willigte ein, Ashlyn beim Fortgehen zu helfen, damit sie ihr Leben leben konnte.

»Es wäre mir eine Ehre.«

Ashlyn schaute auf, als ich die Schulkantine betrat. Ein Seufzer der Erleichterung verließ ihre Lippen, weil sie mir ansah, dass Henry nichts wusste. Meine Füße brachten mich an ihren Tisch, wo sie mit Ryan und Hailey zu Mittag aß.

»Hey, Mr D, wollen Sie sich zu uns gesellen?«, scherzte Ryan.

Ich lächelte und schüttelte den Kopf. »Äh, nein. Auf einer Skala von eins bis unpassend ... stünde das ganz oben.« Ashlyn lachte leise über meine Bemerkung, und ich fühlte mich sofort besser. Ich hatte ihr Lachen so schrecklich vermisst. »Ashlyn, ich soll dich zum Büro des stellvertretenden Schulleiters bringen.« Hailey fragte, aus welchem Grund. Ich stellte mich dumm. »Weiß ich nicht. Er will nun mal mit ihr sprechen.«

»Vielleicht hat Henry ja den Knutschfleck gesehen«, feixte Ryan.

Ashlyn wurde rot und drapierte eine lange Haarsträhne

über ihren Hals. Dann stand sie auf, nahm ihren Rucksack und folgte mir.

»Komm mit«, raunte ich ihr zu.

»Was ist denn?«

Ich drehte mich um und sah die Verwirrung in ihren Augen – und eine traurige Frage. »Vertraust du mir?«

Sie stieß die angehaltene Luft aus. Schürzte ihre schönen, vollen Lippen.

Dann schritt sie stolz neben mir einher, unsere Schritte im perfekten Gleichmaß.

Wir stiegen eine Treppe hinab und dann eine weitere, die in den Keller führte. Dort war es vollkommen still, nur die Rohre und der Sicherungskasten summten leise. Ich steuerte eine dunkle Ecke an, wo ein paar Türen an der Wand vor einem Schutzraum lehnten.

Ich schob die Tür beiseite, die den Eingang zum Schutzraum blockierte. Ashlyn senkte das Buch, das sie gegen ihre Brust drückte, und wir betraten den Raum.

»Was hat Henry gewollt?«, fragte sie.

Ich zögerte, es ihr zu erzählen. Ich wollte es nicht aussprechen, denn wenn ich es tat, bedeutete es, dass sie die Wahl hatte – zwischen Kalifornien und mir.

»Du, ähm …« *Verdammt.* »Du hast dich an einer Uni in Kalifornien beworben?« Ich formulierte es als Frage.

Ashlyn riss die Augen auf. Sie wandte sich ab, zitternd vor Nervosität. »An der University of Southern California. Es war Gabbys Idee. Ich hatte nicht geglaubt, dass sie mich nehmen würden.« Sie fuhr so rasch zu mir herum, dass die langen blonden Haare ihr Gesicht peitschten. »Bedeutet das etwa, dass ich angenommen bin?«

Sie strahlte übers ganze Gesicht. Auch wenn Gabby die

treibende Kraft hinter der Bewerbung gewesen war – diese Uni war Ashlyns Traum.

»Sie brauchen nur noch eine Empfehlung!«, stieß ich erstickt hervor. Ashlyns Freude verwandelte sich in Enttäuschung. »Ashlyn, das ist unglaublich. Die sind an dir interessiert!« Ich wollte ihr Strahlen wieder sehen. »Das ist riesig!«

Ihre Mundwinkel hoben sich. Die Freude kehrte zurück. »Das ist irre, nicht wahr? Und was hast du damit zu tun?«

»Henry will, dass *ich* dir die Empfehlung schreibe.«

»Und – machst du es?«, fragte sie nervös.

»Natürlich.«

»Aber tu das nicht wegen … dem hier …« Sie machte eine beredte Geste von ihr zu mir. »Tu's nicht wegen … was immer wir auch sind. Tu es nur, wenn du glaubst, dass ich es verdiene.«

Ich verschränkte die Arme vor der Brust und schüttelte energisch den Kopf. »Unsere Gefühle mal beiseitegelassen … klar verdienst du es. Du arbeitest sehr hart, und du bist unglaublich begabt. Wer sollte es verdienen, wenn nicht du?«

Sie wurde plötzlich ernst. »Aber was ist mit dir, Daniel? Was wird dann aus *uns*?«

Sie verdiente eine Antwort, doch ich war nicht sicher, ob ich eine gute Antwort für sie hatte. »Nachdem ich herausgefunden hatte, dass du meine Schülerin bist … da bin ich durchgedreht.« Ich seufzte. »Dann taucht mein Bruder auf und macht meine Welt kaputt … ich sehe dich mit anderen Jungs, und es macht mich fertig, Ashlyn. Es macht mich fertig, dass du so viel durchgemacht hast und dass ich dich nicht trösten, dich nicht in meinen Armen halten kann. Es macht mich fertig, dass es andere gibt, die dich trösten *können* und im Arm halten *dürfen*.«

Sie hörte ruhig zu, während sie Rucksack und Buch auf den Boden legte. Dann kam sie zu mir und nahm meine Hände. Ich legte meine Arme um ihre zierliche Gestalt und zog sie an mich, roch ihren Atem, ihr Erdbeer-Shampoo, ihr Parfüm.

»Ich bin so wütend auf dich«, flüsterte sie an meiner Brust.

Ich lächelte schwach. »Ich weiß. Ich bin auch wütend auf mich.«

Sie hob den Kopf und sah zu mir auf. »Nein, ich bin bloß wütend, weil ich weiß, dass du mich schützen willst. Aber ich brauche deinen Schutz nicht.«

»Ich weiß nicht, was ich tun soll, Ash. Alles ist so ein Durcheinander.«

»Dann rede mit mir. Lass mich an deinen Gedanken teilhaben.«

Ich seufzte und drückte sie an mich. »Du verdienst so viel mehr als heimliche Treffen im Keller der Highschool. Du solltest nicht mein Geheimnis sein, Ashlyn. Du verdienst es, der Refrain in meinem Lieblingssong zu sein. Die Widmung in meinem Lieblingsroman. All das kann ich dir nicht bieten. Du verdienst es, ein normales Abschlussjahr zu haben. Und ich stehe dir nur im Weg.«

Sie machte ein finsteres Gesicht und löste sich von mir. »Hör auf, ja?« Mit Tränen in den Augen schaute sie zu mir auf. »Hör auf, mir zu sagen, was ich verdiene. Was gut für mich ist. Was in unserer Lage das Richtige wäre. Das alles ist mir egal.« Jetzt strömten die Tränen. »An meinem Leben ist nichts normal. Meine Zwillingsschwester ist tot. Meine Mutter hat mich verstoßen. Ich bin so unnormal, dass ich sogar Hemingway beruhigend finde!

Und du – du spielst in einer verdammten Band, die ihre Songs nach Shakespeare textet! Deine Mutter wurde ermordet, und sieben Tage nach dem Tod deines Vaters gibst du ein Konzert. Wir. Sind. Nicht. Normal. Ich will kein normales Abschlussjahr. *Ich will dich.*

Wenn ich etwas in den letzten Monaten gelernt habe, dann dieses: Das Leben ist beschissen, Daniel. *Beschissen.* Es ist schäbig, es ist boshaft, und es ist ungerecht. Es ist dunkel und grausam. Doch manchmal auch wieder so schön, dass es mit seinem Licht alle Dunkelheit aus deiner Seele vertreibt.

Ich war so einsam …« Sie stockte und tippte mit dem Zeigefinger gegen ihre Unterlippe. »Ich war so einsam, als ich in Joe's Bar kam. Und da hast du auf der Bühne gesessen und für mich gesungen. Du hast mir in meinen dunkelsten Tagen das Licht geschenkt. Aber du öffnest dich nicht. Du ziehst mich nicht ins Vertrauen.«

Ich trat vor sie und strich mit den Daumen unter ihren Augen entlang. »Als ich dich das erste Mal sah, war ich auf der Rückfahrt von Chicago. Ich hatte ein paar Tage bei meiner Großmutter verbracht und dafür gesorgt, dass sie nach Vaters Tod zurechtkam. Als ich im Zug saß, habe ich mich unendlich zerrissen gefühlt. Und dann sehe ich plötzlich diese grünen Augen und weiß, dass irgendwie alles gut wird.« Ashlyn bog den Kopf zurück, um mich anzuschauen. Ich streifte ihre Lippen. »Du hast mir nicht das Licht gebracht, Ashlyn. Du *bist* das Licht.«

Sie lächelte so vollkommen, wie es ihre Art war, und lachte leise. »Normal ist sowieso überbewertet. Herein mit den Freaks und Spinnern!« Dann kam ihr ein neuer Gedanke. »Ich muss nicht unbedingt nach Kalifornien. Wenn das Schuljahr zu Ende ist, kann ich bei dir bleiben. Ich gehe auf ein Berufskolleg, und wir basteln an deinem Haus herum. Dann können wir immer zusammen sein.«

Ich ließ den Kopf hängen. Ich räusperte mich. *Wohin führt das alles?* Ich wusste, dass ich die falschen Signale aussendete, dass ich sie verwirrte. Aber ich hatte Ashlyn nicht in den Keller gebracht, damit wir wieder zusammen sein konnten. Ich dachte an Gabbys Brief und an Jace' Drohungen. Und jetzt wollte Ashlyn ihren Traum für mich aufgeben!

»Wir können nicht weitermachen, Ashlyn«, flüsterte ich.

Das traf sie völlig unerwartet. »Was?«

»Wir dürfen uns nicht mehr sehen.« Ich fragte mich, ob meine Worte sie ebenso verwundeten wie mich.

»Was soll das, Daniel?« Sie wich einen Schritt zurück. »Hast du mich etwa hergebracht, um … mit mir Schluss zu machen?« Ihre Augen wurden feucht, aber noch hielt sie die Tränen zurück.

Ich schwieg. Wenn ich es wirklich aussprach, würden die Worte mehr Wahrheit enthalten, als ich ertragen konnte.

»Sag es!«, brüllte sie und stieß mich hart vor die Brust. »Sag es! Sag, dass du nicht mehr mit mir zusammen sein willst!«

»Ashlyn …« Mehr brachte ich nicht heraus. Ich war derjenige, der ihr dies antat. Ich brach mit ihr.

Da stürzten die Tränen aus ihren Augen, und sie begann am ganzen Körper zu zittern. »Sag, dass du mich nicht mehr willst! Sag es!«, schrie sie und trommelte gegen meine Brust. Mit jedem Schlag starb ein Teil von mir. Mit jedem Schlag verschwand auch ein Teil von ihr.

Ich packte ihre Handgelenke und zog sie an mich.

»*Ich habe dir vertraut*«, schluchzte sie und schlug mit den Fäusten, wohin sie traf. »Ich habe dir vertraut, und du verlässt mich.«

»Es tut mir so leid«, sagte ich und hielt sie in meinen Armen. Ich versuchte sie zu trösten, so gut es ging, doch das hatte keinen Sinn, denn ich war ja derjenige, der ihr den Schmerz zufügte. »Ich liebe dich so sehr.«

»Nein.« Sie stieß mich zurück. »Das tust du nicht! Du kannst mir nicht wehtun und mich gleichzeitig in den Armen halten, Daniel.« Sie holte tief Luft und wischte die Tränen fort. »Das war das erste Mal, dass du es gesagt hast. Du kannst nicht behaupten, mich zu lieben, und mir im nächsten Atemzug das Herz brechen. Also sag, was du wirklich sagen musst. Sag es, und ich gehe, sofort.«

Ich holte tief Luft und starrte auf den Boden. Als ich sie wieder ansah, waren ihre Augen rotgerändert. Ich atmete aus. »Ich mache Schluss, Ashlyn.«

Sie ließ ein leises Winseln hören, dann wich sämtliche Farbe aus ihrem Gesicht. Sie zitterte am ganzen Körper. Dann drehte sie sich um und verließ mich. »Fahr zur Hölle, Daniel.«

# 24

ASHLYN

*Don't believe the lies.*

*Romeo's Quest*

Wie gemein war denn das? Kaltschnäuzig mit einem Menschen Schluss zu machen, nachdem man ihm vorher Liebe vorgespielt hatte? Ich brauchte dringend eine kalte Dusche, um mein in Wallung geratenes Blut zu beruhigen. Ich ging also Richtung Bad ... und stutzte, als ich von drinnen Henrys Stimme hörte.

»Ich weiß ... Nein, sie weiß es nicht. Kim, es spielt doch keine Rolle! Sie bleibt einfach hier.«

In meiner Kehle formte sich ein Kloß.

*Kim.*

Sprach er da etwa mit – Mom?

»Okay. Okay. Bis dann.« Er beendete das Gespräch und verließ das Bad. Als er mich sah, blieb er bestürzt stehen. »Ashlyn! Was machst du denn hier?«

»Seit wann benutzt du das obere Bad, Henry?«

Er ging achselzuckend an mir vorbei. »Weil Rebecca das unten benutzt.«

»Oh.« Ich suchte nach irgendwelchen Anzeichen von Anteilnahme in seiner Körpersprache, doch er gab nichts preis. »Und wieso hast du mit Mom telefoniert?«

Er fuhr zu mir herum. Um seinen Mund zuckte es, seine Augen irrten unruhig hin und her. »Weil die University of Southern Californa Interesse an deiner Bewerbung zeigt. Und Mr Daniels dich mit einer Empfehlung unterstützen wird.«

»Lenk nicht vom Thema ab! Ich will seine Hilfe nicht!«, kreischte ich wie ein Kind. Und wie ein Kind fühlte ich mich auch: hilflos und voller Angst.

Henry machte meine Reaktion betroffen. »Beruhige dich, Ashlyn«, sagte er verblüfft.

Aber ich konnte nicht. Es war, als drängten mich alle, von der Klippe zu springen, was ich nur zu gern wollte. Wieso rief Mom Henry an und nicht mich? Wieso hatte sie mir nicht mal eine SMS geschickt? »Ich werde mich *nicht* beruhigen! Ich hab es satt, dass jeder mir helfen will, obwohl ich nicht darum gebeten habe. Ihr wisst doch gar nicht, was für mich am besten ist. Ich wollte nicht zu dir. Ich wollte nicht auf deine blöde Highschool. Ich wollte überhaupt nichts mit dir zu tun haben. Warum redet ihr nicht mit mir? Ich bin neunzehn und nicht fünf! Ich bin verdammt noch mal erwachsen! Du machst mein Leben kaputt!« Nachdem ich ihm all das vor die Füße geschleudert hatte, lief ich tränenüberströmt davon und schlug die Tür hinter mir zu.

Hailey saß auf ihrem Bett, eine Schachtel Kleenex neben sich. Sie war die letzten Tage krank gewesen, ihre Nase war stark gerötet. »Ashlyn, was ist denn los?«

Bevor ich antworten konnte, ging die Tür auf und Henry kam ins Zimmer. »Hailey, Ashlyn und ich müssen reden.«

»Ich will aber nicht mit dir reden!«, schrie ich und spürte meine brennend heißen Tränen auf den Wangen. Ich warf mich auf mein Bett und heulte in die Kissen. »Ich verstehe nicht, warum mir kein Mensch die Wahrheit sagt! Warum ihr mich außen vor lasst!«

»Sie macht einen Entzug, Ashlyn.«

Es klang, als mache er sich schwere Vorwürfe. Verwirrt hob ich den Kopf. Hailey machte große Augen und stand vom Bett auf.

»Oh? Was gibt's, Ryan? Du willst mit mir reden? Komme sofort.« Verlegen schlängelte sie sich um Henry herum und verließ das Zimmer.

Mein Magen war ein einziger Knoten. Ich presste mein Kissen so fest zusammen, dass es beinahe platzte. »Was soll das heißen, sie ist auf Entzug?«

Henrys Füße sanken bei jedem Schritt, den er auf mich zukam, tief in den Teppich ein. »Nachdem feststand, dass Gabbys Krankheit unheilbar war, fing sie wieder mit dem Trinken an.«

»Aber sie hatte es unter Kontrolle!«, beteuerte ich.

Henry schüttelte den Kopf. »Nein, eben nicht. Bei der Beerdigung hat sie mir gesagt, dass sie eine dreimonatige Kur beantragt habe. Zu Weihnachten kommt sie wieder heraus. Ashlyn, dass du hier bist, hat nichts damit zu tun, dass deine Mom dich nicht mehr wollte. Es war Kims Idee, denn sie wollte wieder eine richtige Mutter für dich sein.«

Erneut flammte mein Zorn auf. »Und da fand sie es besser, mich zu einem Menschen zu schicken, der sich nicht darum schert, was ich tue?! Ich hätte bei Jeremy wohnen können! Er ist ein besserer Vater, als du jemals sein könntest!« Ich genoss die Bitterkeit und Brutalität meiner Worte. Ich verabscheute mich dafür, dass ich Henry anschrie, aber es war ja kein anderer da. Und es war immer am einfachsten gewesen, ihn für alle Enttäuschungen in meinem Leben verantwortlich zu machen.

Henry räusperte sich und schluckte hart. »Das ist schon ziemlich seltsam: Zuerst bettelst du darum, dass man mit dir redet, dass man nichts vor dir verbirgt, weil du ja so erwachsen bist. Doch wenn du dich der Realität der Erwachsenenwelt stellen sollst, wirst du sofort wieder zu der Fünfjährigen, die du doch angeblich nicht mehr bist.«

Ich wusste, dass er recht hatte, aber ich hasse es, wenn er recht hatte. Ich war in der Tat das kleine, fünfjährige Mädchen, dem man wehgetan hatte. Jeder Gedanke, der mir durch den Kopf ging, zielte nur darauf ab, nun meinerseits Henry wehzutun. Denn er hatte mich verletzt, weil er recht hatte. Ich wollte aber nicht, dass er recht hatte! Ich wollte, dass er als Vater ein Versager blieb!

»Wenigstens schwindele ich andere nicht an!«

Betroffen wich er einen Schritt zurück. Dann sagte er kalt: »Du hast Hausarrest.« Das kam mir irgendwie unsinnig vor. Konnte er mir Hausarrest geben? Durfte er das überhaupt?

»Ich gehe heute Abend aus.« Trotzig verschränkte ich die Arme vor der Brust.

»Nein, das wirst du nicht. Solange du in meinem Haus wohnst, gelten meine Regeln. Mir reicht es, Ashlyn!« Seine Stimme machte mir eine Gänsehaut. »Ich habe dein Verhalten satt. Ich hab deine Vorwürfe satt. Ich hab es satt, dass ich nicht fragen darf, wohin du gehst, weil du es übel nehmen könntest. Mir reicht's! Ja stimmt, ich war nicht da. Ich war nicht da, als du mich am meisten gebraucht hast. Ich hab's vermasselt. Aber jetzt? Jetzt wirst du aufhören, mir dafür die Schuld zu geben. Jetzt bestimme ich, wo's langgeht.«

»Aber ...«

»Kein Aber. In der nächsten Woche gehst du in die Kirche,

zur Schule und kommst danach sofort nach Hause. Keine Diskussion. Essen gibt es in einer Stunde.«

»Ich habe. Keinen. Hunger!«

»Ist. Mir. Gleich!« Er stampfte aus dem Zimmer. Nachdem er die Tür zugeschlagen hatte, schrie ich vor Wut in mein Kissen.

Ich saß beim Abendessen, während alle das Tischgebet sprachen, jeder auf seine Art. Schon wieder schnitt der Klappstuhl in meine Oberschenkel, und ich rutschte unruhig auf der Sitzfläche herum.

Ryan neigte sich zu mir. »Sollen wir die Plätze tauschen?«

Ich lehnte ab. Er fragte mich das fast jedes Mal.

»Amen«, murmelten alle.

Henry saß mir gegenüber, und ich mied seinen Blick. Es war mir zuwider, mit ihm in einem Raum zu sein. Ich wusste nicht einmal, warum das so sein musste. *Steh auf! Geh! Geh einfach!*, schrie es in mir. »Scheiß auf dich!«, wollte ich zu Henry sagen. Aber mein Herz war sentimental und momentan stärker als mein Kopf.

Ein Teil von mir fand es sogar in Ordnung, dass der Scheißkerl mir eine Strafe auferlegt hatte. Nie hatte er sich väterlicher verhalten.

»Ashlyn, wie ich höre, hast du eine Weile Hausarrest«, bemerkte Rebecca.

Ich senkte den Blick auf meine Erbsen, die ich mit der Gabel auf dem Teller herumschubste. »Sieht so aus.«

»Na, dann wirst du demnächst Gesellschaft haben. Ryan hat nämlich auch Hausarrest.«

Ryan stieß sich so heftig vom Tisch ab, dass er wackelte. »Was?! Was hab ich denn gemacht?!«

Rebeccas Stimme war so ruhig wie immer. »Was hast du *nicht* gemacht, Ryan? Es wird gemunkelt, dass du letztes Wochenende auf einer Party warst.«

Ryan verdrehte die Augen. »Ach, tatsächlich? Du willst mich zu Hausarrest verdonnern, weil ich auf einer Party war?! Ich war dieses Jahr auf fünfzig Partys!«

»Nein. Du bekommst Hausarrest wegen der Drogen, die ich in der Schmutzwäsche gefunden habe.«

Ich schielte zu Hailey, die wie erstarrt dasaß. Ryan war die Verwirrung ins Gesicht geschrieben. Als er sich Hailey zuwandte, seufzte er, da er in dem Moment erkannte, dass der Stoff seiner Schwester gehörte.

»Na schön. Krieg ich eben Hausarrest. Na und?« Er fuhr sich durch die Haare und bewahrte Ruhe. Meine Achtung für Ryan stieg noch mehr, als ich sah, wie er die Schuld für seine kleine Schwester auf sich nahm.

»Einen Monat.« Rebecca machte ihren Sohn förmlich zur Schnecke, ihr Ton war voller Abscheu. »Oder besser noch zwei.«

»Was zur Hölle ist dein Problem?!«, schrie Ryan und stieß sich noch weiter vom Tisch ab. »Echt jetzt. Was zum Teufel hab ich jemals getan?«

»Pass auf, was du sagst.« Rebecca war sehr wütend, aber es sah so aus, als ob es ihr im Grunde gar nicht um die Drogen ging.

»Warum sollte ich? Selbst wenn ich das Fluchen lassen und ein ›braver Junge‹ sein würde, wäre ich für dich immer noch nicht gut genug. Spuck's endlich aus, Herrgott! Sag, dass du mir die Schuld an Dads Tod gibst. Dann schaffst du's vielleicht mal einen Tag lang, nicht so ein Miststück zu sein!« Rebecca verpasste ihm eine schallende Ohrfeige.

Henry sprang auf und ging dazwischen. »Regt euch ab! Okay? Jeder atmet jetzt mal tief durch!« Rebecca versuchte, an Ryan heranzukommen, doch Henry hielt sie eisern fest.

»Du bist ein undankbarer Junge, der nicht weiß, wie sehr ich ihm geholfen habe. Ich habe dich gerettet, Ryan!« Tränen strömten ihr über die Wangen.

»Mich gerettet?! Du bist ja verrückt!«

Hailey sprang von ihrem Stuhl auf. »Es sind meine Drogen.«

Alle schwiegen betroffen. Dann brach Rebecca in Lachen aus. »Du brauchst deinen Bruder nicht zu decken, Hailey.«

»Das tue ich auch nicht.« Sie wandte Rebecca ihr bleiches Gesicht zu. »Sie sind von Theo. Ich hab gedacht, das würde helfen, denn ich will mit ihm schlafen, bevor er auf die Uni geht. Er hat gesagt, er würde mich lieben, wenn ich versuche, ihm zu geben, was er will.«

Rebecca riss vor Entsetzen die Augen auf. Ruhelos lief sie im Zimmer auf und ab, während ihre Hände krampfhaft an ihrem Körper entlangfuhren. Dann blieb sie ruckartig stehen und schüttelte heftig den Kopf. »Das ist alles deine Schuld!«, hielt sie Ryan vor. »D-du gibst deiner Schwester ein schlechtes Beispiel mit deinem teuflischen Verhalten!«

»Rebecca!«, brüllte Henry und starrte sie an, als wäre sie ein Ungeheuer.

»Es ist die Wahrheit! Zuerst hat er seinen Vater getötet, und jetzt versucht er, seine Schwester umzubringen!«

»Halt den Mund!«, schrie ich, unfähig, mich länger im Zaum zu halten, nachdem sie ihren Hass auf Ryan offenbart hatte.

Das war der Höhepunkt des Streits.

Ryans Schultern sackten betroffen über die Vorwürfe seiner Mutter herab. Er begann langsam in die Hände zu klatschen, den Mund zu einem traurigen Grinsen verzogen. »Das war's, Leute.« Er verneigte sich, als wären wir sein Publikum, und stürmte aus dem Haus.

Wir alle standen erschüttert da, während die Worte des Hasses noch von den Wänden widerzuhallen schienen.

»Wie konntest du nur?«, flüsterte Hailey. »Dads Tod hat ihn fertiggemacht. Er hatte so viel Angst davor, dass du ihm die Schuld gibst.«

Sie ging Ryan nach. Auch ich beeilte mich, aus dem Haus zu kommen.

Ryan saß auf der Treppe und klopfte mit der leeren Zigarettenschachtel gegen sein Knie. »Mir geht's gut, Mädels.«

Wir setzten uns zu ihm. Die eisige Winterluft biss in die Haut. Hailey schniefte durch ihre rote Nase, und Ryan nahm seine kleine Schwester in die Arme, um sie zu wärmen. Aber sie schniefte nicht wegen der Kälte, sondern weil sie weinte.

An diesem Abend zündeten wir uns alle eine imaginäre Zigarette an. Zum Gedenken an alte Verletzungen und gegenwärtigen Schmerz.

# 25

### ASHLYN

*Never lose sight of the things that make sense.*

*Romeo's Quest*

Im Dezember setzte heftiger Schneefall ein. Ryan und Rebecca hatten seit dem Streit kein Wort miteinander gewechselt. Und es war Wochen her, seit Ryan sein Ritual mit der Zigarettenschachtel vollführt hatte.

Heute Abend wollte Jake eine Party geben, auf die ich ehrlich gesagt nicht die geringste Lust hatte. Aber ich wollte Ryan zuliebe hingehen, der immer wieder von unseren gefälschten Personalausweisen anfing. Außerdem musste er mal aus dem Haus, obwohl er ja eigentlich Hausarrest hatte.

Dann war da noch mein großes Problem, das zugegebenermaßen nicht weltbewegend war, in meinem Herzen jedoch riesengroß.

Daniel fehlte mir. Ich hasste mich für meine Schwäche, aber ich konnte nichts dagegen tun. Manchmal weinte ich unter der Dusche. Oder in mein Kopfkissen. Ich weinte auch, weil ich sicher war, dass *er* mir keine Träne nachweinte.

Auf dem Nachhauseweg schaute ich kurz bei der Bibliothek vorbei, um meine Bücher zurückzugeben – und ein neues auszuleihen, das ich in einem ruhigen Winkel in Jakes Haus lesen wollte.

Während ich nach neuer Lektüre suchte, vernahm ich plötzlich meinen Namen: »Ashlyn?«

Ich schaute auf und erkannte ein vertrautes Gesicht, das meinen Schmerz nur noch steigerte, weil es mit Daniel verbunden war. »Hey, Randy. Wie geht's dir?«, flüsterte ich und hoffte, dass die Angestellte nicht auf uns aufmerksam wurde.

Randy lehnte sich an ein Regal und brachte die Bücher zum Zittern. Die Vorstellung, dass die kostbaren Bücher zu Boden fallen könnten, schnürte mir die Kehle zu. Randy hielt ein Buch hoch. »Wollte mir nur ein bisschen Songmaterial ausleihen. Hab dich lange nicht mehr gesehen. Habt ihr Streit gehabt, Dan und du?«

*Nein. Eher so eine »Liegt nicht an dir, sondern an mir«-Geschichte.*

»Wir treffen uns nicht mehr.«

Randy sah ehrlich überrascht aus. »Was?! Dan hat mit keinem Wort erwähnt, dass ihr auseinander seid.«

Mein Herz schlug schmerzlich.

»Tja, so sieht es aus…«, sagte ich und setzte ein gequältes Lächeln auf. Ein scheußlicher Geschmack erfüllte meinen Mund. Ich wollte nicht mit Randy über Daniel sprechen. Und vor allem wollte ich nicht hören, dass Daniel mich vergessen hatte.

Randy verschränkte die Arme und beugte sich vertraulich zu mir vor. »Du hast mich falsch verstanden, Ashlyn. Dan redet nicht darüber, wenn er Kummer hat. Er ist verschlossen wie eine Auster. Und seit seine Eltern tot sind, warst du die Einzige, die ihn wieder dazu gebracht hat, sich ein wenig zu öffnen … Liegt es an dem Lehrer-Schüler-Scheiß?«

Ich warf ihm einen schnellen Blick zu. Woher wusste Randy davon? Ich hatte geglaubt, dass Daniel es niemandem erzählen würde. »Wir sollten besser nicht darüber reden.« Zum ersten Mal, seit ich Randy kannte, schaute ich ihn wirklich an. Sein struppiges Haar reichte bis zu den Augenbrauen. Seine dünnen Lippen verzogen sich beim Lächeln nur unmerklich, und seine Augen waren schwärzer als eine Höhle.

Randy verengte seine höhlenschwarzen Augen und spitzte die Lippen. »Ashlyn, alles in Ordnung mit dir? Du siehst nämlich so aus, als würdest du gleich in Ohnmacht fallen.«

Ich hatte tatsächlich weiche Knie, aber ich hielt mich mit einer Hand am Regal fest. »Geht schon.«

Er wies mit dem Daumen zum Eingang. »Ich kann dich nach Hause fahren, wenn du willst.«

»Nein, ist schon in Ordnung.« Beklommen sah ich mich in der Bibliothek um. Lächelte ihm wieder gequält zu. »Ich muss los.«

»Ja«, sagte er und hielt seine Bücher hoch. »Ich auch. Wir treten heute auf. Pass auf dich auf, okay?«

Pass auf dich auf. Ja, genau.

Als ich mich gegen halb fünf Henrys Haus näherte, sah ich Hailey heulend auf der Treppe sitzen, während Ryan im Vorgarten durch den Schnee pflügte.

»Was ist denn los?«, fragte ich.

Ryan feixte, als er mich sah. Übermütig riss er die Arme hoch. »Ich bin ein Fall für die Statistik!«, schrie er, indem er auf mich zustürzte.

Es war mehr seine Theatralik als seine Worte, die mich zum Schmunzeln brachte. »Was meinst du damit?«, fragte ich, als er meine Hände ergriff und mich im Kreis herumwirbelte. Ich musste lachen. »Was zum Teufel ist los, Ryan?«

Er kicherte wie irrsinnig und hielt sich den Bauch vor Lachen. »Mom hat mein Handy kontrolliert und alle meine SMS gefunden. *Von den Tonys!* Heilige Scheiße! Erst hat sie mich verflucht, dann für mich gebetet und schließlich vor die Tür gesetzt. Ich bin achtzehn, schwul und wohne jetzt im Auto meiner kleinen Schwester!« Er grinste breit und wandte sich an Hailey, die sich die Augen aus dem Kopf heulte. »Danke noch mal für die Schlüssel, Hailey.«

Mir verging das Lachen, während Ryan sich immer noch nicht beruhigen konnte. »Aber, Ryan, das ist null komisch …«

Doch ihm kamen vor Lachen die Tränen, und er schüttelte heftig den Kopf. »Ich weiß! Ich weiß! Aber wenn ich nicht darüber lache, werde ich begreifen, wie furchtbar mein Leben ist. Mir wird klar werden, dass ich am liebsten das Atmen einstellen würde. Ich wollte in der letzten Stunde schon ein paarmal damit aufhören. Na, wenn das nicht witzig ist …!«

Und er fuhr fort zu lachen, doch jetzt hörte ich die Angst, die dahintersteckte, und den Schmerz. Ich lächelte traurig, dann stimmte ich wieder in sein Lachen ein. Ich lachte mit Ryan, der mich im Kreis herumwirbelte. Ich winkte Hailey, sich uns anzuschließen. Ihre Hände waren tränenfeucht, doch sie griff ohne Zögern zu und schloss sich unserem Reigen an. Wir kicherten wie die Irren. Nach einer Weile bekam ich Seitenstechen, aber ich wollte nicht aufhören, denn wenn ich es tat, würde Ryan umfallen und seine Lungen würden ihm den Dienst versagen.

Und ich wollte unbedingt, dass er weiteratmete.

*Dass er einfach atmete.*

»Wir fahren nicht zur Party«, sagte ich entschieden, als wir im Auto saßen. Ryan war entschlossen, seine Probleme in Alkohol zu ertränken, ich fand aber, dass er sich das nicht antun sollte.

»Aber ja doch!«, widersprach Ryan.

»Nein.«

»Mom hat mich gerade vor die Tür gesetzt – also kann ich heute Abend auf eine Party gehen.«

Hailey kam mit einem Koffer, in den sie ein paar von Ryans Habseligkeiten gepackt hatte. Sie warf ihn auf den Rücksitz und stieg ebenfalls ein. »Ich hab bloß ein paar Sachen zusammengesucht. Denn der Sturm wird sich wieder verziehen.« Sie stutzte und schaute uns fragend an. »Das glaubt ihr doch auch?«

Ryan schaute erst mich an, dann das Haus. »Du gehst jetzt besser wieder rein, Hailey.«

»Was? Auf keinen Fall! Mom benimmt sich wie eine Verrückte!«, rief sie entnervt und warf die Hände hoch. »Ich lasse dich nicht im Stich.«

Ryan drehte sich um und schaute seine Schwester an. Dann nahm er ihren Kopf zwischen seine Hände. »Und ich lasse *dich* nicht im Stich.« Er beugte sich vor und küsste sie auf die Stirn. »Aber jetzt geh wieder rein. Du bist doch viel zu gut für Theo. Und viel zu nett, um Mom heute Abend allein zu lassen.«

»Aber ich hasse sie«, sagte Hailey finster.

»Ach, du musst sie doch nicht wegen meiner Probleme hassen«, lachte Ryan. »Sag ihr, dass du Buddhistin bist, und schau, wie sie darauf reagiert. *Dann* kannst du sie hassen.«

Hailey lachte leise, und Ryan wischte ihr die Tränen aus

den Augen. »Wenn ich achtzehn werde, brenne ich mit dir und Ashlyn durch.«

»Wir ziehen nach Kalifornien. Du wirst Yoga-Lehrerin, Ashlyn Bestsellerautorin und ich geh auf dem Hollywood Boulevard auf den Strich.«

Wieder brachte er seine Schwester zum Lachen. Auch Ryan grinste matt. Hailey setzte sich kerzengerade auf. »Entweder ganz groß rauskommen oder nach Hause gehen, meinst du das?«

Ryan stupste sie in die Schulter. »Geh nach Hause, Hails.«

Sie seufzte zwar, nickte aber. Bevor sie ausstieg, lächelte sie ihren Bruder noch einmal an. »Ich liebe …«

»… dich«, ergänzte Ryan.

»Versprichst du mir, auf ihn aufzupassen, Ashlyn?«

Ich versprach es.

Nachdem Hailey ins Haus gegangen war, kam Henry heraus. Er sah mich an und winkte mich zu sich. »Bin gleich wieder da, Ry.«

Ich kletterte aus dem Wagen und ging mit verschränkten Armen auf Henry zu. »Was zum Teufel ist passiert?«, raunte ich.

Henry rieb sich mit müden Augen den Nacken und blickte mich an. »Rebecca … Sie …« Er senkte den Kopf. »Wie kommt Ryan damit klar?«

»So gut es geht, schätze ich.«

Henry griff in seine Tasche und zog ein paar Banknoten heraus. »Ich hab hier dreihundert. Gib sie Ryan fürs Wochenende. Ich werde mich bemühen, eine Wohnung für ihn aufzutreiben.«

Ich nahm das Geld entgegen und nickte. »Sie wird sich nicht umstimmen lassen, was?«

»Sie gibt ihm die Schuld am Tod seines Vaters.« Henry strich nachdenklich über seinen angegrauten Bart. »Das hier hat überhaupt nichts mit Ryans Homosexualität zu tun. Sondern mit Rebecca, die sich den Dämonen der Vergangenheit nie gestellt hat. Sie hätte ohnehin einen Grund gefunden, um ihn rauszuschmeißen.«

Ich wusste, wie sich das anfühlte. Ich dachte wieder an Mom und ihre Entscheidung, mich zu Henry zu schicken. Doch dann fiel mir ein, dass ich immerhin in einem Heim, in Henrys Familie, untergekommen war. Ich hatte einen Ort, an dem ich bleiben konnte, Ryan hingegen hatte nichts und niemanden.

»Bleib bei ihm, ja? Und halte mich auf dem Laufenden«, bat Henry.

»Ja, okay.« Ich wollte schon zum Wagen, drehte mich aber noch einmal um. »Danke, Henry. Dass du ihm hilfst.«

Er lächelte schwach und ging ins Haus zurück.

Ich stieg wieder in den Wagen und legte den Gang ein. »Wohin, Kumpel?«

Ryan grinste und rutschte so weit auf dem Sitz hinunter, bis er die Füße gegen das Armaturenbrett stemmen konnte. In den Händen hielt er seinen gefälschten Ausweis. »Zum Schnapsladen!«

Wir trabten durch die Gänge des Spirituosenmarktes und luden sämtliche Alkoholika, die Ryan haben wollte, in unseren Einkaufswagen. »Eigentlich brauchen wir die falschen Persos gar nicht«, bemerkte er. »Ich hab dem Kassierer letztes Jahr einen geblasen – es war sein erstes Mal.«

Ich wusste nicht, ob ich darüber lachen oder weinen sollte. Also verkniff ich mir beides.

Als wir um eine Ecke bogen, prallten wir beinahe gegen ein Ehepaar mittleren Alters. Ryan schnappte vor Schreck nach Luft.

Die Leute sahen auf, und auch sie wirkten erschrocken. »Ryan«, sagte die Dame und lächelte ein wenig gequält. Sie warf einen Blick auf unseren vollen Einkaufswagen, verkniff sich jedoch jeglichen Kommentar. »Wie geht es dir, mein Lieber?«

Die Frau war sehr schön. Schulterlanges blondes Haar, freundliche braune Augen. Sie war klein und zierlich und trug eine hüftlange Herrenjacke.

Ryan traten die Tränen in die Augen. »Mr und Mrs Levels. Wie nett, dass wir uns mal wiedersehen.«

Der Mann lächelte ebenso freundlich wie seine Frau. »Avery hat letzte Woche von dir gesprochen. Ich wollte eigentlich anrufen, um zu fragen, wie es dir geht …«

Ryan beugte sich über den Einkaufswagen. »Mir geht's gut«, sagte er rasch.

Der Mann nickte, wirkte jedoch besorgt. »War nett, dich zu sehen. Wenn du mal Hilfe brauchst, dann ruf uns einfach an, okay?«

»Okay. Danke. Super, dass wir uns getroffen haben.«

Mrs Levels ging auf Ryan zu und schloss ihn in die Arme, wobei sie ihm etwas ins Ohr flüsterte. Als sie sich wieder voneinander lösten, hatten beide Tränen in den Augen.

»Sie auch, Mrs Levels«, lächelte Ryan.

Das Paar wandte sich ab, ohne sich nach den vielen Flaschen zu erkundigen. Ohne irgendeine Frage zu stellen.

»Wer war das?«

»Averys Eltern«, seufzte Ryan, während er den Wagen weiterschob. Er schniefte und wischte sich mit dem Finger unter der Nase entlang.

Wir bezahlten den Sprit, stiegen in den Wagen und fuhren geradewegs zu Jakes Party.

Obwohl keiner von uns in Partylaune war.

# 26

## ASHLYN

*Getting better every day.*
*I say with lies against my taste.*

*Romeo's Quest*

»Vor ein paar Monaten hat er mir erzählt, dass er sein Coming-out wollte. Dass es ihm egal wäre, was die anderen von ihm denken. Er hat gesagt, dass er mich liebt und dass die anderen ruhig Bescheid wissen können.« Ryan kicherte und kippte noch einen Wodka. Wir saßen auf dem Boden und lehnten uns gegen die Wand.

Die Flasche, die Ryan in der Hand hielt, war beinahe zur Hälfte geleert, und ich wollte sie ihm so schnell wie möglich abnehmen. Ungefähr einen Meter neben uns knutschte ein Pärchen, und im ganzen Haus dröhnte Musik. Das hier war der letzte Ort, der Ryan und mir guttun konnte.

Avery kam um die Ecke, und als er Ryan anschaute, erkannte ich, dass beider Seelen in Scherben lagen. Averys Unterlippe zitterte, er wandte sich ab und verschwand. Ryan wandte mir das Gesicht zu. In seinen Augen standen Tränen, und seine Beine zitterten.

»Ich hab ihm gesagt, dass ich dafür noch nicht bereit bin, für das Coming-out, meine ich. Aber er wollte es seinen Eltern sowieso sagen. Es gab dann jede Menge Tränen, Umarmungen und Verständnis. Wie ich verständnisvolle Familien hasse. Gib mir zerrüttete Freaks!«, verkündete er grinsend, aber ich blickte hinter seine Fassade und hörte den Schmerz in seinen Worten.

»Avery wurde aus dem Bibelunterricht ausgeschlossen, weil ein paar Leute aus der Kirche etwas spitzgekriegt hatten. Seine Eltern haben daraufhin die Gemeinde gewechselt. Und ich habe mit ihm Schluss gemacht. Weil unsere Liebe mir Angst machte ... und weil ich Mom nicht verlieren wollte. Ich liebe Avery so sehr, dass jeder Atemzug mich an ihn erinnert. Also versuche ich manchmal, ganz mit dem Atmen aufzuhören. Ich versuche, anders zu sein, als ich bin.« Er brach in Tränen aus. »Ich will, dass diese Scheiße endlich aufhört!«

»Ryan ...!«, rief ich hilflos. Ich nahm ihm Flasche und Glas ab und streckte sie irgendwelchen Leuten hin, die sie bereitwillig nahmen.

Ryan rutschte an der Wand höher und drehte mir den Kopf zu. Er strich mir durch die Haare, während immer noch Tränen aus seinen blauen Augen quollen. Er rückte näher heran, drückte seine Lippen auf meine und schlang seine Arme um mich. Ich ließ ihn gewähren. Unsere Lippen schmeckten nach unseren salzigen Tränen.

»Mach, dass das aufhört, Ashlyn. Mach mich heil«, raunte er beschwörend und küsste mich wieder und wieder.

»Ich kann dich nicht heilen, Ryan«, entgegnete ich. »Denn du bist nicht kaputt.«

Ryan weinte noch eine ganz Weile. Er war so fertig, dass er am ganzen Leib zitterte. Auch ich weinte, weil es deprimierend und traurig ist, allein zu weinen.

»Lass uns nach Hause fahren«, flüsterte ich meinem erschöpften Freund ins Ohr.

Ryan kicherte. »Welches Zuhause?! Ich wohne in einem Auto!«

Ich sah ihn mahnend an und küsste ihn auf die Stirn. Er nickte und stand leicht schwankend auf. »Warte hier«, sagte ich. »Ich hole nur unsere Mäntel.«

Ich ging zu Jakes Schlafzimmer. Als ich die Tür aufmachte, sah ich noch mehr knutschende Pärchen. Wer hätte das gedacht? Ich wühlte mich durch den Mantelhaufen auf dem Bett, und als ich unsere Mäntel endlich gefunden hatte und das Zimmer verlassen wollte, rannte ich in Jake hinein. Seine Augen waren blutunterlaufen, sein Haar zerzaust und sein Hemd voller Bierflecken. Dennoch sah er so nett aus wie immer.

»Hey! Dich hab ich heute Abend noch gar nicht gesehen! Ich dachte schon, du wärst auf die andere geile Jake-Kenn-Party abgehauen.« Er lächelte und knuffte mich in den Arm.

Ich gab mir Mühe, fröhlich zu wirken. »Ja. Deine Party ist toll! Aber ich muss Ryan nach Hause bringen ...« *Welches Zuhause denn?* »Danke für die Einladung.«

»Gibt nix, was ich tun kann, damit du mich magst, hm?«, platzte Jake plötzlich heraus. Ganz, ganz schlechtes Timing. Aber er hatte wohl das Erschrecken in meinen Augen gesehen. »Sorry. Ich bin hackedicht und total stoned, also hör nicht auf das, was ich sage.«

»Jake, du bist ein richtig guter Freund ...«, setzte ich an, doch er lachte nur.

»Aber ...«

Ich hob die Schultern und ließ sie wieder sinken. »Aber ich habe mein Herz sozusagen schon vergeben. Und er hat es mir noch nicht zurückgegeben, nicht wirklich.«

Jake seufzte schwer und hob ergeben die Hände. »Ein Mann muss es eben immer wieder versuchen.«

Ich kicherte und küsste ihn auf die Wange. »Gute Nacht, Jake.«

»Er wird es dir nicht zurückgeben. Dein Herz, meine ich.« Er senkte den Blick. »Denn wenn ein Mann ein Herz wie deines bekommt, dann wird er es ewig behalten.«

Ewig.

Was für ein Furcht einflößendes Wort.

Als ich aus dem Schlafzimmer kam, sah ich am Ende des Korridors einen Menschen, den ich nie mehr sehen wollte. »Jace«, flüsterte ich verzweifelt. Daniels Bruder stand mitten in einer Gruppe Kids und bot ihnen aus einem Tütchen irgendwelche Pillen an. Für jede Pille, die er verteilte, schluckte er selber eine.

Mir wurde schwindlig. Mein Gesicht brannte.

Da drehte er den Kopf in meine Richtung, und unsere Blicke trafen sich. Mein Herz zog sich zusammen. Ich machte, dass ich zu Ryan kam. Hastig streifte ich ihm den Mantel über. »Zeit zu gehen. *Sofort.*«

Vielleicht war es ein verrückter Einfall. Aber was sollte ich machen? Ryan brauchte ein Obdach. Also saßen wir vor Daniels Haus im Wagen. Er war noch nicht wieder da, aber ich schätzte, dass er bald auftauchen musste. Der Auftritt war bestimmt schon seit einer Weile vorbei.

Ryan streckte sich auf dem Beifahrersitz aus. »Also, du und Mr Daniels, ihr seid ...«

»Waren«, seufzte ich.

»Und der Knutschfleck war von ...«

»Ihm.« Neuerlicher Seufzer.

»Und er hat Schluss gemacht mit ...«
»Mir.«

Nun war Ryan mit Seufzen an der Reihe. »Was für ein bescheuertes Arschloch. Hat er denn deine Oberweite nicht gesehen?!«

Statt einer Erwiderung feixte ich.

In diesem Moment erhellten die Scheinwerfer von Daniels Jeep unseren Wagen. Ich stieg aus, damit er sah, dass ich es war. Er kam sofort auf mich zu.

»Ashlyn, was ... was ist denn? Bist du okay?« Er sah meine vom Weinen geschwollenen Augen und berührte sie vorsichtig mit den Fingerspitzen. Ich erschauerte unter seiner Berührung. Dann nahm er mich in die Arme, als hätten wir uns nie getrennt. »Bist du verletzt?«

Ich schüttelte den Kopf. »Ich ... ich brauche deine Hilfe.« Ryan krabbelte auf der Beifahrerseite heraus, und sofort spürte ich Daniels Befremden.

»Ashlyn, was hat das zu bedeuten?«

Ryan hielt in einer Demutsgeste die Hände hoch. »Keine Sorge, Mr D, ich will Ihnen keinen Ärger machen.« Dann kicherte er blöde. »Heilige Scheiße, du schläfst mit deinem Lehrer!«

»*Ryan!*«, zischte ich und sah ihn streng an. Er ließ sich davon nicht beirren. Ich wandte mich an Daniel. »Er ist betrunken.«

»Ach, was du nicht sagst! Scheiße! Willst du unbedingt, dass wir erwischt werden?«

»Ach, was soll's, Daniel. Ich hab's gerade mal einem Menschen weitererzählt! Du hattest ja auch keine Probleme damit, dich Randy anzuvertrauen! Also sind wir quitt.«

»Was redest du denn da? Woher weißt du, dass ich es Randy gesagt habe?« Er sah mich argwöhnisch an. Mit seinen wunderschönen blauen Augen. Nein. Moment mal. *Schau ihm nicht in die Augen.* Denn eigentlich hasste ich ihn.

»Spielt auch keine Rolle mehr. Denn ein ›Wir‹ gibt es ja nicht mehr.« Ich räusperte mich. »Kann Ryan hierbleiben?«

»Was?!«, fragte Daniel bass erstaunt.

Fast hätte ich seine Verwirrung amüsant gefunden, doch dann fiel mir wieder ein, warum Ryan einen Unterschlupf brauchte. Ich setzte Daniel die Lage auseinander und sah, wie seine Verblüffung sich langsam in Ungläubigkeit verwandelte.

»Was will er denn machen?«, flüsterte er und blickte zu Ryan, der mittlerweile schwankend auf der Veranda stand. Ich zuckte die Achseln. »Das ist nicht fair, Ash …« Als er mir in die Augen schaute, wollte ich nur noch weinen. »Weil du weißt, dass ich alles für dich tun würde.«

»Außer mich lieben«, kicherte ich nervös. Er wollte mir widersprechen, doch ich ließ ihm keine Zeit dazu. »Du kannst auch Nein sagen, okay? Ich weiß, dass du wegen so einer Geschichte deinen Job verlieren kannst.«

»Ich verliere wohl mehr, wenn ich es ablehne.« Daniel beeilte sich, die Haustür aufzuschließen. »Ryan, links am Ende des Flurs ist ein leeres Zimmer. Da legst du dich hin – sofort.«

Ryan grinste und boxte Daniel gegen den Arm. »Ich hab Sie immer schon gemocht, Mr D. Nicht im schwulen Sinn, meine ich …« Er brach ab und lachte über sich selbst. Dann hielt er Daumen und Zeigefinger ganz dicht aneinander. »Na ja, ein ganz kleines bisschen vielleicht.«

Damit stolperte er ins Haus. Daniel nickte auffordernd in Richtung Haustür. »Komm du auch rein. Es ist bitterkalt.«

Ich rührte mich nicht von der Stelle.

Daniel musterte mich perplex. Ich schaute in den Himmel, von dem Schneeflocken fielen, und machte einen winzigen Schritt in seine Richtung. »Das bedeutet aber nicht, dass ich dich nicht mehr hasse. Ich hasse dich nämlich.«

»Ich weiß.«

Noch ein kleiner Schritt. »Aber ich mag dich auch ein bisschen, weil du ihn heute Nacht aufgenommen hast.«

Mit »Hass« meinte ich Liebe. Und mit »ein wenig« ganz viel.

# 27

## ASHLYN

*Find a way to be better.*
*Or find a way to be okay.*
*Whatever you choose, I'll stay out of your way.*

*Romeo's Quest*

Als wir nach Ryan schauten, musste ich schmunzeln. »Er hat wohl rechts statt links verstanden«, flüsterte Daniel und starrte den schlafenden Ryan in seinem Schlafzimmer an. »Dann nimmst du eben das Gästezimmer.«

»Ich kann auf der Couch schlafen«, bot ich an.

Das wollte er natürlich nicht und machte sich sogleich auf die Suche nach Bettdecke und Kopfkissen. Ich ließ mich für einen Moment auf der Bettkante nieder. Ich war völlig erschlagen. Ich holte mein Handy aus der Tasche und schickte Henry eine SMS. Er hatte mir bereits einige Nachrichten geschickt, aber erst jetzt fand ich Zeit zu antworten.

Ich: Alles in Ordnung. Haben ein Obdach gefunden. Mach dir keine Sorgen.
Henry: Gott sei Dank. Ich rufe dich morgen an. Gute Nacht.
Ich: Nacht.

Ein paar Minuten später kam Daniel mit Kissen und Decken, die er auf die Kommode legte.

»Komm ganz schnell mit«, forderte er mich auf, und seine Augen blitzten. »Ich hab etwas für dich.«

Ich sah ihn argwöhnisch an, aber dann folgte ich ihm. Daniel führte mich durch den Korridor zu seinem Badezimmer. Er machte die Tür auf und trat einen Schritt zurück.

»Ein Bad«, sagte er, auf die Badewanne deutend. »Randy hortet so merkwürdige Badezusätze im Schrank. Jede Woche will er mich dazu kriegen, ein Bad mit ätherischen Ölen zu nehmen, damit ich entstresse.« Er kicherte, wurde aber gleich wieder ernst. »Ich hab dir ein T-Shirt und Shorts von mir rausgelegt, die kannst du als Pyjama anziehen. Liegt alles auf der Küchentheke.«

Ich musterte ihn argwöhnisch. »Warum bist du so nett zu mir?«

Daniel antwortete nicht sogleich. Er zog die Stirn kraus, während er nach den richtigen Worten suchte. »Glaub bitte nicht, dass meine Distanziertheit bedeutet, dass ich mich nicht um dich sorge. Eher ist das Gegenteil der Fall.« Er schob mich ins Bad und schloss behutsam die Tür.

Ich legte eine Hand auf die Tür. Schloss die Augen. »Bist du noch da?«, flüsterte ich. Als ich nichts hörte, wimmerte ich leise.

»Ich bin noch da.«

Ich seufzte erleichtert und legte meine Kleider ab. Auf dem Schaum in der Wanne schwammen kleine Gänseblümchen. »Daniel«, sagte ich bewegt und legte meine Hand auf die Brust.

Meine Zehen berührten das heiße Wasser zuerst, dann ließ ich mich langsam in das Schaumbad sinken. Es war zwar heiß, aber nicht zu heiß. Angenehm. Entspannend. Ich machte die Augen zu und atmete tief durch. Jede Bewegung ließ kleine Wellen entstehen.

Nach einer Weile hörte ich die Klänge einer Gitarre. Das Herz schlug mir bis zum Hals, als ich Daniels Stimme hörte.

*Die Ewigkeit machte mir Angst, denn fern lag sie mir.*
*Doch ich hab sie verloren, denn sie spricht nur von dir.*
*Es war mir nicht möglich, die Tränen zurückzuhalten.*
*Seine Stimme war so sanft und klang so weit entfernt.*
*Doch gleichzeitig spürte ich seine Worte in meinem Herz, in meiner Seele.*

*Die Welt dreht sich schneller,*
*Doch sie gebietet der Zeit.*
*Kann nicht sagen wie, doch sie soll sein bei mir jederzeit.*
*Ich hab sie verloren, schlug den falschen Weg ein.*
*Ich hab sie verloren, hab das Falsche gesagt.*
*Ich hab sie verloren und nun auch mich selbst.*

*Drum helfe mir jemand bei der Suche*
*Damit ich*
*Damit ich*
*Damit ich*
*Meine Julia finde.*

Ich legte den Kopf auf den Wannenrand und überließ mich der Entspannung. Daniel spielte weiter. Ein tröstliches Gefühl des Friedens breitete sich in mir aus, als ich mich daran erinnerte, wie Gabby für mich gespielt hatte, wenn ich traurig und bedrückt war.

Ich wünschte nur, sie hätte noch für Ryan spielen können. Der arme Junge war vollkommen durcheinander, und ich wusste, dass es noch eine Weile dauern würde, bis er sich wieder gefangen hatte.

Ich rieb meine Finger aneinander. Nach einer Stunde im warmen Wasser war meine Haut verschrumpelt wie eine Rosine. Ich stand auf und sah zu, wie das Wasser von meinem Körper rann. Dann schlang ich ein Handtuch um mich und schaute ich mich im Spiegel an.

»Du fehlst mir so, Gabby«, seufzte ich. Immer noch sah ich im Spiegel ihr Bild.

Ich kämmte mein Haar mit den Fingern, dann zog ich das nasse Haarband von meinem Arm und steckte alle Locken zu einem straffen Knoten auf. Ich trocknete mich ab und zog die Sachen an, die Daniel für mich bereitgelegt hatte. Seine Shorts waren viel zu groß und passten dennoch perfekt. Als ich das T-Shirt auseinanderfaltete, wurde ich von der Erinnerung überwältigt.

Ich starrte auf den fehlenden Ärmel und dachte an unseren ersten Abend, als Daniel ihn für mich abgeschnitten hatte. Es gab so vieles, was er mir nicht erzählte. So viele Geheimnisse, in die er mich nicht einweihte.

Imerhin hatte er diesem verängstigten Mädchen den Weg aus der Dunkelheit gewiesen.

Als ich die Badezimmertür aufmachte, stand Daniel vor mir. Seine Gitarre lehnte an der Wand, und er lächelte sanft.

»Wir sollten reden«, sagte ich.

Er nickte und griff in die hintere Jeanstasche. Zog das Messer seines Vaters hervor und kam auf mich zu. Ich sah ihn fragend an, doch er lächelte nur und säbelte vorsichtig den anderen Ärmel des T-Shirts ab.

»Wir werden reden. Versprochen. Aber im Moment …« Er legte mir den Ärmel in die Hand. »Im Moment braucht Ryan dich nötiger.«

Ich schaute den Flur entlang, an dessen Ende unterdrücktes Schluchzen zu hören war. Mein Magen verknotete sich. Ich senkte den Kopf. »Was soll ich ihm denn sagen?«

»Du musst gar nichts sagen. Sei einfach für ihn da.«

Mit schleppenden Schritten näherte ich mich dem Zimmer, die Sorge um Ryan zerriss mich. Als ich das Zimmer betrat, sah ich, dass er am Ende war. Er schluchzte in das Kopfkissen und überließ sich völlig seinem Schmerz.

Ich setzte mich zu ihm aufs Bett. Seine rot geweinten Augen schauten zu mir hoch. Ich hielt ihm den abgeschnittenen Ärmel hin, und er betrachtete ihn mit finsterer Miene. Dann nahm er ihn und hielt ihn vor die Augen. Ich nahm ihn in die Arme und zog ihn an mich. Als sein Kopf an meiner Schulter ruhte, wurde mein Shirt von seinen Tränen durchnässt.

»Alles wird gut, Ryan«, log ich und hoffte nur, dass die Lüge eines Tages Wahrheit wurde. »Dir geht's gut. Alles wird gut.«

*Alles wird gut.*

# 28

## DANIEL

*Taking a chance that you'll let me back in.
I'd fucked up so much I would understand,
If you didn't even want to be my friend.*

*Romeo's Quest*

Es sah nicht so aus, als ob ich noch zum Schlafen kommen würde. Ashlyn und Ryan waren gegen drei Uhr endlich eingeschlafen. Jetzt war es vier. Ich stand an der Spüle und leerte eine Flasche Wodka in den Abfluss. Auf der Arbeitsplatte standen bereits drei leere Flaschen Bourbon, Rum und Scotch.

Was Ryan an diesem Abend durchgemacht hatte, war gefährlich. Jede Emotion, die er durchlebt hatte, war tödlich. Und wenn er aufwachte, brauchte er mit Sicherheit keinen neuen Stoff, mit dem er die Stimmen in seinem Kopf zum Schweigen bringen konnte.

Ich hatte das bei Dad miterlebt. Und ich wollte nicht, dass Ryan denselben dunklen Weg ging. Er war ein guter Junge. Einige der Essays, die er in meinem Unterricht verfasst hatte, zeigten, wie verloren, aber auch, wie tapfer er war. Ich hoffte nur, er würde weiterhin tapfer bleiben.

Ich fuhr zusammen, als ich die Hintertür hörte. Dann kam

Randy herein, gefolgt von Jace, der einen Rucksack trug. Als Randy mich sah, kniff er die Augen zusammen.

»Dan, wieso bist du noch auf?« Er schielte auf die leeren Flaschen. Starrte mich verwirrt an. »Was ist denn hier los?«

Ich seufzte. Dann schaute ich Jace an, dessen Augen blutunterlaufen waren. Zudem schwitzte er stark, obwohl er nicht einmal einen Mantel trug. Und dass er die Hände nicht ruhig halten konnte und ständig blinzelte, machte mich rasend.

Er war also wieder auf Droge.

Randy sah, wie mir zumute war. »Ich hab ihn gefunden, wie er in der Stadt rumlief. Ich konnte ihn doch nicht allein lassen, weißt du?«

Jace ging zum Küchentisch und zog sich einen Stuhl heran. Dann setzte er sich und schlug mit dem Kopf auf die Tischplatte.

Randy musterte ihn finster. »Er hat was von einem Red gesagt. Danny, du glaubst doch nicht, dass er wieder dealt, oder?« Ich gab keine Antwort. Was Antwort genug war. »Scheiße.« Randy zog die Brauen zusammen.

»Randy, lass mich eine Minute mit meinem Bruder allein«, bat ich mit vor Zorn rauer Stimme. Er nickte und verließ die Küche.

Jace hob den Kopf von der Tischplatte und lachte. »Oh Mann! Jetzt bitte keine Große-Bruder-Predigt: ›Jace, ich bin ja so enttäuscht von dir‹ oder so was in der Art. Erspar mir das.« Er kicherte. »Übrigens hab ich auf dieser Party deine Freundin gesehen. Sie ist echt sexy, weißt du das?«

Ich ballte die Hände und drosch auf den Spülstein ein. »Wie vielen meiner Schüler hast du heute Abend Pillen verkauft? Oder hast du alle selbst genommen?«

»Ach, scheiß drauf, Danny«, murrte Jace und legte den Kopf wieder hin.

*Ja, genau. Scheiß drauf.* Ich trat an den Tisch und schnappte mir seinen Rucksack. Sofort kam er in Bewegung.

»Lass ihn los!« Er versuchte, mir den Rucksack zu entreißen.

Das war schon beinahe lustig. Jace konnte mir nicht mal Widerstand leisten, wenn er im Vollbesitz seiner Kräfte war, und high war er erst recht kein Gegner. Ich schubste ihn auf seinen Stuhl zurück, bevor er auch nur blinzeln konnte.

Im Rucksack lagen massenhaft Tütchen mit Tabletten. »Du bist so verdammt bescheuert, Jace!«, brüllte ich und ging zum Spülbecken. Er war mit einem Rucksack voller Drogen völlig zugedröhnt durch die Straßen gezogen. Er konnte einfach nicht bei klarem Verstand sein.

»Wag es ja nicht!«, kreischte Jace und stand so schnell auf, dass er den Stuhl umwarf.

Ich stellte den Müllzerkleinerer an und warf ein Tütchen ins Spülbecken.

»Du hast sie wohl nicht mehr alle, Danny! Hast du eine Ahnung, wie viel die wert waren?!« Er stürzte sich auf mich und riss mir den Rucksack aus der Hand. »Red bringt mich um! Er wird mich umbringen, Danny! Nur wegen dir!«

»Nein, das hast du ganz allein dir zuzuschreiben, Jace. Das hier hängst du mir nicht an!« Ich füllte ein Glas mit Wasser und schüttete es ihm ins Gesicht. »Wach auf, Jace! Wach verdammt noch mal auf!«

Er spuckte vor mir aus. »Fahr zur Hölle.«

»Raus hier!«

»Es ist auch mein Elternhaus!« Er torkelte gewaltig, hielt sich aber trotzdem auf den Beinen. »Ich kann so lange hierbleiben, wie es mir passt!«

Ich packte ihn am Arm, zerrte ihn zur Hintertür, schob ihn

aus dem Haus. »Von mir aus übernachte im Bootshaus. Aber ich schwöre bei Gott ... Wenn du dieses Scheißzeug noch einmal in Moms und Dads Haus bringst, dann sorge ich dafür, dass du verhaftet wirst.«

Er wischte mit den Fingern fahrig über seine Brust und schüttelte heftig den Kopf. »Ich hoffe, du hattest viel Spaß mit deiner Schülerin. Denn wenn sie mich drankriegen, dann ist auch für dich Schluss mit lustig.«

Ich knallte die Tür hinter ihm zu. Dann brüllte ich wie ein Irrer und trat gegen den Abfalleimer. »Verdammt!«, fluchte ich und fuhr mir übers Gesicht. Als ich die Augen wieder aufmachte, stand Ashlyn in der Küchentür, die Augen voller Angst und Sorge. »Hast du meinen Bruder Jace schon mal gesehen, wenn er auf Droge ist?«, fragte ich wütend.

Sie verzog das Gesicht. »Ich wünschte, ich hätte ihn nicht gesehen.« Sie wiegte sich ganz leicht hin und her. »Er erpresst dich, stimmt's? Damit du dich von mir fernhältst?«

»Er wollte dich an der Schule dem Gespött der Leute preisgeben.«

Sie kam auf mich zu und strich mir über die Wange. Dann stellte sie sich auf die Zehenspitzen und küsste mich lange und ausgiebig. Ich legte einen Arm um ihre Taille.

»Lass uns ins Bett gehen«, schlug sie vor.

»Ashlyn ...«, wollte ich einwenden. Doch sie legte mir einen Finger auf die Lippen.

»Nein. Nicht jetzt. Jetzt werden wir nicht überlegen, was wir tun müssen. Ich werde nicht weinen, und du wirst dir nicht den Kopf zerbrechen. Ich werde mir keine Sorgen um Ryan machen, und du nicht um Jace. Wir gehen jetzt ins Bett. Ich lege eine von deinen CDs auf. Du machst das Licht aus. Wir ziehen uns gegenseitig aus und legen uns unter die Decke. Dann wirst du, bis die Sonne aufgeht, jeden Zoll meines Körpers und meiner Seele lieben. Wenn es Tag wird, können wir anfangen zu überlegen. Aber solange es dunkel ist, werden wir einander nur festhalten.«

Sie wusste gar nicht, wie sehr ich sie liebte. Worte konnten es nicht ausdrücken. Also würde ich die Sprache des Körpers nutzen, um ihr meine Liebe zu zeigen. Ich würde sie auf jede erdenkliche Art und in allen möglichen Stellungen lieben. Ich würde sie auf dem Bett, an die Wand gepresst und auf der Kommode lieben. Ich würde sie langsam lieben, ich würde sie innig lieben und aggressiv. Ich würde sie mit Lachen, Traurigkeit und Freude lieben, bis die Sonne auf dem Fenster tanzte.

Sie suchte eine CD heraus und legte sie auf. Als ich die Musik hörte, musste ich schmunzeln, denn es war Romeo's Quest.

»Konntest wohl nichts Gutes finden?«, fragte ich lachend.

Ashlyn wiegte sich im Takt der Musik. Ich sah ihr zu, hypnotisiert von ihren Bewegungen und der Erkenntnis, dass sie diese Musik, meine Musik, verinnerlicht hatte. Langsam zog sie den Saum ihres T-Shirts in die Höhe und zeigte mir ihre perfekte weiße Haut.

Ich wollte das Licht ausschalten, doch sie schüttelte den Kopf. »Lass es an.«

Ich ließ das Licht brennen.

»Das Shakespeare-Spiel?«, schlug sie vor.

Ich lachte. »Echt? Jetzt?«

Sie nickte strahlend.

»Eigentlich will ich dir nur die Kleider vom Leib reißen und furchtbar viel Liebe mit dir machen.«

Sie feixte über meine Bemerkung. Doch das Leuchten ihrer Augen verriet, wie sehr sie die Vorstellung erregte. Sie leckte sich über die Unterlippe, doch dann schüttelte sie entschlossen den Kopf. »Shakespeare-Spiel.«

Das war ein Spiel, das Ashlyn erfunden hatte. Die Regeln waren ganz simpel. Nummer eins: Der eine Mitspieler zitiert aus einem Shakespeare-Stück. Regel Nummer zwei: Der andere Mitspieler muss das Stück erraten. Wenn er richtig rät, muss Spieler eins ein Kleidungsstück ablegen. Wenn nicht, bleibt bis zur nächsten Runde alles, wie es ist.

Wir standen einander gegenüber. Immer noch wiegte sie sich zur Musik und lächelte verführerisch dazu. Lockend zog sie ihr T-Shirt ein wenig höher, bis über den Bauchnabel.

*»Der Feige stirbt schon viel mal, eh' er stirbt. Die Tapferen kosten einmal nur den Tod.«*

Ich grinste und rieb mir das Kinn. *»Julius Cäsar.«*

Das Shirt glitt über ihre wunderschönen Brüste und über den Kopf. Dann landete es zwischen uns auf dem Boden. Sie sah mich auffordernd an, während sie im rosa BH vor mir stand.

Einen Augenblick lang bewunderte ich ihre fantastischen Kurven. Ashlyn Jennings war eine Göttin. Und ich war nur ein Sterblicher, überwältigt von meiner schönen Göttin. Es gab keinerlei Zweifel: Die Aufgabe meines Lebens war, sie zu lieben.

»Daniel«, kicherte sie verlegen und wurde rot, weil ich sie so eingehend betrachtete.

*»Wenn die Musik der Liebe Nahrung ist, spielt weiter.«*

Nachdenklich strich sie mit den Händen an ihren Seiten auf und ab. Ich spürte, wie meine Jeans eng wurde.

*»Was ihr wollt«*, stellte sie beiläufig fest.

Nun war mein Hemd an der Reihe. Ich warf es auf den

Haufen. Ich hörte sie leise stöhnen, während sie mich betrachtete. Hunger stand in ihren Augen, und ich nahm mir vor, ihr Verlangen zu stillen. Sie biss sich auf die Lippen, und ich wollte nichts weiter, als sie in meine Arme nehmen, übte mich aber in Geduld.

»*Sprich leise, wenn du von der Liebe sprichst*«, zitierte sie aus *Viel Lärm um Nichts*.

Als ich die Antwort gab, nickte sie zweimal. Sie hakte ihre Finger unter den Bund der Shorts und zog sie unter viel Hüftgewackel runter. Dann kickte sie sie auf unseren rasch wachsenden Kleiderhaufen.

»*So grenzenlos ist meine Huld, die Liebe. So tief ja wie das Meer. Je mehr ich gebe, je mehr auch hab ich: beides ist unendlich.*« Ich meinte das Zitat ernster, als sie jemals wissen konnte. Doch dann sah ich Tränen in ihren Augen. Sie legte ihre Hände auf ihr Herz. »Nicht weinen«, bat ich lächelnd.

Ashlyn lachte unter Tränen. »Ich bin nun mal eine Heulsuse. Das musst du einfach akzeptieren.« *Ich akzeptiere es.* Wieder öffneten sich ihre Lippen, und sie hauchte: »*Romeo und Julia.*«

Ich knöpfte meine Jeans auf, zog den Reißverschluss auf, doch sie stoppte mich mit einem mahnend erhobenen Finger. Ich sah sie fragend an. Da kam sie auf nackten Füßen auf mich zu und fasste meinen Hosenbund. Langsam zog sie meine Jeans runter, ging dabei in die Hocke. Sie legte die Lippen auf den Bund meiner Boxershorts und gab mir viele heiße Küsse.

Ich spürte ihre heißen Atemstöße auf meiner Haut. Mein Körper reagierte auf ihre zarte Berührung. Erst recht, als ihre Zunge sich zwischen den Lippen hervorwagte. Ashlyn zog meine Shorts ein Stückchen hinunter und ließ ihre Zunge auf meiner Haut tanzen. Mein Verlangen nach ihr wuchs ins Unermessliche.

»Das mache ich mit dir?«, flüsterte sie an meiner Haut, während ihre Hand sanft über den Stoff meiner Boxershorts glitt. *Ja, das machst du mit mir.* Sie sah mich aufmerksam an, dann schob sie die Hand in meine Shorts.

»Ash …«, murmelte ich. Es gefiel mir, wie gut sie mich kannte. Ich zog sie zu mir hoch. Ich schaute in ihre grünen Augen und küsste sie. Meine Zunge glitt in ihren Mund, und unsere Zungen tanzten.

Ich fasste sie um die Taille und steuerte sie zur Wand. Sie stöhnte, als ich ihren Körper dagegenpresste. Ihr Slip berührte meine Boxershorts, und sie gab einen leisen Schrei von sich, als ich meine Hüften gegen sie drückte. Auch ihre Hüften waren in ständiger Bewegung.

»Liebst du mich?«, seufzte sie.

»Ja«, stöhnte ich an ihrem Hals, während meine Zähne sanft ihre Haut streiften.

»Dann zeig es mir.« Sie streifte ihren Slip ab. Zog mir die Shorts aus. »Zeige mir, dass du mich liebst.«

Ich griff um sie herum und öffnete ihren BH. Ich schob eine Hand unter ihren rechten Schenkel und hob ihn hoch. Dann schlang ich ihr Bein um meine Taille, und sie legte ihre Arme um meinen Hals. Meine Härte drückte sich gegen ihr weiches Fleisch, und ich hörte ihren leisen Lustschrei.

»Ich liebe dich langsam«, sagte ich und verschränkte meine Hände unter ihren Schenkeln. Ich stieß in die Enge, die mich willkommen hieß. Ihr Mund stand offen, und ich verharrte, damit sie sich an mich gewöhnen konnte, an mich in ihr. »Ich liebe dich tief.« Ich hob ihr anderes Bein und stützte sie. Ich saugte ihr Ohrläppchen in meinen Mund und flüsterte dabei:

»Ich liebe dich ruhig.« Meine Hüften stießen gegen sie, mein Atem ging schwer, keuchend. »Ich liebe dich mit Macht.« Ihr Kopf sank an die Wand, sie atmete in raschen Stößen. »Ich liebe dich bedingungslos.«

Mein Mund erkundete ihre Brüste, küsste sie, leckte sie, sog an ihnen. Meine Zähne streiften ihren linken Nippel. Meine Zunge glitt immer wieder darüber, bis ich ihn einsog, während sie stöhnend meinen Namen rief und meine Stöße zu erwidern begann.

»Ich liebe dich zärtlich und hart, langsam und schnell. Von Anbeginn der Zeit bis in alle Ewigkeit.« Ich legte eine Hand um ihren Kopf und trug sie zum Bett. »Ich liebe dich, weil ich dazu geboren wurde.« Unsere Hüften bewegten sich in vollkommenem Einklang, unsere Körper wurden eins. Ihre Liebe atmete Leben in mein ganzes Wesen.

Bevor ich Ashlyn begegnete, hatte ich nicht gewusst, was das Leben bedeutete. Nun hatte ich nicht einmal mehr Angst vor dem Tod.

In dieser Nacht erreichten wir wieder und wieder die vollendete Seligkeit. Wir machten Liebe, bis sich unsere Zehen in die Matratze krallten und unsere Herzen im Einklang hämmerten.

Nichts anderes zählte mehr auf dieser Welt. Alle Probleme wurden in dieser kalten Dezembernacht in meinem Schlafzimmer zum Schweigen gebracht. Wir sperrten alles aus, jede Störung, jeden Schmerz.

Ich liebte Ms Jennings, bis unsere Augen vor lauter Erschöpfung zufielen.

Und dann liebte ich sie in meinen Träumen.

# 29

## ASHLYN

*I'll write to you when you're lonely,*
*If you'll write to me when I'm scared.*
*And I'll love you even after the world's left with only its despair.*
*Our love lives.*
*Never dies.*
*Always flies, always flies.*

*Romeo's Quest*

Die Sonne machte mich traurig. Der neue Tag bedeutete, dass ich mich der Realität stellen musste, und ich war nicht sicher, ob ich schon dazu bereit war. Ich drehte mich unter der Decke auf die andere Seite und schloss noch ein letztes Mal die Augen. Ließ die Nacht mit Daniel noch einmal an mir vorüberziehen. Genoss noch einmal das Gefühl der Sicherheit, das er mir vermittelt hatte. Die Befreiung, die seine Liebe mir schenkte.

Als mein Handy piepte, um mir den Empfang einer Nachricht anzuzeigen, war die Zeit für Träume endgültig vorbei. Ich setzte mich auf und rieb mir den Schlaf aus den Augen. Dann betrachtete ich Daniel. *Er ist immer noch da.* Es war ein wunderbares Gefühl, ihm beim Schlafen zuzusehen. Eine ganze Weile lauschte ich auf seine Atemzüge und sah zu, wie sich die Decke über seiner Brust hob und senkte.

*Ding. Ding. Ding.*

Ich richtete mich kerzengerade auf, als das Handy dreimal in rascher Folge piepste. Als ich es vom Nachttisch nehmen wollte, lag etwas daneben. Ich erschrak.

Es war Ryans Zigarettenschachtel.

Direkt neben meinem Handy. Ich nahm sie ganz behutsam, als würde etwas Schreckliches passieren, wenn ich sie zerdrückte.

In der Schachtel fand ich einen Brief. Mir wurde schwindelig. Ich konnte es nicht über mich bringen, ihn zu lesen.

Wieder ein »Ding!« meines Handys. Meine Kehle war wie zugeschnürt. »Daniel, wach auf.« Zu leise. »Daniel!«, zischte ich lauter. Ich war unfähig, mich zu bewegen. »Wach auf!«

*Ding.*

Daniel wälzte sich herum und sah mich an. Ich saß zitternd mit der Schachtel da. Eigentlich hätte ich meine SMS checken sollen. Aber ich hatte zu viel Angst davor. Daniel fuhr hoch, als er den Ausdruck in meinen Augen sah.

»Was hast du?«

»Etwas ist passiert«, murmelte ich. Das Zittern wurde heftiger; Angst breitete sich in mir aus.

»Süße ...« Er legte mir eine Hand auf die Schulter. »Was hast du?«

»Check bitte mal mein Handy«, bat ich.

Er griff über mich hinweg, wobei seine Finger meinen Bauch streiften, und nahm mein Handy vom Nachttisch. Klappte es auf und las die Nachrichten. »Von Henry und Rebecca.«

»Lies sie mir bitte vor.«

»Ash, Rebecca möchte, dass ihr nach Hause kommt«, las er.

»Ash, wo steckst du?« Er stockte. »Ashlyn, hier ist Rebecca. Bitte, sag Ryan, dass er heimkommen soll ...« Pause. »Warum antwortet ihr nicht? Bitte. Bitte. Ich hab fünfzehnmal angerufen. Bitte bring meinen kleinen Jungen nach Hause ...« Pause. »Ashlyn, geht es euch gut? Wir machen uns schreckliche Sorgen ...«

Es waren sehr viele Nachrichten. Rebecca wollte, dass Ryan nach Hause kam. Sie hatte eine Nacht darüber geschlafen und ihren Fehler eingesehen.

Aber was, wenn es bereits zu spät war?

»Er ist fort!«, rief ich. Die Schachtel in meinen Händen zitterte.

Daniel starrte mich verwirrt an. »Ash... es ist schon in Ordnung. Sie wollen doch, dass er zurückkommt.« Sanft strich er mir durch die Haare und küsste meine Stirn. Ich aber wusste, dass es keinen Grund gab, optimistisch zu sein.

»Nichts ist in Ordnung.«

Ich schluchzte, weil ich genau wusste, dass etwas geschehen war, genau wie damals, als Gabby ...

Nein. Daran durfte ich jetzt nicht denken.

»Wir müssen uns anziehen«, entschied Daniel. Er verließ das Zimmer und kehrte mit den Sachen zurück, die ich gestern getragen hatte. Ich konnte mich immer noch nicht bewegen. Also zog er mich an, Stück für Stück. Mit jedem Kleidungsstück fühlte ich die Last schwerer werden.

Wir gingen den Flur entlang bis zu Daniels Zimmer, und natürlich war es leer. »Er ist fort, Daniel, ich habe es geahnt.« Er sagte nichts darauf. Als wir aus dem Haus traten, sahen wir, dass Haileys Wagen verschwunden war. Daniel gab einen erstickten Laut von sich. Er hob einen offenen Rucksack von der Veranda auf.

»Hatte Ryan Geld dabei?«, fragte er.

Ich überlegte fieberhaft. Daniel musste die Frage wiederholen, seine Stimme klang vor Sorge barsch.

»Henry hatte ihm dreihundert Dollar gegeben …«

»Jace …«, murmelte er, dann stürzte er zum Bootshaus.

Ich lief hinterher. Daniel stieß die Tür auf und kletterte auf das Boot. Er hob ein Bündel Geldscheine auf, die auf Deck lagen. Dreihundert Dollar. Sein Bruder lag ausgestreckt in der Koje. Daniel rüttelte ihn an der Schulter.

»Jace! Ich schwöre bei Gott, wenn du das gemacht hast …«

Jace schlug die Augen auf. »Was zum Teufel willst du denn?«

»Du hast einem Teenager Drogen verkauft! *Meinem Schüler*, Jace!« Er warf seinem Bruder den leeren Rucksack ins Gesicht. Mir drehte sich der Magen um. »Sarahs Unfall war nicht deine Schuld. Moms Tod war nicht deine Schuld. Aber ich schwöre bei Gott, wenn dem Jungen etwas zustößt, dann *ist* es deine Schuld! Deine Schuld, Jace!«

Jace setzte sich auf, offenbar wurde er der Umgebung sich erst jetzt bewusst. »Was zum Teufel redest du da? Danny, ich hab nichts gemacht …«

»Wir gehen«, sagte Daniel und nahm meinen Arm. »Wenn er stirbt, Jace … Wenn er stirbt, dann ist es deine Schuld! *Deine Schuld!*«

*Wenn er stirbt?*

Ich begann wieder zu weinen.

Denn ich wusste, dass Ryan bereits tot war.

# 30

## ASHLYN

Nr. 56: Lass ihn gehen

*Ashlyn,*

*gestern Abend habe ich gehört, wie Mr Daniels mit seinem Bruder über irgendwelche Drogen gestritten hat. Habe mir ein paar von seinen Pillen geborgt. Richte ihm bitte aus, dass ich bar bezahlt habe.*

*Ich wollte dich wecken, aber du hast so glücklich ausgesehen, als du neben ihm lagst. Und er noch glücklicher. Lass dir dieses Glück nicht nehmen. Wenn ein Mensch Glück verdient, dann du.*

*Kannst du bitte die Schachtel verbrennen? Ich brauche sie jetzt nicht mehr.*

*Bitte sag Hailey, dass ich immer noch da bin.*

*Immer.*

*Ryan*

# 31

## ASHLYN

*Sterne explodierten, und ich wurde geboren. Bitte nennt mich Tony.*

*Ryan Turner*

Die Schlagzeile war wie ein Echo der früheren.

Ryan Turner, Sohn von Rebecca Turner, findet bei einem entsetzlichen Unfall an der Kreuzung Jefferson Avenue und Pine Street den Tod.

Manchmal wiederholt sich Geschichte.
   In dieser Nacht weinten die Seelen auf der Erde und im Himmel.

# 32

## ASHLYN

*It doesn't matter what you feel.*
*Just know the feelings are real.*

Romeo's Quest

Ryans Begräbnis war so traurig, schmerzlich und von Verzweiflung geprägt wie alle Beerdigungen. Rebecca stand abseits und sprach mit dem Priester, während Henry die Gäste begrüßte und ihnen für ihr Kommen dankte. Es waren sehr viele – die meisten Schüler aus unserer Abschlussklasse.

Ich sah Avery bei Hailey stehen, sein Gesicht war tränenüberströmt. Hailey umarmte ihn. Es sah nicht so aus, als würde sie ihm sagen, dass alles wieder gut werde.

»Hallo, liebe Trauergemeinde. Ich bin Father Evans. Wenn Sie bitte hineingehen möchten ... der Gottesdienst wird gleich beginnen.«

Ich strich mein schwarzes Kleid glatt, das ich schon zu Gabbys Beerdigung getragen hatte, und war stolz darauf, dass ich bis jetzt noch nicht geheult hatte. Es hatte so viele Tränen gegeben – im Krankenzimmer, im Wagen und zu Hause. Also hatte ich mir geschworen, wenigstens in der Kirche stark zu bleiben. Wenn die anderen zusammenbrachen, wollte ich ihnen eine Stütze bieten.

Der Gottesdienst nahm seinen Lauf, und viele Leute weinten. Ich saß zwischen Hailey und Rebecca auf der vordersten Bank. Rebecca hatte seit dem Unfall kaum ein Wort gesprochen. Ich legte ihr ab und zu die Hand aufs Knie, auf das Bein, das unablässig auf den Boden stampfte. Ich versuchte, ihre Gefühle zu erraten. Natürlich musste sie sich Vorwürfe machen, weil sie Ryan verstoßen hatte. Vermutlich wünschte sie sich, der Unfall wäre ihr zugestoßen und nicht ihrem Jungen. Dass sie an seiner Stelle gestorben wäre.

Doch Schuldzuweisungen halfen niemandem.

Nicht heute.

Dann war Zeit für das Gedenken an Ryan und das kurze Leben, das ihm auf diesem Planeten vergönnt gewesen war. Viele betraten das Rednerpult, manche hielten witzige Reden, manche vergossen Tränen. Ich wandte mich an Hailey, die vor der Messe noch gesagt hatte, sie wolle ein paar Worte zu seinem Andenken sagen, doch sie senkte den Blick.

»Ich kann nicht … ich schaff es einfach nicht.« Sie wischte eine Träne ab, stand auf und verließ die Kirche.

Ich wusste nicht, ob ich ihr folgen oder bei Rebecca bleiben sollte. Ihr Atem hatte sich beschleunigt, und ich fürchtete, dass sie kurz vor einer Panikattacke stand.

Ich schob mich näher heran und flüsterte ihr zu: »Er hat dich geliebt. Er liebt dich immer noch. Es ist vollkommen in Ordnung zu weinen.«

Die Tränen strömten ihr über die Wangen. Sie nickte erleichtert. Ihr Atem wurde ruhiger und glich alsbald gleichmäßig heranrollenden Wellen.

Als ich mich umdrehte, sah ich Jake. Auch in seinen Augen standen Tränen. Ich warf ihm einen mahnenden Blick zu, und er nickte. Dann stand er auf, um nach Hailey zu sehen.

Father Evans rief den letzten Redner auf. Als ich Daniel aufstehen sah, stockte mir der Atem. Er trat hinter das Pult und sah mich direkt an, seine Augen glichen tiefen Brunnen des Mitleids. Er griff in seine Anzugtasche und zog ein Blatt heraus, faltete es auf.

»Ich war nicht sicher, ob ich heute in der Lage sein würde, vor Ihnen zu sprechen. Ich kannte Ryan erst seit diesem Halbjahr, aber wer Ryan gekannt hat, weiß, dass ein Tag reichte, um ihn zu mögen. Er war ein Possenreißer, aber zugleich ein kluger, intelligenter junger Mann. Als er den ersten Aufsatz für meinen 12er-Englischkurs schrieb, habe ich begriffen, wie tiefgreifend und komplex Ryan Turners Gedanken waren. Es gab eine bestimmte Aufgabe zu Beginn des Halbjahrs ...« Daniel stockte, räusperte sich und kämpfte mit den Tränen. Er wandte sich ab, damit wir nicht sehen sollten, dass er den Kampf verlor. »Verzeihung«, murmelte er, senkte den Kopf und fuhr sich über die Augen.

Als er sich der Trauergemeinde wieder zuwandte, waren seine Augen gerötet. »Wir hatten uns am Anfang des Schuljahrs eine Aufgabe gestellt ... Ich hatte die Schüler gebeten aufzuschreiben, wo sie sich in fünf Jahren sähen. Wer sie dann sein wollten. Ich habe Ryans Aufsatz aufgehoben und würde ihn gerne vorlesen.« Er nahm die Schultern zurück und richtete sich auf, hielt das Blatt vor sich. »Was möchte ich sein, wenn ich erwachsen bin? Mr D., das scheint mir für einen Kerl meines Alters eine ziemlich schwere Frage zu sein. Das Leben ist hart, und die Erwachsenen erzählen uns Kids andauernd, dass es mit den Jahren nicht leichter wird. Ich habe mir Mühe gegeben zu verstehen, was die Menschen in Gang hält, was sie dazu bewegt, in dieser Welt etwas Größeres erreichen zu wollen. Glaube? Hoffnung? Leidenschaft?

Ich bin schwul, Mr D. Das habe ich noch keinem Lehrer gesagt, aber als ich sah, wie Sie an Ihrem ersten Tag in die Klasse kamen, habe ich gedacht, dass Sie ein Lehrer sind, dem ich vertrauen kann. Auch Sie schleppen ein Geheimnis mit sich herum, das Ihnen zu schaffen macht. Also dachte ich, dass *mein* Geheimnis bei Ihnen in guten Händen sein würde. Aber ich sollte nicht nur aufgrund meiner Sexualität beurteilt werden, nicht wahr? Denn sie ist nur ein Teil von mir. Ich liebe Gewitter. Ich liebe Baseball. Ich halte Rockmusik für die beste Musik der Welt. Ich habe blaue Augen. Ich verabscheue Erbsen. Wenn ich mich schneide, ist mein Blut rot, und manchmal blutet mir das Herz ebenso wie Ihnen, schätze ich.

Wissen Sie, was ich nicht verstehe? Ich kann nicht verstehen, dass die Menschen, die einen eigentlich bedingungslos lieben sollten, sich plötzlich gegen einen stellen. Vor Kurzem erst habe ich mir gut zureden müssen, dass sie nicht mich meint, wenn sie wütend ist, dass sie nicht mich für Dads Tod verantwortlich macht – denn im Grunde liebt sie mich. Das weiß ich. Sie versteht nur nicht, dass es so viele verschiedene Arten von Liebe gibt. Arten der Liebe, die nur wir Teenager verstehen, bevor die Welt der Erwachsenen uns die Magie und die Fähigkeit zum Staunen nimmt. Ein Teenager zu sein ist zugleich ein Segen und ein Fluch. Es ist das Alter, in dem wir aufhören, an Märchen zu glauben, das Alter, in dem Santa für uns nicht mehr existiert, aber tief in unserem Herzen möchten wir noch an ihn glauben …

Es ist das Alter, in dem du furchtbar viel fühlst, aber die Erwachsenen finden immer, dass du überreagierst. Und immer diese schweren Fragen von den Erwachsenen und der Berufsberatung und der Gesellschaft überhaupt – Fragen, die wir Teens nicht einmal annähernd beantworten können. Wer sind wir? Wo sehen wir uns in fünf Jahren? Was wollen wir werden? Das Beängstigendste ist meiner Meinung nach, sich für ein Studium zu entscheiden und einen bestimmten Weg zu wählen, denn wir sind jetzt lediglich jung und naiv. Und keiner weiß, wer er oder sie jetzt ist. Also kann verdammt noch mal keiner wissen, wo er in fünf Jahren stehen wird.

Aber mein absoluter Favorit ist Ihre letzte Frage: Was wollen wir? Das ist einfach.«

Daniel hielt inne und schaute wieder zu mir, bevor er den letzten Teil von Ryans eindrucksvollem Aufsatz vorlas. »Leben. Ich will leben, und ich weiß eigentlich wirklich nicht warum, weil das Leben manchmal so ekelhaft ist. Vielleicht liegt es an Glaube, Hoffnung und Leidenschaft, die miteinander verwoben in meinem Herzen wohnen. Vielleicht betet mein Herz einfach um eine bessere Zukunft, damit diese ganzen beschissenen Vergangenheiten aufgehoben werden. Um also Ihre Frage auf eine sehr deprimierende, von Teenagerängsten geprägte Weise zu beantworten: Wenn ich erwachsen bin, will ich leben. Und nun frage ich Sie, Mr D.: Was wollen Sie sein, wenn Sie erwachsen sind? Denn das Erwachsenwerden hört nie auf, und auch die Träume vergehen nie.«

In der Kirche breitete sich ein Schweigen aus, das sogar die irdischen Götter unruhig werden ließ. Daniel faltete das Blatt zusammen und steckte es wieder in die Tasche. Traurig lächelnd sprach er ins Mikrofon: »Ich weiß nicht, was ich sein will, wenn ich erwachsen werde. Aber wenn ich irgendjemandem ähnlich sein will, dann dem jungen Mann, der diese Worte geschrieben hat. Ich will mich nicht vor den Folgen des Lebens fürchten. Ich will stets daran denken, dass ich das

Lachen atme und die Tränen ehre. Ich will in die Hoffnung eintauchen und bei der Liebe vor Anker gehen. Ich will leben, wenn ich erwachsen bin, denn ... das habe ich in meinem Leben nie wirklich getan. Und ich meine, das Mindeste, was wir zum Gedenken an Ryan tun können, ist, heute noch mit dem Leben zu beginnen. Und uns all die beschissenen Vergangenheiten zu verzeihen.«

Hailey und Jake standen auf den Kirchenstufen. Die Winterkälte biss in jedes unbedeckte Stückchen Haut. Ich sah, wie Jake Hailey etwas zuflüsterte, und sie daraufhin nicken.
»Jake.« Er drehte sich um, als er meine Stimme hörte, und ich winkte ihn mit einer Kopfbewegung heran. Jake warf Hailey einen Blick zu, dann kam er zu mir.
Er trat nahe an mich heran. »Sie ist echt fertig, Ashlyn.«
»Ich weiß.«
Sein trauriges Lächeln brach mir fast das Herz. »Sie gibt dir die Schuld.«
»Ich weiß.«
Er sah in die Ferne, die Hände in den Taschen vergraben. »Fast die ganze Abschlussklasse ist gekommen. Jeder hat den Typ gemocht. Hast du gewusst, dass er letztes Jahr bei der Junior Prom Ballkönig war?« Er holte tief Luft. »Wie kann man nur dahin kommen, dass man sich derart im Stich gelassen fühlt?«
Auf diese Frage gab es keine Antwort. Ich glaube, das ist es, was die Menschen am meisten schmerzt – die unbeantworteten Fragen.
Er kniff sich mit Daumen und Zeigefinger in den Nasenrücken und schloss die Augen. »Hör mal, Ashlyn, ich weiß, das ist jetzt wahrscheinlich ganz schlechtes Timing, aber ...«

Er seufzte. »Der Typ, dem du dein Herz geschenkt hast … Warum ist er nicht da?«

Ich senkte den Blick zu Boden. »Du hast recht, Jake. Ganz schlechtes Timing.«

»Ja. Okay. Aber …« Seine Stimme zitterte. »Ryan ist tot. Und wenn Menschen sterben, kommt man unweigerlich ins Grübeln über Dinge, die nie gesagt worden sind. Weil man Angst hat, sie auszusprechen. Und ich fahre über die Weihnachtsferien zu meinen Großeltern nach Chicago, also hab ich mir gedacht, ich sag's dir am besten gleich …«

»Jake …«

»Ich hasse den Kerl. Wer immer er ist, dass er heute nicht da ist – ich finde es zum Kotzen, dass er dich an so einem Tag im Stich lässt.« Er griff sich an den Hals und lockerte seine Krawatte. »Ich weiß, du glaubst, dass ich nur auf dich stehe, weil du so eine Wahnsinnsfigur hast. Ja, das stimmt auch, am Anfang war das der Grund. Du bist einfach umwerfend, Ash. Aber dann hast du mit mir gesprochen. Und da habe ich erst gemerkt, wie klug du bist.

Und ich habe begriffen, wie viel du zu sagen hast, wie viel du der Welt mitzuteilen hast. Und dann habe ich gedacht, wie sehr ich dich lieben könnte, wenn du es jemals zulassen würdest. Und ich habe gedacht, wenn ich mich bessere, wenn ich mit dem Kiffen aufhöre, oder wenn ich auf die Uni ginge oder mir einen Bibliotheksausweis besorgte … dann würdest du mich vielleicht zurücklieben.«

»Ich liebe dich doch, Jake.«

Er lachte. »Jetzt komm mir nicht mit diesem ›Wir sind doch gute Freunde‹-Scheiß. Ist schon okay, echt. Ich … ich musste das bloß mal loswerden. Trag's mir nicht nach, okay?«

Ich beugte mich vor und gab ihm ein Küsschen auf die

Wange. Dann bat ich: »Nimm mich bitte in den Arm.« Er legte seine Arme um mich. Ich atmete seinen Geruch ein und drückte ihn ganz fest. »Lass noch nicht los, ja?«

Nachdem wir uns voneinander gelöst hatten, ging Jake in die Kirche zurück. Ich stapfte durch den Schnee auf Hailey zu. »Hey, Hails.«

Sie war völlig verkrampft und verschränkte die Arme vor der Brust. Presste die Lippen zusammen. Sah angestrengt auf die Straße, als gäbe es dort etwas Interessantes zu sehen.

»Es tut mir so l-«, begann ich.

»Weißt du, was ich nicht verstehe?«, fiel sie mir ins Wort. »Du solltest doch bei ihm bleiben!« Ihr Kopf fuhr zu mir herum. »Du solltest eine Nacht auf ihn aufpassen. *Nur eine Nacht!* Was zum Teufel hast du nur gemacht, Ashlyn?«

Worte. Es gab so viele Worte, die ich gebrauchen, so viele Sätze, die ich bilden konnte, doch jetzt ließen sie mich alle im Stich.

Sie atmete heftig aus. »Genau!«

»Hailey ... als Gabby starb ...«, setzte ich an.

»Nein!«, stoppte sie mich mit erhobener Hand. »Heute geht es zur Abwechslung mal nicht um Ashlyn und ihren Kummer. Nicht um Gabrielle. Ryan ist tot! Und du hattest es versprochen!« Sie erstickte an der kalten Luft, an ihrem Kummer. »Du hattest versprochen, auf ihn aufzupassen, und jetzt ist er tot!« Ihr Schluchzen zerhackte die Worte, machte sie beinahe unverständlich. »D-du tust jedem weh, dem d-du n-n-nahekommst.« Dann schlug sie die Augen nieder. Sie hatte es nicht so gemeint. Ich wusste es.

Ich wusste es noch von Gabbys Beerdigung: Es fällt stets leichter, auf einen anderen loszugehen, als den Schmerz zu ertragen.

»Mit wem soll ich jetzt bloß zu Mittag essen?«, flüsterte sie. Sie schlug sich die Hände vor den Mund, und ihr entfuhr ein schmerzlicher Laut. Sie begann zu schluchzen, zitterte am ganzen Körper. »Es tut mir leid, Ashlyn. Ich hab's nicht so gemeint.«

Ich legte meine Arme um sie und schüttelte energisch den Kopf. »An diesem Tisch entschuldigen wir uns nicht«, sagte ich, eine frühere Bemerkung von ihr aufgreifend. »Weil wir wissen, dass Schmerz niemals absichtlich zugefügt wird.«

»Theo ist nicht gekommen!«, weinte sie an meiner Schulter. »Heute ist der schlimmste Tag meines Lebens, und er ist nicht gekommen. Er hat gesagt, das ginge gegen seinen Glauben. Blödsinn, wenn du mich fragst.« Sie rieb sich die Augen und löste sich von mir. »Das Traurige daran ist, dass ich auch nicht mehr so richtig an die Kirche glaube, weißt du? Theo ist eigentlich gar kein richtiger Buddhist ... aber ich fange an, die Lehre zu verstehen. Sie gefällt mir. Wohingegen all das hier ...«, sie beschrieb mit einer Geste Kirche und Friedhof, »... für mich keinen Sinn mehr ergibt.«

»Ich kann dir helfen«, vernahmen wir plötzlich eine tiefe Stimme. Es war Randy. Er war gekommen, um Daniel beizustehen, der schon wieder einen geliebten Menschen verloren hatte. »Ich weiß, wie das ist, wie schmerzlich so ein unzeitiger Todesfall sein kann«, begann er behutsam. »Du willst dich nur noch an der Welt rächen, weil sie dir das Liebste genommen hat.« Er ließ den Kopf hängen und rieb sich die Schläfe. »Ich beschäftige mich schon seit Jahren mit Buddhismus. Wenn du magst, können wir zusammen ein Gebet sprechen.«

Haileys Augen verschleierten sich. Sie ließ die Schultern sinken. Sie wirkte, als könnte sie jeden Moment zusammenbrechen. »Ich kenne aber keine buddhistischen Gebete. So weit bin ich noch nicht.«

Randy trat auf Hailey zu, legte ihr die Hände auf die Schultern und verhinderte so, dass sie fiel. »Ist schon gut. Ist ja schon gut.« Er wischte ihr die Tränen ab. »Ich kann dich dabei begleiten.«

Ich trat ein Stück beiseite und schaute zu, wie sie einander Trost zu spenden versuchten.

Randy nahm Haileys Hände. Seine höhlenschwarzen Augen schauten in ihre blauen. »Dies ist aus der *Widmung* des Bodhicaryavatara von Shantideva.«

Hailey kicherte leise und schniefte. »Ich hab keine Ahnung, was du meinst.«

»Ist schon okay. Mach einfach die Augen zu. Ich nehme dich mit.«

Und das tat er. Zwei völlig Fremde spendeten in ihrer schlimmsten Trauer einander Trost. Sie sperrten das Unbekannte nicht aus, sondern hießen es gemeinsam willkommen. Haileys schwerer Atem beruhigte sich, während sie Randys Hände hielt.

Der schönste Segensspruch, den Randy zitierte, war folgender: »*Mögen alle Lebewesen unermesslich lange leben. Mögen sie immer in Freude leben, und möge sogar das Wort Tod verschwinden.*«

Das klang richtig gut.

Alles strömte aus der Kirche, um den Sarg auf seinem Weg zum Friedhof zu begleiten. Daniel kam zu mir. Er achtete darauf, vor den anderen nicht wie ein Liebender, sondern wie ein mitfühlender Trauergast zu wirken. Doch in meinem Herzen wusste ich, dass er ein besorgter Liebender war, und das war das Einzige, was zählte.

»Wie geht es dir?«, flüsterte er. Ich zuckte die Achseln. Daniel sah mich schmerzlich an. »Ich wünschte nur, ich könnte dich in meinen Armen halten und allen Schmerz vergessen lassen.«

Ich lächelte unter Tränen. Er wollte sie fortwischen. »Nicht.« Ich tupfte sie selbst ab. »Henry«, murmelte ich zur Erklärung.

Daniel nickte. »Wir sehen uns später.« Er ging zu seinem Wagen.

Auf dem Weg zu Henrys Auto sah ich Jace hinter der Kirche. Er stutzte, als er mich sah, machte kehrt und ging mit großen Schritten in die andere Richtung. Ich lief hinter ihm her und rief seinen Namen.

»Hör zu, ich hab's kapiert!«, schnaubte er, als ich ihn eingeholt hatte. »Na los doch, ruf schon die Cops! Aber ich schwöre, dass ich damit nichts zu tun hatte. Ich hab dem Jungen keine Drogen vertickt.« Er trat nervös von einem Bein aufs andere, seine Stirn war trotz der Kälte verschwitzt. »Ich habe diesen Jungen nicht umgebracht!«, flüsterte er fieberhaft. Ich sagte nichts, starrte ihn nur an. Er fuhr sich mit den Händen über seinen Bürstenhaarschnitt, dann ging er leicht in die Knie, setzte sich auf den Boden. »Oh Gott! Etwa doch?«

»Ihr habt die gleichen Augen«, sagte ich. Er sah verwirrt zu mir hoch. »Wie Daniel. Du hast seine Augen.«

Er fuhr sich mit dem Finger unter der Nase lang und schniefte. »Wir haben sie von unserem Dad.« Er stand mühsam wieder auf, dann sah er mich fragend an. »Warum rufst du nicht die Cops?«

»Du bist doch kein Kind mehr, Jace. Wenn du glaubst, du hättest einen Fehler gemacht, dann solltest du dich selbst anzeigen«, sagte ich ein wenig hämisch. »Außerdem hab ich sowieso einen beschissenen Tag, da brauch ich nicht auch noch die Cops.«

Er lachte und nickte. »Tut mir leid. Alles.« Seine blauen Augen füllten sich mit Tränen. »Es tut mir so verdammt leid.«

»Ja. Mir auch.« Mir ging etwas im Kopf herum, das ich ihm nicht unbedingt sagen musste, aber ich fand, er sollte es trotzdem hören. »In seinem Körper ließen sich ...«, ich verlagerte mein Gewicht von einem Bein auf das andere, »... keine Drogen nachweisen. Ryan hat das Auto bei klarem Verstand gegen den Baum gefahren.«

»Es war also nicht meine Schuld?«, krächzte Jace.

Ich schüttelte den Kopf.

Ein gequältes Lächeln straffte sein Gesicht. Auf seiner Wange glitzerte eine Träne. Entschlossen steckte er seine Hände in die Taschen. Ich wusste, dass seine nächste Bemerkung nicht für meine Ohren bestimmt war, aber ich hörte sie dennoch.

»Ich werde clean. Diesmal schaff ich's ...« Leicht wie der Wind verließen die Worte seine Lippen und flogen hinauf in die Wolken. »Ich wollte doch immer bloß zurück in die Band. Vielleicht lässt er mich dann ...«

Wenn es einen Himmel gab, dann hoffte ich, dass Jace' Worte ihren Weg dorthin fanden.

Und wenn es einen Gott gab, so hoffte ich, dass er ihm zuhörte.

# 33

DANIEL

*Goodbyes hurt most when they're one-sided.*

Romeo's Quest

Es war ein langer Tag gewesen.

Auf dem Friedhof stand ich neben Ryans Mom, die dem Zusammenbruch nahe war. Henry hielt ihre linke Hand, und ich nahm die andere. Ich wusste, dass sie mich nur als den Lehrer ihres Sohnes kannte, aber sie erwiderte meinen Händedruck.

»Danke Ihnen«, flüsterte sie.

Mein Blick glitt zu Ashlyn, die ihren Arm um Hailey gelegt hatte. Sie schenkte mir ein schwaches Lächeln, und ich fing an zu grübeln.

Was, wenn ich durch meine Liebe ihr Leben zerstörte? Wenn ich sie durch unsere Verbindung in Gefahr brachte? Jace war eine Gefahr, und die Leute, mit denen er umging, nur umso mehr.

Es war ein dummer Gedanke, aber allmählich nahm der Tod viel zu viel Platz in meinem Leben ein. Ich wusste nicht, wie viel ich noch verkraften konnte. Besonders dann, wenn Ashlyn etwas zustieße.

Hatte Jace Ryan die Drogen gegeben? Wäre Ryan noch am Leben, wenn ich Jace nicht in der Nacht im Bootshaus hätte schlafen lassen? Ryan wäre auf jeden Fall noch am Leben, wenn ich meine Schülerin in Ruhe gelassen hätte.

Schuldgefühle waren echt heimtückisch.

Und lieferten mir alle möglichen Gründe, warum ich Ashlyn nicht lieben sollte.

Vier Tage hatte ich sie nicht gesehen, nie war so viel Zeit zwischen unseren Begegnungen vergangen. Seit einer Viertelstunde wartete ich im Jeep, den ich vor der Bibliothek geparkt hatte. Der Himmel war trunken von Schwärze, ein gleichmäßiger Schneefall hatte eingesetzt. Da sah ich sie unter den Straßenlaternen auf mich zukommen, eine große Papiertüte im Arm.

Ashlyn hatte Henry gesagt, sie würde bei einer Freundin schlafen, und versprochen, sich jede Stunde zu melden. Was bedeutete, dass ich sie mindestens fünfzehn Stunden für mich hatte. Ich beobachtete, wie das Licht der Laternen auf ihrem Gesicht spielte, wie es von Schneeflocken benetzt wurde, und dachte, dass eines schönen Tages alles in Ordnung kommen würde.

Etwas anderes war gar nicht denkbar. Wenn sie im nächsten Juni von der Highschool abging, würde ich sie lieben können, ohne mich verstecken zu müssen. Ich konnte ihr die Liebe geben, die sie verdiente. Um die Frage der Uni würden wir uns kümmern, wenn es so weit war, aber keinen Tag früher.

Ja, Schuldgefühle waren schlimm, aber die Hoffnung war eine ebenso starke Waffe.

Sie machte die Beifahrertür auf, stieg ein und stellte die Tüte auf ihren Schoß.

»Was hast du denn da?«

Sie schüttelte den Kopf. »Erst küssen, dann fragen.«

Ich beugte mich zu ihr und küsste sie. Dann grinste ich, weil ihre Zunge kurz über meine Unterlippe gefahren war. »Was ist in der Tüte?«, wiederholte ich.

»Meine Schatzkiste mit Gabbys Briefen. Und mit Jack, Jose und Morgan«, erwiderte sie. »Heute Abend geben wir uns nämlich die Kante und machen Briefe auf.«

Ich lachte und seufzte in einem Atemzug. »Nein, ernsthaft, was ist da drin?« Sie sah mich ironisch an und kippte die Tüte leicht, damit ich hineinsehen konnte. Soweit ich es erkennen konnte, eine Menge Flaschen und Briefe. »Ich finde nicht, dass das heute Abend passt, Süße.« Ihre Lider waren schwer vor Schlafmangel. »Außerdem trinkst du nicht.«

Sie lächelte. »Das stimmt.« Ihre Hand glitt in die Tüte und kam mit einem Brief wieder zum Vorschein. »Aber Nummer acht besteht darauf.«

»Ashlyn ...«, warnte ich. Ich wollte nicht, dass sie ihren Kummer in Alkohol ertränkte. Sie hatte Ryans Tod immer noch nicht verarbeitet, und ich befürchtete, dass sie eines Tages daran zerbrechen würde.

»Daniel. Spaß. Weißt du noch? Heute Abend wollen wir einfach nur Spaß haben, okay?«

Ich atmete langsam aus und nickte. »Okay.« Ich beugte mich zu ihr hinüber. »Dann komm.«

Sie rutschte näher heran. Mein Blick blieb an ihren Lippen hängen. Ich legte meine Hand auf ihren Rücken und zog sie an mich. Sie atmete schwer, als ich mit dem Finger *langsam* über ihre Oberlippe und dann *langsam* über ihre Unterlippe strich. Sie machte den Mund auf und leckte *langsam* meinen Finger, dann sog sie ihn in den Mund. Wir küssten uns.

Wir sahen einander in die Augen. Mein Herz hämmerte. »Ich liebe dich.«

»Ich liebe dich«, hauchte sie an meinem Mund, und mein ganzes Wesen vibrierte bei ihren Worten. Sie drückte den Rücken durch, und ich saugte an ihrer Lippe. Sie seufzte. »Ich liebe dich, ich liebe dich, ich liebe dich.«

Als wir das Haus am See erreichten, sah ich im Wohnzimmer Licht. Und zwei Frauen, die im BH durchs Zimmer spazierten. *Mist*. Ich schielte zu Ashlyn, die die Nackten natürlich auch gesehen hatte. Feixend wandte sie mir das Gesicht zu.

»Da sind nackte Frauen bei dir im Haus.«

Ich seufzte, als ich Randys nackten Oberkörper im Fenster erspähte. Verlegen rieb ich mir die Stirn. »Da sind in der Tat nackte Frauen in meinem Haus.«

Ashlyn grinste wie ein Klugscheißer. »Ist das ... normal in Mr Daniels' Haus?«

Ich machte eine Faust und biss verzweifelt hinein. Machte vor Scham die Augen zu. »Nein! Nein ... nur ... Na ja, früher hat Randy immer versucht, mich aufzuheitern, und da hat er ...«

»Hat er was ...?«

»... Nacktmusikpartys veranstaltet.«

Stille. Ich wollte die Augen nicht öffnen, wollte nicht sehen, wie sie darauf reagierte. Dann hörte ich ein Prusten. Ich öffnete ein Auge und sah Ashlyn in Lachen ausbrechen. »*Nacktmusikpartys?* Oh mein Gott! Du bist ja so ein *Freak!*« Sie lachte Tränen.

»Was?! Nein! Randy ist der Freak! Ich war bloß ein Typ, der zufällig ... mit nackten Mädchen ... im selben Zimmer war.« Ich legte den Rückwärtsgang ein und wollte losfahren, aber Ashlyn legte mir die Hand auf den Arm.

»Wag es ja nicht!«, zischte sie. »Wir gehen jetzt auf eine Nacktmusikparty!«

»Nein, tun wir nicht!«, entgegnete ich. Sie stellte die Papiertüte in den Fußraum. Langsam knöpfte sie ihren Mantel auf. »Ashlyn ...«, murmelte ich verlegen.

»Bring den Hebel in Parkstellung«, befahl sie.

»Nein«, sagte ich, tat aber wie befohlen.

Was denn sonst? Wenn ein schönes Mädchen anfängt, sich in deinem Wagen auszuziehen, stellst du den Schalthebel brav auf »Parken«. Ich hielt den Mund, während sie ihren Mantel ablegte. Dann fasste sie den Saum ihres Pullovers und zog ihn über den Kopf.

»*Seid Ihr denn des Wachens auch gewiss? Mir scheint's, wir schlafen, wir träumen noch*«, zitierte sie aus *Ein Sommernachtstraum*, während ihr Pullover auf dem Rücksitz landete.

Dann begann sie sich vom Hals abwärts zu streicheln. Aufreizend langsam bewegten sich ihre Finger am Hals entlang auf ihren Ausschnitt zu. Sie schloss die Augen, und ich schaute, wie sie sich vor mir berührte, in einer Andeutung von Erregung den Mund öffnete.

»Du bringst mich noch um, Ashlyn«, murmelte ich, weil ich allein vom Zuschauen hart wurde.

Sie brachte ihren Sitz in Liegestellung und streichelte sich weiter. Ich hörte ihre schweren Atemzüge. »*Hin und her, hin und her, alle führ ich hin und her ...*«, zitierte sie. Ihre Hände strichen über ihre Brust und wanderten nach unten zum Bauchnabel. Sie drehte mir ihr Gesicht zu und lächelte mit geschlossenen Augen. Dann begann sie ihre Jeans aufzuknöpfen. »*Land und Städte scheu'n mich sehr ...*«

Ein Knurren entfuhr meiner Kehle. Ich hielt ihre Hände fest. Ihre grünen Augen öffneten sich, ihre Lippen teilten sich, staunend über das Ausmaß meines Verlangens. Ich machte den Reißverschluss auf und zog ihre Jeans ein Stück herunter. Strich leicht über die Haut oberhalb des Slips und hörte sie stöhnen.

»*Kobold, führ sie hin* …«, setzte ich das Zitat fort. Meine Hände glitten nach oben zu ihrer Brust, strichen leicht über die harten Nippel. Ashlyn griff nach der Kopfstütze und klammerte sich daran fest. Ihr Atem ging rascher. Meine Hand glitt nach unten in ihren Slip, und ich hörte sie vor Lust keuchen, während ich ihr ins Ohr flüsterte: »… *und her.*«

Ich hatte nun nicht mehr das Bedürfnis, ins Haus zu gehen. Und wenn ich im Leben keine nackte Frau mehr sehen sollte, ginge das auch in Ordnung, solange *diese* nackte Frau mir gehörte.

Also ließen wir das Haus für den Rest der Nacht Haus sein.
Und feierten eine Nacktmusikparty für zwei.

Für das Besäufnis zogen wir ins Bootshaus um, weil wir keine Lust hatten, Randy und seinen nackten Mädchen zu begegnen. »Später können wir bestimmt rein. Sie bleiben ja nicht über Nacht«, sagte ich. »So weit treibt es Randy nicht.« Ich holte Decken aus der Kajüte, und wir legten uns auf das Bootsdeck.

Als Erstes öffneten wir den Whisky. Nachdem Ashlyn das erste Glas intus hatte, fürchtete ich schon, sie würde sich übergeben, aber sie trank munter weiter. Jedes Mal, wenn wir ein Glas gekippt hatten, verzog sie auf unbeschreiblich niedliche Art das Gesicht. Und sie hörte nicht auf zu kichern.

Ich genoss ihr Lachen. Dann ermahnte ich mich und rückte den Alkohol außer Reichweite. »Du bist ja betrunken.«

Sie setzte sich kerzengerade auf. Hielt die Handrücken an ihre Wangen. »Ohhh! Tatsächlich?« Sie kicherte. »Okay.« Sie wühlte in ihrer Papiertüte herum. »Hier sind sogar zwei Briefe, die ich aufmachen darf! Nummer siebenundzwanzig.« Einen Augenblick starrte sie die Briefe nachdenklich an und seufzte. »Manchmal habe ich das Gefühl, als ob mein Leben von diesen Briefen vorangetrieben würde …«, sie senkte die Stimme, »… und dann wieder denke ich, sie führen mich auf einen falschen Weg.«

Sie blinzelte und schüttelte die trüben Gedanken ab, doch ich behielt sie im Kopf. Sie machte einen Brief auf und begann ihn stockend zu lesen. »Liebe Ash, wenn du das erst an deinem einundzwanzigsten Geburtstag liest, bist du wirklich ein Loser. Wer wartet denn bis zum einundzwanzigsten Geburtstag, um sich ordentlich zu betrinken? Solltest du diesen Brief aber vorher lesen, dann trink einen auf mich, du Säuferin! Ich liebe dich wie verrückt. Und vermisse dich noch mehr. Du machst das großartig, Kid. Gabby.«

Sie drückte den Brief an ihre Brust und schwankte zwischen Lachen und Weinen. »Ich vermisse sie wie verrückt.«

»Sie dich auch.«

»Glaubst du, dass sie bei Ryan ist?« Sie stockte. »Glaubst du überhaupt an den Himmel? Scheiße, ich weiß nicht, ob ich's tu.«

Ich räusperte mich und stützte die Ellbogen auf die Knie. »Ich glaube daran, dass etwas Höheres als diese Welt existiert. Und ich glaube, dass die beiden zusammen sind, in Sicherheit, und dass sie keinen Schmerz mehr fühlen.«

Sie atmete leicht aus. »Ich wette, sie hängen fröhlich mit Shakespeare ab.«

»Aber auf jeden Fall! Mit wem sollte man sonst im Land der Toten abhängen?«

Ihr Lächeln bewirkte, dass ich mich noch mehr in sie verliebte. Sie schenkte zwei Gläser ein und reichte mir eins. »Auf Gabrielle Jennings und Ryan Turner. Mögen sie täglich mit Shakespeare zusammen sein!«

Auf Gabby und Ryan!

Dann nahm sie den nächsten Brief zur Hand. »Nummer zwölf ... Mach Liebe in einem Auto.« Sie wurde über und über rot und begrub ihr Gesicht in den Händen. »*Oh mein Gott*. Wir haben uns wirklich in deinem Jeep geliebt.«

Ich grinste. »Und nicht nur ein Mal.«

Sie sah mich an. Ihr Haar war verstrubbelt, ungezähmt, sie sah perfekt aus. Sie stützte die Arme auf die Knie. Beugte sich vor und biss sich auf die Unterlippe. »Ich will überall und ganz oft mit dir Liebe machen.«

Ich küsste sie auf die Stirn und strich ihr durch die Haare. Sie hielt mir den Brief hin. Ich starrte sie fragend an.

»Ich soll ihn vorlesen?«

»Natürlich.«

Grinsend riss ich den Umschlag auf. »Du Schlampe.«

Sie nickte. »Ich weiß, ich weiß. Also – was steht drin?«

Mein Grinsen wurde noch breiter, als ich den Brief umdrehte, sodass sie ihn lesen konnte.

Nr. 12: Mach Liebe in einem Auto

*Du Schlampe.*

*G.*

Ashlyn riss mir den Brief aus den Händen und starrte auf die Worte. Sie machte riesengroße Augen und kicherte. »Was für ein Miststück!«

Was wohl Mädelsjargon für »meine beste Freundin« sein sollte.

# 34

ASHLYN

*Close the door.*
*Take off your clothes.*
*Let me see your secrets unfold.*

Romeo's Quest

Wir gingen in Daniels Zimmer und schlummerten eng umschlungen ein. Als ich am Morgen erwachte, war Daniel nirgends zu sehen. Ich hatte furchtbare Kopfschmerzen. Auf dem Kissen neben mir stand ein Tablett. Darauf eine Wasserflasche mit Margeriten, eine Schüssel Cap'n Crunch mit Marshmallows, ein Teller mit zwei Kopfschmerztabletten und ein Glas Orangensaft.

Lächelnd sah ich zu, wie das Tageslicht ins Zimmer sickerte.

*Frühstück im Bett. Auch ein erstes Mal.*

Ich warf die Tabletten ein und spülte sie mit Orangensaft hinunter.

Daniel kam herein, ein Handtuch um die Hüften. Wieder einmal fiel mir auf, wie gut er gebaut war. Auf seinem Sixpack glitzerten Wassertropfen, und ich wurde rot, während ich ihn betrachtete. Es gefiel mir, dass ich immer noch rot wurde. Er feixte in meine Richtung.

»Guten Morgen.« Als er näher kam, streckte ich die Arme nach ihm aus und zog seinen nassen Körper zu mir herab. Er legte sich auf mich und umarmte mich. Er roch frisch, wie ein Wald. Tief sog ich seinen Geruch ein.

»Du hast extra für mich Cap'n Crunch mit Marshmallows gemacht?«, fragte ich.

Er fischte ein Stückchen aus der Schüssel und schob es mir in den Mund. »Ist doch dein Lieblingsfrühstück.« Dann küsste er mich, und ich verzog das Gesicht.

»Ich muss mir die Zähne putzen und duschen. Du bist ganz sauber und riechst gut. Es ist doch nicht fair, dass du ekligen Morgenatem küssen musst!«

»Ist mir egal«, lachte er.

Ich schlug die Hände vor den Mund und wandte das Gesicht ab. »Mir aber nicht!«

Daniel stand auf und hob mich auf seine Arme, er kicherte immer noch. »Dann sollten wir dich mal sauber machen.«

Wir liebten uns unter der Dusche.

*Noch ein erstes Mal.*

# 35

## ASHLYN

*Pain isn't something you need to save.*
*But please, baby, hold on for one more day.*

*Romeo's Quest*

Eine Woche nach Ryans Beerdigung fingen die Winterferien an. Ich verbrachte die meiste Zeit in Henrys Haus und sorgte dafür, dass Rebecca und Hailey ausreichend Zeit hatten, um zu essen, zu weinen und zu trauern. Ich hatte Gabby im August verloren und fand, dass ein Todesfall in den Ferien am schlimmsten war. Bis Weihnachten fehlten nur noch ein paar Tage, aber wir waren nicht in der Stimmung zu feiern.

Daniel simste jeden Tag und sorgte dafür, dass *ich* Zeit fand, um zu essen, zu weinen und zu trauern. Jede Nachricht schloss mit: Ich liebe dich.

Das brauchte ich.

Am Abend vor dem Weihnachtstag konnte ich nicht einschlafen. Ich saß im Wohnzimmer mit dem Notebook auf dem Schoß und tippte drauflos, ließ alle meine Gedanken in die Figuren meines Romans einfließen, als ich Schritte hinter mir hörte. Ich wandte den Kopf und sah Henry mit zwei Kaffeebechern hereinkommen.

»Tee?«, fragte er. »Rebecca hortet so eine verrückte Sorte

im Küchenschrank, aber ich dachte, ein Versuch kann nicht schaden.« Ich nickte und rutschte ein Stück zur Seite, um ihm Platz zu machen. Er setzte sich auf die Couch und reichte mir einen Becher. »Was schreibst du da?«

»Einen Roman.«

»Wovon handelt er?«

Ich biss mir auf die Lippen. »Ich bin mir noch nicht ganz schlüssig. Aber ich sag dir Bescheid, sobald ich es weiß.« Ich klappte das Notebook zu und sah ihn an. »Gabby hatte dir verziehen. Sie hat dir dein Fortgehen nie zum Vorwurf gemacht.«

Henry sah mir gerade in die Augen, ohne meinem Blick auszuweichen. »Und was ist mit dir?«

»Mit mir?« Ich stockte. »Ich ... arbeite daran.«

Er nickte. »Das ist ein Fortschritt.«

Bevor ich wusste, wie mir geschah, war ich schon wieder in Tränen ausgebrochen. »Ich habe mich so mies verhalten!«

»Ich doch auch, Ashlyn. Denn ich war nicht da. Ich habe so viel verpasst.« Er senkte den Kopf. »Wie wird es mit uns weitergehen?«

»Ich weiß es nicht. Aber schaffen wir doch erst mal diesen Abend.« Ich hob meinen Becher, nahm einen Schluck und spuckte ihn sofort wieder aus. »Oh Gott! Das schmeckt ja wie Rentierpisse!«

Henry lachte und zog eine Braue hoch. »Und du weißt ganz genau, wie Rentierpisse schmeckt, weil du ...«

Ich wies nickend auf seine Tasse. »Probier doch selbst.«

Er hatte den Tee kaum gekostet, als er ihn auch schon in den Becher zurückspuckte. »Ja, das ist definitiv Rudolphs Pisse.«

»Ach ja? Ich hätte gedacht, Comets.«

Er grinste. Ich grinste. *Wir* grinsten. Es war kein unbehagliches Grinsen, kein entfremdetes Vater-Tochter-Grinsen, sondern ein richtiges Grinsen. Zum ersten Mal seit ... Jahren.

»Ich würde gerne zu ihr fahren ... über die Feiertage. Wenn du nichts dagegen hast, fahr ich morgen los.«

Er verzog das Gesicht.

»Ich komme bestimmt zurück, Henry«, versprach ich.

»Sie wird sich freuen, Ashlyn. Es geht ihr schon viel besser ...« Er ging zum Weihnachtsbaum, der in der Zimmerecke stand, und hob einen Karton auf. »Hier – für dich.«

Ich strich mit den Händen über das Einwickelpapier. Auf dem Geschenk stand mein Name, und mein Herz schlug schneller. »Du hast uns immer nur Gutscheine geschenkt«, flüsterte ich.

»Tja, nun ... ich hab mir gedacht, dieses Jahr schenke ich dir mal was Richtiges. Nun mach schon auf.«

Unendlich langsam packte ich das Geschenk aus. Ich hatte das Gefühl, mich in einem Traum zu befinden, aus dem ich gleich erwachen würde. Als ich die CD dann in Händen hielt, schnappte ich nach Luft. *Romeo's Quest*.

Henry räusperte sich. »Es kommt dir vielleicht ein bisschen komisch vor, weil es ja die Band deines Lehrers ist. Aber ich habe sie vor ein paar Wochen gesehen. Sie sind wirklich gut, Ashlyn.« Seine Unterlippe zitterte leicht. »Dan...« Er stockte. »*Mr Daniels* hat mir erzählt, dass alle ihre Songs auf Shakespeare-Stücken beruhen. Und du bist doch ein Shakespeare-Fan, nicht wahr? Aber wenn sie dir nicht gefällt, können wir sie umtauschen. Wenn wir zusammen einkaufen gehen ...«

Ich seufzte. Dann nahm ich Henry in die Arme und drückte ihn. »Danke, Henry. Was für ein wunderbares Geschenk!«

Als wir uns voneinander lösten, nahm ich noch einen Schluck Tee, obwohl der Geschmack mich würgen machte.

»Warum willst du das widerliche Zeug überhaupt noch trinken?«, erkundigte er sich.

»So widerlich ist es gar nicht«, entgegnete ich. »Außerdem war Gabby Tee-Fan, und deshalb habe ich mit dem Teetrinken angefangen.«

Er wurde ernst. »Meinst du, du könntest mir mehr über Gabby erzählen?«

Mein Herz schlug schneller bei der Vorstellung, diesem Mann, der Gabby eigentlich längst kennen sollte, etwas über meine beste Freundin zu erzählen. »Was willst du denn wissen?«

Seine Stimme war so leise, dass ich sie kaum hörte. »Alles.«

Nachdem ich Henry stundenlang von Gabby erzählt hatte, saß ich in der Badewanne und rief Daniel an. Es war inzwischen drei Uhr morgens, aber er machte nicht den Eindruck, als fühle er sich gestört.

»Sorry, dass ich so spät noch anrufe«, seufzte ich.

»Keine Sorge. Ich hab einsam im Bett gelegen, mein Kopfkissen umarmt und an dich gedacht.«

Ich lachte. »Ich fahre morgen zu meiner Mutter …«

»Ja? Ist doch toll!«

»Aber ich bin nervös … Was ist, wenn etwas schiefgeht? Wenn sie mich gar nicht sehen will? Was ist, wenn ich ankomme und feststellen muss, dass ich immer noch total sauer bin? Weil … es nämlich so ist.«

Ich hörte seinen gleichmäßigen Atem durch die Leitung und fand ihn beruhigend. »In meinem Leben geschehen so viele furchtbare Dinge. Und mir ist inzwischen klar geworden, dass man Sachen, die einen bedrücken, sagen muss, wenn man die Chance dazu bekommt ... sonst wird man es ewig bereuen. Selbst wenn man wütend ist, soll man nicht damit hinter dem Berg halten. Sondern es in die Welt hinausschreien, solange es noch möglich ist. Denn wenn das Leben vorbei ist, hat man diese Möglichkeit vertan. Und die ungesagten Worte verschwendet.«

Ich blinzelte heftig und spürte, wie mein Herz gegen meine Rippen klopfte. Sagen, was ich sagen musste. Das machte mir so viel Angst. »Ich bin so müde ...«

»Geh zu Bett, Ash. Morgen ist ein wichtiger Tag.«

Ich nickte, als könnte er mich sehen. »Bleibst du am Apparat? Bis ich einschlafe?«

»Natürlich.«

Ich stieg aus der Wanne und ging in mein Schlafzimmer. »Frohe Weihnachten, Daniel.«

»Frohe Weihnachten, mein Engel.«

Ich lag im Bett, das Handy am Ohr, und Daniel spielte Gitarre, bis mir die Augen zufielen und die Träume kamen.

Mit Gabbys Schatzkiste im Gepäck stieg ich in den Zug. Ich hatte mir gedacht, dass es vielleicht gut wäre, wenn Mom und ich ein paar Briefe gemeinsam lasen. Ich schickte Daniel eine SMS und dankte ihm für den letzten Abend. Er schickte nur ein Wort zurück: Immer.

Als ich im Zug nach Chicago saß, kam mir die Erinnerung an meine erste Zugreise nach Wisconsin in den Sinn. Als sich unsere Wege zum ersten Mal gekreuzt hatten. So viel hatte sich seitdem verändert, aber ein paar Dinge waren gleich geblieben. Die Farbe seiner Augen beispielsweise.

Ich stellte die Schatzkiste auf den Sitz neben mir, zog die

Beine an die Brust und seufzte schwer. Ich vermisste Ryan und Gabby so sehr. Als der Zug anfuhr, standen Tränen in meinen Augen. Ich legte den Kopf an die kühle Scheibe, schloss die Augen und atmete ein paarmal tief durch. Es geht mir gut, sagte ich mir wieder und wieder, doch das half nicht gegen die Tränen.

Es sollte ein Gesetz geben, das jungen Menschen das Sterben verbietet. Sie hatten ja nicht mal richtig leben können.

Als ich Schritte hörte, machte ich die Augen wieder auf. Und schaute hoch. In …
Wunderschöne.
Atemberaubende.
Leuchtende.
Blaue Augen.

Ich weinte, während Daniel meine Schatzkiste aufhob und sich neben mich setzte. »Was war das Schönste an ihm?«, fragte er, zog mich an sich und küsste die Tränen fort.

Ich schloss die Augen, weil die Tränen unaufhörlich strömten, doch Daniel fing jede einzelne mit seinem Mund auf. »Sein Herz. Er konnte so stark lieben und hat so stark empfunden«, flüsterte ich, denn so hatte ich Ryan erlebt. »Er liebte seine Schwester und seine Mom über alles. Und sein Dad hat ihm so gefehlt …« Ich machte die Augen auf und legte Daniel die Arme um den Hals, zog ihn an mich. »Was hat deine Mom an Weihnachten am meisten geliebt?«, fragte ich.

Nun war die Reihe an ihm, die Augen zu schließen. Er antwortete nicht sofort. Als seine blauen Augen wieder aufgingen, flossen sie über. »Ich spreche nicht über sie …«

»Ich weiß«, sagte ich.

Wir lehnten Stirn an Stirn und atmeten den anderen. »Ihr Problem mit dem Doppelten kam besonders an Weihnachten zum Vorschein. Ich habe immer zwei gleiche Pullover bekommen, für den Fall, dass ich einen zerreißen würde. Sie hat immer die doppelte Menge Plätzchen gebacken. Sie brachte uns dazu, *Ist das Leben nicht schön?* zweimal anzuschauen. Sie ...« Er kicherte und rieb sich die Stirn. »Sie hat die doppelte Menge Wodka zum Weihnachtspunsch gegeben. Aber das war hauptsächlich für Dad gedacht.«

»Was war an ihm das Verrückteste?«, fragte ich und drückte Daniel einen Kuss auf den Mund.

»Hm, er war ein Träumer, besaß aber gleichzeitig die Fähigkeit, Träume wirklich werden zu lassen. Er kaufte das Boot, bevor er das Haus am See hatte. Aber er war überzeugt, dass er eines Tages ein Haus haben würde. Hat es wohl irgendwie in die Existenz geträumt.« Ich wühlte in seinen Haaren. Daniel küsste mich auf die Nase. »Du wirst alle diese Dinge niemals allein tun müssen, Ashlyn. Niemals.«

# 36

ASHLYN

*I want to know who you were before me.*
*I want to see the world that you see.*

Romeo's Quest

Wir legten noch einen kurzen Zwischenstopp ein, bevor wir zu meiner Mom fuhren. Als Daniel den Mietwagen am Bordstein parkte, musste ich lächeln. Ein Wagen in der Einfahrt war über und über mit Aufklebern der besten Bands aller Zeiten verziert.

*Bentleys Wagen.*

Ich griff in meine Schatzkiste und holte Gabbys Freundschaftsring und den Brief heraus, der an Bentley adressiert war. Als ich den Ring in der Hand hielt, musste ich seufzen: Sie wären so glücklich miteinander geworden.

»Ich warte hier«, sagte Daniel, der den Ausdruck in meinen Augen bemerkte.

»Kommst du bitte mit?«, bat ich, während ich ausstieg.

Jeder Schritt, den ich auf das Haus zutrat, tat weh. Jedes Mal, wenn ich meine schweren Winterstiefel hob, spürte ich den Schmerz wie ein scharfes Messer.

Mit Brief und Ring in der einen Hand und Daniels Hand in der anderen stieg ich die Stufen zur Haustür hinauf. Ich schaute zu der eingeschneiten Hollywoodschaukel und musste heftig blinzeln, als die Erinnerung wieder die Oberhand gewinnen wollte.

*»Ich glaube, ich liebe ihn«, flüsterte Gabby mir zu, während wir auf Bentleys Veranda in der lauen Sommernacht schaukelten. Er war ins Haus gegangen, um für uns Limonade zu holen. Später wollten wir auf den Jahrmarkt gehen.*
  *Ich musste kichern. »Du liebst ihn.«*
  *Sie lächelte mich durchtrieben an. »Ja. Ich liebe ihn.«*

Unter heftigem Kopfschütteln suchte ich mich von der Erinnerung zu befreien. Ich hob den Finger und legte ihn auf die Klingel. Doch als ich hörte, wie die Türglocke anschlug, hätte ich am liebsten den Rückzug angetreten. Ich wollte den Weg zurückgehen, den ich gekommen war, und wieder in die Stadt fahren.
  Daniel drückte meine Hand.
  Ich entspannte mich wieder.
  Die Tür ging auf. Als ich Bentley durch die Fliegentür sah, wirkte er überrascht – und zugleich ein wenig traurig. Warum musste ich ihr auch so ähnlich sehen? Wahrscheinlich brach ihm mein Anblick das Herz.
  Bentley kam auf die Veranda hinaus. »Ashlyn«, flüsterte er.
  Ich trat unruhig von einem Bein aufs andere. Wurde immer nervöser.
  Daniel ließ meine Hand los. Dann lächelte er, um mir Mut zu machen.
  »Hi, Bentley.«
  Bentley lachte, während Tränen in seine Augen traten. »»Hi, Bentley?‹ Mehr hast du nicht zu sagen? Komm schon

her.« Er zog mich in seine Arme. Ich atmete seinen Geruch ein und zog ihn an mich. »Du siehst toll aus«, flüsterte er.

»Du auch, Bent.« Wir lösten uns voneinander und rieben uns lachend die Augen. »Oh, und übrigens Frohe Weihnachten!«, fügte ich hinzu und kratzte mir verlegen den Nacken.

Er strahlte. »Und – wen hast du da mitgebracht?«

Ich wandte mich Daniel zu, der geduldig danebenstand. Ich wurde rot. »Das ist Daniel, mein …« Und stockte, denn ich wusste nicht genau, was wir im Moment waren.

»… Freund«, lächelte Daniel und streckte Bentley die Hand hin. »Schön, dich kennenzulernen.«

Bentley warf mir einen koketten Blick zu. »Oh, ich freu mich auch.« Er steckte seine Zunge in die Wange. »Er ist schon ein Hingucker, was?« Ich kicherte und versetzte Bentley einen Rippenstoß. »Jetzt steht nicht da draußen rum. Kommt rein.«

Doch ich zögerte. Aus irgendeinem Grund glaubte ich nicht das Recht zu haben, sein Haus ohne Gabby zu betreten. »Wir können nicht lange bleiben. Ich wollte dir nur …« Ich hielt Brief und Ring hoch. »Ich wollte dir das geben.« Ich legte den Ring in seine Hand und hörte ihn überrascht nach Luft schnappen. »Er lag in der Schatzkiste, die du mir gegeben hast. Und sie hat mich auch gebeten, dir diesen Brief zu geben.«

Bentley umklammerte den Ring. »Der ist von Gabrielle?«

Ich nickte.

Während Bentley langsam den Umschlag aufriss, fühlte ich mich sonderbar friedlich werden. Es war, als würde ein Buch zugeschlagen. Das letzte Kapitel der Liebesgeschichte von Bentley und Gabrielle fand seinen Abschluss.

Er weinte beim Lesen. Natürlich. Gabbys Briefe brachten

die Leute immer zum Weinen. »Ich hatte sie am liebsten von allen.«

»Ich weiß.«

»Manchmal frage ich mich, wie ich anfangen soll, wieder zu leben. Wie ich wieder …« Er hustete und wischte sich die Tränen ab. »Wie soll ich jemals wieder glücklich sein?«

»Indem du ganz langsam anfängst.« Daniel trat einen Schritt vor und legte Bentley eine Hand auf die Schulter. »Du gestattest dir zu fühlen, was auch immer du fühlst. Und wenn dann auf leisen Sohlen das Glück zu dir kommt, brauchst du deswegen keine Gewissensbisse zu haben.«

»Langsam anfangen«, wiederholte Bentley bei sich. Er ließ den Kopf hängen. »Wow. Er ist nicht nur ein Hingucker, sondern auch noch klug. Sehr viel besser als Billy.«

Ich lachte über seine Bemerkung und umarmte ihn zum Abschied. »Pass auf dich auf, okay?«

Bent küsste mich auf die Stirn. »Du auch, Ash.« Dann schüttelte er Daniel die Hand. »Daniel … pass gut auf meine kleine Schwester auf, okay?«

Daniel hielt Bentleys Hand noch einen Moment fest und lächelte. Dann stopfte er die Hände in die Taschen. »Mach ich.«

# 37

## ASHLYN

*Home – what does it mean?*
*It's your eyes staring back at me.*
*Just breathe.*

Romeo's Quest

»Mom?«, fragte ich, als ich unsere Wohnung betrat, die sich in den ganzen Monaten kein bisschen verändert hatte. Im Wohnzimmer lief immer noch die hässliche Blumenborte an den elfenbeinfarbenen Wänden entlang. Der Fernseher zeigte immer noch das gleiche miese Reality-TV. Und die Couch hatte immer noch diese stumpfsinnige braune Farbe.

Und doch fühlte es sich anders an.

Daniel kam hinter mir in die Wohnung und schloss die Tür. »Ich glaube nicht, dass sie da ist«, flüsterte ich, ohne genau zu wissen, warum ich das tat. Aber ich kam mir vor wie ein Eindringling, und wenn ich erwischt wurde, würde die Welt um mich herum einstürzen.

Ich schaute den Flur entlang zu dem Zimmer, das mir und Gabby gehört hatte, und jedes Härchen an meinem Körper stellte sich auf. Ich hätte nicht gedacht, dass ich beim Wiedersehen unserer Wohnung so viel Angst und gleichzeitig so viel Wut empfinden würde. Ich wollte schreien, aber meine

Kehle war wie zugeschnürt. Ich wollte weinen, hatte aber keine Tränen mehr.

Ich ging zu unserem Zimmer und fand die Tür geschlossen. Ich drehte den Türknopf und stieß sie auf.

Wie in der übrigen Wohnung hatte sich auch hier nichts verändert, und doch fühlte es sich anders an. Was ich schlimm fand.

Auf meiner Seite des Bettes standen immer noch Bücher auf der Kommode. Im Schrank hingen Gabbys und meine Kleider.

Ich ging zu meinem Bett, das säuberlich gemacht war, und setzte mich auf die Bettkante. Ich klopfte auf den Platz neben mir, damit auch Daniel sich setzte.

»Es riecht nach dir«, bemerkte er. »Ich weiß, das klingt sonderbar, aber es riecht wirklich nach dir.«

Ich richtete den Blick auf mein Kopfkissen, dann nahm ich es hoch und roch daran. Es war erst kürzlich mit meinem Lieblingsparfüm besprüht worden.

»Ich werde ihr sagen, dass ich wütend bin«, sagte ich und schaute auf Gabbys Seite des Zimmers, auf die Beatles-Poster, die immer noch an der Wand hingen. An ihrem Bett lehnte die Gitarre. Fotos von ihr und Bentley, Fotos von Gabby und mir ... »Sie hat mich im Stich gelassen, als ich sie am meisten brauchte.«

Daniel betrachtete mich schmerzerfüllt, schwieg aber.

»Sie – sie hat mich fortgeschickt!« Ich sprang auf. Der Zorn drohte mich zu überwältigen. Wieder hier zu sein brachte mein Blut zum Kochen. »Ich hätte ihr doch helfen können! Ich hätte mich um sie kümmern können!«, brüllte ich und lief wie eine Verrückte hin und her.

Daniel musterte mich stumm. Ich regte mich nur noch mehr auf.

»Und dann erdreistet sie sich, mein Kissen mit meinem Parfüm zu besprühen?! Als ob sie mich vermissen würde?« Ich keuchte vor Wut, mein Gesicht brannte. Ich schlug mir auf die Brust. »Gabby war mein Zwilling! Wenn jemand hätte sterben sollen, dann ich!«

Ich war nicht nur zornig, sondern auch nervös. Zornig, weil Mom sich dem Alkohol ergeben hatte, statt sich um mich zu kümmern. Und nervös, weil ich Angst davor hatte, dass sie in der Zwischenzeit vor die Hunde gegangen war.

Ich riss Gabbys Tagesdecke vom Bett, warf sämtliche Kissen und die Zudecke auf den Boden. »Sie kommt nicht wieder, Mom!«, brüllte ich in die Luft.

Als Nächstes war Gabbys Poster dran, dann die Fotos. Daniel legte seine Arme um mich und zog mich aufs Bett zurück.

»Ashlyn, hör auf.«

Doch ich war nicht fähig dazu. Ich drehte durch beim Anblick der alten Erinnerungen. *Wie konnte* Mom mir befehlen, mein Zuhause zu verlassen. *Wie konnte* Henry es wagen, sich um mich zu kümmern. *Wie konnte* Gabrielle sich erdreisten, Krebs zu bekommen. *Wie konnte* Ryan es wagen, sich umzubringen!

»Ich habe mich um Ryan gekümmert, ich habe dafür gesorgt, dass er für die Nacht unterkam. Wir wollten darüber schlafen und am nächsten Morgen überlegen, was wir machen wollten. Und Rebecca hatte sich wieder beruhigt. Sie wollte, dass er nach Hause kam. Und Hailey hätte ihren Bruder gebraucht ... Was für ein Arschloch. Was war er für ein Arsch, dass er sich umgebracht hat!«

Es war nicht fair. Sie hatten mich verlassen, obwohl ich alles getan hätte, damit sie bei mir blieben. Ich hätte ihnen die Liebe gegeben, die sie brauchten.

Warum war ich nie *genug?*

Daniel hatte seine Arme um meine Taille geschlungen, doch ich trat und schrie wie eine Furie: »Lass mich!« Aber er hielt mich nur noch fester. Ich trat nach ihm, krallte meine Fingernägel in seine Arme und versuchte mich loszureißen. Mein Geheul wurde immer lauter, aber der Schmerz verging nicht. »Lass mich los!«

»Nein.« Er hielt mich fest und drückte mich gegen die Wand. Ich brach in Tränen aus. »Ich lasse dich niemals los, Ashlyn. Ich lasse dich niemals los.«

»Oh doch! Auch du wirst mich eines Tages verlassen!«

Mein Magen zog sich zusammen, ich war kurz davor, mich zu übergeben. Er meinte es zwar nicht so, aber was er sagte, war gelogen.

Denn so war es immer. Alle ließen mich eines Tages im Stich.

Das Zimmer verschwamm vor meinen Augen. Mir wurde schwindlig.

»Du hast eine Panikattacke«, flüsterte Daniel, während mein Atem sich beschleunigte. In mir zog sich alles zusammen. »Bitte beruhige dich. Tu's für mich, Süße. Versuche, gleichmäßig zu atmen.« Er drehte mich um, damit ich ihn ansah. Ich riss an seinem Hemd, zog ihn an mich.

Ich tickte aus.

Komplett.

Doch er blieb bei mir.

Wir saßen auf der Couch und starrten auf die Wohnungstür. Als die Schlüssel klapperten, schlug mein Herz so stark, dass ich es an den Rippen spürte. Langsam ging die Tür auf, und herein kamen Mom und Jeremy.

Ich stand auf. Mom blieb vor Überraschung die Luft weg. Sofort standen Tränen in ihren Augen. Sie ließ die Schultern hängen.

Ich hätte eigentlich wütend sein sollen.

Ich hätte sie eigentlich hassen sollen.

Aber ich konnte sie nur in den Arm nehmen, an mich ziehen und an ihrer Schulter weinen. Ich wusste nicht, was ich davon halten sollte.

Ab morgen würde ich vielleicht wieder zornig sein.

Aber jetzt? Am Abend vor Weihnachten?

Waren wir nur zwei Menschen, die dazu geschaffen waren, Fehler zu machen und aus ihnen zu lernen? Wir waren dazu geschaffen, auf vollkommene Weise unvollkommen zu sein.

# 38

## ASHLYN

*Snow falls soft.*
*I love you slowly.*

*Romeo's Quest*

In den wenigen Tagen in Chicago wurden Mom und ich uns nicht über unsere Probleme klar. Wir sprachen nicht darüber.

Wir trauerten, weil wir das erste Weihnachtsfest ohne Gabby feierten. Am Silvestertag räumten wir das Zimmer aus. Mom hob Gabbys Gitarre in die Höhe und hielt sie Daniel hin. »Nehmen Sie.«

Er wehrte ab. »Ich kann nicht.«

»Bitte«, flüsterte Mom und strich zärtlich über die Saiten. »Sie verdient es, gespielt zu werden.«

Daniel sah mich an. Ich nickte.

»Dann danke ich«, sagte er und nahm die Gitarre. Während Mom und ich die letzten Kleider zusammenlegten, um sie der Wohlfahrt zu spenden, stimmte Daniel ein paar Akkorde an.

»Kennst du was von den Beatles?«, fragte ich. Mom schaute auf und wartete lächelnd auf seine Antwort.

Daniel spielte *Let It Be* und sang leise dazu. Seine Stimme kam mir weicher vor als je zuvor. Sie machte mir eine wohlige

Gänsehaut. Draußen rieselte der Schnee, legte sich auf die Zweige der Bäume und deckte jeden Zoll von Chicago zu.

Und als die Uhr Mitternacht schlug, weinten wir gemeinsam.

»Was glaubst du?«, fragte ich, als wir in Edgewood am Bahnhof standen. »Wird sie es schaffen, mit dem Trinken aufzuhören?«

»Ich weiß es nicht«, antwortete Daniel. »Aber ich hoffe es sehr.«

»Ich auch.« Ich warf einen Blick auf die Leute und lächelte ihn an. Wir hatten uns in einen stillen Winkel hinter den Telefonzellen zurückgezogen. »Sie möchte, dass ich wieder bei ihr wohne ... damit wir uns wieder näherkommen.«

Er nickte langsam. »Ich weiß.«

Ich senkte die Stimme. Mom hatte mir beim Abschied den Brief meiner Traum-Uni mitgegeben. »Ich bin auf der University of South California angenommen worden.«

»Ich weiß«, sagte er. »Wieso auch nicht?« Er starrte zu Boden. »Wie sehr wir uns auch bemühen, wie nah ich mich dir auch fühle ... warum werde ich das Gefühl nicht los, dass ich dich verliere?«

Ich hatte dieses Gefühl auch, konnte ihm aber keinen Ausdruck verleihen. »Henry kommt gleich und holt mich ab. Kann ich dich später noch anrufen? Wenn nicht, dann sehen wir uns auf jeden Fall in der Schule.« Ich stellte mich auf die Zehenspitzen und küsste ihn auf den Mund, um ihm den Abschied leichter zu machen. Daniel sog leicht an meiner Unterlippe, und ich seufzte an seinem Mund. »Ich liebe dich.«

»Ich liebe dich auch.«

Ich schaute ihm nach, und mein Herz zog sich zusammen.

In ein paar Wochen kamen die Abschlussarbeiten und danach ein weiteres Halbjahr, in dem wir unsere Liebe vor der Welt verbergen mussten. Der einzige Unterschied bestand darin, dass ich nicht mehr in seinem Englischkurs war. Das wäre auch zu schlimm gewesen. Ich wurde egoistisch. Ich wollte, dass er seine Stelle aufgab. Ich wollte, dass wir gemeinsam fortgingen, aber ich wusste, dass Daniel dazu nicht in der Lage war. Er war mit Leib und Seele Lehrer. Und er liebte seine Band. Seine Heimat war Edgewood.

Und was war mit mir? Ich war an der University of Southern California angenommen worden. An meiner Traum-Uni. Das bedeutete vier Jahre Ferne zu Daniel – vier weitere lange Jahre der Trennung.

Wir hatten ein Halbjahr Nähe überstanden, und es hatte mich fast umgebracht. Während ich ihm nachschaute, dämmerte mir die grausame Wahrheit: Ich hatte mich in den Richtigen verliebt – aber zur falschen Zeit.

»Hey, Ashlyn.«

Ich fuhr erschrocken zusammen, als ich meinen Namen hörte. »Jake, hast du mich erschreckt! Was machst du denn hier?«

»Bin grade von meinen Großeltern zurückgekommen …« Er verzog das Gesicht. »Hast du da eben Mr Daniels geküsst?«

Mein Mund wurde trocken. Ich hustete. »Was?«

»Du hast gerade Mr Daniels geküsst.« Das war keine Frage mehr, sondern eine Feststellung.

Ich starrte Jake wie hypnotisiert an, als er sich zum Portal wandte und auf Daniel zeigte, der am Bordstein auf ein Taxi wartete. Mir wurde übel.

Ich lachte nervös, zog den Trolley-Griff hoch und wollte mich in Bewegung setzen. Meine Beine fühlten sich an wie

Pudding. Ich konnte keinen klaren Gedanken fassen. »Ich muss schauen, ob Henry ...«, murmelte ich.

*Wir haben's vermasselt.*

Wir hatten uns zu sicher gefühlt. Hatten einander in der Öffentlichkeit berührt. Und nun bekamen wir die Quittung.

Schritte folgten mir. Alles in mir erstarrte. »Ashlyn! Hör mal, du bist doch ein kluges Mädchen. Warum triffst du dich mit deinem Lehrer –«

Meine Hand fuhr hoch, landete auf seinem Mund. »Still, Jake! *Still!*« Gleich würde ich in Tränen ausbrechen. Nein, falsch, es war schon passiert.

»Oh mein Gott, es stimmt«, murmelte Jake betroffen. »Er ist es?! Er ist der Mann?! Oh mein Gott, Ashlyn!«

Er war so durcheinander, dass er nicht stillhalten konnte. Ich erspähte Henrys Pick-up vor dem Bahnhof. Verzweifelt rieb ich mir die Augen und versuchte, meiner Erregung Herr zu werden.

Vergebens.

Ich zitterte am ganzen Körper.

»Sag nichts ...«, flüsterte ich.

Jake starrte mich fassungslos an.

Ich eilte hinaus, ohne mich noch einmal umzuschauen. Aber ich spürte seinen Blick im Rücken. Der mich verurteilte. Der das Mädchen verurteilte, das er eines Tages hätte lieben können und vor dem er nun jegliche Achtung verloren hatte.

# 39

## ASHLYN

*I'm not afraid of losing you.*
*I'm more afraid of losing me.*
*Don't make me choose. Because I'll choose you.*

Romeo's Quest

Am meisten fürchtete ich den Chemieunterricht in der ersten Stunde. Ich wollte Jake nicht begegnen. Ich wollte nicht, dass er mir meine Enttäuschung von den Augen ablas.

Als ich ins Chemielabor kam, hörte ich das Raunen in der Klasse. Ob es um Ryan ging oder darum, dass ich so bleich war wie der Tod, vermochte ich nicht zu sagen. Jake saß an unserem Labortisch, und als er aufsah, schenkte ich ihm ein schwaches Lächeln.

Seine Mundwinkel gingen in die Höhe.

Es war nur eine winzige Bewegung, aber für mich Ermutigung genug.

»Hey«, sagte ich und setzte mich neben ihn.

»Hey, *Ashlyn*«, kicherte er, abermals meinen Namen betonend. »Ich hab die Panik gekriegt ... als ich euch ...«, er räusperte sich und rückte ein bisschen näher, »... gesehen habe. Aber jetzt verstehe ich alles.«

Mein Herz schlug angriffslustig. »Ach ja?«

»Natürlich, Ash. Du hast deine Schwester verloren. Und dann noch Ryan. Du warst ein leichtes Ziel für diesen Scheißkerl.«

»Er ist kein Scheißkerl!«, flüsterte ich. Jake hatte gar nichts verstanden.

Er nahm meine Hand. Ich wollte sie ihm entziehen, riss mich aber zusammen. Jake kannte Daniels und meine Geschichte nicht. Wie konnte ich da Verständnis erwarten?

»Er soll es noch bereuen, dass er dich so benutzt hat«, flüsterte er mit Nachdruck. »Er wird es noch bereuen, dass er dir wehgetan hat.«

»Jake! Nein, bitte nicht. Du verstehst nicht.«

Aber er antwortete nicht. Er hatte sich schon entschieden.

Und wieder einmal brach vor meinen Augen mein Leben in Stücke.

Aber es hatte ja auch nie die Chance gehabt, sich zu einem heilen Ganzen zu fügen.

Nach Chemie lief ich durch die Korridore, mit dem Gefühl, als würde ich auf meinem Herzen herumtrampeln. Ich wünschte mir Harry Potters Tarnumhang, damit ich jetzt und gleich verschwinden konnte. Hailey war immer noch vom Unterricht entschuldigt; ich konnte sie gut verstehen.

Die traurigen Blicke, die ich auffing, ließen mir wieder und wieder die Tränen in die Augen steigen. Als ich vor meinem Spind stand, schaute ich den Korridor entlang und sah Daniel vor seiner Klasse stehen. Er erwiderte meinen Blick. In seinen schönen Augen standen jede Menge Schuld und Schmerz, also versuchte ich, ihm ein halbes Lächeln zukommen zu lassen. Auch er musste das Raunen der Schüler vernommen haben. Er machte Anstalten, zu mir zu kommen, aber ich warnte ihn mit einem heftigen Kopfschütteln.

Der einzige Mensch, der mir Trost spenden konnte, durfte es nicht. Der einzige Mensch, an dessen Brust ich mich ausweinen konnte, musste mir fernbleiben.

»Mir macht es nichts aus«, formte er stumm mit den Lippen. Mein Herz zerbrach in eine Million unnützer Stücke.

Ich zuckte die Achseln, doch zu spät, ich weinte schon wieder. »Mir schon«, gab ich ihm stumm zurück, dann senkte ich den Kopf und weinte in meinen offenen Spind hinein. Warum hatten Gabby und Ryan sterben müssen? Und warum zum Teufel verdiente ich es, am Leben zu sein?

Ich erstickte an meinen Tränen, während sich mir die grausige Wahrheit offenbarte.

Ich war eine Zerstörerin. Ich zerstörte Leben. Gabbys. Ryans. Henrys und Moms. Und jetzt stand ich kurz davor, Daniels Leben zu vernichten.

Bevor ich wusste, wie mir geschah, schlossen sich zwei Arme um mich. Ich sah auf. Daniel stand immer noch vor seiner Klassentür und kämpfte mit den Tränen. Ich war froh, dass er dort geblieben war.

Henry sprach tröstend auf mich ein, während er selbst weinte. »Ist schon gut, Ash. Alles wird gut.«

Ich zerrte an seinem Hemd, zog ihn näher an mich heran. »Dad ...«, flüsterte ich, mehr brachte ich nicht heraus. Die Macht des Schmerzes war verheerend. Ich hatte zwar gewusst, dass Herzen Schmerzen leiden, aber ich hatte noch nicht gewusst, dass sie in ein Reich von Nichtsein ausbluten können.

Henry hielt mich fest. Schüler gingen vorbei und tuschelten miteinander, manche blieben sogar stehen und starrten uns an. Ich aber stieß heftig den Atem aus, den ich während der letzten Monate angehalten hatte.

Und atmete frische Luft, die mein Gemüt leichter machte.

Und stieß die stickige Luft aus, die meine Seele vergiftet hatte.

Einatmen, ausatmen. Ich verspürte den verzweifelten Drang, es wieder und wieder zu tun.

*Atme. Ashlyn. Atme.*

In der Mittagspause saß ich allein am Tisch. Ich hatte mir nicht mal ein Tablett mit Essen genommen. Ich saß einfach nur da. Allein. Verletzt.

Irgendwann sah Avery zu mir herüber, als überlegte er, ob er sich zu mir setzen sollte, doch dann wandte er sich wieder seinen Footballkameraden zu. Ich fragte mich, wie lange er sein Coming-out noch hinausschieben würde. Ich fragte mich, ob er sich einzureden versuchte, dass er hetero war, damit er kein Fall für die Statistik wurde.

Ich hoffte nur, dass er es schaffte.

Jake stand in der Schlange an der Essensausgabe. Er nickte mir zu. Er machte Anstalten, an meinen Tisch zu kommen, aber ich wollte ihn nicht in meiner Nähe haben. Ich sprang vom Tisch auf und stürzte davon. An Avery vorbei. An Jake vorbei.

Aber nicht an Ryan.

Weil man an den Toten einfach nicht vorbeikommt.

Ich schaute Daniel an und gab ihm durch ein Blinzeln zu verstehen, dass ich ihn sprechen wollte.

Ich lief in den Schutzraum im Keller und stellte mich auf längeres Warten ein. Ich sah bestimmt erbärmlich aus, wie ich da an der Wand lehnte, in Gesellschaft eines Eimers und eines Wischmopps, aber das war mir gleichgültig. Er würde kommen, das wusste ich. Wenn Daniel Daniels mich so liebte, wie ich wusste, dass er mich liebte, dann würde er kommen.

Also würde ich warten. Auch wenn in der Zwischenzeit die Sonne versank und die Welt in einen Abgrund stürzte – ich würde warten. Denn ich wusste, dass er alles in seiner Macht Stehende tun würde, um zu mir zu kommen.

Ich hörte seine Schritte. Ich schaute auf – er stand vor mir.

»Tut mir leid, dass es so lange gedauert hat.«

Als ich seine Hände auf meinem Rücken spürte, drängte ich mich an ihn.

»Ich bin traurig«, hauchte ich.

Er legte sein Kinn auf meine Haare und streichelte mich liebevoll. »Ich bin auch traurig. Statt allein traurig zu sein, können wir ja für eine Weile gemeinsam traurig sein.« Er drückte mir einen Kuss auf die Stirn. Ich wusste, es gab keinen anderen Menschen auf der Welt, den ich in meinen Armen halten wollte. Niemanden, den ich so ganz und gar für mich haben wollte, wie ich Daniel wollte.

Aber ich würde ihn verletzen.

Ich hatte so viele Menschen verletzt, weil ich mir nie die Zeit nahm, selbst heil zu werden.

Also musste ich ihn verlassen.

Aber es tat so weh, sich loszureißen.

»Ich bin noch nie zuvor verliebt gewesen«, flüsterte ich und lehnte den Kopf an seine Brust.

Seine Finger strichen durch mein Haar, über meine Wange, meine Lippen. »Ich hatte geglaubt, verliebt zu sein, aber ich hatte mich geirrt«, sagte er und malte mit seinem Daumen einen Kreis um meinen Mund. Mein heißer Atem traf seinen Finger, während er die schlichte Bewegung fortsetzte, die mich fast um den Verstand brachte. »Vor dir habe ich niemals wirklich geliebt. Bevor ich dich traf, habe ich nicht an die Ewigkeit geglaubt. Ashlyn Jennings, du bist meine Ewigkeit, für immer.«

»Nein!«, flüsterte ich verzweifelt. »Daniel, jemand weiß Bescheid.«

Er schaute mir tief in die Augen, und ich spürte, wie seine Besorgnis auf mich übersprang. Oder vielleicht war es meine eigene Sorge. Manchmal waren unsere Gefühle derart im Einklang, dass sie kaum voneinander zu unterscheiden waren.

»Woher?«

»Gestern, am Bahnhof. Jemand hat uns gesehen.«

Er fuhr sich übers Gesicht und nickte langsam. »Okay.«

Mehr sagte er nicht.

Ich kniff die Augen zusammen. »Daniel, er will uns verraten! Er will dir Schwierigkeiten machen!«

Er ließ die Schultern sinken und sah mir wieder tief in die Augen. »Ich habe schon an Kündigung gedacht, Ashlyn. Ich kann auch mit meiner Musik überleben. Außerdem haben meine Eltern eine Kleinigkeit beiseitegelegt. Ich werde das Haus verkaufen. Ich kann mir einen anderen Job suchen. Und dann kann ich dir endlich alles geben, was du brauchst. Ich kann dich im Arm halten, wenn du es brauchst. Ich kann dich küssen, ohne Angst vor neugierigen Blicken haben zu müssen. Ich kann auch mit dir nach Kalifornien gehen.«

»Daniel«, sagte ich gehetzt. »Du kannst das Haus nicht verkaufen ... Es ist dein Zuhause. Und du liebst deinen Beruf.«

»Nein, ich liebe *dich*. Du bist alles, was für mich zählt.«

Er wollte alles, wofür er gearbeitet hatte, alles, was er war, aufgeben – für mich.

Da wusste ich plötzlich, was ich zu tun hatte.

Meine Stimme brach. »Ich zerstöre dein Leben.«

Es fühlte sich an, als ob die Wände auf mich eindrangen. Ketten legten sich um mein Herz, aus dem ich Daniel ausschließen wollten.

»Nein …«, protestierte er erstickt. Er wusste, worauf ich hinauswollte.

»Mom geht es besser, aber sie ist so allein. Ich sollte wieder zu ihr, sollte nach Hause zurückkehren.«

Er verschränkte seine Hände mit meinen und drückte sie auf meine Brust. »Das hier ist dein Zuhause, Ashlyn. Das ist dein Heim.«

»Es tut mir so leid.«

»Ich verstehe das …« Seine Stimme bebte. »Ich verstehe das nicht. Natürlich ist alles ein schreckliches Durcheinander, aber …« Tränen standen in seinen Augen, und er wich einen Schritt zurück.

»Ich weiß im Augenblick nicht, wer ich bin, Daniel.« Meine Stimme zitterte ebenfalls vor Schmerz. »Ich hatte eine Zwillingsschwester, und dann hatte ich dich, aber es gab nie eine Zeit, in der ich hätte lernen können, was es bedeutet, ich selbst zu sein. Ich muss versuchen, das zu lernen. Ich muss versuchen, eine Weile allein zu sein, um mir zu beweisen, dass ich für mich verantwortlich sein kann.«

»Das verstehe ich, das verstehe ich wirklich … aber …« Er wischte sich die Augen und wandte sich ab. Dann stemmte er die Hände in die Hüften. »Wie kann ich das in Ordnung bringen? Wie kann ich dich dazu bewegen, bei mir zu bleiben? Ich würde meine Welt für dich aufgeben, Ash. Alles würde ich für dich aufgeben.«

»Daniel … was würdest du sagen, wenn ich Kalifornien aufgäbe?«, flüsterte ich.

Er widersprach und machte geltend, dass Kalifornien das sei, was ich immer gewollt hätte, mein Traum. Ich streckte die Hand aus und strich ihm über die Wange. Dann schlang ich die Arme um seinen Hals und zog seinen Mund zu mir herab, küsste ihn leidenschaftlich, spürte seine Tränen auf meinen Lippen.

»Ich weiß.« Ich schluckte. »Und ich darf nicht der Grund dafür sein, dass du alles aufgibst.«

»Aber wie soll ich denn weiterleben? Wenn ich dich nicht jeden Tag sehe? Wie soll ich ohne dich weiterleben?«

Ich legte ihm die Hände auf die Brust. »Fang einfach langsam damit an«, sagte ich. »Vielleicht war es so bestimmt, dass wir einander nur nach einer Zeit der Dunkelheit haben durften.«

»Ich glaube das nicht«, entgegnete er.

Ich zog ein grimmiges Gesicht. »Es war Jake Kenn, der uns gesehen hat. Du wirst mit ihm sprechen müssen. Ich darf nicht der Grund dafür sein, dass du alles verlierst, wofür du so hart gearbeitet hast.«

Er gluckste nervös. »Ich habe schon mehr verloren.«

Die Schritte, die mich von Daniel wegführten, waren die schmerzlichsten Schritte meines Lebens. Die Wände tuschelten miteinander und verhöhnten mich mit dem lähmenden Schicksal, das Daniel und mich getroffen hatte. Am liebsten wäre ich umgekehrt und hätte meine Worte widerrufen. Aber ich wusste, dass ich die richtige Entscheidung getroffen hatte.

Denn wenn es die falsche gewesen wäre, hätte mein Herz nicht so wehgetan.

# 40

## ASHLYN

*Don't say goodbye.*

*Romeo's Quest*

Als ich in die Schulkantine zurückkehrte, sah ich Hailey mit Jake an unserem Tisch sitzen. Ich stürzte auf sie zu und umarmte sie. »Hätte nicht gedacht, dass du diese Woche noch kommst!«

Sie lächelte. »Muss ja irgendwann wieder anfangen.«

Daniel kam nun ebenfalls herein und blieb vor unserem Tisch stehen. »Jake, kannst du mal kurz in meine Klasse mitkommen?«

Jake fixierte Daniel mit zusammengekniffenen Augen. »Nein, danke«, brummte er.

Ich zuckte vor Schreck zusammen und setzte mich neben Jake. Legte meinen Mund an sein Ohr. »Bitte, Jake? Mir zuliebe?«

Er bedachte mich mit einem finsteren Blick und schüttelte den Kopf. Sagte kein Wort. Stand lediglich auf und folgte Daniel.

Hailey und ich setzten uns wieder an den Tisch. »Weißt du noch, was ich am Anfang des Halbjahrs gesagt habe, über Ryan und Avery? Dass ich noch nie zwei Menschen gesehen hätte, die sich so friedlich liebten?«, fragte sie. Ich nickte. Sie blickte Daniel nach. »Da lag ich wohl falsch.«

Ich beugte mich vor. »Jake hat es dir erzählt?« Hailey nickte. Ich setzte zu einer Erklärung an, aber sie fiel mir ins Wort.

»Du musst mir gar nichts erklären, Ashlyn.« Tränen traten in ihre Augen, aber sie bezwang sich. »Freunde sollten füreinander einstehen. Ich hab Jake gesagt, er soll seine große Klappe halten und nichts verraten.«

Ich schnitt eine Grimasse. »Tja, aber ich glaube nicht, dass er sich daran hält.«

»Wenn er dich so liebt, wie Mr Daniels dich liebt, dann wird er nichts sagen.«

Es kam mir wie eine Ewigkeit vor, seit Daniel und Jake die Schulkantine verlassen hatten. Und sie kehrten nicht zurück. Mit wild klopfendem Herzen lief ich zu Daniels Klassenraum, die Angst fraß mich fast auf. Die Tür war geschlossen, also wartete ich im Gang. Viele Schüler gingen an mir vorüber, ein jeder damit beschäftigt, sein Leben voranzubringen. Meines aber stand still.

Endlich ging die Tür auf, und Jake kam heraus. Ich schluckte vor Aufregung und ging ihm nach. Mit verwirrter Miene trottete er den Korridor entlang.

»Jake? Bitte, rede mit mir. Was ist passiert?«

Er schaute mich gerührt an, dann zuckte er die Achseln. »Ich glaube, ich hab mich grade in Mr Daniels verliebt.«

Ich lachte, als ich sein Feixen sah. »Ja, das kann passieren.«

Er zog die Brauen zusammen. »Du willst also wirklich fort? Zurück nach Chicago?«

Ich nickte.

»Hör mal, das ist jetzt aber nicht, weil ich gedroht habe, ihn dafür bezahlen zu lassen? Ich hab nämlich nicht gewusst ...«

Er stockte. »Ich habe nicht gewusst, dass ein Mensch einen anderen so lieben kann, wie er dich liebt.«

»Deswegen gehe ich nicht zurück, Jake. Es liegt am Leben selbst. Das Leben ereignet sich, und ich füge mich in den Fluss der Ereignisse ein.«

»Ich werde auf sie aufpassen«, versprach er. »Auf Hailey, meine ich. Ich setze mich jeden Tag zu ihr. Sie muss nicht allein essen.«

»Danke, Jake.« Ich küsste ihn auf die Wange.

»Nichts zu danken, *Ashlyn*.« Wieder betonte er meinen Namen. Und ich gab ihm noch ein Küsschen.

# 41

DANIEL

*We burned together.*
*We burned for fun.*
*We burned in front of everyone.*
*We were the stars.*

*Romeo's Quest*

Es war der Vorabend ihrer Rückkehr nach Chicago. Morgen, wenn der Schultag zu Ende war, würde Ashlyn in einem Zug sitzen, der unsere Stadt verließ. Ich stand mit Gabbys Gitarre am Bootsanleger und starrte auf den vereisten See. Randy hatte ein paarmal nach mir gesehen, aber ich hatte ihn beruhigt. Es ging mir gut. Alles andere hätte Ashlyn nur belastet.

Die Schwermut des Winters lastete auf allen Dingen. Ich erkannte sie in jedem meiner Atemzüge. Die Musik und das Geheimnis des Sees wurden vom Eis zum Schweigen gebracht. Aber die Musik ihrer zarten Stimme sang in mir.

»Hey«, flüsterte Ashlyn hinter mir. Henry hatte ihr seinen Wagen geliehen, damit sie sich von ein paar Leuten verabschieden konnte. Sie hatte jedoch gesagt, dass sie sich nur von mir verabschieden wollte. Ihre Lider waren schwer. Auch sie hatte letzte Nacht kein Auge zugetan.

»Hey«, erwiderte ich und drehte mich lächelnd zu ihr um.

Ashlyn hielt einen Karton in den Händen. Mein Blick glitt zu dem kleinen Lagerfeuer, das ich auf ihr Geheiß angezündet hatte. Ich lachte. »Mann, siehst du schrecklich aus. *So verdammt hässlich.*«

Sie grinste breit. »Und du bist so verdammt romantisch!«

»Ist echt nervig«, seufzte ich und rieb mir den Nacken.

»Ich weiß ...« Wir gingen zum Feuer. Ashlyn machte den Karton auf. »Bist du bereit?«

War ich nicht. Aber ich nahm die Gitarre und spielte, sang mit leiser Stimme dazu.

*Lass den Wind unser Freund sein, er trägt uns heim.*
*Lass das Morgen die Schönheit jeder Seele sein.*

»Ryans Zigarettenschachtel.« Sie hielt sie in die Höhe. Dann warf sie sie ins Feuer und wir sahen zu, wie eine Rauchwolke in den Himmel stieg und sich auflöste.

*Möge die Reise den Tod wert sein.*
*Mögen unsere Erinnerungen niemals vergehen ...*

Als ich Gabbys Briefe in ihrer Hand sah, konnte ich mich doch nicht zurückhalten: »Bist du sicher, dass du die verbrennen willst?«

Eine Träne rollte ihre Wange hinab, doch sie nickte entschlossen und legte die Briefe ins Feuer.

*Zarte Grenzen zwischen hier und dort.*
*Züngelnde Flammen erhellen diesen Ort.*
*Atme ein, atme aus.*
*Hört gut zu, ihr Engel.*

Ich hörte auf zu spielen, und wir schauten schweigend zu, wie der Rauch mit dem eisigen Wind verwehte. Ashlyn griff wieder in den Karton und holte zwei Papierbögen und zwei Stifte heraus.

»Was jetzt?«, fragte ich. Sie gab mir ein Blatt und einen Stift.

»Wo siehst du dich in fünf Jahren?« Sie musterte ihr leeres Blatt. »Schreib es auf. Und wenn ich mit der Uni angefangen habe und du beginnst, dieses Haus zu renovieren ... dann tauschen wir unsere Gedanken aus. So wie am Anfang.«

»Du bist ja so verdammt dramatisch!«, lachte ich. Es schien mir keine gute Idee zu sein. Dennoch schrieb ich meine Gedanken auf und steckte das Blatt ein. Ashlyn tat das Gleiche.

»Ich fahre jetzt besser nach Hause. Aber wir sehen uns morgen in der Schule?«

»Ja. Bis morgen.«

Sie stand ganz still da und schaute mich an. Meine Seele flog zu ihr, und ich schloss sie in meine Arme. Ich schaute zu dem rosig überhauchten Himmel auf, der sich in der Ferne in die Unendlichkeit weitete, und warf alles in die Waagschale, damit sie nur ja nicht von mir ging.

»Ich verstehe, warum du fortwillst. Ich verstehe, dass du dich selbst finden willst, denn du verdienst es. Es gibt keinen Menschen auf der großen weiten Welt, der es mehr verdient. Aber wenn das für dich okay ist, dann würde ich gern alles sagen, was mir in den nächsten fünfundvierzig Sekunden durch den Kopf geht. Und wenn ich damit fertig bin, möchte ich, dass du mich stehen lässt und zum Auto gehst.«

»Daniel ...«

»Bitte? Bitte, Ashlyn.« Sie starrte zu Boden, und als sie die Augen wieder zu mir aufschlug, nickte sie. Ich flüsterte in ihr linkes Ohr: »Ich hatte geglaubt, du wärst meine Erfindung. Ich hatte geglaubt, ich würde in einer Welt von Dunkelheit leben und hätte mir nur eingebildet, dass es dich gibt. Dass ich dich erschaffen und in diesen Zug gesetzt hätte. Aber dann ist mir klar geworden, dass ich niemals so etwas Schönes hätte erträumen können.

Du bist der Grund, warum die Menschen an ein Morgen glauben. Du bist die Stimme, die den Schatten vertreibt. Du bist die Liebe, die mich atmen lässt. Also werde ich ein paar Sekunden lang ganz egoistisch sein und Dinge sagen, denen du nicht zuhören darfst.« Ich strich mit den Händen über ihren Rücken, während ich sie immer näher an mich zog und ihre aufgepeitschten Nerven spürte. Ich küsste den Rand ihres Ohrs. »Geh nicht. Bleib für immer bei mir. Bitte, Ashlyn. Lass mich dein Ein und Alles sein. Dein Gold. *Geh. Nicht.*«

Ich löste mich von ihr und fühlte mich schuldig an ihren Tränen. Sie lächelte mich an und nickte. Langsam, sehr langsam ging sie auf den Wagen zu. Dort angekommen, drehte sie sich noch einmal zu mir um. »Du wirst hier sein? Wenn ich mich gefunden habe?«

»Ich verspreche es.«

Als ich das Schulgebäude betrat, sah ich Ashlyn mit Jake und Hailey vor ihrem Spind stehen und lachen. Ich ging an dem Spind vorüber, dessen Tür von oben bis unten mit Fotos von Wassermelonen beklebt war. Ich musste auch lachen, als ich sah, wie Jake und Hailey sie mit den Fotos neckten, die natürlich sie dorthin geklebt hatten.

Ashlyns grüne Augen trafen meine, und ich spürte mein Herz klopfen. Sie lächelte und blickte gleichzeitig finster drein – zwei Sekunden lang, bevor ich mich abwandte.

»Das war wohl der romantischste Blick, den ich je gesehen habe«, murmelte Hailey Ashlyn zu. Ich ging weiter.

»Kein Scheiß«, brummte Jake. »Hab grad von eurem Anblick einen Ständer gekriegt.«

Darüber musste ich lachen, aber ich drehte mich nicht um. Denn ich wusste, wenn ich mich umdrehte, würde ich mich nicht zurückhalten können. Ich würde sie in meine Arme ziehen und »Bitte bleib« flüstern.

»Dan.« Henry kam auf mich zu, er wirkte ziemlich grimmig. »Kann ich dich eine Sekunde in meinem Büro sprechen?«

Auch er litt darunter, dass Ashlyn nach Chicago zurückkehrte. Der Schmerz sprang ihm förmlich aus den Augen. Ich konnte es ihm nachfühlen.

Wir gingen in sein Büro. Henry schloss die Tür. Doch bevor ich Platz nehmen konnte, verpasste er mir einen Fausthieb. Ich rieb das getroffene Auge. »Heilige Scheiße, Henry! Was ist denn mit dir los?!«

»Du verdammter Scheißkerl! Du hast meine Tochter benutzt!« Er holte wieder aus. Dieses Mal traf er mich in den Magen. Ich wimmerte vor Schmerz und krümmte mich. »Sie ist meine Tochter!«

Noch ein Schlag in die Eingeweide.

»Meine Ex hat angerufen, weil sie wissen wollte, ob alles in Ordnung ist. Mit Ashlyn. Aber sie machte sich Sorgen.« Wieder holte er zu einem Schwinger aus, aber ich hielt seine Hand fest. »Sie machte sich große Sorgen, weil Ashlyn ihren Freund verlassen musste. Und da hab ich mich gefragt, welchen Freund sie meinte? Ashlyn hat doch gar keinen!«

»Henry, lass mich bitte erklären …«

»Und dann ist Kim sein Name wieder eingefallen. Und wie seine Band heißt. Und jetzt rate mal …?«

Vom Boden aus sah ich die Türe aufgehen. Es war Ashlyn, die uns fassungslos anstarrte. Sie kam herein und machte die Tür hinter sich zu. Dann warf sie ihrem Vater einen Blick zu und stellte sich schützend vor mich.

»Henry, schau mich an«, sagte sie und hob die Hände.

»Ashlyn, er hat dich nur benutzt!«, rief Henry verzweifelt.

Ich wischte mir einen Blutstropfen vom Mund.

»Nein. Nein, das hat er nicht.«

»Du bist durcheinander. Kein Wunder, nach all dem, was du durchgemacht hast.« Henry seufzte und raufte sich die Haare.

»Dad, schau mich an«, flüsterte Ashlyn und nahm seine Hände. »Er hat mich gerettet. Wenn du mich je geliebt hast, musst du mir jetzt zuhören. Du wirst mich anhören, und du wirst Daniel *nicht* in Schwierigkeiten bringen.«

Henry stand still und dachte nach. Dann wandte er sich an mich. »Ich will dich nie mehr in ihrer Nähe sehen.«

»Henry …«, setzte ich an.

Doch Ashlyn fiel mir ins Wort. »Ich gehe doch wieder zurück. Wirklich, ich schwör's. Es ist vorbei.«

Ihre Worte schnitten mir in die Seele. Ich rieb mir die Stirn und stimmte Ashlyn zu: »Es ist vorbei.«

# 42

## DANIEL

*No such thing as a second chance,*
*Only first chances that never end.*

*Romeo's Quest*

Sie war fort. Ich wusste nicht, was ich denken sollte. Was ich fühlen sollte.

Wir saßen am Küchentisch und tranken Bier. Randy hatte irgendwann nicht mehr gewusst, was er sagen sollte, um mich zu trösten, und versuchte es deshalb auch nicht weiter. »Es tut mir so leid, Mann.« Er schüttelte ungläubig den gesenkten Kopf.

»Ja. Mir auch.«

Die Hintertür flog auf, und Jace kam in die Küche. Seine Augen waren blutunterlaufen, er hatte geweint und bohrte trotzig die Hände in die Taschen. Es war deutlich zu erkennen, dass er ein blaues Auge hatte. Ich sah es mit Schmerzen. Seine Lippe hatte einen Riss, und er wirkte ebenso desolat wie an dem Tag, als Mom gestorben war.

»Ich habe Red gebeten, mich gehen zu lassen.« Er zitterte und lachte gleichzeitig. »Sie hätten mir sowieso nie verraten, wer Moms Mörder ist, nicht wahr?«

Ich senkte den Blick auf meine Hände, die auf dem Tisch

lagen. »Nein. Bestimmt nicht.« Ich hörte ihn schluchzen, dann erhob ich mich schwerfällig von meinem Stuhl.

Ich holte ein Handtuch, gab Eiswürfel hinein und drückte es auf sein blaues Auge. Er zuckte zurück, als es seine Haut berührte, aber er protestierte nicht.

Ich war durch mit meinen Predigten. Ich wollte ihm nicht mehr vorhalten, dass seine Entscheidungen sein Leben und das anderer Menschen in Mitleidenschaft zogen. Ich wollte nur noch meinen Bruder wiederhaben. Ich hatte zu oft miterlebt, wie Menschen ihre Geschwister verloren, und ich hatte keine Lust mehr, mich zu streiten.

Ich nahm meinen Bruder in die Arme, und er weinte an meiner Schulter.

»Sie fehlen mir so, Danny!« Er weinte bitterlich. Endlich gestattete er sich, um unsere Eltern zu trauern, statt auf Rache zu sinnen. »Ich weiß nicht, was ich jetzt machen soll. Ich weiß einfach nicht, was ich machen soll …«

Ich wusste auch keine Antwort darauf. Ich wusste ja kaum, was ich mit meinem eigenen Leben anfangen sollte. Ich zog einen Stuhl für ihn heraus, und Jace setzte sich zu Randy und mir an den Tisch. Schweigen breitete sich in der Küche aus.

»Tja«, feixte Randy schließlich, trottete zum Kühlschrank und holte drei Bier heraus. »Wir hätten bei Romeo's Quest eine Stelle frei.«

Jace riss die Augen auf und schüttelte ungläubig den Kopf. »Ihr wollt mich zurückhaben? Nach allem, was ich euch angetan habe? Besonders Ashlyn …«

Ich zuckte bei der Erwähnung ihres Namens zusammen. »Jace … sag einfach Ja.«

Ein Lächeln stand in seinen blauen Augen, als er meinen Blick fand. »Okay.«

# 43

ASHLYN

*This isn't something that I want to fade.*
*Promise there will be sunshine after this rain.*

*Romeo's Quest*

Ich machte das Abschlussjahr an meiner alten Highschool. Meine früheren Freunde versuchten wieder Verbindung mit mir aufzunehmen, aber ich war nicht mehr das Mädchen, das sie einst gekannt hatten. Mom musste immer noch mit Gabbys Tod fertig werden, aber sie hatte mir versprochen, sie würde es besser schaffen, wenn ich bei ihr wäre.

Sie lachte auch wieder öfter.

Jeden Abend saß ich neben ihr auf der Couch, und sie sah fern, während ich las. Dieser Alltag tat uns beiden gut, bis zu dem Tag, als ich mit dem Studium begann. Um ganz von vorn anzufangen. Ich fand neue Freunde. Ich konnte mich aber auch mit mir selbst wohlfühlen, und das war in meinem Leben eine ganz neue Erfahrung. Zuerst war ich ein Zwilling gewesen, der stets einen Menschen in seiner Nähe hatte, dann war Daniel in mein Leben getreten.

Daran war nichts zu bedauern, denn meine Erfahrungen hatten mich zu dem gemacht, was ich heute war. Sie hatten mich stärker gemacht.

In meiner Fantasie träumte ich immer noch, dass wir zusammen wären. Jeden Morgen wälzte ich mich im Bett zu Daniel herum und stellte mir vor, wie er mich küsste, mich in seine Arme nahm und an seinen Körper presste. Ich träumte, dass seine Liebe mein ganzes Wesen mit Leben erfüllte. Ich stellte mir vor, wie er mir Tee kochte, während ich für ihn Spiegeleier und einen extrastarken Kaffee zubereitete. Dann würden wir uns, noch bevor die Sonne aufging, lieben und dabei lächeln, weil wir wussten, dass unsere Körper füreinander erschaffen worden waren.

Unsere Herzen würden stets füreinander schlagen. Unsere Seelen waren dazu bestimmt, in einem rätselhaften Feuer zu brennen, das das Universum mit Hoffnung und Leidenschaft erfüllte.

Die meisten Leute verstanden mich nicht. Meine Freunde ermutigten mich, Daniel zu vergessen und einen anderen Mann zu finden. Aber wie konnte ich zulassen, dass jemand mir seine Seele schenkte, wenn ich ihn nicht ebenso liebte? Das wäre nicht fair.

Ich wusste, dass ich mich nie wieder verlieben würde. Es stand nicht in den Karten. Wahrscheinlich lag es daran, dass ich, als ich mich zum ersten Mal verliebte, dieser Liebe für immer verfiel.

Jeder Mensch auf diesem Planeten, der Mr Daniels liebte, konnte sich glücklich schätzen.

Ich jedoch hatte das meiste Glück. Denn er hatte mich für einen Moment wiedergeliebt.

Ich schrieb, wann immer ich die Zeit dazu fand. Ich erschuf eine Geschichte, von der ich nicht gewusst hatte, dass sie in mir war. Und beim Schreiben hörte ich stets Daniels

CD. Es war, als stünde er an meiner Seite und feuerte mich an.

Am Ende meines zweiten Studienjahrs setzte ich endlich das Wort auf die letzte Seite: »Ende«.

Ich hatte es vollbracht. Nun war ich offiziell Schriftstellerin.

Nachdem ich meinen ersten Roman beendet hatte, gab ich ihn im Eigenverlag heraus. Und verkaufte die beeindruckende Menge von sieben Exemplaren.

Von denen ich zwei selber kaufte.

Und dann kehrte ich nach Edgewood zurück.

Zwei Jahre früher als geplant.

Ich konnte die Ungewissheit nicht mehr ertragen. Ich musste herausfinden, ob er immer noch an mich dachte.

Denn ich hatte keine Sekunde aufgehört, an ihn zu denken.

Ich stand unendlich lange vor dem Schulgebäude und spähte durch ein Fenster in seine Klasse. Er lächelte seinen Schülern zu, während er auf der Kante des Lehrerpults saß, so wie früher. Er sagte etwas und gestikulierte, dann stand er auf und ging an die Tafel. Er trug die Haare kürzer und hatte einen Bartschatten. Er sah so ... erwachsen aus.

Meine Wangen glühten, genau wie bei unserer ersten Begegnung. Daniel lachte über die Bemerkung eines Schülers, während er an der Tafel stand und schrieb. Als die Glocke schrillte, packten die Schüler ihre Sachen zusammen und verließen allmählich den Klassenraum. Eine Frühlingsbrise wehte um das Gebäude, und ich presste meine Arme an den Körper. Als ich einen Schritt zurücktrat, sah ich, dass Daniel sich dem Fenster zuwandte. Dann schaute er auf und begegnete meinem Blick. Alles in mir erstarrte, ich öffnete den Mund.

Zuerst wirkte er verwirrt, doch dann hob er eine Hand zum Gruß und formte mit den Lippen ein »Hi«.

Mein Herz zersprang bei dem schlichten Wort und der ebenso schlichten Geste. Ich biss mir auf die Lippen, um nicht loszuheulen, und hob ebenfalls eine Hand. »Hi«, flüsterte ich.

Daniel fuhr sich mit der Hand über den Mund, dann rieb er sich den Nacken. Ich trat einen Schritt vor, er ebenso, und so standen wir uns gegenüber, nur noch durch das Glas getrennt. Er legte seine Hand auf die Scheibe, und ich ebenso. Mein Blick fiel auf seine Fingerspitzen, die fast die meinen berührten, und ich lächelte.

Als ich zu ihm aufschaute, sah ich Tränen in seinen Augen. Er erwiderte mein Lächeln. »Tee?«, fragte er. Ich nickte, während eine Träne über meine Wange rann. Er steckte die Hände in die Taschen. »Nicht weinen.«

Ich zuckte die Achseln, vermochte aber nichts dagegen zu tun. Daniel sagte, ich solle auf ihn warten, und da entfuhr mir ein Kichern – denn auf ihn würde ich ewig warten.

Nach kurzer Zeit hatte er seine Sachen gepackt und kam aus dem Gebäude. Lange standen wir voreinander und strahlten wie die Kinder. Ich wollte ihn umarmen, und er musste den gleichen Gedanken gehabt haben, denn wir traten einander auf die Zehen. Wir lachten nervös, und ich kam mir wieder vor wie der Teenager, der ihn zum ersten Mal im Zug getroffen hatte.

Als Daniel mich endlich fest in den Armen hielt, atmete ich seinen Geruch ein und klammerte mich an seiner Jacke fest. Er wagte es nicht, mich zu früh loszulassen.

»Du siehst so erwachsen aus«, flüsterte ich an seiner Schulter. Er lachte und streichelte meinen Rücken.

»Dito.« Er löste sich von mir und sah mich forschend an. »Du trägst jetzt einen Pony.«

»Und du hast mehr Haare im Gesicht.« Ich lachte.

»Ja«, brummte er und rieb sich das Kinn. »Muss mich mal wieder rasieren.«

»Tu's nicht. Mir gefällt's.« Ich rieb mir die rot geweinte Nase. »Ich bin gestern Abend schon bei dir gewesen, aber ...«

»Ich bin umgezogen.« Er machte eine auffordernde Geste zur Straße hin, und wir setzten uns in Bewegung. »Ich habe eine Zeit lang mit Jace renoviert, und dann hab ich's verkauft.«

»Aber das Haus war doch ...«

»... der Traum meiner Eltern. Nicht meiner. Ich hab jetzt eine Wohnung in der Nähe der Schule. Der kleine Junge ist endlich erwachsen geworden«, scherzte er.

Wir schwiegen eine Weile, aber es war kein unbehagliches Schweigen. »Wie geht es Jace?«

Daniel lächelte. »Er ist clean. Zum ersten Mal seit langer Zeit. Er wohnt bei Randy. Und spielt wieder in der Band.«

»Das ist doch gut. Gut für euch beide.« Daniel lächelte nur. »Eines Tages musst du mir mal diese Wohnung für einen großen Jungen zeigen.«

»Ich könnte dir dort einen Tee machen. Wenn du sie sehen willst, meine ich«, bot er an.

Natürlich wollte ich. Auf dem Weg zu seiner Wohnung redeten wir über alles Mögliche.

Sie wissen doch, wie das ist. Wenn man einen Menschen jahrelang nicht gesehen hat, beim Wiedersehen aber das Gefühl hat, als wäre überhaupt keine Zeit vergangen. Halten Sie an diesem Menschen fest.

Als Daniel den Schlüssel ins Türschloss schob, drehte er sich um, um etwas zu sagen, kam aber nicht dazu. Denn schon lagen meine Lippen auf seinem Mund. Es war übereilt und auch ein wenig gezwungen, aber ich musste mich auf seinen Geschmack besinnen, auf das Gefühl, seinen Körper an meinem zu spüren.

Er zögerte nicht, den Kuss zu erwidern. Er legte einen Arm um meinen Rücken, und ich seufzte an seinem Mund, trunken von Daniel.

Dann zuckte ich zurück und starrte ihm erschrocken in die Augen. »Oh mein Gott, es tut mir so leid.« Ich wurde rot. »Ich weiß doch nicht mal, ob du eine Freundin hast! Und da küsse ich dich einfach, als wäre das hier ein …«

Er verschloss mir den Mund erneut, teilte meine Lippen mit seiner Zunge und küsste mich voller Zärtlichkeit.

Wieder entfuhr mir ein Seufzer. »Du hast keine Freundin, stimmt's?«

Er kicherte. »Nein. Und du keinen Freund?«

Ich spürte seinen Körper an meinem und war erstaunt, wie vertraut er mir immer noch war.

»Ähm, Ashlyn?« Seine Frage riss mich aus meiner Träumerei.

»Oh! Nein. Kein Freund.« Ich war ein bisschen verlegen. »Aber du kannst es mir ruhig sagen … Falls es eine andere gegeben hat, meine ich. Ich hab mich nicht verabredet, weil … nun ja … wie wäre das möglich gewesen nach dem, was zwischen uns war? Aber drei Jahre sind schließlich eine lange Zeit, und ich würde es verstehen, wenn du …«

Sein Finger landete auf meinem Mund. »Du stotterst ja.«

Ich nickte. »Ich bin auch nervös.«

Er trat so dicht vor mich hin, dass unsere Nasen sich berührten. Strich mir durch die Haare und sah mir tief in die Augen. »Es gab nie eine andere Frau, Ashlyn. Es kann keine andere Frau geben.« Klopf, klopf machte mein Herz. Seine Augen lächelten. »Und jetzt komm herein.«

Als ich eintrat, musste ich lächeln, weil es so eindeutig Daniels Wohnung war: das Wohnzimmer voller Instrumente und Regale, aus denen Bücher quollen.

Ich ging zu einem Regal und strich mit den Fingern über die Einbände. So viele Shakespeare-Stücke. So viel Geschichte.

»Ich hab grünen Tee und Chai. Und so merkwürdige Teebeutel, die mir die Mom eines Schülers letztes Jahr zu Weihnachten geschenkt hat. Welchen möchtest du?«, fragte er auf dem Weg zur Küche.

Mir fiel gar nichts mehr ein. Denn genau zwischen *Hamlet* und *Viel Lärm um nichts* stand mein Buch.

*Finde deine Julia.*

Nicht bloß ein Exemplar, sondern zwei.

»Daniel«, flüsterte ich verzückt.

Er kam zu mir. »Es ist großartig«, sagte er und verschränkte die Arme. »Ich meine, der Held ist manchmal ein Arsch, aber sonst ist es ein tolles Buch. Ich war hingerissen.« Er räusperte sich und nahm die beiden Bücher aus dem Regal. »So sehr, dass ich es zweimal gekauft habe. Falls dem ersten etwas zustieße.«

Eine Träne rollte meine Wange hinab, und ich nickte voller Verständnis. »Ein Problem mit dem Doppelten?«

Er küsste meine Träne fort. »Wir müssen eine Signierstunde abhalten.« Er fegte sämtliche Gegenstände vom Couchtisch auf den Boden. Dann nahm er meinen Arm und hieß mich auf der Couch niedersitzen. Ich kicherte, als er mir einen Stift in die Hand drückte und sich erwartungsvoll vor dem Tisch aufbaute, als wäre er mein größter Fan.

Der er vermutlich auch war.

Er legte das erste Buch auf den Tisch. Ich schlug es auf …
und schnappte nach Luft. »Daniel …«

Im Buch lag der Freundschaftsring, den Bentley Gabby geschenkt hatte. Und es stand bereits eine Widmung auf dem Vorsatzblatt: »Willst du mich heiraten, Ms Jennings?«, unterschrieben von Mr Daniels.

Jetzt strömten die Tränen. Durch den Schleier lächelte ich zu ihm hoch. Er stupste mich leicht. »Du musst deine Antwort schreiben und unterzeichnen.«

Natürlich schrieb ich »Ja«.

Und dann setzte ich den Namen darunter, den ich für den Rest meines Lebens tragen sollte.

*Mrs Daniels.*

# *Epilog*

## DANIEL

*We love.*

*Romeo's Quest*

Zwei Jahre später machte Ashlyn ihr Examen an der Uni in Kalifornien. Wir besuchten einander so oft wie möglich, und als sie endgültig nach Edgewood zurückkehrte, zog sie in meiner Große-Jungen-Wohnung ein. Wir verliebten uns umso mehr ineinander, je besser wir uns kennenlernten. Sie fuhr fort zu schreiben, wurde immer besser und beschloss dann, dass sie ihren Master machen wollte ... aber dieser Plan führte sie nicht mehr so weit fort von der Heimat.

Heimat.

Wir hatten unsere Heimat aneinander gefunden.

Und heute war ich beileibe nicht nervös. Ich hatte bloß verschwitzte Hände, und diese verdammte Fliege wollte sich einfach nicht binden lassen. »Ruhig bleiben, Daniel ...« Wo zum Teufel steckte mein Trauzeuge? War es nicht seine Aufgabe, sich um verdammte Fliegen zu kümmern, die sich nicht binden ließen? Natürlich nicht. Jace würde mir bei diesem Problem keine Hilfe sein.

Ich rieb mir verdrießlich den Nacken, dann gab ich die Binderei auf und nestelte an meinen Manschetten herum.

»Wie geht's?«

Henry stand in der Tür. Sein Smoking saß perfekt, ebenso wie seine Fliege.

Ich zuckte ein wenig zusammen, als ich ihn sah. Meine Finger zitterten leicht, und mich beschlich ein seltsames Gefühl – aber es war bestimmt nicht Angst!

Okay, wahrscheinlich doch Angst.

»Diese verdammte Fliege macht mich rasend, und Jace treibt sich Gott weiß wo rum.«

»Lass mich mal«, sagte Henry. Er machte sich daran, das verdammte Ding zu binden, und ich seufzte erleichtert. Andererseits war ich extrem nervös. Dieses Gefühl rief Henry regelmäßig bei mir hervor. »Sie ist schon etwas ganz Besonderes, nicht wahr?«

»Ja, ist sie.«

Er nestelte so geschickt an meinem Hals herum, als wäre er in seinem letzten Leben Experte im Krawattenbinden gewesen. »Wenn du ihr wehtust, werde ich dich umbringen und es wie einen Unfall aussehen lassen.«

Ich lachte, bis ich seinen einschüchternden Blick auffing. Ich schluckte und spürte, wie er die Fliege stramm zog. »Henry«, hustete ich.

»Dan.«

»Henry, du erwürgst mich.«

Ein schlaues Lächeln stahl sich auf seine Lippen, und er lockerte die Fliege. Dann trat er einen Schritt zurück und hielt mir einen Umschlag hin. »Sei gut zu ihr, mein Sohn.«

Das Wort »Sohn« hallte in meinen Ohren wider. Ich nickte und nahm den Brief. Er wandte sich bereits zum Gehen, als ich noch einmal seinen Namen rief. »Danke für deine Hilfe«, sagte ich mit einem Lächeln.

»Hab dir doch bloß die Fliege gebunden. Keine große Sache.«

Aber wir beide wussten, dass er viel mehr getan hatte als das.

Henry ließ mich allein. Ich machte den Umschlag auf, in dem zwei Briefe waren. Ich zog den ersten heraus. Er war von Ashlyn.

*Mr Daniels,*

*wo ich in fünf Jahren sein will? Ganz einfach.*
  *Bei Ihnen.*

*PS: Ich habe einen Brief vor den Flammen gerettet.*

*Für immer und ewig*

*Ashlyn*

Ich hatte nicht gewusst, dass es möglich war, einen Menschen so sehr zu lieben. Ich holte den zweiten Brief heraus. Während ich ihn las, musste ich mir die Faust vor den Mund pressen, um meiner Rührung Herr zu werden.

*An alle, die es betrifft*

*Hallo. Ich weiß nicht, ob wir uns kennen, aber da heute der Tag ist, an dem du meine Schwester heiratest, dachte ich, ich sollte mal Hallo sagen. Und da ich nicht vor allen Gästen meine Brautjungfernrede halten kann, halte ich sie nur vor dir.*
  *Als Ashlyn und ich sieben waren, hat sie in unserem Zim-*

*mer einmal eine Spinne gefunden, und statt sie zu zertreten, wollte sie sie nach draußen bringen, damit sie ein fröhliches Spinnenleben hatte. Später aber ist die Spinne auf sie gekrochen, und sie hat sie aus Versehen getötet. Danach hat sie drei Tage am Stück geweint.*

*Als wir fünfzehn waren, hat sie sich mit einem totalen Versager verabredet, und als der mit ihr Schluss machte, hat sie vier Tage hintereinander geweint.*

*Als sie erfuhr, dass ich krank war, hat sie so viele Tage geweint, dass ich sie nicht mehr zählen konnte.*

*Sie hat das größte Herz der Welt, und ich weiß, dass du es von allen Seiten kennst. Der Mann, der meine Schwester liebt, muss ein starker Mann sein. Und das bist du. Hier ein paar Zwillingsschwestern-Tipps von meiner Wenigkeit:*

*Lies ihr Shakespeare vor, wenn sie weint.*

*Macht Regenspaziergänge und springt in alle Pfützen.*

*Mach dir nichts draus, wenn sie dich zu bestimmten Zeiten im Monat »Arschloch« nennt – sie ist dann immer ein totales Miststück.*

*Kauf ihr Blumen, weil Dienstag ist.*

*Bring sie dazu, Dinge zu tun, die ihr Angst machen.*

*Sei kein Schwächling – das mögen wir nicht.*

*Sei kein Arsch – das hassen wir.*

*Lächle sie an, wenn du wütend auf sie bist.*

*Tanze mittags mit ihr.*

*Küsse sie – einfach so.*

*Liebe sie für immer und ewig.*

*Danke, dass du meine beste Freundin liebst, Bruder.*

*Mach weiter so.*

*Deine neue Schwester Gabby*

Ich starrte durch einen Tränenschleier auf die Worte. In diesem Moment ging die Tür auf, und Jace steckte den Kopf ins Zimmer. Hastig wischte ich die Tränen fort und drehte mich um.

»Bist du bereit, Danny? Der Fotograf möchte vorher ein paar Aufnahmen von den Trauzeugen machen«, sagte er grinsend.

Ich ging auf ihn zu und legte ihm den Arm um die Schultern. »Ich bin bereit.«

Er feixte. »Du weißt tatsächlich, wie eine Fliege gebunden wird?«

Ich kicherte und verdrehte die Augen. »Na klar. Du etwa nicht?«

## ASHLYN

»So wahr mir Gott helfe ... Wenn du dich noch ein Mal bewegst, trete ich dich in den Hintern. Nicht. Atmen«, brummte Hailey hinter mir. Ich hielt so still wie möglich und schaute aus dem Fenster auf die wunderbare Landschaft. Golden lag der Sonnenschein auf den Hügeln.

Hailey schnürte mein Korsett enger und nahm mir für einen Moment den Atem.

»Okay, bei ›drei‹ atmest du aus ... Eins ... zwei ... drei!«

Ich stieß den angehaltenen Atem aus und beugte mich so weit vor, wie das Kleid es zuließ. Ein Rotkehlchen flog am Fenster vorbei, und ich folgte ihm mit dem Finger, während es höher und höher flog, in die nicht vorhandenen Wolken hinein. Denn es war ein strahlend schöner Tag.

Ich drehte mich zu Hailey und Mom um. Ich hörte, wie sie nach Luft schnappten und den Atem anhielten.

»Ich sehe dick aus!«, rief ich verzweifelt und fuhr mit den Händen über die Spitze, die in mehreren Lagen übereinandergefältelt war.

Mit Tränen in den Augen trat Mom auf mich zu und nahm meine Hände. »Du siehst aus wie die schönste Braut der Welt.«

Da lächelte ich wieder. »Heute ist ein guter Tag zum Heiraten, nicht wahr?«

Hailey klatschte in die Hände und schenkte Champagner ein. »Der beste!«

Es klopfte. Ich hielt mir eine Haarlocke vors Gesicht. »Komm rein. Es sei denn, du bist Daniel. Dann musst du draußen bleiben.«

Der Türknopf drehte sich, und zwei Menschen mit Schachteln in den Händen traten ein. Jace und Bentley. Beide im Anzug und extrem elegant. Als sie mich erblickten, wurde ich rot, denn sie glotzten mit aufgesperrten Mündern. Nervös trat ich von einem Bein aufs andere. »Was ist?«

»Ashlyn, du siehst …« Bentley lächelte mit seinen tiefen Grübchen.

»… perfekt aus«, ergänzte Jace. Seine Augen leuchteten blauer als der Himmel. »Ähm, sorry. Wir lassen dich gleich wieder in Ruhe. Aber zuerst müssen wir dir ein paar Sachen geben.«

Bentley kam zu mir und öffnete die erste Schachtel. »Etwas Altes und etwas Neues. Gabbys Lieblingsplektron an einer neuen Diamantenkette.«

Meine Augen wurden feucht, während Hailey mein Haar hob und Bentley mir die Kette umlegte. Ich dankte ihm mit einem Küsschen.

Dann kam Jace mit seiner kleineren Schachtel. »Etwas Geborgtes und etwas Blaues.« Ich schaute hinein und schnappte nach Luft. »Das waren die Lieblingsohrringe von Mom. Blaue Diamanten. Du musst sie nicht unbedingt tragen. Ich dachte bloß ...«

Ich erlöste ihn von seinen Bedenken, indem ich meine Stecker aus den Ohren nahm und durch die wunderschönen Ohrgehänge ersetzte.

Jace nahm mich in die Arme und drückte mich. »Hat der Glück, dieser Bastard.«

»Ist er nervös?«

Jace grinste mich verschlagen an, griff in die hintere Hosentasche und zog einen Umschlag hervor, den er mir in die Hand drückte. »Das soll ich dir von ihm geben.«

Mit der Hand strich ich über den Brief und lächelte, denn ich wusste, dass es Daniels Brief war, den er vor fünf Jahren geschrieben hatte. Meinen hatte ich ihm bereits durch Henry überbringen lassen.

Mom lächelte in die Runde. »Wie wär's, wenn wir die glückliche Braut mal fünf Minuten allein ließen, damit sie den Brief in Ruhe lesen kann?« Alle nickten und verließen das Zimmer.

Ich setzte mich auf einen Stuhl und riss den Brief auf.

*Meine Süße,*

*Du hast mich gefragt, wo ich mich in fünf Jahren sehe, und die einzige Antwort, die ich darauf geben kann, lautet: bei dir. Wir werden uns so innig lieben, dass die Welt neidisch wird. Wir werden so lächerlich glücklich sein, dass die Blumen von unserem Lachen aufblühen. In fünf Jahren wirst du mir gehören, und ich werde dir gehören.*

*Wenn alles so wird, wie mein Herz es ersehnt, dann wirst du meine Frau sein. Ich weiß nicht, ob wir schon Kinder haben werden, aber es werden gewiss Kinder kommen. Ich werde jeden Morgen aufwachen und dein wunderschönes Lächeln und deine smaragdgrünen Augen sehen. Ich werde mit deiner Berührung und deiner Wärme einschlafen. Wenn also der Tag kommt, an dem wir Ja sagen, dann sollst du wissen, ja, ich liebe dich. Es gibt keinen Zweifel an der Wahrheit dieser Worte, keinerlei Zweifel in mir. Von diesem Tag an ist das Einzige, was ich will, dich zu lieben.*

*Für immer und ewig*

*Mr Daniels*

Seine Worte waren in meine Seele eingegraben. Daniel Daniels gehörte nun zu mir. Aber um die Wahrheit zu gestehen: Ich glaube, er war schon dort, bevor ich geboren wurde.

Nach einer Weile kamen Mom und Henry, um mich zur Trauung holen. Die romantische Musik setzte ein. Langsam öffneten sich die Kirchentüren. Henry legte den Arm um mich. Alle geliebten Freunde standen auf und schauten mich an.

Doch ich sah sie nicht.

Mein Blick haftete nur auf dem gut aussehenden Mann, der vor dem Altar stand. Er schenkte mir das schönste Lächeln der Welt, und ich musste es erwidern, als ich ihm in die Augen sah.

In seine …

Wunderschönen.

Atemberaubenden.

Leuchtenden.
Blauen Augen.

Und zum ersten Mal in meinem Leben wusste ich, dass wir – mochte es auch noch so viele Schwierigkeiten und Herausforderungen geben – bestehen würden. Er war mein Gold und ich das seine.

Für immer und ewig.

*Es ging uns mehr als gut.*

## *An meine Leser*

Danke, dass Sie *Verliebt in Mr Daniels* gelesen haben! Es bedeutet mir so viel! Wenn Sie einen Augenblick Zeit haben und die Gelegenheit nutzen, um bei Amazon oder Barnes und Noble eine Rezension zu hinterlassen, sind Sie für mich ein Rockstar!

Sie finden mich auf Facebook unter www.facebook.com/brittainycherryauthor

Oder bei Twitter unter: www.twitter.com/brittainycherry

Danke für Ihre Liebe, danke, dass Sie meinen Figuren eine Chance gegeben haben – und damit auch mir!

XoXo

# *Danksagung*

So viele Autoren, Blogger und Leser haben mir beim Schreiben geholfen. Ob ihr gelesen, geteilt oder einfach einen Teaser geliked habt … ich bin so froh, dass so viele tolle Leute mich unterstützen. Worte reichen nicht aus, um euch für eure Liebe zu danken.

Die Welt des Schreibens und Publizierens ist eine aufregende und erschreckende Welt. Wenn ich nicht die Unterstützung durch Autorengruppen hätte, glaube ich nicht, dass ich weitermachen könnte! Danke für euer Lachen, für die Tipps und Tricks und die vielen lustigen Momente. Ich schätze jeden von euch sehr.

An meine Schriftstellerkolleginnen: Ich bewundere euch alle so sehr! Ich liebe euch, und es ist ein Segen, dass ihr Teil meines Lebens seid! Euer Talent ist eine Inspiration und eure Unterstützung nicht von dieser Welt.

An mein herausragendes PR-Team bei *Read and Tell Promotions*, an meine Korrekturleser und an meine Format-Fee Tami – danke! Ohne euch wäre mein Roman ein Nichts! Ernsthaft, ihr seid alle mit im Boot, und ich danke euch für die Zeit, die ihr mitgerudert seid!

An meine Freunde: Danke, dass ihr mich immer noch liebt, auch wenn ich manchmal für Monate am Stück verschwinde. Ihr wisst hoffentlich, wie viel ihr mir bedeutet!

Ich hege keinen Zweifel, dass ich die allerbeste Familie von der Welt habe, die mir immer zur Seite steht. Sie erinnert mich an meine Stärken, wenn ich mich schwach fühle, sie bringt mich zum Lachen, wenn ich den Tränen nahe bin. Was Familien angeht, bin ich eine Gewinnerin.

An Kristen: Danke dafür, dass du mich immer wieder zum Schreiben ermutigst. Danke, dass du an diese Geschichte geglaubt hast, als ich sie wegwerfen wollte. Du bist eine meiner besten Freundinnen, und ich bin so froh, dass wir uns auf dieser verrückten Reise kennengelernt haben!

Last but not least: Dank an Micky. Du bist nicht nur der tollste Lektor, sondern hast auch ein goldenes Herz. Du gehst weit über deine Pflichten hinaus, um dafür zu sorgen, dass ein Buch so gut wie möglich wird. Danke, dass du nicht nur so eifrig bist, sondern auch ein freundlicher, wunderbarer Mensch. Du bist der Beste!

Mehr zu Ihren Lieblingsautoren und –büchern
sowie Interviews, Newsletter, Leseproben,
Gewinnspiele und Trailer finden Sie unter:
**www.egmont-lyx.de**

# Julie Leuze
# Für einen Sommer und immer
Roman

**Zum Lachen, Weinen und Träumen!**

Als Annika erfährt, dass ihre Mutter sterben wird, hat sie nur einen einzigen Gedanken: Ich muss hier weg. Hals über Kopf flüchtet sie sich in ein kleines Dorf nach Südtirol, um Kraft zu sammeln. Doch die Gedanken in ihrem Kopf sind dafür viel zu laut, und so engagiert sie kurzentschlossen einen Bergführer, um sich beim Gipfelstürmen auszupowern. Samuels Liebe zu den Bergen ist ansteckend. Und bald bemerkt Annika, dass sie von ihm nicht nur lernt, den Zauber der Dolomiten zu entdecken, sondern auch, endlich ihrem eigenen Herzen näherzukommen …

Ein berührender Roman über Wendepunkte im Leben und wie wichtig es ist, Verantwortung zu übernehmen!

320 Seiten, broschiert mit Klappe
€ 14,99 [D]
ISBN 978-3-86396-081-0

www.egmont-ink.de

Mehr zu Ihren Lieblingsautoren und –büchern
sowie Interviews, Newsletter, Leseproben,
Gewinnspiele und Trailer finden Sie unter:
**www.egmont-lyx.de**

# Simona Ahrnstedt
# Die Erbin

Roman

»Lesen! Lesen! Lesen!« *Cosmopolitan*

**Eine Nacht. Ein Treffen. Eine Entscheidung.**

Sie ist die Erbin einer großen schwedischen Familiendynastie, er ein Emporkömmling aus der Arbeiterschicht. Sie kämpft um die Anerkennung ihres Vaters, er hat nur ein einziges Ziel: ihre Familie zu zerstören. In einer Welt, in der nichts zählt außer Macht, Geld und Status, treffen Natalia und David aufeinander – zwei Menschen, die unterschiedlicher nicht sein könnten. Und deren Liebe unmöglich ist. Doch eine einzige Nacht lang sind sie keine Rivalen, sondern nur eine Frau und ein Mann, die alles vergessen, was zwischen ihnen steht. Und in dieser einen Nacht wird sich ihr Leben für immer verändern.

Band 1 der Serie
608 Seiten, broschiert mit Klappe
€ 14,99 [D]
ISBN 978-3-8025-9945-3

Mehr zu Ihren Lieblingsautoren und –büchern sowie Interviews, Newsletter, Leseproben, Gewinnspiele und Trailer finden Sie unter:
**www.egmont-lyx.de**

# Amy Harmon
# Für immer Blue
Roman

**Jeder Mensch hat eine Geschichte. Wie lautet deine?**

Die 19-jährige Blue hat nur ein Ziel: herausfinden, wer sie wirklich ist. Von ihrer Mutter als Baby allein am Straßenrand zurückgelassen, weiß sie nichts über ihre Herkunft und fühlt sich nirgends zugehörig. Doch dann trifft sie auf ihren neuen Geschichtslehrer Darcy Wilson. Er ist jung, hat einen coolen britischen Akzent und eine ansteckende Leidenschaft für sein Unterrichtsfach. Darcy ist der erste Mensch, der an Blue glaubt. Blue entwickelt Gefühle für ihn, obwohl sie weiß, dass eine Liebe zwischen ihnen unmöglich ist …

Die ergreifende Geschichte einer jungen Frau auf der Suche nach sich selbst!

448 Seiten, broschiert mit Klappe
€ 14,99 [D]
ISBN 978-3-86396-076-6

www.egmont-ink.de

Mehr zu Ihren Lieblingsautoren und –büchern sowie Interviews, Newsletter, Leseproben, Gewinnspiele und Trailer finden Sie unter:
**www.egmont-lyx.de**

# Ruthie Knox
# Caroline & West
## Überall bist du

Roman

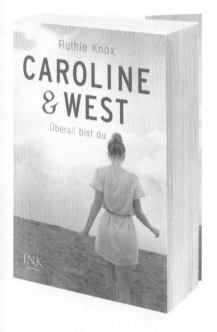

**Wir fallen gemeinsam, tief, tiefer …**

Als die Studentin Caroline Piasecki mit ihrem Freund Schluss macht, rächt dieser sich, indem er intime Fotos von ihr im Internet postet. Über Nacht scheint Caros Leben und ihre Zukunft als Anwältin zerstört. Ihr geheimnisvoller Nachbar ist da so ziemlich der Letzte, dessen Nähe sie jetzt suchen sollte. West Leavitt ist unverschämt attraktiv, ein Draufgänger. Über seine Vergangenheit spricht er nie, und es heißt, dass er mit Drogen dealt. Doch ausgerechnet bei ihm hat Caro das Gefühl, dass sie sich nicht verstellen muss …

»Ein brillanter Roman, wunderschön geschrieben und SO emotional!« *USA Today*

Band 1 der Serie
470 Seiten, broschiert mit Klappe
€ 12,99 [D]
ISBN 978-3-86396-072-8

www.egmont-ink.de

# Werde Teil der LYX-Welt!

LYX Storyboard
YouTube
Votings
Blog
Community
Veranstaltungen
Online-Shop
Gewinnspiele
Fan-Aktionen
Facebook
Blog
Twitter
Online-Shop
Votings

**LYX**
EGMONT

Goodies-Shop
Community
Twitter
Facebook
Blog
YouTube
Fan-Aktionen
Gewinnspiele
Goodies-Shop
Online-Shop
Programmtipps
Votings

www.egmont-lyx.de